Hobbit Presse
Klett-Cotta

Michael de Larrabeiti
Die Borribles Band 2
Im Labyrinth der Wendels
Aus dem Englischen
übersetzt von
Joachim Kalka

Für Celia, Aimée,
Phoebe und Rose

Verlagsgemeinschaft
Ernst Klett Verlag –
J. G. Cotta'sche Buchhandlung
Die Originalausgabe mit dem Titel
»The Borribles go for broke«
erschien 1981 im Verlag
The Bodley Head, London

Erste Auflage der
wohlfeilen Sonderausgabe
Printed in Germany 1988

Design: Dietrich Ebert, Reutlingen
Satz: Steffen Hahn, Kornwestheim
Druck und Einband:
Ebner, Ulm
ISBN 3-608-95259-4
ISBN 3-608-95618-2
(Sonderausgabe)

»Wenn ein Borrible
nicht die Ohren spitzt,
hat man sie ihm
bald gestutzt.«
Borrible-Sprichwort

»Wenn man ein schlechtes Versprechen hält, wird es nicht besser.«

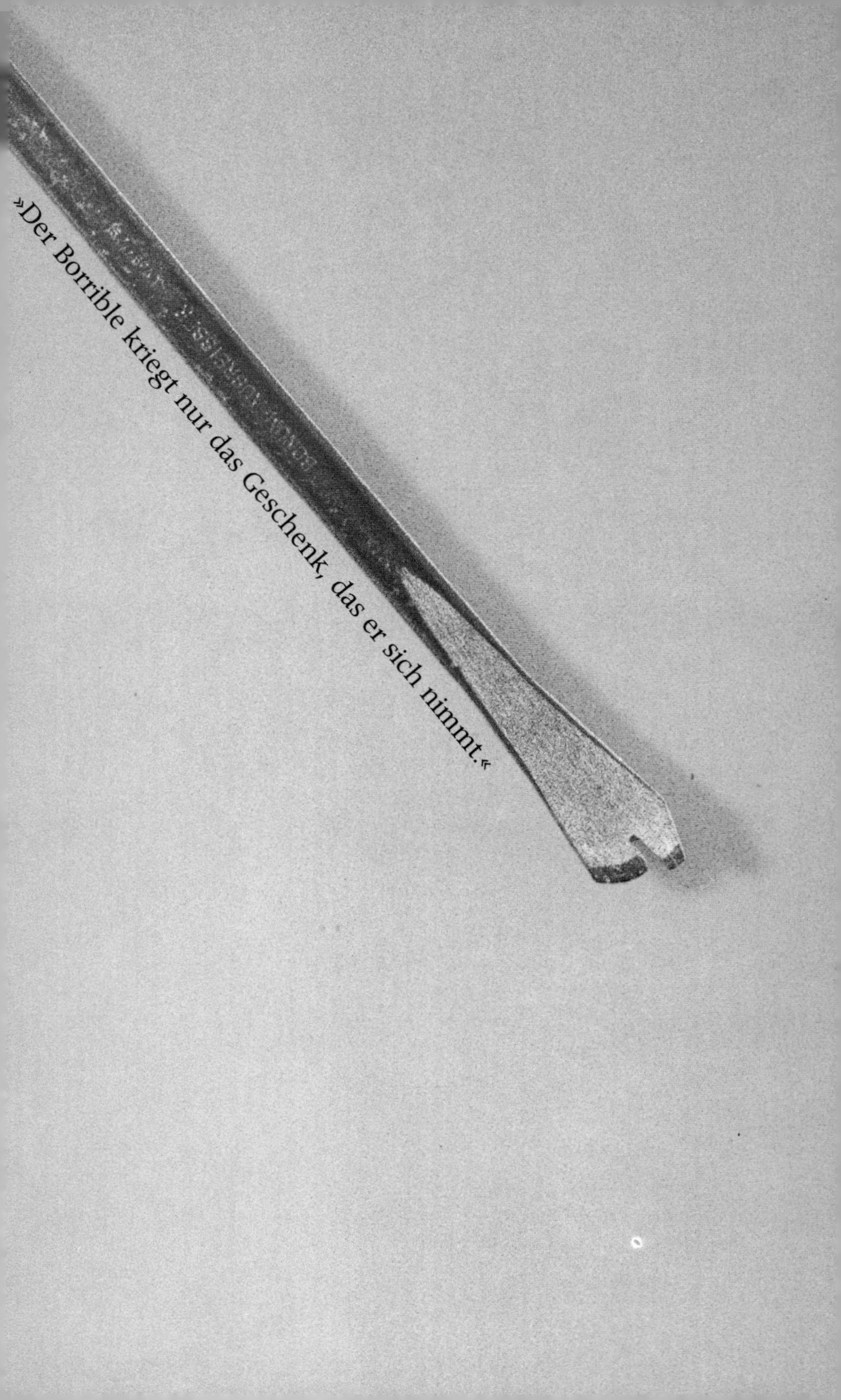

»Der Borrible kriegt nur das Geschenk, das er sich nimmt.«

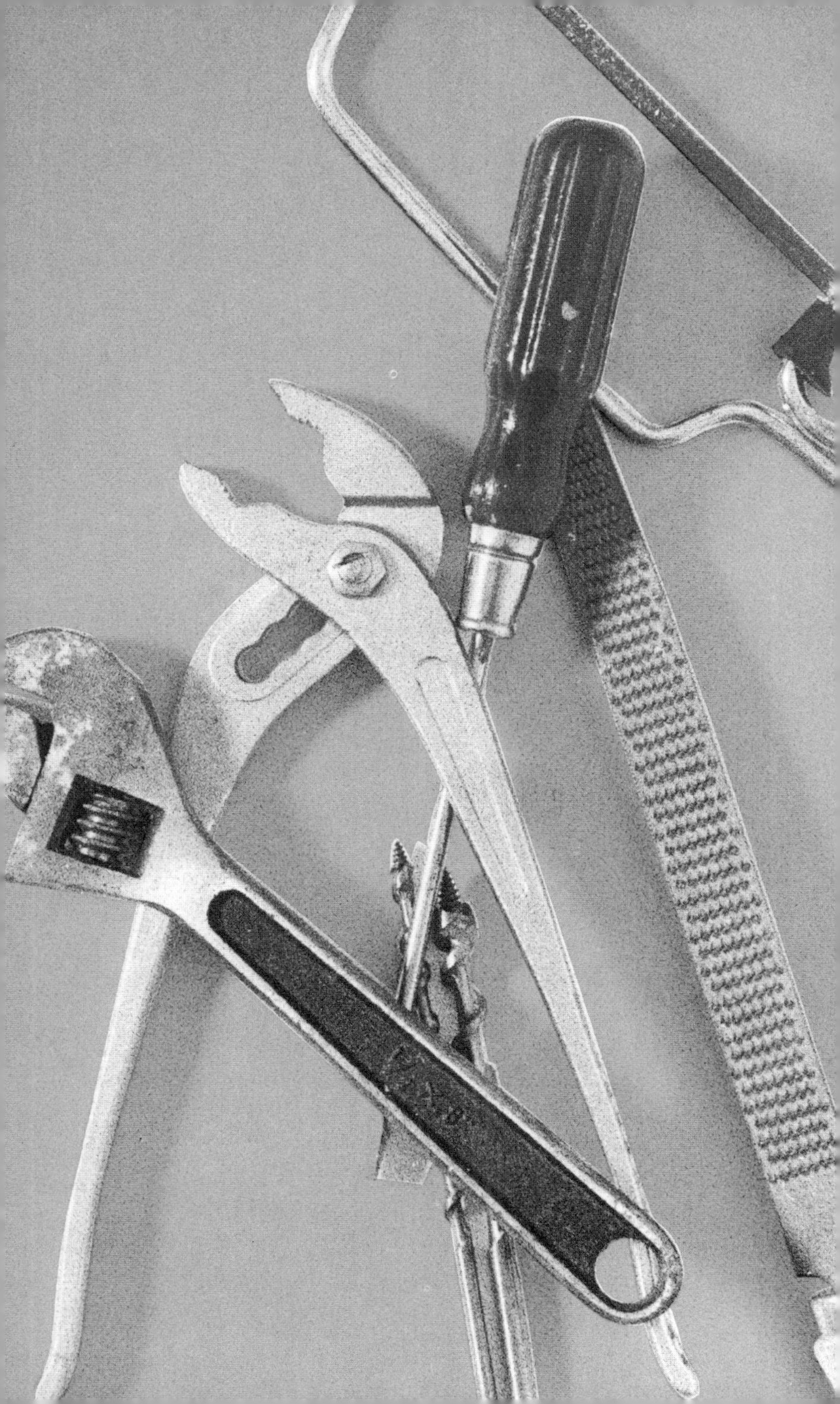

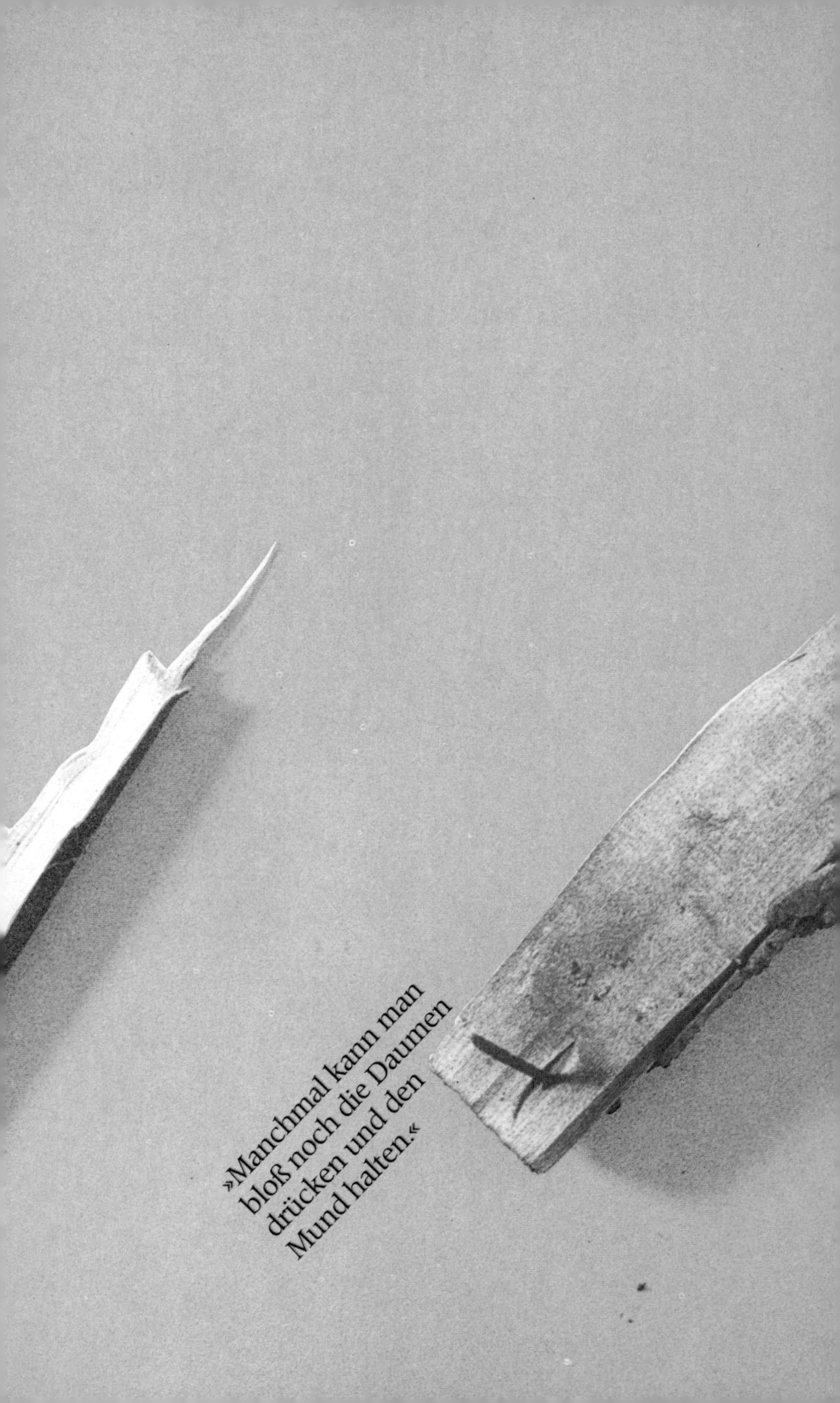
»Manchmal kann man
bloß noch die Daumen
drücken und den
Mund halten.«

CIP-Titelaufnahme der Deutschen Bibliothek

DeLarrabeiti, Michael:
Die Borribles/Michael de Larrabeiti.
Aus d. Engl. übers. von Joachim Kalka. –
Wohlfeile Sonderausg. – Stuttgart: Klett-Cotta.
(Hobbit Presse)
Einheitssacht.: The Borribles <dt.>
ISBN 3-608-95618-2

Bd. 2. Im Labyrinth der Wendels. – 1. Aufl. – 1988
Orig.-Ausg. u.d.T.: DeLarrabeiti, Michael:
The Borribles go for broke

1

Es war der heißeste Sonntag im heißesten Juli seit hundert Jahren, und Chaline Borrible hatte sich in den kühlen Schatten unter dem Karren eines Obst- und Gemüsehändlers auf dem Straßenmarkt in der Petticoat Lane gekauert und kaute an einem gestohlenen Apfel. Gerade war es Mittag geworden, und in ganz London öffneten die Pubs ihre Türen, obwohl die Straßen noch still und leer waren. Fast alle Bewohner der großen Metropole verbargen sich vor der Hitze, lagen ohne Kleider auf ihren Betten und stierten ins Leere, weil es zu heiß war, um aufzustehen, und sie zu träge waren, um zu überlegen, was sie eigentlich tun könnten.

Aber in der Petticoat Lane war es anders. Das war der betriebsamste Ort der Welt. Chaline spähte zwischen den hölzernen Rädern des Karrens hindurch und sah zu, wie die Füße vorbeiliefen, die Füße von Tausenden von Londonern, die von allen Enden der Stadt eine kleine Morgenfahrt hierher gemacht hatten, früh dran, damit sie nun einander weiterschieben und -drängen konnten, schwitzend und warm von Stand zu Stand, wo sie überall die Ware prüften. Sie riefen und schoben und kämpften, und die Standinhaber schrien auch und rissen ihre schlaffen Münder auf, daß man verfärbte und abgebrochene Zähne sehen konnte.

Chaline liebte die Petticoat Lane, die für einen Borrible der herrlichste Ort war – ein Ort, wo man an einem einzigen Markttag genügend zu essen stehlen konnte, um durch die ganze Woche zu kommen. Sie schob ihre Hand nach oben und nahm, unbeobachtet, noch einen Apfel. Die Frucht fühlte sich warm an, als ihre Finger sich um sie schlossen; das süße Fleisch war warm im Mund, als sie zu kauen begann.

Sie aß den Apfel auf, auch das Kernhaus und die Kerne, dann duckte sie sich unter dem Karren hervor und stand einen Moment angespannt da, bereit, fortzurennen, aber niemand hatte sie bemerkt. Auf dem Gehsteig gegenüber stand eine Gruppe von Männern vor der grüngekachelten Fassade eines Pubs, mit großen Gläsern voll starkem bitterem Bier in den Händen. Ihre Augen glänzten vor Vergnügen, als sie die bernsteinfarbenen Gläser stemmten und sich die Flüssigkeit die Kehle hinablaufen ließen. Als das Bier ihren Magen erreichte, gaben sie laute Glücksseufzer von sich und schauten einander überrascht an, als hätte man erst heute morgen das Bier erfunden.

Nicht weit von dem Karren mit den Äpfeln verkaufte ein Mann in einem Hauseingang gestohlene Uhren aus einem Koffer; etwas weiter entfernt sah Chaline einen Taschendieb den Geldbeutel aus der Schultertasche einer Frau ziehen. Das Geräusch der redenden und hin- und hergehenden Menschen wurde vom Lärm zerbrechenden Geschirrs übertönt – ein Mann zerschlug ganze Services, seine Methode, um die Passanten auf sich aufmerksam zu machen. Chaline lächelte vor sich hin, stahl sich einen letzten Apfel und ging davon.

Beim ersten Schritt wand sich eine grobe Hand in ihr langes blondes Haar und hielt sie fest. Eine Stimme schrie in ihr Ohr. »Du diebisches kleines Stück«, sagte sie, »dich hab ich erwischt, hm!?«

Chaline drehte mühsam den Kopf und sah zu dem Erwachsenen auf, der sie gefangen hatte. Der Anblick ließ ihren Herzschlag stolpern: Ein Polizist in Zivil hatte sie gestellt; sie war sich ganz sicher. Es brauchte keine Uniform, daß sie sah, wer ein Bulle war und wer nicht. Sie kämpfte gegen den Griff der Hand, der jedoch nicht nachließ, und verwünschte sich selbst wegen ihrer Achtlosigkeit. Ein kurzer Moment der Unaufmerksamkeit, und jetzt war ihre ganze Existenz in Gefahr.

»Au, loslassen, Sie tun mir weh«, sagte sie und unterdrückte die ihr in die Augen steigenden Tränen nicht, weil sie hoffte, dies würde den Beamten vielleicht umstimmen, so daß er sie gehen ließ. Um den Karren stockte der Verkehr in der geschäftigen Straße; die Neugierigen blieben stehen, um zu glotzen und sich zu amüsieren, sie schauten auf das schlanke Mädchen mit seinen alten Kleidern und seinem schmutzigen Gesicht hinunter und grinsten.

»Komm, Mädchen, lauf weg«, sagte ein Mann, aber die Menge grinste nur weiter und wartete, was der Polizist unternehmen würde. Aber der unternahm nichts, und aus den Nebenstraßen kamen ungeduldige Rufe von Leuten, die nicht erkennen konnten, was vor sich ging, und sich am Weitergehen gehindert sahen.

»Geht doch mal weiter, los«, hieß es hier und dort; das Gedränge und Geschiebe wurde heftiger.

Der Polizist zog Chaline zum Ende des Standes. »Wie heißt du?« fragte er, und Chaline hatte als erfahrene Borrible ihre Antwort bereit.

»Charlotte Jenkins«, sagte sie, »und meine Mutti wartet unten an der Straße auf mich und macht sich Sorgen, wenn ich zu spät komm … tut mir leid wegen dem Apfel, ehrlich, sie bezahlt ihn. Tut mir leid, Mister, ich hab Durst gehabt.« Dies zu dem Straßenhändler, dem ohnehin der Diebstahl eines seiner Äpfel mehr oder weniger egal war.

»Ach, lassen Sie sie los«, sagte er, »kann noch einen haben, wenn sie will.«

»Jawohl«, sagte jemand anders, »eßt mehr Obst und haltet euch die Bullen vom Leib.«

Der Polizist zögerte, und Chaline spürte, wie sich der Griff seiner Hand in ihrem Haar lockerte: Er würde sie freilassen. Sie schniefte und bemühte sich, so unglücklich wie möglich dreinzusehen, aber da griff der Polizist, dem plötzlich etwas einfiel, wieder fest zu. Er hob seine freie Hand und wischte mit einer zuversichtlichen Bewegung Chalines Haare zurück, daß er und die umstehende Menge ihre Ohren sehen konnten. Die Neugierigen stöhnten überrascht auf: Chalines Ohren waren lang und spitz, Ohren, die große Intelligenz und großen Mut bedeuteten – Borribleohren.

Der Polizist stieß einen entzückten Schrei aus. »Schaut euch das an«, rief er. »Ich hab eine davon erwischt, einen Borrible, einen richtig lebendigen Borrible«, und aus der hinteren Tasche von Chalines Hose zog er eine Schleuder. »Und schaut euch *das* an«, fügte er mit rotem, selbstgefällig strahlendem Gesicht hinzu, »die typische Borriblewaffe.«

»Ein Borrible«, sagten die vorn in der Menge, und die, die weiter hinten standen, nahmen das Wort auf: »Ein Borrible.«

»Die laß ich nicht gehen!« schrie der Polizist. »Ich laß sie nicht weg! Los, Straße frei machen, Sie behindern den Verkehr, weitergehen! Weitergehen!« Und er stieß die neugierig starrenden Zuschauer aus dem Weg, drängte sich zwischen zwei Karren hindurch und erreichte den Gehweg.

Chaline heulte laut. Sie wand sich und hämmerte mit ihren Fäusten auf den Polizisten ein, doch er war zu stark für sie. Er schritt weiter, sich durch alle einen Weg bahnend, seine Gefangene neben sich herzerrend.

»Aus dem Weg, Platz«, brüllte er, »Polizei, Polizei, weg da, aus dem Weg!«

Chaline schrie weiter, so laut sie konnte, aber es gab niemand, der ihr geholfen hätte. Der Polizeibeamte brach durch die Käufer und Spaziergänger, trieb die Gruppen, die vor den Pubs schwatzend herumstanden, auseinander, daß sie sich verdutzt Bier über die Hand und übers Hemd gossen. Und wie Polizist und Gefangene über die Gehsteige und Querstraßen der Petticoat Lane kreuzten, beruhigte sich langsam der aufgeregte Lärm, und Männer und Frauen drehten sich nach ihnen um und lachten. Warum nicht? Keiner von ihnen wußte, wie ernst die Sache war; sie wußten nicht, daß Chaline eine Borrible war – und das es für einen Borrible das Ende ist, wenn man ihn fängt.

Borribles sind für gewöhnlich dünn, und alle haben spitze Ohren. Davon abgesehen sehen sie aus wie normale Kinder, auch wenn sie schon seit langen Jahren Borribles sind. Sie kommen abgerissen daher und machen einen zähen, streitlustigen Eindruck; berühmt sind sie aber für ihre rasche Intelligenz und ihre schnellen Beine – dafür sorgt ein Leben auf den Straßen.

Normale Kinder werden ganz langsam zu Borribles, ohne daß sie es bemerken. Eines Tages wachen sie auf, und es ist geschehen, die Verwandlung ist vollzogen. Es spielt überhaupt keine Rolle, wo sie herkommen, wenn sie das haben, was man gewöhnlich einen »ungünstigen Hintergrund« nennt. Ein Kind verschwindet aus der Schule; gut möglich, daß es weggelaufen und ein Borrible geworden ist. Manchmal heißt es, daß einer in irgendeiner Anstalt »versorgt« worden ist – wahrscheinlich hat er sich verborribelt und sorgt irgendwo für sich selbst. Oder man hört eines Tages Geschrei im Supermarkt, und ein Kind mit gestohlenen Sachen wird vom Hausdetektiv gestellt. Wenn es diesem Kind gelingen sollte zu entkommen, geht es zu den Borribles und läßt sich bestimmt nie wieder erwischen.

Deshalb sind Borribles also Ausgestoßene, Weggelaufene, und ihre Unabhängigkeit geht ihnen über alles, weil es ihnen ein großer Genuß ist, das zu sein, was sie sind. Erwachsene meiden sie; sie mögen sie nicht und bemühen sich auch nicht besonders um sie. Tatsächlich sind normale Kinder die einzigen, die näher mit Borribles in Berührung kommen, weil Borribles sich oft unter sie mischen, um der Entdeckung durch die sogenannten Autoritäten zu entgehen. Jedes Kind hat vielleicht schon einmal neben einem Borrible gesessen oder hat sogar mit einem gesprochen, ohne dabei die spitzen Ohren zu bemerken – wegen der langen Haare oder der Mützen, die sie tragen, Wollmützen, schön tief über den Kopf gezogen.

Ihre größten Feinde sind die Polizisten – die Plattfüße. Plattfüße stehen für die Autoritäten, und den Autoritäten sind Borribles unerträglich. Sie können die lockere und einfache Art, in der die Borribles sich zu leben entschlossen haben, nicht ausstehen. Von daheim wegrennen, heimlich in verlassenen Häusern wohnen und von niemandem Befehle entgegennehmen – das ist ungewöhnlich und geradezu unordentlich.

Für einen Polizisten ist der Fang eines Borribles eine seltene, bedeutende Tat. Aber es ist das Ende der Freiheit für den Gefangenen. Deshalb wehrte sich Chaline mit aller Kraft. Wenn der Polizist sie einmal auf die Wache gebracht hatte, war Sense.

Der Polizist erreichte das Ende der Brick Lane und hielt an der Ecke der Whitechapel Road an, um zu warten, bis die Verkehrsampel grün zeigte. Er lockerte den festen Griff in Chalines Haar nicht, und sie schrie immer wieder vor Schmerzen. Eine kleine Gruppe von Männern, die sanft von einem Pub zum nächsten schwankten, versammelte sich an der Ecke und starrte die beiden an.

»Hör mit dem verdammten Lärm auf«, sagte der Plattfuß und beugte sich hinunter, so daß sein großes Gesicht dicht vor dem Chalines war. Sie fuhr mit dem Kopf zurück: Der Atem des Polizeibeamten war feucht und übelriechend, wie verschimmeltes Brot. Er lachte, daß Speicheltröpfchen Chaline übersprühten.

»Wehr dich, wie du willst, Borrible«, sagte er, »das nützt dir nichts. Dafür werd ich befördert, das kannst du mir glauben.«

»Was machen Sie mit mir?« fragte Chaline.

»Ach«, sagte der Polizist, »das ist ganz einfach, da haben wir spezielle Anweisungen wegen euch Borribles. Denn, denk mal an, vor etwa sechs Monaten, da ist drüben in Southfields ein Lumpensammler umgebracht worden, und sein Sohn, in ihrem eigenen Haus, mit Schüssen aus Schleudern ermordet, und wir wissen doch alle, wer mit Schleudern so gut umgehen kann, oder?« Der Polizist hielt Chaline ihre Waffe vor die Nase und zog so brutal an ihrem Haar, daß ihr die Tränen übers Gesicht liefen und Spuren durch den Schmutz ihrer Wangen zogen. Der Polizist lächelte. »Drei von unseren Leuten sind verletzt worden, einer ist beinahe gestorben, seitdem sind Borribles bei uns das Problem Nummer eins... mach dir da keine Sorgen, Mädel, wir werden uns gut um dich kümmern. Dich werden wir zu Inspektor Snuffkin bringen!«

Die Ampel sprang von Rot auf Grün, und der Polizist richtete sich auf und eilte zu der Verkehrsinsel mitten auf der breiten Straße, Chaline so hastig mit sich fortzerrend, daß ihre Füße kaum den Asphalt berührten.

»Wer ist Inspektor Snuffkin?« fragte Chaline und wischte sich mit dem Handrücken die Tränen ab.

Der Polizist hielt auf der Verkehrsinsel an und sah auf sie hinunter. »Snuffkin«, sagte er, »ist ein großartiger Mann, und nach den Morden in Southfields hat er eine Gruppe von speziell ausgebildeten Beamten zusammengestellt, die sich alle der Vernichtung der Borribles verschrieben haben! Sie stellen den Borribles nach, sie studieren die Borribles, sie wissen mehr über Borribles als ihr Borribles selbst. Und zu dem kommst du jetzt, und wenn er mit dir fertig ist und dir jede Frage gestellt hat, die ihm nur einfällt, und dich gezwungen hat, alle zu beantworten – na, dann stutzt er dir die Ohren, und das ist dann schon mal ein Borrible weniger, um den wir uns kümmern müssen, was?«

Der Polizist lachte mit tiefempfundenem Vergnügen, und als er eine Lücke im Strom der Autos sah, zerrte er Chaline wieder voran und zog sie auf die andere Seite der Straße.

»Du Arsch«, sagte Chaline, »du Arsch.« Aber mit ihren tapferen Worten leugnete sie nur die Angst, die sie empfand. Der Gedanke, zu diesem Inspektor Snuffkin geschickt zu werden, war furchtbar. Wenn er ihr die Ohren stutzen würde, würde sie in das Leben eines ganz normalen Kindes zurückfallen – sie würde erwachsen werden. Überläßt man Borribles sich selbst, werden Borribles nie erwachsen, und ihre kleine Gestalt ist ihr Stolz und die Voraussetzung ihrer Freiheit. Sie bedeutet, daß sie sich immer als Kinder bewegen können, und doch sind sie oft so erfahren wie nur der älteste Mensch, den es gibt.

»Sag du mir bloß keine Unanständigkeiten«, sagte der Polizist, »du kleine Wilde. Ich hab meine strikten Anweisungen, du kommst zur SBE, und das wär's dann.«

»SBE«, sagte Chaline. »Was ist das?«

»Die SBE«, sagte der Polizist, »ist die Spezial-Borrible-Einheit, der Haufen von Snuffkin, drüben in Fulham. Und da geht's jetzt hin mit dir, schön im eigenen Polizeiwagen. Wenn du Glück hast, komm ich auch mit.« Und er lachte über seinen eigenen Scherz und trabte nur noch schneller voran, und Chaline lief an seiner Seite dahin, mit wirbelnden Gedanken.

Was der Bulle nicht wußte, war, daß diese kleine Borrible, die er da zufällig gefangen hatte, alles über die Morde in Southfields wußte und daß sie am meisten Angst vor einem unnachgiebigen Verhör hatte. Unter Druck würde sie vielleicht wichtige Borriblegeheimnisse verraten – eine Katastrophe für sie, eine Katastrophe für ihre Freunde. Sie hatte gesehen, wie Tautröpfchen Bunyan und sein blödsinniger Sohn den Tod gefunden hatten, sie kannte die Verantwortlichen, aber selbst wenn sie ihren Häschern erzählen würde, wie verdient dieser Tod gewesen war, würde das nichts nützen. Man würde ihr niemals glauben.

Chaline und neun andere Borribles waren von diesem widerlichen Borribleräuber gefangengenommen und Monate als Sklaven gehalten worden. Geschlagen, ausgehungert, hatten sie nur durch einen glücklichen Zufall wieder ihre Freiheit gefunden. Ihre Freunde Poch und Adolf, der Deutsche, hatten Tautröpfchen und Herbie getötet, erschossen mit Schleudern und wohlgezielten Murmeln, um selbst der Quälerei und einem langsamen Tod zu entkommen. Nun waren Poch und Adolf auch tot, auf dem Abenteuer der Großen Rumbeljagd umgekommen, und tot waren auch Orococco, Torricanyon und Napoleon – gute Borribles, weg vom Fenster, und weg würde auch sie bald sein. War jeder Borrible, der auf die Große Rumbeljagd gezogen war, dem Tod geweiht? So schien es tatsächlich.

Verzweiflung stieg in Chalines Herz auf und verwischte ihre Gedanken. Sie stolperte, und der Bulle fing sie mit seiner rauhen Hand auf.

»Auf geht's, Freundchen«, sagte er, und dann hörte Chaline sich selbst schreien, wie von weit her, um Hilfe schreien, weil sie wußte, daß ihr jetzt nur noch jemand von ihren eigenen Leuten helfen konnte.

»Borrible«, schrie sie schrill. »Borrible!« Und weit drüben auf der anderen Seite der Whitechapel Road hörte ein anderer Borrible sie. Es war Zwielicht, der schwarzhaarige Bangladeshi von der Folgate Street, oben in der Nähe von Spitalfields.

Zwielicht war dünn und sah zerbrechlich aus, aber er konnte rennen wie ein Güterzug. Seine Kleider waren zerrissen, und sein Haar war ungleichmäßig geschnitten, lang und dick und so schwarz, daß es geradezu blau aussah. Er hatte eine scharfe Nase, und eine Augenbraue saß etwas höher als die andere, so daß er gleichzeitig neugierig und schlau aussah. Seine Augen waren dunkel und groß und oft sehr nachdenklich; er war fröhlich und entschlossen; er ließ sich von niemand was bieten.

Zwielicht durchstreifte die Straßen immer mit einer kleinen Bande von Bangladeshi-Freunden, etwa ein halbes Dutzend, und sie hielten sich zum gegenseitigen Schutz eng beieinander. Er kannte Chaline nur vom Sehen, aber er hatte ein paar von den Geschichten gehört, die man sich über sie und ihren Teil am Abenteuer gegen die Rumbels erzählte. All das war jetzt gleichgültig: Der Anblick eines Borribles – irgendeines Borribles –, den die Polizei abschleppte, reichte, um seinen Zorn zu entfachen. Er rief seine Freunde zu sich, und sie rannten, so schnell sie konnten, die Whitechapel Road auf der Chaline gegenüberliegenden Seite entlang, liefen schließlich etwa dreihundert Meter vor ihr über die Straße und nahmen ihre Positionen in einem Hinterhalt ein – zwischen dem Gesetzeshüter und seiner Polizeiwache.

Für komplizierte Planungen war keine Zeit. Zwielicht wußte, daß Chaline, wenn er sie nicht sofort retten konnte, in einer Zelle verschwinden und nie mehr zum Vorschein kommen würde, zumindest nicht als Borrible. Hinter einer Ecke – wo die Stanton Street in die Hauptstraße einmündet – warteten er und seine Freunde. Als der Polizist nur noch ein, zwei Schritte entfernt war, gab Zwielicht das Zeichen, und er und seine Bande liefen mit Höchstgeschwindigkeit und mit aller Energie, die ihnen zur Verfügung stand, auf die große Straße hinaus. Sie rannten direkt gegen den Bullen, schreiend und höhnisch kreischend.

»Aufgepaßt, Bulle! Auf-ge-paßt, Bulle!«

Zwielicht rammte seinen harten Kopf fest in den weichen Bauch des Polizisten, wo er, wie eine Faust in einem Sofakissen, beinahe verschwand. Seine

Freunde folgten ihm wie ein Rudel wildgewordener Straßenhunde – kratzend, stoßend und auch lachend. Alle fielen um – die Borribles ließen sich nach vorn fallen und benutzten ihre Geschwindigkeit und ihr Gewicht, um den großen Polizisten zu fällen. Sie hingen an ihm, boxten ihn, stießen ihn und bedeckten seine Augen mit den Händen – so rollte dieser seltsame, sich drehende und windende Brocken Lärm den Gehsteig entlang, und Passanten sahen sich gezwungen, einen Satz auf die Fahrbahn zu machen, um nicht verletzt zu werden. Hände, Füße und Köpfe tauchten auf und verschwanden, als der Kloß sich ein paarmal drehte, dann lösten sich ganze Körper. Chaline fand sich unter den Achseln gegriffen, auf jeder Seite war ein Bangladeshi, ein dritter lief vorneweg, um den Weg frei zu machen. Der Polizist lag stöhnend auf dem Boden, mühevoll nach Atem ringend, von der Schnelligkeit des Angriffs total verwirrt. Nur zehn Sekunden waren nötig gewesen; Chaline war frei.

Wieder berührten ihre Füße kaum den Boden, aber diesmal eilten Freunde mit ihr dahin, und in ihr war Hoffnung, nicht Verzweiflung. Niemand sagte ein Wort: Jeder Atemzug wurde für die Flucht aufbewahrt. Sie waren einfach eine dicht verknotete Gruppe brauner Borribles, die eine weiße Borrible in die Freiheit trugen.

Der Bulle kam schwankend auf die Füße und blickte sich rasch um; seine Arme hingen steif und grade – dann setzte er dem Flüchtling nach, und seine Stiefel knallten auf die Platten des Gehsteigs. Aber das Rennen war schon gelaufen; als er die Ampel erreicht hatte, waren die Borribles verschwunden. Sie waren wieder zurück über die Hauptstraße gerannt und hatten sich tief im Gewimmel des Markts versteckt, wie immer dort verborgen, wo die Menge am dichtesten war. Der Polizist wußte nur zu gut, daß er jetzt keine Chance hatte, sie zu finden: Sie konnten überall sein, unter Marktständen, in ihren verfallenen Häusern, in Nebenstraßen, und sie würden nach ihm Ausschau halten. Die Nachricht hatte sich schon verbreitet, und jeder Borrible in einem Umkreis von zehn Meilen würde sich einen Schlupfwinkel suchen.

Der Polizist stand da und verfluchte sein Mißgeschick. Er hatte sich schon vorgestellt, wie er stolz mit seinem Fang in die Polizeiwache einmarschieren würde. Dann hätte er Inspektor Snuffkin angerufen und wäre bedankt und beglückwünscht worden – vielleicht hätte man ihn sogar eingeladen, der SBE beizutreten, ein echtes Beförderungsbonbon für jeden Angehörigen der Polizei von London. Ach ja! Es hatte nicht sollen sein. Am besten, er sagte gar nichts über den Zwischenfall. Die lachten ihn sonst bloß aus. Traurig drehte er sich um und schritt wieder zurück. Nichts zu berichten.

Wieder im unruhigen Treiben des Marktes untergetaucht, verlangsamten die Borribles ihre Fluchtgeschwindigkeit, erst im normalen Schritt, dann müßig schlendernd, um zu sehen, ob der Bulle noch hinter ihnen her war.

»Am besten trennen wir uns 'ne Weile«, sagte Zwielicht zu seiner Bande. »Ich bring Chaline zurück nach Spitalfields, und ihr haltet mal die Augen offen wegen diesem Plattfuß, vielleicht ist er zurückgegangen und holt sich Hilfe.«

Chaline bedankte sich bei den Bangladeshis und verließ sie dann; sie folgte Zwielicht. Es war kaum zu glauben, daß sie wieder in Sicherheit war, und sie lächelte voll Vergnügen beim Anblick des geschäftigen Markts und beim Gefühl der Menschenleiber, die sich an ihr vorbeischoben. Die Sonne, hoch am Himmel, durchwärmte die ganze Straße, und der Geruch seltsamer Gewürze schwebte in der Luft. Inderinnen in Sandalen gingen leise vorbei, in goldglitzernde Saris gehüllt. Die Straßenhändler brüllten die Passanten an, vulgär, unglaublich frech und mit Stimmen, die unter der Anstrengung des stundenlangen Schreiens brachen. Chaline berührte Zwielichts Arm. Sein Hemd war grell-orange und phosphoreszierte etwas kränklich. Seine blauen Hosen waren ihm zu groß und an mehreren Stellen zerrissen: gestohlene Hosen. Seine Füße waren nackt, aber das zog er im Sommer auch vor – schließlich waren die Gehsteige warm und weich vor Staub.

»Ja?« sagte er.

»Danke für die Rettung«, sagte Chaline. »Ich hab mir gerade all das hier angesehen und mich gefragt, wo ich ohne euch jetzt wohl wäre.«

Zwielicht gab sich ungerührt. »Na, ich hab dich doch rufen hören, oder? Dem kann kein Borrible widerstehen. Außerdem sollte ich nach dir schauen.«

»Nach mir schauen«, wiederholte Chaline verblüfft, »ich hab dich noch nie gesehen, weiß nicht einmal deinen Namen. Wenn du einen hast.«

»Klar hab ich einen«, sagte der braune Borrible.

»Wie heißt er?«

»Zwielicht«, sagte Zwielicht.

»Zwielicht«, sagte Chaline. »Das ist ein guter Name, ich wette, da steckt ein gutes Abenteuer dahinter. Mußt mir einmal erzählen, wie du dir den geholt hast.«

So zu reden wie Chaline jetzt zu Zwielicht war ganz normal; Namen und wie man sich Namen holt, das ist sehr wichtig für Borribles, weil bei ihnen niemandem einfach ein Name gegeben wird, man muß ihn verdienen. Nur so geht's. Irgendein Abenteuer muß an sein Ende geführt werden, und aus dieser Tat erwächst der Name. Es ist gleich, welches Abenteuer herhalten muß. Es muß kein Diebstahl oder Einbruch sein, obwohl das oft vorkommt, weil es den Borribles am meisten liegt.

Chaline betrachtete ihren Begleiter. »Und wo wir gerade dabei sind: Woher kennst du meinen Namen?«

»Deinen Namen«, sagte Zwielicht, »kenne ich aus dem einfachen Grund, daß jeder deinen Namen kennt und weiß, wo du ihn her hast. Das ist eine von den größten Borriblegeschichten, die man sich je erzählt hat, aber ich hab noch nie vorher jemand getroffen, der auf der Großen Rumbeljagd war. Wenn wir daheim sind, wäre es schön, wenn du mir davon erzählst. Ich hab Sachen gehört, die schwer zu glauben sind.«

Chalines Gesicht wurde ernst und streng. »Wahrscheinlich waren sie wahr«, sagte sie, »es wurde alles am Ende ziemlich schlimm... Borribles hätten sich auf so was gar nicht einlassen sollen. Fünf sind umgekommen, fünf gute Borribles. Für nichts und wieder nichts. Ich erzähl dir schon die Geschichte, dafür, daß du mich gerettet hast, aber es ist keine frohe Geschichte.«

Zwielicht lächelte, und seine Zähne standen leuchtendweiß gegen seine dunkle Haut. Wie alle Borribles liebte er Geschichten, liebte es, sie zu hören und zu erzählen, aber im Augenblick war keine Zeit, und er führte Chaline weg vom Markt in weniger betriebsame Straßen. An Reihen von Abbruchhäusern vorbei geleitete er sie und an schäbigen Häuserblocks, wo Bangladeshi-Familien, halbverborgen hinter den bunten Farben der wöchentlichen Wäsche, auf den Balkonen standen und mit einem Auge auf die Kinder aufpaßten, die auf den mit Glassplittern übersäten Straßen spielten. Aber die Borribles gingen weiter über ein verlassenes Grundstück, das im Krieg von Bomben leergefegt worden war und auf dem man seither nicht gebaut hatte. Hier schmissen die Leute ihren Abfall hin, und hier kämpften die schwächlichen blassen Grashalme gegen die Sonne und gingen aus Mangel an Wasser ein.

Am anderen Ende des Bombengrundstücks stand eine Schar baufälliger Reihenhäuser, die sich wie lebensmüde und auf den Abriß wartend gegeneinander lehnten. Wie ein hageres, zerfressenes Kliff ragten sie gegen den Halbkreis des blauen Himmels empor. Die Fenster waren mit Brettern zugenagelt, und Wellblech versperrte die Türen. Die Schächte der Kellertreppen vor den Eingängen waren halbvoll mit Müll, die Keller rochen nach toten und lebenden Katzen. Die Stufen zu den Haustüren waren mit zerbröckelten Ziegelsteinen und Mörtelklumpen bedeckt; gefährliche Splitter zerbrochener Milchflaschen glänzten wie Silber in der Sonne. Der Ort war eine einzige Staubwüste und roch nach Kot und Gefahr.

Es war ein typisches Borribleversteck. Borribles müssen wohnen, wo's eben geht, und sie ziehen diese verlassenen und zerfallenden Gebäude vor, von denen es meistens oder immer eine große Auswahl gibt. Wenn ein Haus bereits bewohnt ist, benutzen sie manchmal den Keller – auch lagern sie nachts in Schulgebäuden, vor allem während der Ferien, wenn sie länger leerstehen und nicht benutzt werden.

In der Mitte des Bombengrundstücks hielt Zwielicht an. »Ich hab auf den Straßen nach dir gesucht«, sagte er, »weil wir jemand gefunden haben, die hat gesagt, sie sei hergekommen, um dich zu sehen.«

»Mich sehen?«

»Tja eben. Wir haben da ein Mädchen getroffen, die ist auf der anderen Seite von Spitalfields rumgelaufen, weißes Mädchen, kommt quer durch ganz London hierher, meint sie. Wir haben die Ohren kontrolliert, ist schon eine richtige Borrible – haben wir sie heimgenommen und sind dann raus, um nach dir zu schauen.«

»Wie heißt sie?«

»Was Komisches«, sagte Zwielicht, »aber jetzt hab ich's vergessen, so was wie Harry oder Charlie.«

Chaline holte tief Atem. »War es Sydney?«

»Richtig, das war's, da läutet das Glöckchen. Genau. Klingklang.«

»Die Große Rumbeljagd«, sagte Chaline. »Sie war auch mit, bei dem Abenteuer aller Abenteuer.«

Zwielicht legte eine Hand auf Chalines Schulter. »Dann gehn wir doch zu ihr«, sagte er und ging voran, die beschädigten und abfallübersäten Stufen zu seiner Haustür hinauf.

Die Tür fuhr krachend auf; der gelockerte Holzrahmen schwang ein Stück mit. Innen lag, halb verschüttet in einem Haufen von Flaschen, Säcken und schmuddeligen Päckchen mit haarig zerfaserten Schnüren, ein alter Mann. Er war unrasiert, und sein formlos offenstehender Mund schnarchte. Zwielicht schritt behutsam um die besinnungslose Gestalt herum und führte Chaline an einem splittrigen Loch in den Fußbodenbrettern vorbei.

»Ich kapier nie, wie der nicht in den Keller fällt«, sagte der Bangladeshi, »aber er tut's nun mal nicht.«

»Wer ist das?«

»Irgendein Penner«, sagte Zwielicht, »der ist harmlos. Abgesehen von seinem Geruch, sagen wir mal.«

Die nackten Holztreppenstufen waren auch zersplittert und gaben hie und da nach; Gipsbrocken und Scherben von zerbrochenen Fensterscheiben ließen einen leicht ausrutschen. Ganz oben kam man auf einen schmalen Treppenabsatz, von dem drei Türen abgingen. Zwielicht öffnete eine und wies Chaline in eine Abstellkammer, wo ein Sack das Fenster verdeckte. Auf dem Boden lagen drei alte Matratzen mit dunklen Flecken. Ein paar zerfetzte Decken waren darübergebreitet, und alte Zeitungen als wärmende Unterlage. In einer Ecke auf einer der Matratzen saß Sydney, mit dem Rücken gegen die Wand gelehnt, den Kopf in den Händen, die Ellbogen auf den Knien; sie trug abgewetzte Hosen und ein grünes löchriges T-Shirt. Ihre Augen waren geschlossen.

Chaline ging zu ihr und kauerte sich neben sie. »Sydney«, sagte sie. »Sydney.«

Sydneys Augenlider flatterten ein-, zweimal, sie versuchte, zu sich zu kommen. Todmüde starrte sie vor sich hin. Chaline begann wieder: »Du bist doch wohl nicht den ganzen Weg von Neasden hierher gelatscht?«

Sydney gähnte und rieb sich das Gesicht. Ein freundliches Gesicht: Chaline hatte es immer gern gehabt. »Was ist denn los, Syd?« fragte sie. »Du bist doch nicht durch ganz London gewandert, um mal Hallo zu sagen… Was gibt's denn?«

Sydney schaute zu Zwielicht hinüber, der an der Tür lehnte und zuhörte. Sie zögerte.

»Der ist in Ordnung«, sagte Chaline. »Red nur zu.«

»Ich hab eine seltsame Botschaft bekommen«, sagte Sydney, »eine Borriblebotschaft, von Hand zu Hand weitergegeben, weißt du. Den Typ, der sie mir gegeben hat, den hab ich nie vorher gesehen und nachher auch nicht wieder. Er hat gesagt, die käme ganz von der anderen Seite von London, aber er wüßte nicht woher. Dann ist er abgehauen.« Sydney griff in die Hosentasche und zog einen mitgenommenen Zettel liniertes Notizpapier hervor. Sie gab ihn Chaline, die ihn auf ihrem Knie glättete und laut las:

»Sam lebt noch. Zuletzt in Fulham gesehen. Braucht Hilfe. – Ein Borrible.« Sie stieß einen Pfiff aus. »Na, das ist eine gute Nachricht...« Sie sah Sydney an. »Oder etwa nicht?«

»Weiß ich eben nicht, kommt mir etwas geheimnisvoll vor. Weiß nicht, was ich davon halten soll.«

»Wer ist Sam?« fragte Zwielicht.

»Sam ist ein Pferd«, sagte Chaline. »Er hat uns allen das Leben gerettet, im Rumbelreich.«

Sydney rollte sich auf der Matratze herum und setzte sich auf. »Das Pferd hat einem Borribleräuber gehört«, erklärte sie. »Wir mußten den Mann umbringen, bevor wir weg konnten. Ich meine, Poch hat's getan.«

»Poch und Adolf«, sagte Chaline.

»Und Sam mußten wir zurücklassen, als wir auf dem Rückweg in den Untergrund sind«, fuhr Sydney fort. »Das war mir sehr zuwider, soviel wie er für uns getan hat, und ich hab mein Versprechen gegeben, wenn ich je lebend aus dem Abenteuer heimkomme, geh ich zurück und hol ihn... und das war mir auch Ernst. Aber ich hab nie gewußt, wo er hingegangen ist oder was mit ihm passiert ist, das ist die erste Nachricht überhaupt.«

»Und?« sagte Chaline.

»Also...«, sagte das Mädchen aus Neasden, »ich hab

diese Botschaft etwa vor zwei Wochen bekommen, und ich hab nicht gewußt, was ich damit anfangen soll... das beste schien mir dann, rüberzukommen und dich zu treffen, damit wir uns besprechen können. Ich meine, wir schulden es Sam, zu schaun, daß alles mit ihm in Ordnung ist. Wenn wir irgendwie können. Vielleicht schindet ihn einer zu Tod.«

Chaline streckte sich auf der Matratze aus und schwieg. Sydneys Worte hatten sie an die ganze entsetzliche Expedition erinnert. Was als großes Abenteuer begonnen hatte, bei dem man sich Namen verdienen konnte, hatte sich verändert, war schlimm geworden, und fünf Borribles waren gestorben. Eigentlich sollten Borribles nicht sterben, aber die fünf waren tot. Poch, den Chaline vor allem gemocht hatte, Orococco, der schwarze Junge aus Tooting, Torricanyon, der Borrible mit dem eckigen Gesicht aus Hoxton, und der gefährlichste von allen, der doppelte Verräter, der Wendelkrieger, Napoleon. Und dann war da noch Adolf, ein Borrible mit vier Namen aus Hamburg, lebendig verbrannt in den Hallen des Rumbelreiches. Alle tot. Chaline seufzte. Die Große Rumbeljagd war Wahnsinn gewesen. Nie wieder würde sie an einem solchen Unternehmen teilnehmen.

»Tut mir leid wegen Sam«, sagte sie schließlich, »tut mir wirklich leid. Aber ich sag's dir ganz offen, ich marschier nicht den ganzen Weg nach Fulham raus und zurück wegen so einem komischen Zettel von Nirgendwoher. Läuft nicht.«

»Ja«, sagte Sydney, »aber ich hab mein Versprechen gegeben, ein ganz klares Versprechen an Sam.«

Chaline zuckte die Achseln und zitierte das Große Buch der Borrible-Sprichwörter. »Wenn man ein schlechtes Versprechen hält, wird es nicht besser.«

Sydney wandte sich ab und schaute auf den Boden. Es herrschte Schweigen.

Zwielicht wartete, aber die Mädchen setzten ihr Gespräch nicht fort. Er nahm seine gekreuzten Arme auseinander und stieß sich von der Wand ab. »Schaut mal«, sagte er, »Sydney muß arg müde sein, sie sollte sich den Nachmittag lang ausruhn, wirklich, und während sie schläft, geh ich mal mit ein paar von meinen Kumpels auf den Markt. Wenn sie aufwacht, steht ein Festessen bereit.«

»Für mich auch?« fragte Chaline.

»Aber klar«, sagte Zwielicht. »Beim Klauen von Spezialitäten bin ich besonders gut.« Er ging zum Fenster und hob das Sackleinen hoch, um über das Chaos der zerfallenden Häuser und steilen Schieferdächer hinauszuschauen. Alles lag in flirrender Hitze da. »Ich sag dir mal eins, Sydney«, fuhr er fort, »Chaline hat vielleicht schon genug Abenteuer hinter sich, aber ich nicht. Wenn du je beschließt, nach deinem Pferd zu suchen, dann komm ich mit dir.«

Sydney schaute Chaline an und lächelte. »Dank dir, Zwielicht«, sagte sie. Sie rollte eine Decke zu einem Kopfkissen zusammen, legte sich auf der Matratze zurecht und war in wenigen Sekunden fest eingeschlafen.

»Und so«, sagte Chaline, »wurden acht Borribles ausgewählt, die besten Läufer und Kämpfer und Schleuderschützen in ganz London.«

Zwielicht schöpfte etwas Curry in Chalines Suppenteller, und sie lehnte sich gegen die Wand. Sydney und Chaline saßen Seite an Seite auf zwei metallenen Milchflaschenkästen. Zwielicht und sechs von seinen Bangladeshi-Freunden hockten um einen großen schwarzen Topf. Sie waren gekommen, um zu essen und die Geschichte der Großen Rumbeljagd zu hören.

Zwielicht hatte nicht zuviel versprochen. Während Sydney geschlafen und Chaline gewartet hatte, war er auf den Markt zurückgegangen. In weniger als einer Stunde war er mit allem wieder dagewesen, was man für ein üppiges und scharfgewürztes Curry braucht. Die Zubereitung war kein Problem: Die meisten Borribles sind gute Elektriker, und Zwielicht war keine Ausnahme. Im feuchten Keller seines Hauses stand ein alter Elektroherd, und die Bangladeshis hatten ihn schon vor langer Zeit repariert und an der nächsten Leitung angeschlossen – Elektrizität war nun wirklich kein Problem.

»Wo waren die her«, fragte Zwielicht, den Mund übervoll, »diese acht Borribles?«

»Von überall«, fuhr Chaline in ihrer Erzählung fort. Sie redete langsam, zwischen den einzelnen Happen. Das Curry war scharf; an ihren Augenbrauen hingen winzige Schweißtröpfchen, und ihre Stirn glänzte. Sydney war so mit dem Essen beschäftigt, daß sie sich kaum die Mühe machte, sich am Erzählen der Geschichte zu beteiligen, aber hin und wieder nickte sie energisch.

»Ein Humper aus Hoxton war dabei, ein Totter aus Tooting, Sydney ist von den Nudgers von Neasden, ich war dabei, und ein Wendel aus Wandsworth... die leben im Untergrund, die Wendels, sind ganz raffiniert und gemein.«

»Ich hab schon von denen gehört«, sagte Zwielicht, »aber noch nie einen gesehen.«

»Hast du nicht viel versäumt«, sagte Chaline. »Jedenfalls haben wir uns alle oben in Battersea getroffen, und Poch hat uns trainiert. Am Ende ist er mitgekommen, obwohl er das gar nicht sollte, weil er sich ja schon seinen Namen verdient hatte und wir noch nicht... Zoff hat das gedeichselt, das ist ein ganz Durchtriebener.«

Sydney bewegte, so schnell sie konnte, ihren Kopf auf und ab.

»Zoff?« fragte Zwielicht.

»Ganz recht«, antwortete Chaline, »Zoff. Ein Borrible aus Battersea, so scharf, mit dem kannst du dir die Nägel schneiden. Ich mag ihn nicht. Jedenfalls haben wir uns ein Boot besorgt und sind damit die Themse rauf... dann in den Untergrund zu den Wendels, die haben grüne Visagen und sind überaus unfreundlich. Der, den wir dabei hatten, Napoleon, also wir wußten nicht, ob wir ihm trauen können oder nicht, also haben wir ihm nicht getraut. Später, als wir auf der anderen Seite vom Revier der Wendels rausgekommen sind, sind wir gefangen worden, von einem Borribleräuber und seinem Sohn. Das war furchtbar. Er hat uns halb verhungern lassen, und wir mußten stehlen. Wertsachen. Wir sind ihm nur entkommen, indem wir ihn getötet haben. Als wir fort sind, haben wir Tautröpfchens Pferd und Wagen mitgenommen, so kamen wir mit Sam ins Rumbelreich, und da haben wir auch weiß Gott Glück gehabt, daß er dabei war. Am Ende gab es eine schreckliche Schlacht, und wir waren von Hunderten von Rumbels eingeschlossen und wären sicher hin gewesen, aber Sam hat uns gerettet. Rumbels können Pferde nicht ausstehen, weißt du, Pferde fressen nämlich Rumbels. Schmeckt denen, erinnert sie an Heu und so. Aber Adolf ist da umgekommen, das war schon das totale Chaos, überall Rumbels mit Gebrüll und die Speere geschwenkt. Wir waren alle verwundet, und diese große Eingangstür ist zusammengestürzt, und Adolf konnte sich nicht mehr in Sicherheit bringen. Das war ein wirklich guter Typ… den haben wir nie wiedergesehen, tot, eingeäschert. Orococco stand ganz in Flammen, und Poch hatte tiefe Brandwunden über beide Handflächen.«

»Das ist sein zweiter Name«, fügte Sydney hinzu. »Brandhand.«

Chaline sprach weiter. »Wir sind dann entkommen, und eigentlich könnte man meinen, da war's dann zu Ende, war's aber nicht. Wir waren alle nicht gut beieinander, und Sam hat uns runter nach Wandsworth gebracht, aber Poch und Napoleon haben sich gestritten, und Napoleon hat uns verraten, und die Wendels haben uns eingesperrt. Die haben einen Häuptling, nicht wie normale Borribles, heißt Eisenkopf, ganz gierig und hart. Das ist der schlimmste Wendel von allen Wendels, und das will schon was heißen. Er hätte uns sicher umgebracht, wenn Napoleon es sich nicht anders überlegt hätte und uns geholfen hätte, zu fliehen. Aber leicht sind wir nicht davongekommen, das kann ich dir sagen. Vier von uns sind nicht zurückgekommen, Poch, Napoleon, Orococco und Torricanyon. Sie sind zurückgeblieben, um einen Tunnel zu schützen, damit wir Zeit hatten zum Abhauen. Wir haben sie nie wieder gesehen, Eisenkopf hat sie abserviert. Weißt du – ich hab nie jemand töten wollen, aber den würd ich umbringen. So sind nur fünf von uns davongekommen und können die Geschichte erzählen: Sydney und ich, Bingo aus Battersea, Stonkus von Peckham, und Vulgo, gleich hier die Straße runter, aus Stepney. Später nannten es die Borribles das Abenteuer aller Abenteuer, aber ich nenne es Wahnsinn. Wir haben fünf gute Freunde verloren, Napoleon mal mitgezählt, und nichts ist soviel wert, nicht das größte Abenteuer der Welt, nicht einmal der beste Name, den man sich je verdienen könnte.«

»Deine Geschichte gefällt mir«, sagte Zwielicht. »Ich habe noch nie die wahre Geschichte gehört, aber die Gerüchte sagen noch etwas andres, was über einen großen Schatz, eine Kiste voll Geld von den Rumbels.«

Chaline löffelte sich noch etwas Curry auf ihren Teller und legte den Deckel wieder auf den schwarzen Kochtopf. Dann sah sie Zwielicht an, und ihre Augen wurden zu einer dünnen, harten Linie.

»Das war die Ursache für all das Unglück«, sagte sie. »Wenn es nicht wegen dem Schatz gewesen wäre, wäre Adolf nicht umgekommen, Napoleon hätte uns nicht verraten, und Eisenkopf hätte uns ohne weiteres durch die unterirdische Festung der Wendels durchgelassen. Ohne das Geld wäre niemand gestorben. Nur Rumbels.«

»Also Eisenkopf hat den Schatz«, sagte Zwielicht.

»Nein, hat er nicht«, sagte Sydney. Sie beschloß ihre Mahlzeit und stellte den leeren Teller neben den Topf.

Chaline gestattete sich ein ironisches Lächeln. »Wir haben den Schatz mit dem Boot rausgeschafft; wie wir uns einig wurden, das Geld mitzunehmen, weiß ich nicht – wollten es Eisenkopf zeigen, nehm ich an. Wir haben die großen Schlammbänke des Wandleflusses überquert, das ist gleich nachdem er unter die Erde geht … Hunderte von Wendelkriegern sind über uns her, die sind echt furchterregend, haben Rumbelspeere, Schleudern, angezogen sind sie mit Hüftstiefeln und diesen kleinen orangenen Jacken, die sie den Straßenarbeitern klauen. Sie haben uns den Schatz abgenommen. Stonkus, der stärkste Borrible, den ich je gesehen habe, hat ihn zurückgeholt, aber während des Kampfs ist die Kiste über Bord gerutscht, und das Geld ist in den Schlamm runtergefahren, ist eine Viertelmeile tief dort, also heißt das, daß nicht einmal Eisenkopf es wieder rausholen kann. Und der Schlamm ist auch der beste Platz dafür, Borribles sollten kein Geld haben, das hat's nie gegeben.« Chaline blickte auf und zitierte ihr Lieblingssprichwort: »Obst vom Karren, das reicht für den Borrible.«

Zwielicht wischte sich den Mund mit dem Handrükken ab. »Dieser Vulgo«, sagte er, »der ist doch, wie du sagst, auch einer, der's überlebt hat, und der wohnt in Stepney, das ist doch nicht weit. Warum gehen wir morgen nicht mal bei dem vorbei? Könntet ihn fragen, was er meint wegen dem Pferd. Wegen der Nachricht.«

Chaline schwieg, aber Sydney sah ihr gerade in die Augen. »Das würd ich schon machen, es wäre auf jeden Fall schön, ihn wieder mal zu sehen. Den hat's damals kräftig am Bein erwischt, hinkt jetzt ein bißchen.«

»Wie ist er so?« fragte Zwielicht.

Sydney lachte. »Vulgo ist was ganz Besonderes. Klein, mausfarbenes Haar, spitzes Kinn – wiegt den Kopf so hin und her, als wüßte er alles. Schaut aus, als könnte er keinen Wackelpudding umwerfen, aber der ist zäh wie Leder, gibt nie auf. Vulgo war's, der den Obersten Rumbel getötet hat, in seiner Badewanne ... und noch ein paar Dutzend. O ja, Vulgo wird dir gefallen.«

2

Der folgende Tag war genauso heiß, und die Hitzewelle, die vor zwei Monaten Mitte Mai begonnen hatte, dauerte an ohne ein Zeichen der Veränderung. Zwielicht weckte die beiden Mädchen zeitig, und als sie sich aufsetzten, gab er jeder eine Orange. »Eßt die mal«, sagte er, »die sind toll.«

Das war das Frühstück, und zehn Minuten später verließen die drei Borribles das Haus und machten sich nach Whitechapel auf den Weg, wo plötzlich die Hauptstraße mitten im brüllenden Lärm des Stoßverkehrs am Montagmorgen lag. Fußgänger hasteten den Gehsteig entlang und rannten mit besorgten und unglücklichen Gesichtern zu ihren Arbeitsplätzen, als ob sie sich außerhalb ihrer Büros und Werkshallen unsicher und elend gefühlt hätten. Das schwere Trappen der Füße ließ Staubwolken aufsteigen, und obwohl es noch nicht neun Uhr war, knallte die Sonne auf den grauen Asphalt der Straße, daß er bereits zu schmelzen begann. Jeder vorbeijagende Autoreifen hörte sich an wie ein sich öffnender Reißverschluß.

Chaline sah sich rechts und links nach Polizisten um. Sie entdeckte keinen. »Vulgo wohnt unten in Limehouse Fields«, sagte sie. »Wo genau weiß ich nicht.«

»Das ist hinten am Unionskanal«, sagte Zwielicht, »am besten gehen wir da rüber und fragen auf dem Weg einen Borrible.«

Sie überquerten die Hauptstraße, wichen dem Verkehr aus und ließen dann den Lärm und den Autogestank hinter sich auf ihrem Weg in die Fieldgate Street und weiter den Stepney Way entlang. Nach einer Viertelstunde kamen sie zu einem großen Wohnblock mit braunen und schwarzen Backsteinhäusern. Im inneren Hof waren schon Dutzende von Kindern zu sehen, die müßig im Schatten herumhingen, Gefangene der aufsteigenden Hitze.

»Schulferien find ich gut«, sagte Sydney. »Da hüpfen so viele normale Kinder rum, daß die Bullen keine Chance haben, uns zu erkennen.«

»Sei dir nicht zu sicher«, antwortete Zwielicht. Er ging in den Hof, und die Mädchen folgten ihm. »In dem ganzen Gedränge hier muß sich doch *ein* Borrible verstecken«, sagte er. »Wie wär's mit dem da in der Ecke, der da auf der untersten Stufe hockt?«

Chaline und Sydney sahen hinüber. Der Junge auf der Treppenstufe trug einen halben mauvefarbenen Strumpf als Mütze über den Kopf gezogen, schön weit über die Ohren.

»Muß wohl«, sagte Sydney, »nur ein Borrible würde an einem solchen Tag eine Mütze tragen.«

»Schaun wir doch mal nach«, sagte Zwielicht. »Aber schön langsam, oder er haut ab.«

Sie durchquerten den Hof; über ihnen spähten Augen über Balkonbrüstungen, und jemand spuckte hinunter, aber es war schlecht gezielt, und niemand wurde getroffen. Chaline sah die Spucke am Boden zerplatzen und streckte spöttisch, ohne aufzusehen, zwei Finger in die Luft.

Die Geste erregte die Aufmerksamkeit des mauvebemützten Borribles, der hinter sich griff und eine Schleuder aus seiner Tasche zog. Borribles sind nie gleich zu Anfang freundlich, nicht einmal mit ihren eigenen Leuten. Sie streiten sich regelmäßig, kämpfen häufig und trauen nie einem Fremden. Rasch und ruhig lud der Borrible seine Schleuder, dann pfiff er schrill durch die Zähne, und der Kopf und die Hände eines Kollegen erschienen auf dem ersten Balkon: Auch er hatte eine Schleuder.

Ein, zwei Meter vor den Stufen hielt Zwielicht an und zog betont langsam seine eigene Schleuder aus der Tasche, um sie dann wieder verschwinden zu lassen.

Was Zwielicht getan hatte, war von Bedeutung. Die Schleuder ist die traditionelle Waffe der Borribles – sie haben sie seit Generationen benutzt, wegen ihrer tödlichen Einfachheit. Man kann sie überall herstellen, und vor langer Zeit, im neunzehnten Jahrhundert, als die Borribles viel durchzustehen hatten, wurde die Schleuder ihre beliebteste Verteidigung. Durch das Hervorholen der Schleuder hatte Zwielicht gezeigt, daß er ein Borrible war, und durch das Zurückstecken, daß er mit friedlichen Absichten gekommen war.

»Bin ein Borrible«, sagte Zwielicht, »und ich und die beiden hier sind auf der Suche nach einem Borrible namens Vulgo, der wohnt hier irgendwo. Diese Mädchen waren mit ihm auf der Großen Rumbeljagd.«

Der Borrible aus Stepney steckte seine Schleuder wieder weg. Er winkte kurz, und sein Freund auf dem Balkon verschwand. »Laßt mich mal 'n Ohr sehen«, sagte er.

Chaline zog ihr langes Haar etwas nach oben. Der Borrible nickte zufrieden.

»Große Rumbeljagd, die zwei hier? Schaun aus, als ob sie nicht mal allein über die Straße kommen. Na, ich will's dir mal glauben, andre wären da nicht so gutmütig... laßt mal hören, wie Vulgo aussieht, wenn ihr Freunde von ihm seid.«

Chaline beschrieb ihn so, wie Sydney es getan hatte. »Und jetzt hinkt er«, schloß sie, »wo er im Rumbelreich verwundet worden ist.«

Der Stepney-Borrible nickte. »Also gut. Hier ums Haus rum, über die Helly Street, am Kanal rauf zum Oceans-Wohnblock, und dann seht ihr gegenüber der Grünanlage ein paar verlassene Häuser. Das dritte ist das, was ihr sucht... Ich weiß wirklich nicht, Mädels.«

Chaline funkelte ihn an. »Dir könnt ich mit meiner Schleuder auf hundert Meter das Ohr abnehmen«, sagte sie.

»Und ich treib dir aus derselben Distanz einen Stein ins Nasenloch«, sagte Sydney.

Der andere Borrible lachte, ein kalter Laut im glühendheißen Viereck des schwarzen Hofs. »Ich hab die Geschichte von Vulgo gehört«, sagte er. »Du mußt die sein, die den Rumbel im Suppentopf ertränkt hat.«

»Ganz recht«, sagte Chaline. »Bin ich.«

»Na, es ist und bleibt schwer zu glauben, und ihr könnt's Vulgo ausrichten, wenn ihr ihn seht.«

»Von wem? Wie heißt du denn?« fragte Zwielicht.

»Garderobo«, sagte der Borrible. »Und dein Name?«

»Zwielicht«, sagte Zwielicht.

»Paßt auch verdammt gut zu dir«, sagte Garderobo. Es war offensichtlich, daß er Bangladeshis nicht ausstehen konnte, und er sagte nichts weiter. Zwielicht zwang sich zu einem Kompliment.

»Garderobo ist ein guter Name«, sagte er, »ich würde gern eines Tages die Geschichte dazu hören«, und dann drehte er sich um und ging mit Chaline und Sydney aus dem Hof hinaus.

Bald hatten sie Vulgos Haus gefunden, und nachdem sie sich vergewissert hatten, daß sie nicht beobachtet wurden, schlüpften die drei Borribles in eine Gasse hinter dem Gebäude. Es war kein Laut zu hören, die Häuserzeile schien verlassen; in den Fenstern war auch kein Glas mehr und in den Türöffnungen keine Tür. Der Abfall der Straße hatte sich in die Häuser verlagert und türmte sich bereits zu großer Höhe auf, und meistens waren auch die Decken eingebrochen; der Schutt ging einem bis zu den Knöcheln, und alles roch nach Verfall.

»Ich geh als erste«, sagte Chaline. Vorsichtig führte sie die anderen eine Treppe hinauf, deren Stufen sich unter dem Gewicht der drei leicht verschoben. Im Hinaufgehen pfiff Chaline: Sie hoffte, daß Vulgo – wenn er da war – das Signal erkennen würde, das sie auf der Großen Rumbeljagd vereinbart hatten.

Sie blieb stehen. Irgendwo über ihnen öffnete sich eine Tür, und eine Stimme sagte: »Verpißt euch, ihr seid im falschen Haus.«

Chaline schaute nach oben, konnte aber niemand entdecken.

»Ich bin gekommen, um Vulgo zu besuchen«, sagte sie. »Wir sind's, Chaline und Sydney.«

»Da stutz mir doch einer die Ohren«, sagte Vulgo und ging oben auf dem Treppenabsatz ein paar Schritte weiter, so daß man ihn sehen konnte. »Rauf mit euch und laßt euch anschauen.«

Die beiden Mädchen rannten die restlichen Treppenstufen hinauf und warfen die Arme um Vulgos Schultern.

»Hilfe, loslassen«, sagte er. »Kommt mal in mein Zimmer und trinkt 'nen Tee mit, und euer Freund da auch, wenn's einer ist.«

In seinem Zimmer ließ Vulgo alle sich hinsetzen und holte eine Teekanne und ein Päckchen Tee. Dann knipste er einen elektrischen Wasserkessel an. »Ist immer voll«, erklärte er. »Tee trink ich jede Menge.«

Chaline sah sich im Zimmer um – es war wie die meisten Borriblezimmer, die sie gesehen hatte, ihr eigenes eingeschlossen. Die Fenster waren mit einer alten Decke zugehängt, und ansonsten gab's eine nackte Glühbirne, eine Matratze, ein paar Orangenkisten als Schränke und ein paar von den kleinen Traubenfässern, umgekehrt aufgestellt, als Sitzgelegenheiten.

Vulgo hockte neben dem Kessel und wartete darauf, daß das Wasser kochte.

»Das ist Zwielicht«, sagte Sydney.

»Ein guter Name«, sagte Vulgo.

»Wenn Zwielicht nicht gewesen wäre«, erklärte Chaline, »dann hätten sie mir jetzt die Ohren gestutzt.« Sie erzählte die Geschichte ihrer Rettung und wie Sydney hergekommen war.

Vulgo musterte den Bangladeshi mit zusammengekniffenen Augen. »Wer einen Freund von mir rettet, ist auch mein Freund«, sagte er. Dann kochte das Wasser, und er goß den Tee auf, den er schließlich, als er fertig war, in vier Marmeladegläser goß, in denen er den Zucker mit einem Messer umrührte. Er hinkte durch den Raum und verteilte die Gläser.

»Wie geht's dem Bein?« fragte Chaline.

»Ist besser als gar keins«, sagte Vulgo, und er berührte seine alte Wunde und grinste. »Komm ganz gut zurecht damit. Kann immer noch rennen, obwohl ich dann wie ein Hund auf drei Beinen ausseh. Trotzdem, ich halt mich möglichst raus. Mit Abenteuern bin ich bedient, die Rumbeljagd hat mir gereicht.« Vulgo runzelte plötzlich die Stirn, und seine Augen wurden mißtrauisch. »Du bist eine ganz schöne Strecke von daheim weg, Sydney, was hast du vor?«

»Sag's ihm«, sagte Chaline.

Sydney holte ihren Papierfetzen aus der Tasche und gab ihn Vulgo. »Was hältst du hiervon?« fragte sie.

Vulgo las die Botschaft laut. »Sam lebt noch. Zuletzt in Fulham gesehen. Braucht Hilfe. – Ein Borrible.« Er gab das Papier zurück und schwieg einige Augenblicke. Sein Gesicht wurde finster. »Es könnte eine Falle sein«, sagte er schließlich.

»Eine Falle!« sagte Sydney.

Vulgo schlürfte einen Schluck aus seinem Marmeladeglas. »Schon mal was von der SBE gehört«, fragte er, »und von Inspektor Snuffkin?«

Chaline nickte. »Der Bulle, der mich gestern geschnappt hat, hat was davon gesagt. Die wollen uns alle kassieren.«

»Wollen sie stets und immer«, sagte Zwielicht.

»Ja«, sagte Vulgo, »aber das ist was anderes. Das Auge des Gesetzes war äußerst schockiert, als man Tautröpfchen und Herbie gefunden hat, vor allem, als man sie mausetot gefunden hat. Dem Snuffkin hat man den Auftrag erteilt, eine Spezial-Borrible-Einheit zu organisieren, vor allem, um rauszukriegen, wer Tautröpfchen auf dem Gewissen hat, aber auch, um möglichst viele Borribles zu fangen, ihnen die Ohren zu stutzen und sie in normale Kinderchen zurückzuverwandeln. Die wissen alles über uns, die haben das Große Buch der Borrible-Sprichwörter, die haben ein paar Borribles gefangen und sie zum Reden gezwungen. Tag und Nach fahren die kreuz und quer durch London, in blauen Mannschaftswagen mit dunklen Fenstern. Wenn sie 'ne Schleuder sehen oder eine Wollmütze oder ein Kind in der Nähe von einem Haus wie dem hier, dann in Sekundenschnelle raus aus dem Auto, und zack, ins Gefängnis und ward nicht mehr gesehen.«

»Gut, wissen wir alles«, sagte Sydney, »was hat das mit der Nachricht hier zu tun?«

»Hör nur gut zu«, sagte Vulgo. »Wenn dieser Snuffkin das mit Tautröpfchen und Herbie weiß, dann kann es durchaus sein, daß er auch über die große Schlacht im Rumbelreich Bescheid weiß. Vielleicht weiß er sogar, daß Sam uns geholfen hat, und dann braucht er bloß ein paar Zettel wie den hier in der Gegend verstreuen, und wenn er weiß, wie Borriblebotschaften von Hand zu Hand weitergegeben werden, dann weiß er auch, daß so eine Botschaft eine gute Chance hat, am Ende jemand zu erreichen, der tatsächlich auf der Großen Rumbeljagd war. Und wenn derjenige welcher blöd genug wäre, in Fulham nach Sam zu suchen, und wenn Snuffkin ihn schnappt, dann könnte die SBE doch ziemlich sicher sein, daß sie jemand haben, der mit dem Southfields-Mord in Verbindung steht, hm?« Und Vulgo lehnte sich zurück, wiegte den Kopf und trank seinen Tee mit dem Gebaren eines Borribles, der die Gedanken eines Polizisten über den halben Planeten hinweg mühelos lesen kann.

Sydneys Gesicht zeigte deutlich ihre Enttäuschung; sie tat Chaline leid; sie wußte, wieviel Sam, das Pferd, dem Mädchen aus Neasden bedeutete.

»So hab ich mir's noch nicht überlegt«, sagte Sydney. »Aber es *muß* ja keine Falle sein, oder? Ich meine, Borriblebotschaften kommen schließlich auf diese Art und Weise durch ganz London, sie könnte von einem Borrible in Fulham sein, der Sam gesehen hat und die Geschichte kennt. So könnte es doch auch sein. Oder?«

»Schon«, sagte Vulgo, »aber wenn wer geht und nach Sam sucht, soll er sich am besten ein gutes Fernglas mitnehmen, weil unter dem Pferdeschwanz bestimmt ein Bulle wartet.«

»Ich würde mit ihr mitgehen«, sagte Zwielicht. »Ich hab da keine Angst.«

Vulgo drehte sich auf seinem Faß herum und lächelte. Sein glattes braunes Haar und sein spitzes Kinn ließen sein Gesicht freundlich-boshaft erscheinen. »Hier geht's nicht ums Angsthaben, hier geht's darum, daß man nicht die Ohren gestutzt kriegt, eine Frage des Überlebens, wie immer. Wenn du die Hälfte von dem gesehen hättest, was wir auf der Großen Rumbeljagd zu sehen bekommen haben, würdest du gern in der Nähe von deinem Markt bleiben, in deinem Haus wohnen, und einen großen Bogen um die Plattfüße machen.«

»Aber genau das ist's«, sagte Zwielicht und zog die Schultern nach oben, »ich hab nicht einmal die Hälfte von dem gesehen, was ihr gesehen habt, und werd's auch nicht, wenn ich nicht was unternehme.«

»Also, was ich meine, was ich empfinde«, sagte Sydney, »ist: Wir schulden Sam unser Leben. Ich hab's ihm versprochen, ich komm zurück und hol ihn. Das Versprechen hab ich nie vergessen, und seit ich die Nachricht hier bekommen hab, muß ich immer dran denken.«

»Na, du bist nicht die einzige, die an Sam gedacht hat«, sagte Vulgo. »Ich hab das auch, und wahrscheinlich die anderen auch. War mir ganz gegen den Strich, ihn da am Wandleufer zurückzulassen, aber heutzutage ist das Reisen gefährlich, und es wird ständig noch gefährlicher, wir sollten nicht einfach so durch London flattern und uns von der SBE einsammeln lassen. Das würde Sam selbst auch nicht wollen.«

Sydney starrte auf den Zettel in ihrer Hand. Sie wollte so gerne daran glauben, und jetzt hatte Vulgo ihre Zuversicht zerstört.

»Na gut«, sagte sie. »Ich weiß, Chaline will nicht mitgehen, aber ich nehm an, Zwielicht und ich können zusammen gehn, nur mal uns umsehen, meine ich.«

Vulgo schüttelte den Kopf. »Ich will mir keine Namen mehr verdienen. Den Ehrgeiz, wie ihn Poch hatte, den hab ich nicht. Er wollte sich mehr Ruhm holen als jeder andere Borrible, und wo ist er jetzt? Tot und tief im Schlamm des Wandle. Wie geht das Sprichwort … ›Ein guter Name ist genug, ist nur der Name gut genug.‹ Na, meiner ist's.«

Keiner sagte mehr etwas; es war lange still. Sie konzentrierten sich darauf, ihren Tee zu Ende zu trinken. Vulgo stand sogar auf und machte frischen Tee, und die ganze Zeit waren seine Gäste still. Sydney starrte immer noch auf ihren Zettel, und Chaline fiel nichts ein, womit sie ihre Freundin hätte trösten oder aufheitern können. Zwielicht hielt sich zurück, weil es nicht seine Angelegenheit war: das hier betraf drei alte Freunde, Veteranen eines wilden und gefährlichen Erlebnisses, an dem er keinen Teil hatte.

Zehn Minuten waren vergangen. Chaline konnte sehen, daß Vulgo angestrengt nachdachte, seine oberen Zähne auf die Kante seines Marmeladeglases voll Tee gestützt. Schließlich stand er auf, hinkte zu einer Orangenkiste hinüber, holte einige Äpfel hervor und verteilte sie.

»Also, ich hab folgende Idee«, sagte er. »Jetzt sind Schulferien, für uns ist das Reisen jetzt sicherer. Ich bin nicht für irgendwas Gefährliches, aber was wir tun könnten, ist, die anderen Überlebenden zusammenzuholen; fehlt nur noch der alte Stonkus aus Peckham und Bingo aus Battersea, dann könnten wir uns alle besprechen. Wir suchen uns jemand, der grade nach Peckham rübertigert und schicken Stonkus eine

Nachricht und sagen, wir treffen uns in Bingos Haus. Auf dem Weg nach Battersea fragen wir dann alle Borribles, die wir sehen, ob sie irgendwelche Botschaften wegen Sam bekommen haben. Wenn nicht, ist die Botschaft wahrscheinlich echt, wenn man ein paar davon gesehen hat, ist's wahrscheinlich eine Falle. Auf die Weise müssen wir uns nicht festlegen wegen Fulham, bis wir gehört haben, was jeder zu sagen hat. Wie kommt dir das vor, Sydney, ist das besser?«

Sydney schaute auf und lächelte, ihr Gesicht hellte sich auf. »Ach Vulgo«, sagte sie, »das ist wunderbar, verdammtnochmal, wunderbar.«

Die vier Borribles wollten keine Zeit vergeuden und beschlossen, am nächsten Morgen aufzubrechen. Die Nachricht nach Peckham ging über das Borriblenetz hinaus, und Zwielicht meldete sich freiwillig zum Organisieren der Vorräte, die sie für den langen Marsch nach Battersea brauchen würden. Er verließ Vulgos Haus am Nachmittag und versprach, bis zum Einbruch der Nacht wieder zurück zu sein.

Vulgo kontrollierte seine Schleuder. Außerdem gab er Chaline eine, die er übrig hatte, als Ersatz für die, die ihr von dem Polizisten abgenommen worden war. Später verschwand er für ein, zwei Stunden, »ein paar ordentliche Steine besorgen«, wie er sagte.

Diese Nacht schliefen alle vier in Vulgos Haus und beim ersten Frühlicht standen sie auf und frühstückten ausgiebig.

»Wir gehen auf die Straße, sobald der Berufsverkehr einsetzt«, sagte Vulgo, »da fallen wir nicht so auf. Denkt dran, das leiseste Anzeichen, daß irgendwas nicht sauber ist, und wir rennen los. Wenn wir getrennt werden, Treffpunkt bei Bingo.«

»Großartig«, sagte Zwielicht. »Ist dir eigentlich klar, daß ich noch nie aus dem East End draußen war, geschweige denn übern Fluß?«

»Nun ja«, sagte Chaline, »hoffen wir, daß es einfach ein kleiner Spaziergang wird und sonst nichts.«

Es war dann auch ein schöner Spaziergang. Die Route führte weit am Fluß entlang, und das Wasser der Themse blitzte und glänzte im Sonnenlicht. Schlepper und Lastkähne dampften mit der Flut an ihnen vorbei; Möwen schwangen sich auf den kreisenden Strömen der warmen Luft dahin, und ihre langen klagenden Rufe ließen das Themseufer exotisch wie eine Schatzinsel erscheinen. Busse und Autos glänzten und dampften in der Hitze, und der blaue Qualm der Abgase schwebte als blasses Rinnsal einen Meter oder so über dem Blasen werfenden Teer der Straßen.

Das war das Zentrum Londons im Sommer, und so zufrieden waren es die Borribles, ein Teil ihrer Stadt zu sein, daß sie leise vor sich hin zu singen begannen, wie sie den heißen Gehsteig entlang daherkamen – ein Lied, das von ihrer Art zu leben erzählte, und wie sie dieses Leben genossen, eines der berühmtesten Borriblelieder, die je geschrieben worden waren:

Wer läßt sich gern an die Kette legen?
  Wer latscht Tag für Tag ins Büro?
Ängstlich grinsen und dienern? Von wegen!
  Wer will still und sparsam sein Lohntütchen pflegen?
Wer möchte Direktor sein oder so,
  Mit Chauffeur in den Aufsichtsrat alle Tage?
Wenn ihr uns fragt, nicht ums Verrecken,
Die Jobs, meine Herrn, könnt ihr euch sonstwohin stecken,
  Als Beruf kommt für uns nur die Freiheit in Frage!

Freiheit! Uns kriegt ihr nie zu fassen!
  In ganz London füllen wir unseren Bauch,
Im Hin und Her der Straßen und Gassen,
  Die wir so lieben! Die wir nie lassen!
Der Fluß zieht wie im Traum durch den Rauch –
  Geht nur verbissen zur täglichen Plage,
Wir schleichen souverän durch die Stadt,
Das Lumpengesindel, das alles hat,
  Als Beruf kommt für uns nur die Freiheit in Frage!

So marschierten sie am Nordufer entlang, bis sie zur Albert Bridge kamen; dort kreuzten sie den Fluß. Als sie drüben waren, gingen sie rechts und an den Busdepots vorbei, dann in die Church Road, wo eine große Veränderung sie erwartete. Die hohen schwarzen Mauern von Morgans Schmelzofenwerken, die hohen Schornsteine, die sich immer gegen die Wolken abgezeichnet hatten, die Quadratkilometer rußiger Fenster, alles war verschwunden. Die Fabrik war abgerissen worden.

»Schaut euch das an«, sagte Chaline. »Seltsam, nicht?«

Sie gingen weiter und blieben kurz bei St. Mary's Church und dem Pub *The Old Swan* stehen.

»Da sind wir gelandet, nachdem wir den Wendels davon sind«, sagte Sydney, »und wir sind dann in die Borriblehäuser gegenüber. Haben sie auch abgerissen; alles verschwindet.«

Schließlich kamen sie an ihr Ziel, bogen in die Battersea High Street ein und gingen weiter in Richtung Straßenmarkt … aber sie blieben nicht unbeobachtet. Als sie an der Ecke Granfield Street vorbeikamen, trat ihnen ein Borrible mit einem alten Blazer der Sinjen-Schule und zerknitterten grauen Hosen in den Weg und sagte: »Was treibt ihr denn hier alle?«

Es war Grabscher, Pochs Freund, und Chaline erkannte ihn.

»Wir sind Borribles, ist schon in Ordnung«, sagte sie. »Drei von uns waren auf der Rumbeljagd.«

Grabscher zeigte sich unbeeindruckt. »Wenn schon«, sagte er, »ich will immer noch wissen, was ihr hier treibt, ist nicht euer Revier hier.«

»Mach keine Zicken«, sagte Vulgo, »wir wollen zu Bingo, nicht zu dir. Warum machst du uns nicht Platz?«

Grabscher machte einen Schritt auf Vulgo zu. »Wenn ihr bloß nicht hergekommen seid, um wieder so ein hirnrissiges Abenteuer anzuleiern. Wo ist jetzt Poch, hm, wo ist mein Freund? Tot, ja?« Grabscher ballte die Fäuste, und er stand da, als ob er gegen alle vier antreten wollte.

»Spinn doch nicht rum«, sagte Chaline. »Wir wollen was mit Bingo bereden, das ist alles.«

»Ich sag's ihm«, sagte Grabscher. »Und was euch betrifft, ihr geht mal besser und meldet euch bei Zoff.« Und damit drehte er sich auf dem Absatz um und rannte davon. Die vier Reisenden sahen ihm nach.

»Freundlicher kleiner Typ, was?« sagte Zwielicht. »Kann's nur nicht so zeigen.«

»Er hat Poch sehr gemocht«, sagte Chaline, »kann also wohl nicht der Schlechteste sein. Vielleicht haßt er uns, weil wir zurückgekommen sind und Poch nicht.«

»Wie steht's mit Zoff?« wollte Sydney wissen. »Komisch, aber keiner von uns hat drangedacht, zu ihm zu gehen, oder?«

»Was hat der damit zu tun?« fragte Zwielicht.

»Der hat das Borriblehaus, wo Poch gewohnt hat«, erklärte Chaline. »War eigentlich er, der damals alle überredet hat, auf die Rumbeljagd zu gehen. Er hat Poch den geheimen Auftrag gegeben, den Rumbelschatz zu holen und zurückzubringen. Wenn ihr mich fragt, der war bloß auf das Geld scharf.«

»Können wir nicht wissen«, sagte Vulgo und wiegte den Kopf.

»Nein, können wir nicht«, gab Chaline zu, »aber wie ich das sehe, ist Zoff gerissen, dem trau ich nicht so weit, wie ich ein Klavier werfen kann. Na ja, wo wir jetzt hier sind, sagen wir's ihm besser, sonst gibt es noch Stunk.«

Zoffs Haus stand auf halber Höhe der High Street, hoch, breit und verlassen, alle Fenster zugenagelt und ein schweres Stück Wellblech über dem Haupteingang. Die Fassade des Gebäudes war schmutziggrau gestrichen, und in schwarzen Lettern verkündete eine Aufschrift »Bunhams Patentschlösser GmbH Tel. 4828«.

Die vier Borribles hingen einige Minuten vor dem Haus herum, bis die Straße in der Nähe frei von Passanten war; kein Borrible läßt sich gern beim Betreten eines verlassenen Hauses beobachten. Als die Luft rein war, gingen sie die steile Treppe zur Kellertür hinunter, die sie offen fanden; sie betraten einen feuchten, grünschimmeligen Raum ohne irgendwelche Möbel. Der Gips war in zahlreichen Klumpen von der Decke abgebröckelt und lag überall herum.

Vulgo betrachtete die Wände und zog scharf die Luft durch die Nase. »Hier sind wir abmarschiert«, sagte er zu Zwielicht, »direkt hier in diesem Raum, wir acht. Zoff wohnt oben, auf geht's.«

Auf dem ersten Treppenabsatz hielt Vulgo vor einer ungestrichenen Tür und klopfte mit dem Borriblesignal: lang, kurz, kurz, lang. Die Tür öffnete sich sofort, und Grabscher erschien. Er deutete mit dem Daumen über die Schulter und drängte sich an ihnen vorbei.

»Er weiß, daß ihr da seid«, sagte er, »ich hab's ihm gesagt.« Sich in den Schultern vor und zurück wiegend ging er die Treppe hinunter.

»Ist nicht so schlimm, wie er aussieht«, sagte eine Stimme. Zoff stand unter der Tür.

Chaline betrachtete ihn genau. »Der kleine Arsch hat sich kein bißchen verändert«, sagte sie zu sich selbst. »Nicht das kleinste bißchen.« Es war sein Gesicht, an das sie sich erinnerte: klar und hell wie das eines Zwölfjährigen, mit Augen, die ständig leuchteten, dunkel, mit einem Funken tiefer List, einer Verschlagenheit, die jahrhundertealt hätte sein können. Er trug derselben orangenen Morgenmantel und dieselbe rote Strickmütze.

»Kommt doch lieber alle mal rein«, sagte er und winkte sie ins Zimmer.

Innen ließ sich Zoff in seinen alten Sessel sinken. Trotz der sommerlichen Hitze brannte ein Paraffinkocher auf kleiner Flamme, und obendrauf brodelte eine große braune Emailleteekanne. Zoff stellte vier Tassen auf eine Orangenkiste und goß eine Flüssigkeit ein, die wie Schießpulver schmeckte und der man löffelweise Zucker zusetzen mußte, damit man sie trinken konnte.

»Na, das muß ich sagen«, sagte er nach dem ersten Schluck, »das ist wirklich nett von euch, den ganzen langen Weg herzukommen, um mal guten Tag zu sagen. Sydney, Vulgo und Chaline, stimmt's? Muß sechs oder sieben Monate her sein, seit ich euch gesehen habe. Wer ist der schwarze Junge? Kenn ich nicht, oder?«

»Mein Name ist Zwielicht«, sagte der Bangladeshi nicht ohne Stolz.

»Ein ungewöhnlicher Name«, sagte Zoff. »Ich hoffe, daß du Zeit finden wirst, mir deine Geschichte zu erzählen, solang du hier bist.«

Zoff schlug nun vor, daß die vier Borribles sich mit ihren Tassen auf die Traubenfässer setzen sollten, die an einer Wand des Zimmers aufgereiht standen. Das taten sie, machten sich's bequem und tranken und schwitzten in der überheizten Luft des Zimmers, obwohl keiner etwas sagte. Diese Stille wurde peinlich, und Chaline fragte sich, ob ihre Ankunft Zoff irgendwie aus dem Konzept gebracht hatte. Es war immer schwierig, seine Reaktionen genau einzuschätzen. In dem kleinen harten Schädel lagen lange Korridore der List voll hallender Echos.

»Grabscher sagte, ihr wollt zu Bingo«, sagte er schließlich über den Rand seiner Teetasse hinweg. Der Dampf strömte nach oben über sein Gesicht und verhüllte das Leuchten seiner Augen. Er wartete und lächelte, als hätte er den Verdacht, seine Gäste wüßten etwas, das sie lieber nicht wissen sollten, ginge es nach ihm – und als wünschte er doch, herauszufinden, wieviel sie wußten, ohne daß er selbst etwas preisgeben mußte.

Sydney sah ihre drei Gefährten an, wischte sich etwas Schweiß von den Augenbrauen, hustete und sagte: »Wir… das heißt, ich… ich bin zu Chaline gegangen, weil ich mir wegen Sam Sorgen gemacht habe.«

»Sam?« fragte Zoff, und seine Stirn legte sich in Falten, als bedeute ihm der Name überhaupt nichts. Chaline kniff verächtlich den Mund zusammen. Sie war überzeugt, daß Zoff sich an jedes Detail der Expedition gegen die Rumbels erinnerte, und daß er darüber hinaus einen großen Teil seiner Zeit damit zubrachte, über die Rumbeljagd nachzudenken, darüber, was damals passiert war und was deswegen noch alles passieren mochte.

»Sam«, sagte sie und gab sich keine Mühe, den sarkastischen Ton zu unterdrücken, »war das Pferd.«

»Ach ja«, sagte Zoff. »Das Pferd, natürlich.« Er lächelte. »Wie töricht von mir.«

»Also«, fuhr Sydney fort. »Ich hab ihm das Versprechen gegeben, daß ich zurückkomme und ihn hole … und neulich bekomm ich das da.« Sydney gab Zoff die Botschaft; er studierte sie genau und betrachtete beide Seiten des Papiers prüfend.

»Hmmm«, sagte er schließlich, als er fertig war. »Fulham – werdet ihr hingehen?«

Vulgo lehnte sich vor und stützte die Ellenbogen auf die Knie, die Tasse zwischen den verschränkten Händen. »Der springende Punkt ist, Zoff, ich glaub, diese Botschaft ist ein Lockvögelchen, ich glaube, da hat sich die SBE was ausgedacht.«

Zoff beschaute wieder den Zettel. »Das ist ein Gedanke«, sagte er. »Diese Plattfüße von dem Snuffkin werden langsam regelrecht lästig. Zweimal haben sie hier das Haus durchsucht, hab's beim zweiten Mal grade noch geschafft, abzuhauen. Jetzt haben wir Bribleposten an jedem Ende der Straße. Sobald einer von diesen blauen Wagen angeeiert kommt, Kollegen, sind wir ruckzuck verschwunden.«

Vulgo nickte. »Wäre ein Kinderspiel für die SBE gewesen, weißt du, so einen Zettel hier zirkulieren zu lassen … obwohl ich zugeben muß, daß wir auf dem Weg hierher mit einer Menge Borribles gesprochen haben, und keiner hatte eine Botschaft wegen Sam je gesehen, insofern könnte sie natürlich auch echt sein. Andererseits, wenn wir zu dem Ergebnis kommen, daß es eine Falle ist, sollten wir uns das Pferd ganz aus dem Kopf schlagen.«

»Mein ich aber auch«, sagte Zoff. Falls er vorher nervös gewesen sein sollte, entspannte er sich jetzt sichtlich. »Was meinst du, Chaline?«

»Ich meine überhaupt nichts. Ich bin nur so mitgekommen – und um Bingo und Stonkus zu sehen. Sydney hat ein Versprechen gegeben, aber ich nicht.« Sie zuckte die Achseln.

Zwielicht unterbrach: »Ich würde sofort nach Fulham gehen, wie nichts.«

Zoff lachte. »Wie Poch. Der ist wie Poch.«

»Genau«, sagte Chaline, »und Poch ist tot, und das war deine Schuld. Du bist so raffiniert, daß du dir noch mal selbst im Dunkeln begegnest, das sag ich dir ins Gesicht.«

Zoffs Gesicht verfinsterte sich. »Ich wollte nur das Geld unter alle verteilen.«

»Borribles sollten mit Geld gar nicht erst anfangen«, sagte Vulgo.

Zoff schnitt eine Grimasse. »Na, bis jetzt hatten sie ja auch kaum Gelegenheit dazu, wir haben ja nie welches«, sagte er. Er schaute Chaline direkt in die Augen. »Du hast mich nie leiden können, Chaline, selbst bevor Poch tot war, aber du kannst nicht bestreiten, daß wir von den Rumbels seit dem Angriff keinen Mucks mehr gehört haben. Keinen Mucks.«

»Richtig«, sagte Chaline, »dafür haben wir jetzt die SBE.«

»Die Welt tut uns keinen Gefallen«, sagte Zoff, und dann zitierte er aus dem Buch der Borrible-Sprichwörter: »Der Borrible kriegt nur das Geschenk, das er sich nimmt.« Er betrachtete seine Besucher einen Augenblick lang prüfend. »Was macht ihr jetzt?«

»Wir besprechen das mit Bingo«, sagte Vulgo, »und Stonkus.«

»Na denn«, sagte Zoff. »Ich meine im übrigen, ihr solltet herausfinden, wo das Pferd ist. Wenn es wirklich in Fulham steckt, und wenn ihr zu dem Schluß kommt, daß es keine Falle ist, dann könnten wir doch einfach mal vorbeigehn und uns die Sache ansehen.«

»Wir?« rief Sydney.

»Ja, warum soll ich nicht auch mitkommen, bin seit einer Ewigkeit nicht mehr auf eine kleine Reise gegangen. Möchte nicht die ganze Zeit hier rumsitzen, außerdem tut's mir gut, mal hier wegzukommen.«

Sydney und die drei anderen starrten sich an. Diese Entwicklung der Situation verblüffte sie vollständig. Niemand konnte sich erinnern, daß Zoff sein Zimmer je für einen nennenswerten Zeitraum verlassen hätte.

»Mit dir würd ich nicht mal die Straße runtergehen«, sagte Chaline.

Zoff zog die Augenbrauen hoch. »Tut nichts zur Sache, du hast gesagt, du gehst ohnehin nicht mit. Sydney, Zwielicht und ich packen das allein, selbst wenn Bingo und Stonkus nicht mitwollen.«

»Nun mal einen Moment«, sagte Vulgo errötend. »Ich hätte nichts dagegen, zu gehn, wenn ich sicher wäre, daß es keine Falle von der SBE ist.«

Zoff lehnte sich vor. »Es hat gar keinen Sinn, jetzt was entscheiden zu wollen, solange wir nicht mehr Informationen haben. Ich hab ein paar Freunde in Fulham, ich versuch mal rauszufinden, ob an der Botschaft was Wahres dran ist.«

Chaline knallte ihre leere Tasse auf den Boden.

»Hast du je irgendwelche Nachrichten aus dem Revier der Wendels gehört?« fragte sie.

In Zoffs Augen glomm tief hinten Haß auf. »Nee«, sagte er, »nur Gerüchte, aber aus dem Revier von den Wendels kommen auch zu den besten Zeiten nicht besonders viel Nachrichten.«

Chaline zeigte mit dem Finger auf ihn. »Dir ist es schnurzegal, was mit Poch passiert ist.«

Zoff goß sich noch eine Tasse Tee ein. »Ich bin seit Jahren ein Borrible, seit langen Jahren«, sagte er, »mehr Jahre als der Rest von euch zusammengenommen. Paß auf, was du sagst, Chaline, oder ich verpaß dir eine, daß du nächste Woche wieder zu dir kommst.«

»Nicht, solang ich hier bin«, sagte Vulgo ruhig.

»Oder ich«, sagte Sydney.

»Oder selbst ich«, fügte Zwielicht hinzu.

Zoff hob seine Tasse und neigte spöttisch den Kopf. »Gut denn«, sagte er. »Das Zimmer oben steht leer. Markttag ist jeden Tag in der Woche, bedient euch, kommt mir nicht in Schwierigkeiten und macht mir keine Battersea-Borribles kopfscheu, während ihr hier seid.«

»Herzlichen Dank«, sagte Chaline und ging rasch aus dem Zimmer. Die anderen folgten nacheinander, nur Vulgo hielt noch einmal auf dem Weg nach draußen an.

»Nicht so wild mit Chaline«, sagte er. »Es geht ihr nahe, wenn sie sich an das Abenteuer erinnert, Poch und das alles. Sie glaubt, es ist nicht richtig, wenn sich Borribles auf irgendwelche Schwierigkeiten einlassen.«

Zoff lächelte sein listigstes Lächeln. »Schwierigkeiten? Auf die braucht sich niemand einzulassen«, sagte er. »Die kennen den Weg zu jeder Tür ganz von selbst, der Trick ist, daß man nicht zu Hause ist, wenn sie anklopfen.« Und er warf den Kopf zurück, und sein Lächeln zerbrach in Stücke und wurde zu rauhem Gelächter. Vulgo sagte nichts mehr, sondern wandte sich ab und ging; er schloß die Tür leise hinter sich und folgte seinen Freunden nach oben.

Oben stand Bingo. »Hab den alten Miesepeter Grabscher auf dem Markt gesehen«, sagte er und schlug Vulgo auf die Schulter. »Hallo, du Krüppel, hinkst du jetzt besser?«

Bingo war schmal gebaut, selbst für einen Borrible; er war etwa so groß wie Zwielicht, aber dünner. Seine Haut sah gesund aus; seine blauen Augen waren ständig in Bewegung, aber nie verstohlen, sein Haar war dunkel und kräuselte sich wie Stahlwolle. Wenn er redete, lächelte er. Es mußte schon schlimm kommen, damit er sich schlecht fühlte.

»Das Hinken geht ausgezeichnet«, sagte Vulgo und schob seinem Kumpel sanft die flache Hand ins Gesicht.

»Wer ist der Bimbo hier?«

»Mein Name ist Zwielicht«, sagte der Bangladeshi, richtete sich zu seiner vollen Größe auf und sah Bingo direkt in die Augen.

Bingo schrie entzückt auf. »Zwielicht ist ein großer und hervorragender Name, o Borrible von jenseits des Wassers, erzähl mir die Geschichte.«

»Jenseits des Wassers«, sagte Zwielicht, der wütend wurde, »red keinen Scheiß, das ist das erste Mal, daß ich aus Whitechapel raus bin.«

Bingo zwinkerte. »Na, da mußtest du doch über den Fluß rüber, um hierher zu kommen, oder?«

»Der zieht dich auf, Zwielicht«, sagte Chaline. »Laß ihn, Bingo. Zwielicht hat mich neulich vor einem Bullen gerettet.«

Bingo wurde einen Augenblick ernst. »Wer meinen Freund rettet«, sagte er, »ist mein Freund«, und er schlug Zwielicht auf die Schulter.

Der Bangladeshi freute sich so über diesen Empfang, daß er einen Kloß im Hals spürte. Er fand keine Worte, aber er nickte und lächelte.

»Jedenfalls«, fuhr Bingo fort, »gibt's das nicht, daß ihr hierbleibt, furchtbar ungemütlich. Ich hab auf dem Lavender Hill einen leeren Keller neben einem Supermarkt, hab ein paar Steine aus der Wand gelöst, Essen ist keinerlei Problem mehr. Ich biete euch ein Festessen, und Matratzen gibt's zuhauf. Wie wär's?«

Der Entschluß war leicht gefaßt, und die fünf Borribles klapperten die hölzernen Treppenstufen hinunter und hielten nur kurz im Erdgeschoß an, damit Vulgo Zoff Bescheid sagen konnte, wo sie hingingen, und auch für Stonkus eine Nachricht hinterlassen konnte.

»Alsdann«, sagte Zoff, »ich sag's ihm, und wenn ich irgendwas höre wegen dem Pferd, schick ich einen Läufer rüber. Aufgepaßt, und laßt euch nicht erwischen.«

»Nein«, sagte Vulgo, »keinesfalls«, und er hinkte davon.

Die Wartezeit verging angenehm. Wie Bingo versprochen hatte, gab es in seinem Keller einen beträchtlichen Essensvorrat, und an den meisten Tagen wanderten die fünf Borribles zusammen durch die geschäftigen Straßen um Clapham Junction, unterhielten sich mit andren Borribles und machten bei den Spielen normaler Kinder mit. Zwielicht erzählte die Geschichte seines Namens, und im Gegenzug erzählte Bingo noch eine weitere Version der Großen Rumbeljagd, erzählte von seinem Kampf in der Bibliothek gegen den besten Krieger des Rumbelreiches, einem Kampf bis zum Tod mit den Rumbelspeeren, und wie Napoleon Dutzende von Rumbels getötet und die große Bibliothek in Brand gesteckt hatte.

»Dieser Napoleon«, sagte Bingo, den Kopf schüttelnd, als könne er gar nicht recht glauben, daß er so jemand je getroffen hatte, »was für ein Raufbold war das – war einfach sein Größtes. Ich weiß, er hat uns bei den Wendels reingeritten, aber ich hab ihn gemocht, und man muß auch bedenken, daß er uns am Schluß wieder rausgeholt hat. Niemand sonst hätt's geschafft, nicht einmal Poch ... und niemand sonst hätte Eisenkopf überlistet.«

»Wie war der, der Eisenkopf?«

»Der Wendelhäuptling! Das ist das härteste, kälteste, grausamste, gemeinste Schwein von einem Borrible auf der ganzen Welt«, sagte Bingo. »Wenn du je das bedauernswerte Pech hast, ihn zu treffen, dreh dich um und lauf, was du laufen kannst. Versuch nicht, mutig zu sein oder irgend so einen Blödsinn, lauf einfach zu. Eisenkopf ist die Art Typ, dem es Spaß macht, Nadeln in einen Regenwurm zu stecken und zu schaun, wie er sich krümmt.«

An einem frühen Morgen, nach einer Woche des Schlenderns und Redens, kam eine Botschaft, auf ein Blatt Papier gekrakelt, von Zoff. »Stonkus ist da«, hieß es. Das war, wie Zoff wußte, ausreichend, damit die fünf Borribles eilig in die Battersea High Street kamen, und er hatte recht. Sie verließen Lavender Hill im Trab und behielten den ganzen Weg ihr Tempo bei. Stonkus wartete am oberen Ende des Markts auf sie, an eine Ampel gelehnt.

Für einen Borrible war Stonkus groß; er sah stark aus mit dichten schwarzen Augenbrauen und einem roten Gesicht, das nur langsam seine Gefühle erkennen ließ. Stonkus redete nie um was herum; witzig war er nicht, aber stur, zäh und verläßlich. Ein guter Freund neben einem, wenn's mulmig wurde.

»Ich wart jetzt schon einen halben Tag auf euch Vagabunden«, sagte er, und obwohl er versuchte, streng dreinzuschauen, ließ sein Gesicht wider Willen erkennen, wie er sich freute. »Sind ja Meilen von hier bis Peckham.«

»Schnauze«, sagte Bingo, »oder ich laß dir von Chaline die Nase flachbügeln.«

Nach dieser Begrüßung tauchten die sechs Freunde in den Markt, nahmen sich im Vorbeigehen was zu essen mit und folgten weiter der High Street, bis sie einen offenen staubigen Platz zwischen der Eisenbahnböschung und einem Alteisenlager erreichten, wo die kaputten Karosserien alter Autos aufgetürmt lagen, vier, fünf übereinander, in bedenklichem Gleichgewicht. Dort setzten sich die Borribles auf schmutzigen Steinen im Schatten eines Lattenzauns hin; der heiße Himmel spannte sich straff über ihnen. Alle zehn Minuten oder so ratterte ein dunkelblauer Elektrozug vorbei, dessen Geräusch sich veränderte, wenn die Räder dumpf über die Battersea-Eisenbahnbrücke klirrten. An diesem Ort waren die Borribles sicher, und er gefiel ihnen. Sie aßen das gestohlene Obst und besprachen sich.

»Die SBE, dieser Haufen läßt mich völlig kalt«, sagte Stonkus. »Ich meine, die wissen nicht, daß wir uns Sorgen um Sam machen, oder daß Sydney ein Versprechen gegeben hat. Ich meine, wir schulden dem Pferd zumindest mal den Versuch, es zu finden... hab immer ein blödes Gefühl gehabt, wie wir ihn da zurückgelassen haben.«

»Dann sind wir vier«, sagte Zwielicht. »Ich, Sydney, Bingo und jetzt Stonkus.«

»Fünf, wenn du Zoff mitzählst«, sagte Chaline.

In diesem Moment wurde das Gespräch durch ein raschelndes Geräusch unterbrochen, und Zoff in Person sprang durch ein Loch im Zaun. Nicht länger der Tee schlürfende Borrible in einem orangefarbenen Morgenmantel, sondern für die Straße angezogen, sah er jetzt hart und zu allem bereit aus.

»Dich sieht man nicht oft draußen«, sagte Bingo.

»Jetzt bin ich draußen«, antwortete Zoff und drängte sich in die Gruppe, hockte sich hin und begann ohne Einleitung zu reden, als führte er einfach die Diskussion von voriger Woche weiter.

»Ich hab gerade von einem Borrible an der York Road gehört, der sagt mir, als Tautröpfchen getötet worden ist, kam was in der Zeitung drüber... wie die Bullen den ganzen Diebskram im Haus gefunden haben und daß sie der Ansicht sind, Borribles haben das alles gestohlen und dann Tautröpfchen im Streit um die Teilung der Beute umgebracht. Diese Zeitung berichtete auch, wie man das Pferd gefunden hat, aus Schnitt- und Stichwunden blutend, im King George's Park. Man hat es als das Pferd von Tautröpfchen identifiziert, aber niemand hat Anspruch drauf erhoben. Scheint so, daß Tautröpfchen außer seinem Sohn keine Verwandten gehabt hat, und der war weniger interessant, weil er auch tot war, deshalb kam das Pferd zum Tierschutzverein.«

»Das war vor sechs Monaten«, sagte Sydney. »Wo ist das Pferd jetzt?«

»Nun«, sagte Zoff, »ich hab mal ins Telephonbuch geschaut, und der Tierschutzverein hat ein Büro in der Battersea Bridge Road, bei den Ampeln an der großen Kreuzung. Ich würde sagen, daß ein paar von euch da mal vorbeigehen sollten, sagt, ihr seid entfernte Verwandte von Tautröpfchen. Versteht ihr, irgendwas labern, ihr habt nur mal so von dem Pferd gehört, würdet es gerne mal sehen, sicher gehn, daß es in Ordnung ist. Bingo ist gut für so was, mit seinem Unschuldsgesicht.«

Bingo, lang ausgestreckt auf dem Bauch liegend, kratzte ein Muster in den Dreck. »Gegen einen kleinen Sprint die Straße runter hätt ich nichts einzuwenden«, sagte er. »Könnte in einer halben Stunde dort und wieder zurück sein.«

»Ich komm mit, wenn du magst«, sagte Stonkus.

»Ich auch«, fügte Zwielicht hinzu.

»Gut«, stimmte Bingo zu, »der Rest von euch kann hier warten.« Er stand auf, und Stonkus und Zwielicht taten es ihm nach.

»Paßt bloß auf«, sagte Chaline, »wir brauchen keine Komplikationen.«

»Keine Sorge«, sagte Zwielicht, »ich beweg mich sehr schnell, man nennt mich die Schwarze Mamba der Whitechapel Road, müßt ihr wissen.«

Die Battersea Bridge Road glühte unter ihren Füßen, breit und mit heißem Straßenverkehr vollgestopft. Die Hitzewelle hing wie blaues Emaille über der Stadt, und das Atmen war wie ein Ertrinken in warmem Wasser.

»Mein lieber Mann«, sagte Zwielicht, »da will ich

bloß froh sein, daß ich nicht in irgend so einem tropischen Ausland daheim bin«, und er streifte sich den Schweiß mit dem Handrücken aus den Augen.

Stonkus blickte in die Ferne. »Auf eines kannst du wetten«, sagte er, »wenn du eine Nummer in einer Straße mit einem Haufen Nummern suchst, dann ist die Nummer, die du brauchst, garantiert die Nummer am anderen Ende der Straße.«

»Jawohl«, sagte Bingo.

Sie latschten immer weiter, meilenweit, wie es schien, bis sie schließlich zu einer Reihe Läden an der Ampel Ecke Westbridge/Parkgate kamen. Und hier fanden sie unter anderen eine trübe Schaufensterfront, deren Glas mit giftiggrüner Farbe zugestrichen worden war. Über dem Fenster stand in schwachen gelben Lettern: Tierschutzverein – Ortsbüro.

»Na, da wären wir«, sagte Bingo, »und ich geh da jetzt rein. Ihr zwei wartet besser hier, falls es Stunk gibt.«

»Stunk? Stunk?« fragte Zwielicht. »Niemals. An Kindern sind die überhaupt nicht interessiert, haben keine Zeit, ist doch alles Miez-Miez und Hierher, Waldi bei denen.«

Bingo sah Stonkus an, der sagte: »Wir sind genug. Sollte schon in Ordnung gehen.«

Bingo öffnete die Tür, und die drei Borribles betraten ein düsteres Büro, ausgestattet nur mit einem billigen Schreibtisch und ein paar Stühlen. Es gab eine Schreibmaschine, ein Telephon, eine Dame in einer braunen Strickweste und einen dicklichen, untersetzten Mann in einem glänzenden schwarzen Anzug. Das merkwürdige Licht durch das gestrichene Fenster ließ alles gespenstisch grün aussehen, besonders die beiden Erwachsenen. Sie sahen aus, als hätte man sie vor kurzem auf einem ausgesprochen feuchten Friedhof ausgegraben.

Die Dame blickte von den Papieren auf ihrem Schreibtisch hoch und lächelte wie ein Zahnarzt. Der Mann, dessen Hintern die kleine Fläche seines Stuhlsitzes großzügig überlappte, lächelte ebenfalls. Bingo gefiel keines der beiden Lächeln.

»Jaa«, sagte die Dame, »und wie können wir euch drei kleinen Jungs behilflich sein?« Sie tätschelte die Spraykruste auf ihrem leblosen Haar, und ihre Augen glitzerten. Der Mann stülpte seine Lippen auf und sagte nichts. In seinem schweren Anzug kochte sein Leib wie ein Hähnchen in einem Mikrowellenherd, und Schweiß glänzte und rann über die weite Fläche seiner bleichen Haut. Bingo sah auf den Boden und erwartete beinahe, dort eine Schweißpfütze zu sehen. Er wurde enttäuscht. Verwirrt schaute er wieder zu der Dame. »Ist das hier der Bund für Naturschutz?« fragte er.

Das Lachen der Dame klirrte wie ein Handgelenk voller Blecharmbänder durchs Zimmer. »Aber nein, mein Kleiner«, sagte sie, »wir sind der Tierschutzverein. Wir kümmern uns um die Tiere, also natürlich auch um die Natur sozusagen, aber nicht um den Wald oder so.«

»Dann bin ich hier richtig«, sagte Bingo, »das bring ich immer durcheinander… meine Eltern schicken mich her… ich soll fragen wegen dem Pferd.«

»Dem Pferd?« sagte der Mann plötzlich, »was für einem Pferd?«

»Also«, erklärte Bingo, »da hat man doch dieses Pferd gefunden, im King George's Park, vor etwa sechs Monaten, und meine Mutti und mein Vati, die sind mit dem verwandt, dem das Pferd gehört hat. Verstehen Sie?«

Die Dame nickte. »Aber natürlich, Jungs«, sagte sie und schnurrte wie eine wenig Vertrauen erweckende Katze.

Bingo sprach weiter. »Sehn Sie, meine Mutti ist ganz verrückt mit Pferden, und ich bin jetzt hier in der Gegend, um meine Freunde zu besuchen, und da sagt sie, ich soll doch mal bei Ihnen fragen, was mit dem Pferd ist, das heißt, wenn Sie das wissen, verstehen Sie.«

»Und wo wohnst du, mein Junge?« fragte der Mann und zwang, so sehr er nur konnte, den Anschein von Freundlichkeit in seine Gesichtszüge.

»Clapham Common, Süden«, sagte Bingo, »wir haben im Telephonbuch nach Ihnen geschaut.«

»Ah, ja«, sagte der Mann, »äußerst findig, muß ich sagen.«

Die Dame kicherte wie ein Spielzeugklavier und zog eine Schublade auf. »Es ist eigentlich nicht unser Teil von London«, sagte sie, und ihre Hand kam mit einem Adreßbuch zum Vorschein, »aber ich ruf mal für dich in der Zentralregistratur an, die wissen sicher was davon.«

Bingo nickte und trat von einem Fuß auf den anderen. Etwas an diesen beiden Erwachsenen gefiel ihm nicht. Zwielicht ging ein paar Schritte zur Tür und starrte die Dame an, während sie wählte. Ihr Gesicht wurde leer, als sie den Hörer ans Ohr hielt, und ihre Augen verdrehten sich, so daß nur das nackte Weiß sichtbar war; doch als sich am anderen Ende jemand meldete, leuchtete das Gesicht in einer Folge von kleinen Blitzen auf, daß sie aussah wie ein Spielautomat.

»Ah, hallo, Zentralregistratur ... aber natürlich sind Sie das. Hier ist Battersea, Battersea. Ich habe hier drei entzückende kleine Jungs in meinem Büro, die sich große Sorgen wegen eines Pferdes machen. Ja. Im King George's Park vor etwa sechs Monaten verlorengegangen ... ja, sicherlich.« Ihre Augenlider flatterten, und ihr Blick fand Bingo. »Sie holen jetzt die Akte«, sagte sie, »wir müssen jetzt warten«, und sie spitzte ihre Lippen in einer Geste des Mitgefühls, so daß ihr Mund hart und häßlich wie ein Hühnerarsch wurde.

»Gefällt mir nun gar nicht«, flüsterte Stonkus, »da ist 'ne Bullenfirma gleich hier die Straße rauf, wenn jetzt die alte Zimtzicke denen das Stichwort gegeben hat?«

»Hallo«, sagte die Dame und lächelte wild in den Telephonhörer, als ob der am anderen Ende sich dadurch erhoben fühlen würde, »ja, Name Samson, im King George's Park gefunden, gravierende Verletzungen, jetzt bei guter Gesundheit und bei den Parkwächtern auf dem Eel Brook Common eingesetzt ... sehr schön, haben Sie vielen Dank. Ich tu, was ich kann, adieu!«

»Ich hoffe, ihr habt nichts damit zu tun, wie dieses arme hilflose Tier verletzt worden ist«, sagte der Mann, der immer noch versuchte, freundlich dreinzusehen, aber nicht in der Lage war, einen bösen, brutalen Ton zu unterdrücken. »Jedem Kind, das ich erwische, wie es einem Pferd weh tut, würde ich die Peitsche geben.«

»Ich liebe Tiere«, sagte Bingo, »und meine Mutti auch, die wird sich so freuen, daß alles in Ordnung ist. Wir können doch jetzt hingehen und das Pferd besuchen, oder?«

»Aber natürlich«, kreischte die Dame, und dann kicherte sie wie ein wahnsinniger Babywürger.

»Gehn wir mal besser«, sagte Stonkus, »wir kommen

sonst zum Tee zu spät.« Der Borrible aus Peckham zog Bingo am Ärmel und nickte zur Tür hinüber, wo Zwielicht fluchtbereit und gespannt stand.

»Ach, ihr könnt doch nicht schon gehen«, flötete die Dame, »ich hab ein paar Bonbons hier irgendwo, und ich muß euch noch einiges über dieses Pferd erzählen!«

»Ja«, knurrte der Mann, »einen Augenblick mal!« Er sprang auf, und das steife Lächeln fiel von seinem Gesicht wie der Deckel von einer Luke. »Ich will eure Adressen haben«, sagte er, und mit plötzlicher Behendigkeit tat er einen langen Schritt, faltete das Fleisch seiner feuchten Rechten um Bingos Hals und fing an, zuzudrücken.

Zwielicht warf die Tür auf, und Sonnenlicht flutete herein. Stonkus zögerte verzweifelt. Wie könnte er Bingo zurücklassen – aber was konnte er tun?

Der Mann quetschte Bingos Halsmuskeln noch fester, und die Füße des Borribles verloren den Boden.

»Lauf zu, Stonkus«, schrie er unter Schmerzen, »renn so schnell du kannst.«

Immer noch zögerte Stonkus. Die Dame schickte sich an, aufzustehen, immer noch lächelnd. Stonkus warf sich gegen den Schreibtisch und schob ihn auf sie zu.

»Uuuuh!« sagte sie und fiel in den Stuhl zurück. »Du kleines Scheusal, ich leg dich übers Knie.«

In diesem Moment öffnete sich im hinteren Teil des Büros eine Tür, und ein Polizist in Uniform kam in den Raum gerannt. Um seine Mütze lief ein kariertes Band, und auf der Schulter stand in silbernen Buchstaben: SBE.

»Rennt«, stöhnte Bingo, »rennt.« Die Luft drang kaum mehr durch seine Kehle, und seine Glieder bewegten sich nicht mehr. Sein Gesicht war purpurn angelaufen.

Stonkus zögerte nicht mehr. Bereits drei Erwachsene waren in dem Büro und vielleicht noch mehr Polizisten hinten im Haus. Er schob Zwielicht durch den Eingang und sprang mit ihm auf den Gehsteig hinaus. Sie wollten nach rechts davonlaufen, aber das Aufheulen einer Polizeisirene stoppte sie. Dreihundert Meter weiter, auf sie zukommend, das Blaulicht wie ein böses Einauge im Kreis herum, im Kreis herum blinkend, rollte ein blauer Mannschaftswagen heran, ein Wagen der SBE.

»Scheiße«, sagte Zwielicht, »Zeit, mal ein bißchen die Gegenrichtung einzuschlagen.« Und er und Stonkus drehten sich um und rannten wie nie zuvor, mit Armen und Beinen arbeitend, so schnell ihr Herzschlag es nur zuließ, fort, um die Ecke und in die Westbridge Road.

»Ein paar Sekunden haben wir, bis der Wagen uns einholt«, keuchte Stonkus, »wir müssen runter von der Straße und außer Sicht, sonst sind wir diesmal echt geliefert.«

Vulgo sah sie zuerst, und wie sie liefen, gefiel ihm gar nicht: schnell, wie in Panik. Er saß als Wache am Loch im Zaun; die anderen hinter ihm knöchelten, und Zoff gewann. Vulgo sah besorgt aus und sagte: »Oh, nein.«

Die Borribles ließen ihre Knöchel fallen und sprangen auf die Füße, eben als Stonkus und Zwielicht durch den Zaun kamen. Chaline sprach als erste, und sie war wütend.

»Wo ist Bingo?« rief sie. »Was zum Teufel ist passiert?« Stonkus sah zu Boden.

»Er ist gefangen«, sagte Zwielicht. »Es war ein großer

Mann vom Tierschutzverein da, und eine Dame, und ein Bulle. Wir sind gerade noch entkommen... sie müssen das Ganze mit der SBE arrangiert haben.«

»Wir konnten nichts machen«, sagte Stonkus. »Ein Wagen kam, und wir mußten abhauen. Wir haben uns im Somersetblock versteckt.«

»Entsetzlich«, sagte Vulgo. »Bingo gefangen... verdammter Tierschutzkackverein.«

»Werden sie ihm die Ohren stutzen?« fragte Zwielicht leise.

»Was sonst werden die verdammt noch mal machen«, sagte Zoff, zornig die Fäuste ballend. »Das heißt, wenn wir ihn nicht rasch genug rausholen.«

»Was meinst du?« fragte Vulgo. »Ihn retten?«

»Wir müssen was unternehmen«, sagte Zoff. Er sah so unglücklich aus, wie man ihn nur je gesehen hatte. Sein Gesicht zeigte tiefe, angestrengte Sorgenfalten.

Chaline fuhr auf Sydney los. »Ich hab's dir gesagt, das war eine schlechte Idee mit dem Pferd, jetzt haben wir wieder einen Borrible verloren, und einen von den besten.«

»Gut!« rief Sydney. »Es ist meine Schuld, von mir aus, sag was du willst, aber streiten nützt jetzt nichts. Wir müssen ihn retten, wenn wir können.«

»Natürlich müssen wir das«, sagte Zoff. »Jetzt geht's nicht um Abenteuer oder Pferde. Nur um Bingo. Bingo allein, und je eher, je besser. Wer nicht helfen will, soll's gleich sagen.« Er schaute Chaline direkt an.

»Ich wollte keine Schwierigkeiten mehr«, sagte sie, »aber jetzt ist es anders. Bingo ist Bingo. Ich bin dabei.«

»Also gut«, sagte Zoff. »Folgendes hab ich zu sagen, wer glaubt, er hat einen besseren Plan, kann das nachher erzählen... Haben sie gesagt, wo das Pferd ist?«

»Sie sagten was vom Eel Brook Common«, sagte Stonkus, »arbeitet für die Parkwächter.«

»Gut«, fuhr Zoff fort. »Ich hab ein paar gute Schleudern daheim, noch welche von denen aus Stahl, die von der Rumbeljagd übriggeblieben sind, eine für jeden, Steine brauchen wir, Nahrung brauchen wir, gute Schuhe zum Laufen. Wir gehn heute nacht in die Sinjen-Schule und holen uns jeder einen Blazer, daß wir wie ordentliche Kinder aussehen. Wenn wir auf der Straße angehalten werden, tun wir so, als ob das irgendeine Ferienunternehmung ist. Wir brechen heut nacht auf, sobald es dunkel ist. Wir knacken unterwegs das Tierschutzbüro, mal sehen, ob wir irgendwas rausfinden können, was mit Bingo passiert ist. Wenn nicht, weiter zum Eel Brook Common, ich weiß, wo's ist, Richtung Fulham. Ich rechne nämlich damit, daß sie Bingo dorthinschaffen, sobald sie können, ihn dem Pferd zeigen und schaun, wie das Pferd reagiert. Wenn es ihn erkennt, wissen die von der SBE, daß sie jemand geschnappt haben, der in den Southfields-Morden mit drinhängt, und dann werden sie ihn bald zum Reden gebracht haben, und sind sofort auf unserer Spur. Wir müssen vor der Polente dort sein. Ein Rettungsversuch ist das letzte, was die erwarten. Hat jemand eine bessere Idee?«

»Nein«, sagte Vulgo. »Aber ein Fernglas besorgen.«

»Ein Fernglas«, sagte Zoff, »gut. Runter zum Markt, ihr alle, und holt, was wir brauchen, bevor die zumachen. Ich geh zurück zu meinem Haus und schau nach den Schleudern und seh mal nach, was ich sonst noch habe. Ich treff euch dann dort, und wir ruhn uns aus und essen, bevor wir gehen. Und hört mal, laßt euch bloß nicht erwischen, eine Rettungsaktion pro Tag ist genug.«

Um halb elf in dieser Nacht glitt ein Fenster an der Rückseite der Sinjen-Schule auf, und Zoffs Bein schob sich heraus, dem eine Sekunde später sein Gesicht folgte. »Alles klar«, flüsterte er, »niemand da.« Er zog seinen Körper über den Fenstersims, wand sich hinaus und ließ sich fallen. Die anderen kamen hinterher, einer nach dem anderen, alle in gestohlenen Blazern und grauen Flanellhosen, selbst die beiden Mädchen. Ihre Füße steckten in leichten Turnschuhen, hervorragend zum schnellen Lauf geeignet. In ihren Taschen hatten sie Taschenlampen verstaut, hochwertige Stahlschleudern und genügend Steine, um es einer ganzen Armee von Polizisten zu besorgen. Sie waren vielleicht nicht die am besten ausgerüstete Expedition aller Zeiten, aber für einen Abstecher nach Fulham und zurück waren sie mehr als genug ausstaffiert.

Zoff führte seine fünf Gefährten in die Dunkelheit des Schulhofs und dann hinaus in das gelbe Licht der Straßen. Die Borribles verteilten sich in Abständen von drei Metern hintereinander, bereit, sich beim ersten Zeichen von Gefahr davonzumachen. Es war schon spät, und der Verkehr nahm zu: Die Leute fuhren heim aus den Kinos und Bingosälen, die Kneipen setzten ihre Gäste vor die Tür, und überall sah man Betrunkene heimwärts stolpern, die die Füße über unsichtbare Gehsteigkanten hoben oder rückwärts nicht existierende Abhänge hinuntertaumelten. Auch Polizeiautos lauerten in den dunklen Seitenstraßen, tief in die Straßenrinnen geduckt, wie Raubkatzen, die auf Aas warten.

Entschlossen und wachsam trabten und marschierten die Borribles daher, und als sie nach etwa einer Viertelstunde die Ampel Ecke Westbridge/Parkgate erreichten, schlich sich Zoff in den dunklen Eingang des Tierschutzbüros und probierte den Türgriff. Die Tür war fest verschlossen. Er trat zurück und betrachtete das Schaufenster und dann die beiden kleineren Fenster oben im ersten Stock.

»Kein Problem für mich, da einzusteigen«, sagte er. »Ihr anderen geht mal rüber zur Bushaltestelle und tut so, als wartet ihr in der Schlange. Wenn ihr was Verdächtiges seht, pfeift ein bißchen.«

Die Haltestelle war zwar nur zwanzig Meter von dem Büro entfernt, aber als die Borribles dort ankamen, war Zoff verschwunden.

»Schaut euch das an«, sagte Vulgo, »der ist schon drin. Muß einer der besten Borribleeinbrecher sein, die's je gegeben hat.«

»Die Geschichten erzählen, daß er fünf Namen hat, weißt du«, sagte Stonkus. »Ich hab sogar gehört, daß er schon seit hundert Jahren ein Borrible ist, aber das kann ich kaum glauben.«

»Jedenfalls steckt mehr hinter Zoff, als man denkt«, stimmte Chaline zu, »obwohl keiner weiß, was genau mit ihm los ist. Ich trau ihm keinen Zentimeter über den Weg. So glatt wie der ist, kann er den Aalen Unterricht geben.«

»Ganz ruhig«, sagte Zwielicht, »da kommt er.«

Zoff gesellte sich zu den anderen an der Bushaltestelle. »Nicht besonders viel zu finden da drin«, sagte er, »aber sieht schon aus wie von der SBE kontrolliert. Hab auf dem Schreibtisch einen Notizblock mit Snuffkins Adresse und Telephonnummer gefunden. Und das Datum von morgen, und der Eintrag: Eel Brook Common, neun Uhr.«

»Na«, sagte Sydney, »wenn Sam Bingo sieht, muß er ihn einfach erkennen, und dann ist's Sense für Bingo.«

»Und für uns auch«, sagte Zoff.

»Mit anderen Worten«, sagte Stonkus, »selbst wenn wir Bingo nicht rausholen wollten, was wir ja wollen, müßten wir's so oder so machen, um uns selbst zu retten.«

»Ganz verdammt richtig«, sagte Zoff, »entweder das, oder wir müssen alle ein schönes Stück von da wegziehen, wo wir jetzt wohnen.«

»A ist Scheiße, und B ist Scheiße«, sagte Zwielicht. »Die übliche Wahl.«

»Wir packen's jetzt besser«, sagte Zoff und sah sich um. »Es wär keine schlechte Idee, wenn wir uns irgendwo beim Eel Brook Common verstecken würden, bevor die Plattfüße morgen früh angerollt kommen. Wenn's dann wie eine Falle aussieht, können wir uns ruhig verhalten und im Versteck bleiben.«

Und die Borribles verließen die Bushaltestelle und begannen die lange Strecke rauf zur Battersea Bridge zu wandern, ein langer, steiler Marsch. Wenn sie erst jenseits der Brücke waren, begann das unbekannte Territorium, wo überall Gefahr lauern konnte. Das wußten sie alle, aber sie marschierten mit energischer Entschlossenheit; sie wußten nur zu gut, daß sie Bingo retten mußten, aber was sie nicht wußten, war, daß das zweite große Borribleabenteuer begonnen hatte.

3

Das Hauptquartier der SBE befand sich nicht in einer Polizeistation und war gar nicht einfach zu finden, und genau so wollte Inspektor Snuffkin es auch haben. Sein Ziel war es, unbemerkt von der Öffentlichkeit durchs Leben zu gehen; darin lag seine Stärke. Er wollte ruhig und insgeheim arbeiten. Nur die Männer, die ihre Befehle von ihm erhielten, wußten, wo er zu finden war, und seine Befehle lauteten, dies niemandem mitzuteilen.

Mit dem Hauptziel, sich verborgen zu halten, hatte die SBE ein Haus im zerfallenden Hinterland des Fulham Broadway besetzt, ein unauffälliges Gebäude in der Micklethwaite Road, einer Straße, die nirgendwohin führte. Von außen sah es abbruchreif aus, ein wackliges Gebilde, wo die Farbe von der Eingangstür blätterte und gesprungene Fensterscheiben sich hinter einer weißen Farbschicht versteckten, so daß niemand hinein- und hinausschauen konnte. Aber innen sah die Sache anders aus: Alles war antiseptisch, sauber und systematisch. Dafür sorgte Inspektor Snuffkin. Er mochte es, wenn die Sachen blankgeputzt und ordentlich waren.

Hinter der Eingangstür, mit dickem, kotzgrünem Linoleum ausgelegt, lief ein schmaler Flur zu einer schmalen Treppe, die steil zu drei Stockwerken hinaufführte. Auf jedem Stockwerk lagen zwei Räume, jeder Raum hatte einen Schreibtisch, ein Telephon und ein paar tiefe plastikbezogene Sessel. Hinten im Erdgeschoß lag eine enorme Küche, überall rostfreier Stahl, kombiniert mit einer Art kleiner Kantine, wo die Männer der SBE sich Mahlzeiten zubereiteten und Tee tranken. Im Garten hatte man eine große Turnbaracke aufgeschlagen, mit Duschen, Mensch-ärgre-dich-nicht-Spielen, Tischtennisplatten und Expandern. Inspektor Snuffkin bestand darauf, daß die Männer seiner Einheit in Form blieben und ihrer Tätigkeit eifrig und makellos nachgingen.

Im ersten Stock waren die beiden Räume für den Inspektor und seinen Assistenten und Helfer, Sergeant Hanks, reserviert. Der Inspektor hatte einen größeren Schreibtisch als sonst irgend jemand, einen aus Holz, das so oft lackiert und poliert worden war, daß es glänzte wie ein schwarzer Spiegel. Er hatte auch den weichsten Sessel und einen Farbfernseher. Hinter dem Fernsehgerät, in der am weitesten von der Tür entfernten Ecke, war der Eingang zu der privaten Toilette des Inspektors, seinem ganzen Stolz, die er jeden Tag reinigte und desinfizierte; niemandem sonst war es gestattet, sie zu benutzen. Jede Wand in der Toilette war mit weißem Porzellan gekachelt, ebenso die Decke. Auf dem Boden lag ein grüner Kordsamtteppich, und der Toilettensitz selbst war gepolstert und mit Plüsch überzogen, »genau wie für die königliche Familie«, sagte Snuffkin immer, stolz und selbstzufrieden. Unter einem stets geöffneten Fenster und in bequemer Reichweite des Plüschthrons stand ein Bambustischchen, auf dem ein Stapel kräftiges, wasserabstoßendes Toilettenpapier immer bereit lag, sowie einige Ausgaben der *Polizeinachrichten*. Dies war Snuffkins Sanktum, hierher zog er sich zurück, um nachzudenken.

Im Zimmer des Sergeanten stand nur ein kleiner Schreibtisch, aber dafür gab es drei Telephone und ein Funkgerät. Hanks hatte keinen eigenen Fernseher, aber er sah sich häufig mit dem Inspektor zusammen Sendungen an. Tatsächlich war es erstaunlich – wenn man bedachte, wie grundverschieden sie waren –, wie gut die beiden Polizisten miteinander auskamen. Manche sagten, daß Snuffkin sich Hanks nur hielt, um sich (und seine Männer) daran zu erinnern, wie grobschlächtig und unangenehm die Welt eigentlich war. Andere, vielleicht mit mehr Bosheit ausgestattet, sagten, der Sergeant könne sich nur deshalb in der SBE halten, weil er es verstand, Snuffkin bis zum Exzeß zu schmeicheln und seine Aufträge auszuführen, bevor er sie noch erteilen konnte. Wie immer es damit bestellt sein mochte, sie verließen sich beide hundertprozentig aufeinander.

Am Tag von Bingos Gefangennahme und nicht viele Stunden nach diesem Ereignis saß Inspektor Snuffkin an seinem Schreibtisch im Haus in der Micklethwaite Road und malte abwesend auf einem Blatt Papier herum, sein Gesicht im Ausdruck tiefster Konzentration verkniffen, während vor ihm der Dampf einer Tasse Tee aufstieg; keine Milch, kein Zucker und sehr stark. Der Inspektor kleidete sich gut, und seine Uniform war elegant wie die eines Grenadiers; sie war sauber gebügelt, und die Knöpfe glänzten wie Sterne gegen den dunkelblauen Sergestoff. Sergeant Hanks, servil und salbungsvoll wie immer, hockte bequem in einem Sessel und wartete darauf, daß sein Anführer sich äußern würde.

»So!« sagte der Inspektor, als er seine Gedanken geordnet hatte, »wir haben also einen verdächtigen Borrible gefangen, endlich, aber das ist erst einer, Hanks. Das ist nur der Anfang, wir müssen noch viel, viel mehr leisten.«

»Das müssen wir in der Tat, Sir«, sagte Hanks und nickte längere Zeit, »und wir werden es auch, da bin ich sicher.«

Der Inspektor hob seine Tasse mit zwei grazilen Fingern und nahm ein Schlückchen. Das Getränk war genau so, wie er es mochte, und er lächelte. Er hatte ein seltsames dünnes Gesicht, das durch das Lächeln noch seltsamer wurde, und in dem Gesicht schlug jeder Zug die falsche Richtung ein. Sein scharfes Kinn verlief nicht so, wie es hätte sein sollen, seine Nase krümmte sich in der Mitte und versuchte, mit der Nasenspitze zur Seite zu zeigen, während seine Ohren sich energisch nach vorn warfen, anstatt sich mit Anstand nach hinten zu legen. Snuffkins Gesicht war wie ein dreiarmiger Wegweiser, den ein Witzbold so verdreht hat, daß alles in die falsche Richtung weist.

Seine Stirn war schmal, seine Augenbrauen dunkel und gut ausgeprägt. Sein strähniges, fettiges Haar fiel ihm in einem festen Klumpen in die Stirn. Die Augen versteckten sich mürrisch tief in den Höhlen und hatten, wenn sie sichtbar wurden, die Farbe gebrauchten Spülwassers, das man über Nacht hat stehenlassen und das nun am Morgen grau und fettig ist. Unter seiner Nase wohnte ein kleiner schwarzer Schnurrbart, etwa von der Größe einer Sondermarke; der hatte ein Eigenleben, dieser Schnurrbart, und zuckte, wann immer es ihm in den Sinn kam. Snuffkin war nur einssechzig groß, mit einem schlanken Körper. Ob er saß oder stand, immer bewegten sich seine Füße mit ruheloser Nervosität. Er stampfte auf, wenn er sich ärgerte, er steppte hin und her, wenn er zufrieden war. Er war stur, und er hatte seinen Stolz, sein Blut kochte mit wahnsinnigem Eifer, er war ein Prophet der Sitte und des Anstands, ein kriegerischer Missionar für Recht und Gesetz.

Sergeant Hanks war im Gegensatz hierzu ein riesiger Mann mit breiten Schultern und mit Händen, die so groß waren, daß es, wenn er sie ineinander verschränkte, so aussah, als käme er mit einem sechspfündigen Bündel Fleischwürste daher. Seine Arme waren so muskulös wie die Schenkel anderer Leute und über und über bedeckt mit krausem ingwerfarbenem Haar, steif wie Draht. Sein Bauch schwang sich weit nach vorn, er begann gleich unter den Schultern und endete kurz über den Knien, aber er hatte nichts Weiches oder Schlaffes. Es war ein machtvoller Bauch, auf dessen sehniger Oberfläche sich ständig die Muskeln bewegten, und seine Uniform bebte und verschob sich, als ob eine Pythonschlange unter seinem Jackett hauste.

Das Jackett war vom Kragen bis zum unteren Saum und von Schulter zu Schulter mit Eigelbflecken übersät, wie Orden auf einer Generalsuniform. Es gab nur eines, was Hanks mehr liebte als seine regelmäßigen Mahlzeiten, und das waren seine Zwischenmahlzeiten. Sein Lieblingsgericht waren vier Eier und zehn Streifen Speck, zusammen gebraten und mit soviel gebratenem Brot, wie sich auf einem Teller stapeln ließ; er nannte das Ganze »Einen Doppelfetten«. Sein fleischiges rundes Gesicht leuchtete auf, wenn er ein solches Festessen roch und das heiße Fett in der Pfanne zischen hörte. Bei solchen Anlässen glänzten und glitzerten seine pastellblauen Augen vor Gier, aber seine silbernen Knöpfe waren immer stumpf und trübe.

Der Inspektor nippte behutsam an seinem Tee, wie der kostende Spezialist eines Teeimporteurs. »Morgen früh«, sagte er, »befördern wir diesen kleinen Übeltäter zum Eel Brook Common und schaun uns mal an, was das Pferd dazu zu sagen hat.«

»Das werden wir«, sagte Hanks. »Werden wir zweifellos.«

»Und die beiden Bürschchen, die uns entwischt sind, die werden doch wohl davongerannt sein und ihren kleinen Freunden alles erzählt haben, was passiert ist, oder?«

Sergeant Hanks rollte den Kopf hin und her.

»Und wir wissen doch wohl, was Borribles tun, wenn einer von ihnen gefangen wird, nicht wahr?«

»Na«, sagte Hanks, »die versuchen, ihren Freund rauszuholen, bevor wir uns mit seinen Ohren befassen.«

»Ganz recht, Hanks, ganz recht. Und deshalb können Sie Ihren nächsten Doppelfetten wetten, daß wir morgen am Eel Brook Common eine ganze Reihe Borribles antreffen werden. Sie werden da sein ... aber wir ebenfalls.« Snuffkin sprang auf, kippte sich den Rest Tee in den Mund und hockte sich säuberlich wie ein Briefbeschwerer auf die Kante seines Schreibtischs. »Holen Sie die Männer hier runter«, befahl er. »Ich will ihnen ihre Anweisungen erteilen.«

Sergeant Hanks drückte einen Knopf, und überall im Haus begann es zu klingeln. Einen Augenblick später ertönte das Geräusch schwerer Stiefel in den Zimmern über ihnen und unten in der Küche. Das Geräusch bewegte sich ins Treppenhaus, und die Tür zu Snuffkins Büro öffnete sich. Zwölf blauuniformierte Männer bauten sich vor ihrem Kommandanten auf, nicht in Habtachtstellung, sondern locker und voll Selbstvertrauen.

»Freut mich, euch Truppführer bereit zu sehen«, begann Snuffkin. »Nun hatten wir heute also das Glück, einen zu fangen. Morgen, wenn wir ihn zu dem Pferd bringen, erwarte ich einen Befreiungsversuch.

Wir müssen vorbereitet sein.« Er lehnte sich vor und stampfte zweimal auf den Fußboden. »In der Nacht werden die Männer der Wagen Zwei, Fünf und Elf die Umgebung des Common besetzen. Ich möchte, daß einige von euch sich in den Häusern postieren, andere auf die Dächer gehn. Männer aus den Wagen Drei, Sechs und Neun werden alle Straßen bewachen, die als Fluchtwege dienen könnten. Ihr laßt jeden rein, der ein Borrible sein könnte, aber ihr laßt niemand hinaus, der auch nur im allerentferntesten wie ein Borrible aussieht. Um genau acht Uhr dreißig werde ich im Wagen Eins mit dem Gefangenen eintreffen. Dieser Hinterhalt muß unbedingt klappen. Um Mitternacht werdet ihr alle auf euren Posten sein. Ich möchte auch nicht den leisesten Verdacht riskieren, daß ihr in der Gegend sein könntet … ich habe dafür gesorgt, daß die Wagen in verschlossenen Garagen abgestellt werden können, bis man sie braucht. Irgendwelche Fragen?«

Keine Fragen.

»Gut, Männer«, fuhr Snuffkin fort, »es bleibt mir nur noch, meiner Genugtuung hinsichtlich der von euch in der Vergangenheit geleisteten Arbeit Ausdruck zu verleihen … und zu hoffen, daß ihr in Zukunft euch noch besser schlagt. Denkt daran, dies ist unsere große Stunde. Der kleine Vagabund, den wir aufgegriffen haben, weiß, was wir wissen wollen, und ich werd's aus ihm herausquetschen, sobald wir seine Kumpane geschnappt haben.« Der Inspektor glitt von seinem Schreibtisch und breitete beide Arme aus. »Ich habe nur einen Ehrgeiz, und ich weiß, ihr teilt ihn mit mir: diese Stadt frei von Borribles zu machen! Sie sind eine Bedrohung für jegliches normale, anständige Leben. Sie sagen immer, daß sie nicht viel brauchen, und ich sage, daß schon das zuviel ist. Sie sagen, sie wollen auf ihre Art leben, und ich sage, sie sollen leben wie alle anderen auch.«

Snuffkins Augen kreisten, und er ließ die Arme fallen. Aufrecht und steif stand er da und schaute seine Männer an. »Geht jetzt und bereitet euch vor«, sagte er. »Das ist alles.«

Die Polizisten salutierten, nickten Sergeant Hanks zu und verließen das Zimmer; einer nach dem anderen stampfte die Treppe hinab. Als sie weg waren, fiel Snuffkin in seinen Stuhl, erschöpft von seiner Ansprache. Er tastete nach seiner Tasse und hielt sie, den Arm ausgestreckt, dem Sergeanten hin. Jetzt brauchte er Nachschub.

»Oh, Sir«, sagte Hanks und nahm die Tasse wie einen Abendmahlskelch entgegen. »Sie verstehen es wirklich, Ihre Männer zu inspirieren, Sie bringen ihr Blut in Wallung, Sir, ihre Herzen schlagen schneller. Ich seh's genau.«

Der Inspektor schaute verträumt auf seinen Schreibtisch. »Das kommt nur, weil ich ihnen immer die Wahrheit sage«, sagte er, »und die Wahrheit, das ist es, was Männer hören wollen.«

Schwerfällig stieg die Morgendämmerung über dem Eel Brook Common auf, und die Borribles waren schon zeitig wach. Die Nacht war warm gewesen und das Schlafen schwierig. Mitten in der Dunkelheit waren die Reisenden angekommen und hatten sich in dem kleinen Vorgarten eines Hauses, das dem Common gegenüber stand, versteckt, den Blicken durch eine kleine Backsteinmauer und eine struppige Ligusterhecke verborgen. Die ganze Nacht hindurch hatten die Fenster in der Straße offengestanden, und aufgeschwemmte Erwachsene hatten in ihren Betten sich durch den Schlaf geschnarcht und gedröhnt, im Traum grunzend und aufschreiend.

»Einfach irre«, sagte Zwielicht, »wenn man die ganze Energie und das Gas bändigen könnte, was da zum Fenster rausgeht, wäre die SBE in fünf Minuten weggepustet.«

Langsam wurde der Himmel über London blasser und färbte sich purpurn. Der Verkehr begann wie ein altes Monstrum in den Straßen zu knurren und zu fauchen, die Sterne glitzerten ein letztes Mal, und Haustüren knallten, als die Busfahrer zur Arbeit aufbrachen. Schlafzimmerlampen leuchteten hell auf und vergingen, wie der Tag stärker wurde; das Grunzen und Schnarchen wurde milder und hörte auf. Die Borribles rieben sich die Augen, setzten sich auf und spähten durch die Hecke über die gelbe Leere des Common.

»Gottverdammte Parkanlagen«, sagte Zoff, »zugige alte Steppen. Seht euch das bloß mal an, meilenweit nichts zu stehlen. Mir unverständlich, wie das jemand gefallen kann.«

Es stimmte, daß es wenig zu sehen gab – außer, auf der anderen Seite der Wiese, ein paar kleine Holzhütten hinter einer Hecke und einem Eisengeländer; die Art Hütte, wo Parkwächter ihre Geräte aufbewahren und ihre Butterbrote essen.

»Ich wette, da haben sie das Pferd untergebracht«, sagte Sydney.

»Das Pferd zu finden«, sagte Vulgo, »ist kein Problem. Es den Parkwächtern abzunehmen und zu verhindern, daß sie sich's wieder holen, das ist das Problem.«

»Schwierig, ein Pferd zu verkleiden«, sagte Zwielicht. »Ich meine, man kann's nicht auf Räder stellen und wie ein Riesenspielzeug die Straße runterrollen, oder? Dann äpfelt es grade, wenn ein Bulle um die Ecke kommt.«

»Ruhig«, flüsterte Zoff, »SBE.«

Die anderen schauten dorthin, wohin er deutete, und sahen einen blauen Mannschaftswagen, der aus der Wandsworth Bridge Road kam und auf der Südseite des Common anhielt. »Vollgepfropft mit Gesetzeshütern«, sagte Stonkus.

Zoff schob eine Hand in die Tasche und zog ein kleines Teleskop hervor, das sich zusammenschieben ließ.

»Mensch, ich staune«, sagte Vulgo, »du hast tatsächlich eins besorgt.«

»Hab's in der Sinjen-Schule gefunden«, sagte Zoff. »Wie du sehr richtig bemerktest: recht praktisch.« Er hob das Fernrohr und steckte es zwischen den Blättern der Hecke durch. Das Auge ans Glas gepreßt, studierte er den Polizeiwagen. Zwei Polizisten stiegen aus.

Zoff brummte. »Zwei draußen, aber ich schätze, es sind noch etwa acht weitere drin. Kann's nicht genau sehn, die haben Drahtgitter an den Fenstern.«

»Schau die Schultern an«, sagte Chaline. »Was für ein Dienstgrad?«

»Jetzt geht's aber los«, sagte Zoff, »das ist ein Inspektor, der Winzling da. Muß Snuffkin persönlich sein, häßliches Exemplar, schau's dir mal an.« Zoff reichte das Teleskop an Vulgo weiter, der hindurchstarrte, während seine Gefährten ihn gespannt beobachteten.

»Mein lieber Alter«, sagte er nach einer Weile, »häßlich ist kaum das richtige Wort, da läuft ja Frankensteins Monster erbleichend davon. Und der Sergeant, den er dabei hat, ist auch nicht gerade ein Kunstwerk, aber kräftig gebaut, schaut dich bloß an, und du hast eine Gehirnerschütterung.« Vulgo gab Zoff das Teleskop zurück.

Die beiden Polizisten standen ein, zwei Minuten neben dem Wagen, bis ein Parkwächter in brauner Uniform und brauner Mütze zu ihnen trat. Nachdem man sich die Hände geschüttelt hatte, entfernten sich die drei Beamten von der Straße und gingen über den Common in Richtung der Holzhütten. Als sie dort angekommen waren, zog der Wächter einen Schlüssel aus der Tasche, öffnete ein Vorhängeschloß an dem Eisengittertor und verschwand hinter der Hecke. Die Polizisten mußten nicht lange warten. Wenige Augenblicke später kam der Parkwächter zurück und führte ein kleines Pferd hinter sich her, ein schäbiges Pferd, das den Kopf hängen ließ und die Hufe durchs Gras schleifte. Ein unglückliches Pferd.

»Ist es Sam?« fragte Sydney. »Ich kann's aus der Entfernung nicht sehen.«

Zoff gab ihr das Teleskop. »Schau's dir an«, sagte er. »Ich könnte dein Pferd nicht von einer Milchkuh unterscheiden.«

Sydney hob das Glas ans Auge. »Oh!« stöhnte sie auf, das Gesicht freudestrahlend. »Er ist's, es ist Sam. Das Pferd, das uns das Leben gerettet hat.«

»Mir hat er nicht das Leben gerettet«, sagte Zoff.

Chaline schnaufte höhnisch. »Würde auch niemand einfallen, der noch bei Sinnen ist«, sagte sie.

»Spart euch das jetzt mal«, sagte Stonkus, »es passiert was.«

Während die Borribles geredet hatten, hatte der Wächter einen kleinen Abfallkarren aus einer der Hütten hervorgezerrt und legte Sam nun das Geschirr an, damit er den Karren ziehen konnte. Gleichzeitig glitt eine Seitentür des Polizeiwagens auf, und zwei weitere Polizisten erschienen. Zwischen sich hielten sie an den Armen die kleine traurige Gestalt von Bingo Borrible. Seine Mütze fehlte: Die Ohren waren deutlich zu sehen.

Zoff riß Sydney das Teleskop aus der Hand. »Er hat seine Ohren noch«, sagte er, »es gibt noch eine Chance.«

»Sie nehmen ihn mit rüber zu dem Pferd«, sagte Chaline.

Die sechs Borribles kauerten hinter ihrer Hecke und schauten. Der Verkehr am Common vorbei war jetzt dicht und zahlreich, und Fußgänger eilten mit langen Schritten hin und her, zu Bushaltestellen und zu den Stationen der Untergrundbahn. Inzwischen stieg die Sonne steil in den Himmel, bereit, die Stadt einen weiteren Tag lang durchzuglühen.

Bingo wurde grob über den Common gestoßen. Weder wehrte er sich, noch ging er bereitwillig. Sein Kopf war gesenkt, und seine Füße streiften über die trockene Grasnarbe. Näher und näher zerrte man ihn zu Sam heran, und er sah klein und bemitleidenswert aus neben der Größe der ihn begleitenden Männer, und verletzlich inmitten dieses weiten leeren Raumes.

»Wenn er nur wüßte, daß wir hier sind«, sagte Chaline.

Aber Bingo wußte es nicht. Man zog ihn zu dem Pferd hin und zwang ihn, sich davorzustellen.

»Tu gar nichts, Sam«, flüsterte Sydney, »tu gar nichts.«

Es nützte nichts. Sam war einsam und geplagt gewesen, als er für Tautröpfchen und Herbie hatte schuften müssen, und er hatte keinerlei Zuneigung gekannt, bis ihn die Borribles befreit hatten. Er hatte nie das große Abenteuer vergessen und nie das Gesicht oder den Geruch eines der Abenteurer. In vielen traurigen Nächten hatte er von ihnen geträumt in all den Monaten, seit sie gezwungen gewesen waren, ihn zurückzulassen. Jetzt hob er seinen Kopf, und seine Nüstern blähten sich und zitterten. Er sah die Uniformen und wandte seinen Hals zur Seite, denn Uniformen konnte er nicht leiden; dann fing er Bingos Geruch auf, und er schwang seinen Kopf zurück. Er sah den Borrible – er schüttelte den Kopf und stampfte mit dem Fuß hart auf den Boden. Ein lautes Wiehern des Glücks brach aus ihm, und er lehnte sich eifrig vor und zog den Karren mit sich.

Bingo versuchte einen Schritt rückwärts zu machen und drehte sich weg, aber die beiden starkknochigen Polizisten hielten ihn fest und standen unerschütterlich in ihren massiven Stiefeln. Sam kam nahe zu Bingo her, leckte ihm das Gesicht, stieß zärtlich den Kopf gegen seine Schulter, und obwohl der Battersea-Borrible verzweifelt versuchte, keinerlei Gefühlsregung zu zeigen, war es klar, daß das Pferd ihn kannte, und zwar gut kannte. Am Ende gab Bingo alle Verstellung auf und warf dem Pferd die Arme um den Hals. Obwohl ihn diese Handlung in große Gefahr brachte, erinnerte er sich doch dankbar an Sam und wußte, er schuldete dem Pferd sein Leben. Er wußte auch, daß Freundschaft nie wertvoller ist, als wenn sie sich in der größten Gefahr ausdrückt. Und außerdem, dachte er, warum sollte er sich von den Bullen zu einem unnatürlichen Benehmen zwingen lassen, das gar nicht dem entsprach, wie er war.

»Sam«, sagte Bingo nur zu Sam, »es gibt andere, die

dich befreien werden. Was auch geschieht, wir haben unser Versprechen nicht vergessen.«

Aus ihrem Versteck beobachteten die Abenteurer, wie Inspektor Snuffkin Bingo von dem Pferd trennte, und sie sahen auch, wie die Polizeieskorte den Gefangenen ergriff und ihn an Armen und Beinen, mit dem Kopf nach unten hängend, fortschleppte. Snuffkin und Hanks schüttelten dem Parkwächter nochmals die Hand und verließen ihn dann. Die Türen des Kombiwagens öffneten sich, und sechs weitere Polizisten kamen hervor. Sie reckten die Arme gegen den Himmel und lächelten.

Sobald Bingo wieder am Wagen angekommen war, warf man ihn rein, und die Türen wurden verschlossen. Sein weißes Gesicht erschien sofort am Fenster, und er versuchte, durch das Gitter zu Sam hinüberzuschauen, der nun sein Tagewerk beginnen mußte: um den Common herumlaufen, an den Rändern entlang, auf Kommando immer anhaltend und weitergehend, während der Parkwächter den Karren mit all dem Abfall belud, den er finden konnte.

Die Polizisten standen nun in einer formlosen Gruppe herum und beglückwünschten ihren Vorgesetzten. Snuffkins Gesicht verzerrte sich vor lauter Lächeln; sein Schnurrbart schoß nach rechts und links, und seine Füße zuckten fröhlich auf dem Boden hin und her. Sergeant Hanks war ebenfalls zufrieden. Er wog seinen prächtigen Bauch in beiden Händen und hob und senkte ihn, um leichter lachen zu können.

Es brauchte seine Zeit, bis sich die Fröhlichkeit der Polizei etwas gelegt hatte, aber schließlich war es soweit, und der Sergeant deutete über die Hauptstraße, auf eine kleine Imbißstube, wo gerade ein

Mann in einem schmutzigweißen Overall die Schutzläden abnahm. Die Polizisten überquerten die Fahrbahn in geschlossener Formation, und der Mann im weißen Overall öffnete die Tür und ließ sie rein. Die SBE würde nun ihren Erfolg mit Eiern und Speck und großen Tassen Tee feiern.

»Bingo ist allein im Wagen«, sagte Sydney. »Können wir jetzt nicht was machen?«

»Sieht scheißgefährlich aus«, sagte Chaline.

Zoff stieß sein Teleskop durch die Hecke und suchte sorgfältig den Common ab. »Natürlich ist es scheißgefährlich«, sagte er, »und erschwerend kommt hinzu, daß ich nicht das Allergeringste entdecken kann, was verdächtig wäre, was höchstwahrscheinlich das genaue Gegenteil bedeutet.«

»Eine andere Chance wie die kriegen wir nicht mehr«, sagte Stonkus, »wir müssen's versuchen, wir müssen einfach.«

»Jetzt mal einen Moment«, unterbrach Zoff, »wir brauchen nicht alle da rüberrennen. Vulgo bleibt am besten hier, wegen seinem Bein, Sydney auch und Zwielicht. Chaline und Stonkus kommen mit mir. Also, wenn wir Bingo rausholen können, laufen wir in die kleinen Seitenstraßen zwischen hier und dem Fluß. Ich mach den Wagen auf dieser Seite auf, weg von dem Imbiß, das bedeutet, ihr drei hier müßt auf den Parkwächter aufpassen. Wenn er aufschaut, sieht er uns. Wenn er versucht, die Bullen zu warnen, müßt ihr halt rüberrennen und ihm eins verpassen. Sollte das so laufen, schnappt ihr euch das Pferd und den Karren und fahrt wie die wilde Jagd davon über den Common, macht soviel Lärm wie ihr könnt, lenkt ab. Danach müßt ihr in die Nebenstraßen und euch trennen, versteckt euch, in einem Haus oder was.« Zoff holte tief Atem und sah sich im Kreis der ängstlichen Gesichter um. »Weiß auch, daß das kein besonderer Plan ist, aber einen besseren haben wir nicht.«

»Wie willst du das Schloß aufkriegen?« fragte Stonkus.

Zoff lächelte. »Was meinst du, wie ich das Tierschutzbüro versorgt hab?« sagte er und zog ein kleines Bündel starrer Drahtenden aus der einen Tasche und einen Bund abgefeilter Autoschlüssel aus der andren. »Ich bin ein kleiner Pfadfinder«, sagte er, »allzeit bereit.« Zoff grinste nun und schaute Zwielicht unter seinen Augenbrauen hervor an: »Du nimmst am besten das Teleskop, und schau nicht durchs falsche Ende. Wenn du was siehst, was du nicht so gut findest, dann pfeifst du.« Und Zoff stieß die Hände in die Hosentaschen und schlenderte, kampfeslustig und zäh, aus dem Garten hinaus und über den Gehsteig. Stonkus kam hinterher, und Chaline folgte, nachdem sie Sydney eine ängstliche Grimasse geschnitten hatte.

Zwielicht hob das Teleskop und beobachtete ein, zwei Minuten den Parkwächter. Nichts besonderes zu erkennen. Dann wandte er seine Aufmerksamkeit dem Imbiß zu, aber die Fenster waren dick mit dem Schmutz der vorbeirollenden Lastzüge verschmiert, und der Bangladeshi konnte nichts erkennen. Er betrachtete die Häuser gegenüber, die Gärten, die Dächer. Alles schien normal.

Zoff erreichte das Auto. Chaline kniete sich am Vorderrad hin und beobachtete die Imbißstube, und Stonkus stellte sich in der Nähe der rückseitigen Tür auf und spähte über den Common. Zoff, der lässigste und mutigste Einbrecher der Welt, lehnte sich an das SBE-Fahrzeug und attackierte die Schiebetür mit seinen Schlüsseln. Er war ein guter Arbeiter: Er war nicht übereilig und geriet nicht in Panik, er wurde nicht einmal nervös, als Bingos Gesicht dicht vor seinem erschien, getrennt von ihm nur durch anderthalb Zentimeter schalldichtes Sicherheitsglas. Der Gefangene bewegte seinen Mund, aber Zoff konnte nur ein Gemurmel hören. Er neigte den Kopf und arbeitete weiter und sagte bloß: »Keine Sorge, Bingo, keine Sorge, gleich hab ich's.«

»Alles ruhig auf dem Common«, sagte Stonkus mit angespannter Stimme.

»Alles ruhig im Imbiß«, sagte Chaline, »aber mach voran.«

Zwei Minuten verstrichen, drei. Chaline behielt weiter die Tür der Imbißstube scharf im Auge, als ob sie mit bloßer Willenskraft erreichen könnte, daß sie geschlossen blieb. Sie hörte Zoff fluchen, aber sie weigerte sich, den Kopf zu drehen; dann kam das Geräusch des einrastenden Schlüssels, die Tür glitt auf. Bingo war frei.

Sie erhob sich halb aus ihrer kauernden Position und wandte sich um: Bingo, bleich und mitgenommen, sprang aus dem Wagen in Zoffs Arme und schrie: »Ihr Idioten, ihr blöden Idioten, es ist eine Falle, der ganze verdammte Common wimmelt von Bullen.«

Chaline sah über die Straße, und ihr Mund wurde trocken, und ihr Blut schoß zu einem runden Stein zusammen, der in ihrem Herzen steckenblieb. Die Tür der Imbißstube war aufgeflogen, und die Polizisten verteilten sich auf dem Gehsteig, stießen Fußgänger beiseite, blockierten alle Fluchtmöglichkeiten für die Borribles in die Straßen zur Themse.

»Jetzt stehn wir aber im Regen«, sagte Zoff, »wir müssen versuchen, über den Common wegzukommen.«

Hinter der Hecke sprang Zwielicht auf und ließ das Teleskop sinken. »Die Bullen kommen aus dem Imbiß!« rief er. »Sydney, Vulgo, auf geht's. Pferd und Wagen heißt die Parole.«

Ihre Schleudern ladend rannten die drei aus ihrem Versteck ins Freie und machten soviel Lärm, wie sie konnten. Der Parkwächter sah sie kommen und wandte sich um; stramm aufgerichtet stellte er sich dem Angriff, den er schon erwartet zu haben schien.

Vulgo zögerte. »Er weiß Bescheid«, sagte er, »er weiß, was los ist.«

»Ist mir gleich, was der alles weiß«, schrie Zwielicht. »Das ganze Wissen auf der Welt hält keine Schleuder auf.« Der Bangladeshi kniete sich hin und schoß einen Stein auf den Parkwächter ab, der ihn genau am Ellenbogen traf; er blutete.

»Komm her, Sam«, schrie Sydney, »ich bin's, Sam, ich bin's.«

Das mußte man Sam nicht erst sagen. Er war ein Veteran der Großen Rumbeljagd, und er roch Gefahr ebensogut wie den Geruch seiner Borriblefreunde. Er wieherte wie ein Schlachtroß, begierig zu kämpfen, ließ seinen Schwanz hin- und herfegen und rannte auf seine geliebte Sydney zu, die Lippen in wilder Lust über die blanken Zähne zurückgestülpt.

Für eine Begrüßung war keine Zeit, nicht jetzt, nicht inmitten dieses Chaos. Sydney sprang auf den Karren und ergriff die Zügel; Vulgo und Zwielicht sprangen mit bereitgehaltenen Schleudern neben ihr auf.

»Ich bin zurückgekommen und hab dich geholt, Sam«, rief Sydney atemlos, »wie ich's gesagt habe.«

Zoff und seine Gruppe rannten schräg über die Ecke des Common. Sie rannten schnell und in einem regelrechten Rennen hätten sie ihre Verfolger bald hinter sich gelassen, aber die Falle war kunstvoll aufgebaut. Der Schweiß rann Zoff in die Augen.

»In die Straße dort drüben«, keuchte er, »die haben wir gleich abgehängt«, doch ehe er das gesagt hatte, kam ein blauer Mannschaftswagen quietschend um die erwähnte Ecke geschlittert. Alle seine Türen sprangen auf, und ein weiteres Dutzend Bullen hüpften in die Schlacht. »Teufel«, sagte Zoff, »wir sind in der Falle.« Er schlug einen Haken, die anderen folgten ihm, und sie rannten am Rand des Parks entlang zu der nächsten Straße. Wieder erschien ein blauer Wagen, und die Borribles waren gezwungen, weiterzurennen.

»Wie ist's mit der anderen Parkseite?« fragte Chaline.

»Schau dir's doch an«, sagte Stonkus. Chaline sah und hörte, wie drei Wagen mit kreischenden Reifen angesaust kamen. Sie hielten auch nicht an der Gehsteigkante an, sondern fuhren weiter, hüpfend und schwankend, über das gelbe Gras.

»Scheiße«, sagte Zoff, »heute haben sie's wirklich auf uns abgesehen.«

»War schön, zu fliehen«, sagte Bingo, »wenn's auch nur 'ne Minute war.«

Sydney sah ihre Freunde und lenkte den Karren zu ihnen hinüber.

»Sam«, klagte sie, wie das Pferd dahinrannte, »so sollte das nicht sein, jetzt sind wir wirklich gefangen, jetzt stutzen sie uns die Ohren, und wir werden erwachsen und die ganze entsetzliche Scheiße.«

Die Polizisten rückten von drei Seiten her vor, zu Fuß und in ihren Autos, aber Sams Blut glühte in dem Wunsch, seinen Freunden zu helfen, und er galoppierte dahin wie einst im Rumbelreich. Er drehte, hielt halb an, der Karren war vor Zoff und den anderen, und sie warfen sich hinein, und Sam war schon wieder auf und davon, auf die Höhe des Common zu, wo die weiten Wiesen zu einem Punkt zusammenliefen und kein Polizeiauto zu sehen war.

Die sieben Borribles, nun vereint, schossen, so schnell sie konnten, mit ihren Schleudern, und die zu Fuß vorrückenden Polizisten fielen unter dem Hagel dieser tödlichen Geschosse zurück – aber vier der Autos setzten sich neben den Karren und hielten die gleiche Geschwindigkeit mit dem tapferen Pferd.

»Auf die Windschutzscheiben zielen!« schrie Zoff, aber es war nicht so einfach. Die SBE-Wagen hatten dickeres Glas als gewöhnliche Fahrzeuge, und die Steine sprangen harmlos von ihnen ab.

Sam galoppierte weiter und versuchte, nach rechts und nach links auszubrechen, versuchte, die Straßen zu erreichen. Noch mehr Wagen fuhren auf den Common, erst schnell, dann wurden sie langsam und umkreisten den Karren, näher und näher kommend, so daß sie Sam vom Rand der Wiese immer weiter in die Mitte zwangen.

Sam drehte wieder um und suchte einen Fluchtweg. Es gab keinen. Die blauen Wagen kamen rutschend auf dem trockenen Gras zum Stillstand, die Türen knallten auf, und Dutzende von Polizisten brachen in das Sonnenlicht – Snuffkins Männer, sein Stolz und seine Freude, in vollem Kampfanzug. Sie hielten Schilde vor ihre Leiber, und ihre Helme spiegelten einen schwarzen Sonnenschein. Vor ihren Gesichtern trugen sie durchsichtige Schutzschirme, in den Händen lange Knüppel. Die SBE marschierte auf den Karren zu: Die Welt gehörte ihnen, und an den Borribles würde das exemplarisch demonstriert werden.

Sam kurvte hin und her, aber die Autos schlossen ihn vollständig ein, und das Ende kam rasch. Ein Polizist sprang auf und ergriff den Zaum; Sam stieg auf den Hinterbeinen empor, aber der Mann hielt fest, auch als er vom Boden hochgehoben wurde. Ein anderer rannte herbei, noch einer. Die Borribles schossen Steine auf ihre Knie, ihre Knöchel; viele stürzten, aber andere umringten sie und schützten die Verletzten mit ihren Schilden. Es war ein wilder Kampf, aber die SBE ließ sich nicht einschüchtern und gab nicht nach. Wieder richtete Sam sich auf; der Karren krachte gegen einen der geparkten Polizeiwagen. Das Pferd wieherte mitleiderregend, als es so um seine Freiheit kämpfte; es stieß, es schlug aus.

»Laßt ihn in Ruhe!« schrie Sydney und schoß einen Stein auf einen Polizisten, der Sam auf die Nase schlug.

Der Karren wurde hin und her geworfen und fiel um; Zoff, der gerade seine Schleuder spannte, wurde zu Boden geschleudert, und war halbbetäubt. Stöhnend rollte er sich auf den Rücken. Chaline wurde an einem Knöchel gepackt und zu Boden gerissen. Ihr Rücken schlug gegen die Wand des Karrens; die Männer ergriffen sie grob, und einer warf sie dem anderen zu. Jemand gab ihr eine auf den Kopf und ließ sie neben den bewußtlosen Zoff fallen. Schreiend bedeckte sie ihre Ohren mit den Händen.

»Nicht die Ohren«, schrie Chaline, »nicht die Ohren!«

Stonkus war stark. Man hielt sein Bein fest. Er trat, und die Hand ließ los. Er sprang über die Seite des Karrens und rannte jemandem mit dem Kopf in den Magen. Vor ihm lag ein Weg frei, aber als er sich in Bewegung setzte, erhielt er einen Schlag mit einem Knüppel über den Rücken, und der Atem schwand ihm, seine Lungen sanken in sich zusammen. Er fiel auf die Knie, und das war das Ende des Kampfes.

Sydney hatte nicht daran gedacht, zu kämpfen. Sie weinte innerlich, weil es ihre Idee gewesen war, überhaupt nach Sam zu suchen, und das hatte sie nun alle in diese Niederlage geführt. Noch nie war so etwas in der Geschichte der Borribles vorgefallen, noch nie hatte man so viele mit einem furchtbaren Schlag gefangen.

Vulgo sprang vom Karren, aber zwei Polizisten fingen ihn in der Luft auf, schnappten seine Beine und Handgelenke, und sein magerer Körper wand sich zwischen ihnen in der Luft. Zwielicht lag auf dem Boden, Bingo auch. Alle waren sie gefangen.

Mit brechendem Herzen sprang Sydney auf Sams Rücken, ließ sich auf seinen Nacken fallen und umschlang ihn eng. »Oh, Sam«, rief sie, »es war alles für dich, und es ist alles falsch gelaufen, jetzt siehst du uns Borribles nie mehr.« Aber es war keine Zeit mehr, noch etwas zu sagen. Brutale Hände zogen sie vom Pferd herab und warfen sie zu Boden.

Willenlos schaute sie in den Himmel. Er war immer noch blau und versengte die Erde. Ihr Körper schmerzte und war schweißüberströmt. Die Erde preßte hart gegen ihren Rücken, und sie konnte spüren, wie sie sich drehte, immer schneller. In geschlossenem Kreis um sie herum starrten behelmte Köpfe herab, sich bewegend und doch bewegungslos, wie der Rand eines Kaleidoskops. Leere Masken, keine Augen, keine Nasen, keine Münder. Nichts.

Plötzlich fiel ein Abschnitt des Kreises weg, und in die Lücke trat ein kleiner Mann in der Uniform eines Polizeioffiziers. Er hatte verzerrte Züge und einen schwarzen Schnurrbart. Neben ihm stand ein fetter Polizist mit einem glänzenden Gesicht, das durch leuchtende Schweißtropfen unregelmäßig und höckrig wirkte. Es waren Inspektor Snuffkin und Sergeant Hanks.

Der Inspektor klatschte hohnlachend in die Hände und schaute die gesichtslosen Gesichter seiner Männer an. Sydney sah, wie er ein kleines, glückliches Tänzchen aufführte, von einem Fuß auf den anderen pirouettierend. Der Sergeant starrte liebevoll auf die am Boden liegenden Gefangenen und leckte sich die Lippen, als betrachte er seine Lieblingsmahlzeit.

»Nun! Nun!« sagte Snuffkin, als sein Tanz vorbei war, und ein krummes Lächeln nistete sich in seinem häßlichen Mund ein. »Was für einen wundervollen Fang Borribles hab ich da. Willkommen daheim, ihr kleinen Nichtsnutze, willkommen im normalen Leben.«

Nach ihrer Gefangennahme wurden die Borribles in einer langen Reihe mit Handschellen aneinander gefesselt und in einen der Wagen eingeschlossen.

Eel Brook Common sah aus wie das Niemandsland eines Kriegsschauplatzes. Zwei Polizeiwagen waren zusammengestoßen, einer davon lag zerbeult und zerstört auf der Seite. Polizeiausrüstung lag über eine immense Fläche verstreut, und viele von der SBE, erschöpft von der Hitze des Tags und der anstrengenden Jagd, lagen da, wo sie hingefallen waren, wie Leichen auf einem Schlachtfeld. An der Hauptstraße standen kleine Menschengruppen herum, die verständnislos das Panorama nach dem Kampf anstarrten. Einige fragten die Polizisten nach der Ursache des gewaltsamen Geschehens, aber sie bekamen keine Antwort. Da gingen sie wieder weiter, aber sie hielten noch einmal an, um ein letztes, erregtes Aufflackern der Ereignisse zu beobachten.

Sam, das Pferd, war noch nicht am Ende. Sein Körper zitterte über und über, und seine Beine bebten, Schaum bedeckte seine Lippen. Er stand niedergeschlagen zwischen den Deichselstangen des Abfallkarrens, sein Kopf sank elend ins Gras, und der Parkwächter (mit einem Verband um den einen Ellenbogen) kam heran und zog das Pferd gewaltsam am Zügel.

»Los, du altes Vieh«, sagte er, »jetzt geht's zurück an die Arbeit, was glaubst du wohl.«

Es läßt sich nur schwer erahnen, was in einem Pferd vor sich geht, aber in Sam zerriß etwas. Einige Minuten lang hatte er den Geschmack der Freiheit verspürt, hatte eine Weile seine Freunde gesehen, aber am Ende war ihm alles wieder weggenommen worden. Es war mehr, als er ertragen konnte. Er sprang vorwärts und bäumte sich auf den Hinterbeinen in die Höhe, und er schnaubte herausfordernd, dem Mann in Braun und allem, wofür der stand, seine Drohung entgegenschleudernd. Seine Vorderhufe schlugen durch die Luft, und der Parkwächter ließ die Zügel los und kauerte am Boden, seinen Kopf mit dem gesunden Arm schützend. Im Gefangenenwagen preßte Sydney ihr Gesicht gegen die drahtvergitterte Scheibe.

»Schaut«, sagte sie. »Sam flieht.«

Sam trat mit den Hinterhufen gegen den verhaßten Karren. Holz splitterte, und eine Deichselstange brach, als Sam sich noch einmal herrlich hoch aufbäumte, und sein Wiehern schallte über den Common, eine Herausforderung an jedermann, es nur noch einmal zu versuchen, ihn zu versklaven.

Der Wächter machte einen letzten Versuch, die flatternden Zügel zu ergreifen, aber Sam sprang auf ihn ein, zwang ihn zurück, und die zweite Stange gab nach, und das Geschirr zerriß. Nun war er ganz frei von dem Karren; nun, ungehindert und ohne Fessel, wirbelte er herum wie ein Wildhengst – und dann wählte er seine Richtung und galoppierte davon, der Hals langgestreckt und Schwanz, Mähne und zerfetztes Zaumzeug hinter ihm herflatternd.

Die erschöpften Polizisten erhielten den Befehl, aufzustehen, und sahen sich gezwungen, mit verschränkten Armen eine menschliche Kette quer über den Common zu bilden. Andere rannten zu ihren Autos, aber Sam ließ sich nicht fangen. Er warf sich dem Kordon der SBE entgegen, der auf ihn zukam, er rannte schneller und schneller, seine Hufe donnerten über das Gras, und die Polizisten vor ihm stockten – dieses Pferd war verrückt, es würde nicht anhalten. Immer weiter raste Sam, und als er nur noch ein paar Meter von der Menschenbarrikade entfernt war, sprang er hoch in die Luft, beinahe schwebend, elegant und kraftvoll wie nur je ein Jagdpferd, und landete geschickt weit außerhalb der Reichweite jener, die versuchten, ihn zu Boden zu ziehen. Über die Hauptstraße hinweg lief er und fort in die Freiheit der kleinen Seitenstraßen, wie es jeder Borrible getan hätte.

»Er hat's geschafft«, sagte Sydney. »Stellt euch das vor, er ist weg.«

Vulgo trat gegen die Wand des Wagens. »Und wir haben's nicht geschafft«, sagte er, »und was wird jetzt aus uns?«

Die Frage blieb nicht lange unbeantwortet. Die Federung des Wagens stöhnte auf und drei Polizisten bestiegen den Vordersitz. Einer ließ den Motor an, und seine Kollegen drehten sich um und behielten die

Gefangenen genau im Auge. Langsam fuhr der Wagen über die Wiese, hüpfte über den Gehsteig und kroch dann langsam in Richtung Fulham Road davon. Zwei andere Wagen gaben ihm Geleitschutz. Diesmal sollte es keine Flucht geben.

Es war kein weiter Weg, und nach wenigen Minuten fegte die Kolonne blauer Fahrzeuge mit heulenden Sirenen in einen grauen, von hohen Ziegelmauern umgebenen Hof; das war die Polizeiwache von Fulham. Die Wagen kamen zum Stehen, und die SBE-Männer kollerten heraus, um sich in geraden Reihen auszurichten, während sich Inspektor Snuffkin und sein Sergeant strahlend vor ihnen aufbauten. Eine kurze Zeit herrschte Schweigen, dann hob der Inspektor die Arme und öffnete den Mund.

»Man hält's nicht für möglich«, sagte Vulgo, der die Polizisten durch die Fenster des Polizeiwagens beobachtete, »der fängt an zu singen, wie ein gottverdammter Fußballfan, wenn seine Mannschaft den Pokal gewinnt.«

Und der Inspektor sang in der Tat, ein strammes Marschlied, ein Lied, das die Herzen höher schlagen ließ, und während Snuffkin sang, salutierten seine Männer und marschierten trampelnd auf der Stelle, und jedesmal, wenn ihr Anführer eine Strophe beendet hatte, brüllten sie laut und sangen mit freudiger Energie den Refrain. Doch das Lied ließ die Borribles frösteln, denn die Worte enthielten für sie keine Hoffnung.

Die Menschheit wird jetzt reformiert,
auf! Alles unter einen Hut!
Sind alle endlich so wie ich,
dann geht's der Welt auch wieder gut.

CHOR:
Der Ungehorsam macht mich wild:
Recht und Gesetz sind's, die ich liebe,
und bist du gut, dann hast du Glück,
und bist du bös: eins auf die Rübe.

Was, der gehorcht nicht? Idiot!
In jeder Regel hockt die Strafe,
man läuft nicht von der Herde weg –
die guten Bürger sind wie Schafe!

Die Obrigkeit hat immer recht,
die Ketzer werden ausradiert –
da hilft nur eiserne Moral,
so wird die Disziplin saniert!

Wir wissen schließlich, wie es läuft!
Wir schreiben doch das Protokoll!
Wenn einer unsere Regeln bricht,
dem hauen wir die Hucke voll.

Und ganz speziell die Borribles,
das spitzbeohrte Lumpenpack –
schlagt sie ans Kreuz mit ihren Mützen!
Die kriegen eines auf den Sack!

CHOR:
Der Ungehorsam macht mich wild:
Recht und Gesetz sind's, die ich liebe,
und bist du gut, dann hast du Glück,
und bist du bös: eins auf die Rübe.

Nachdem der SBE-Marsch gesungen worden war, verlor man keine Zeit mehr. Die Gefangenen wurden aus ihrem Wagen getrieben und durch die Hintertür der Polizeistation gestoßen, dann an einigen Betonstufen vorbei, die zu den Zellen führten, in den Verhörraum geschoben. Einige Polizisten gingen mit den Borribles und stellten sie vor einem großen Schreibtisch auf. Auf dem Schreibtisch lagen Stapel von Papieren; dahinter saß die bedrohlich-bösartige Gestalt von Inspektor Snuffkin, und neben ihm stand, unterwürfig wie immer, Sergeant Hanks.

Inspektor Snuffkin ordnete seine Papiere sauber rechtwinklig an und zerrte sein Gesicht in ein halbwegs normales Arrangement. Er räusperte sich. »Wie ich sehe, tragt ihr Sinjen-Schulblazer und -hosen«, begann er, »soll wohl eine Art Verkleidung sein, nehme ich an, bemitleidenswert … Nun wollen wir mal sehen.« Er studierte ein Formular. »Ich kann's euch besorgen wegen Einbruch, Beschädigung von Polizeieigentum, Widerstand bei der Verhaftung, körperlichem Angriff auf Polizeibeamte, schwerer Körperverletzung, Gebrauch obszöner Formulierungen, Pferdediebstahl … war früher ein Kapitalverbrechen, jammerschade … Unterstützung eines Gefangenen beim Ausbruch aus der Untersuchungshaft. Ich hab hier genug, um euch bis zum Ende des Jahrhunderts ins Erziehungsheim zu bringen, und mit gestutzten Ohren, da würdet ihr bestimmt ein entzückender Haufen Musterknäbchen und braver Mädelchen … Aber an eurer Zukunft bin ich nicht interessiert, ich hab Wichtigeres vor.« Snuffkins Gesicht zuckte und verschob sich wütend. »Ihr da wißt was über die Morde von Southfields, ihr wart dort, und bevor ich mit euch fertig bin, da steht ihr Schlange, um mir nur recht schnell alles erzählen zu dürfen.«

Zoff sah an der Reihe der Mitgefangenen entlang.

»Weiß einer, wovon der redet?« fragte er. »Ich nämlich nicht.«

Snuffkin machte eine Handbewegung, und der Polizist, der direkt hinter Zoff stand, gab ihm eine Kopfnuß. Zoff schwankte, aber nahm den Schlag mit philosophischem Gleichmut hin.

»Ich war noch nie in Southfields«, fuhr er fort, »weiß nicht einmal, wo das ist.«

»Ich will dir was sagen«, sagte Snuffkin, »ich könnte euch gleich jetzt die Ohren abschneiden, wenn ich wollte, aber ich geb euch allen eine Chance. Wer von euch mir die Information gibt, die ich haben will, kann hier als freier Borrible hinausgehen, mit ungestutzten Ohren. Ein faireres Angebot ist kaum denkbar.«

Vulgo machte sofort einen Schritt vorwärts. »Dann hab ich Ihnen was mitzuteilen«, rief er.

»Ja«, sagte Snuffkin eifrig und lehnte sich über seinen Schreibtisch nach vorn, »und was?«

»Folgendes«, sagte Vulgo. »Ich weiß auch nicht, wo Southfields ist.«

Inspektor Snuffkin fand es nicht lustig. Er verengte seine Augen, und seine zusammengekniffenen Lippen wurden länger. »Ein kleiner Witzbold, hm?« sagte er. »Nun, es wird nicht mehr lang besonders viel zu lachen geben. Heute abend werden eure Ohren behandelt, und dann sehn wir ja, wie mutig ihr seid.«

Sergeant Hanks wuchtete seinen Bauch auf den Schreibtisch und lehnte sich darauf. »Vielleicht«, schlug er vor, »könnte es eine gute Idee sein, Sir, wenn wir ihnen bis morgen früh Zeit geben, sich alles mal zu überlegen. Sie sind jetzt alle noch ziemlich von sich überzeugt, aber ein Tag und eine Nacht in den Zellen, ohne Essen und Trinken, das müßte ihnen doch eigentlich helfen, die Dinge etwas anders zu sehn.«

Snuffkins Gesicht blitzte genüßlich auf. »Vorzügliche Idee, Sergeant«, sagte er. »Sie werden dafür sorgen, daß der Polizeiarzt morgen früh hier auf der Matte steht. Dieses rotzfreche Gesindel hier wird bald ein anderes Liedchen pfeifen.« Seine Augen glitten an der Reihe Borribles entlang und prüften jedes Gesicht, auf der Suche nach einer Schwäche. Bei Zwielicht hielt er inne.

»Na, mein Junge«, sagte der Inspektor, »hast du was, was du mir sagen möchtest? Du würdest doch gern deine Ohren behalten, oder?«

»O ja«, antwortete Zwielicht. »Das würde ich. Ich möchte hiermit kategorisch feststellen, daß mir die Lage von Southfields ebenfalls völlig unbekannt ist.«

Ein schreckliches Schweigen hing im Raum, und die Spannung stieg. Unter dem vorne offenen Schreibtisch konnten die Borribles sehen, wie sich die Beine des Inspektors vor Wut verformten. Er sog seinen Atem ein und hielt die Luft in den Lungen zurück, wie um seinen Zorn abzukühlen. Seine Nase drehte sich wie ein Korkenzieher in der Luft.

»Bringt sie runter und schließt sie ein«, kreischte er, »bevor ich mich nicht mehr kenne! Ich stehe für nichts mehr ein, wenn die hierbleiben! Morgen sehn wir uns, und dann nehm ich ihnen Stück für Stück die Ohren ab! Die ganze Nacht freu ich mich drauf.«

Die Polizisten griffen sich die Borribles von hinten, zerrten sie aus dem Raum, und dann wurden sie eine Treppe hinunter zu einem Flur gebracht, an dem entlang die Zellen lagen. Ein Polizist suchte irgendeine aus, und die Gefangenen, immer noch mit Handschellen aneinander gefesselt, wurden hineingeworfen, und die große Stahltür fiel klingend ins Schloß. Ein Schlüssel klapperte dreimal, und die Männer der SBE stampften davon, endlich fertig mit ihrer Morgenarbeit.

Sich selbst überlassen, streckten die Borribles sich, so gut es ging, auf dem Betonboden aus und legten, in Ermangelung von Kissen oder Decken, ihre Köpfe auf den jeweils nächsten Freund.

»Hübsch«, sagte Bingo, »sehr hübsch. Kein Essen, keine Hoffnung und ab morgen keine Ohren.«

»Hier stinkt's nach Pisse«, sagte Vulgo.

»Von Katzen?« schlug Zwielicht vor.

»Nein«, sagte Chaline und versuchte, ihren Kopf einigermaßen bequem auf Stonkus' Bauch zu legen, »von Menschen.«

4

Der Gestank kam aus der Gefängniszelle nebenan. Dort lag der alte Ben, und Ben war der schmutzigste Mann der ganzen Welt. Ein ehemaliger Tramp, der nicht mehr auf die Walze ging, lebte er auf Feather's Wharf, einer riesigen Müllkippe auf der Südseite von Wandsworth Bridge. Er war Nachtwächter, Müllsortierer und Müßiggänger und lebte in einem wackligen Häuschen in der Mitte einer wilden Gebirgskette aus Abfall. Er hatte nur einen einzigen Freund, den Stallwächter in der Young-Brauerei, und nur zwei Beschäftigungen: Sachen zu sammeln, die andere Leute weggeschmissen hatten, und Bier zu trinken.

Manchmal trank Ben zuviel und torkelte aus Feather's Wharf hervor in die Straßen hinaus, im Zick-Zack über die Gehsteige, wo er an Laternenpfählen abprallte, alte Lieder sang und jedermann, der vorbeikam, mit dem Finger drohte. Wenn das vorkam, wurde Ben verhaftet und in einer Polizeizelle ausgenüchtert, und da lag er auch an dem Tag, als die Borribles in die Polizeistation gebracht wurden, obwohl er ihre Ankunft nicht bemerkte, weil er fest schlief, flach auf dem Rücken am Boden ausgestreckt und schnarchend. Die Tür zu seiner Zelle war offen, aber die war immer offen, weil niemand Ben ernst genug nahm, um hinter ihm abzuschließen. Die Faustregel für die Polizisten im Süden Londons war, über Ben zu lachen und ihn einfach wieder vor die Tür zu setzen, wenn er seinen Rausch ausgeschlafen hatte. Sie sagten ihm dann, er solle zu seinem Müllberg zurückgehen; »laß dich nicht blicken«, sagten die Bullen zu ihm, »und du kommst nicht in Schwierigkeiten.«

Ben roch wirklich streng, es war ein ganz spezielles Aroma: ein Gebräu aus Körpergerüchen, verfaultem Abfall, getrocknetem Urin, Holzrauch und stagnierendem Themsewasser. Ben wusch sich nie, und sein Nacken war kreuz und quer von tiefen Schmutzfalten überzogen und übersät mit den Narben alter Pickelvulkane. Jede Pore seines Körpers war verstopft vom Ruß des immerwährend von den ewigen Feuern aus Abfall und Müll aufsteigenden Rauchs, die er an der Schwelle seiner Hütte in Gang hielt.

Sein Haar war schwarz und lang und glänzte fettig, wo er sich die Hände abgewischt hatte; es war seit Jahren nicht mehr geschnitten worden, und die wilden Zotteln verfingen sich in den Rändern eines großen Bartes, der, sich selbst überlassen, von einer Seite seines Gesichts bis zur anderen üppig florierte. Durch diese Hecke stach eine enorme Nase, und weiter unten lag (wenn auch wohlversteckt) ein großer Mund mit vorstehenden braunen Zähnen, die das Bier und das Nikotin, der Speichel und die Zeit zu sinistren Formen ausgeschliffen hatten. Auch Bens Fingernägel waren gezackt und breit wie Schaufeln, jeder mit genügend Schmutz beladen, um darin Kartoffeln zu ziehen.

Er war groß und hager, wenn er aufrecht stehen konnte, mit hohlen Schulterblättern, höckerigen Händen und weise-müden Augen. Auf dem Kopf trug er immer einen breitkrempigen, weichen schwarzen Hut, aber Kleider trug er nicht wie andere Leute ihre Kleider tragen, er bewohnte sie, ganze Schichten davon. Wenn seine Kleidungsstücke so alt oder verschmutzt waren, daß andere Tramps sie weggeworfen hätten, suchte sich Ben einfach eine neue Schicht Kleider und stieg hinein, ohne vorher etwas abzulegen. Er war wie eine archäologische Grabungsstätte, und irgendwo, tief unten in der Nähe seiner Haut, mußten seine Kleider in einem epochenalten Kontinuum von Schweiß und Staub zusammengewachsen sein. Über all den Hemden, Jacken und Hosen trug Ben zwei oder drei alte Mäntel, jeder davon ein Labyrinth von zerrissenem Futter, verborgenen Wilderertaschen und Geheimfächern. Darin trug Ben alles bei sich, was er brauchte: Bier, Tabak, Brot und Streichhölzer.

All sein Besitz stammte von der Müllkippe, auf der er lebte, und es fehlte ihm an nichts. Die Welt war Ben scheißegal. Arbeit war ihm gleichgültig, Autoritäten waren ihm gleichgültig, Wasser und Seife waren ihm gleichgültig. Auch sich selbst stand er einigermaßen gleichgültig gegenüber.

Letzte Nacht war er auf der Wandsworth Bridge aufgegriffen worden, wie er *Shenandoah* sang, sein Lieblingslied, und versuchte, oben auf dem Geländer hoch über dem Fluß entlangzugehen. Passanten hatten ihn davon abgehalten und nach der Polizei telephoniert, die ihn in seine Zelle gebracht hatte. Ben war's egal, ihm war alles egal. »Kann genauso das eine wie das andere tun«, pflegte er zu sagen, »in hundert Jahren sieht's alles gleich aus, oder?«

In seiner Zelle stöhnte Ben auf, öffnete die Augen, hörte auf zu schnarchen und setzte sich aufrecht. Er fühlte sich nüchtern, und er fühlte sich entsetzlich. Es war Zeit, heimzugehen. Er war sich sicher, daß er in seinem Haus ein paar Flaschen *Young's Special Brew* versteckt hatte; genau das, war er jetzt brauchte.

Er versuchte, die Tür ins Auge zu fassen, und obwohl seine Augen zuerst abglitten und die Tür sich verschob, wurde sein Blick schließlich fest. Die Tür war offen, und er wußte, wenn er ruhig den Flur entlang und die Treppen hinauf gehen würde, dann käme er schließlich ins Erdgeschoß der Polizeiwache. Vielleicht war jemand vorn im Büro, vielleicht nicht, es machte keinen Unterschied, sie ließen ihn immer gehn.

Ben kämpfte sich auf die Füße und befühlte seine Taschen. Alle seine Besitztümer waren noch vorhanden. Ein Vorteil dabei, dreckig zu sein, war, daß niemand einen durchsuchen wollte, nicht einmal die Bullen. Jemand in einer Heilsarmee-Schlafstube hatte einst versucht, ihm ein Bad aufzuzwingen, aber nach dem ersten Paar klebriger Hosen hatte man das Experiment aufgegeben.

Ben ging hinaus in den Korridor und schlurfte in Richtung Treppe. Es war ein wenig kühler, obwohl die Luft immer noch bedrückend schwer war.

»Muß mitten in der Nacht sein«, sagte er. »Gotteswillen, hab den ganzen Tag gepennt, ein Wunder, daß ich nicht vor Durst eingegangen bin.«

Er kam an die Tür der nächsten Zelle, öffnete rasch das vergitterte kleine Beobachtungsfenster und schaute hinein. Er sah immer gern nach, wer verhaftet worden war, wenn man ihn ins Gefängnis gesteckt hatte, aber diesmal traute er seinen Augen kaum. Im Licht einer einzigen Glühbirne sah er sieben Kinder auf dem Betonfußboden liegen, aneinandergedrängt, nicht wegen der Wärme, sondern um es bequemer zu haben.

»Das ist nicht recht«, sagte Ben und rückte mit skrupulöser Sorgfalt seinen Hut zurecht. »Kinder hier drin, fragt man sich, was sie getan haben, andererseits … geht mich nichts an, hm? Geht mich nichts an.«

Ben schlurfte weiter und ließ die Borribles schlafend zurück; ihre bedauerliche Lage entsank seiner Aufmerksamkeit. Er stieg die Stufen zum oberen Korridor hinauf und ging zur Hintertür der Polizeistation.

»Hmm«, sagte Ben. Er starrte hinaus. Es war dunkel, die dunkelste Strecke der Nacht, und dichter weißer Sommernebel rollte wie eine Giftgaswolke von der Themse herauf und lag in den Straßen wie lange Streifen schmutziger Watte.

»Hmm«, sagte Ben noch einmal und lehnte sich gegen den Türrahmen. »Sehn tu ich ja nicht viel, hätte in meiner Zelle bleiben sollen, verlauf mich garantiert auf dem Weg nach Haus ... aber hier gibt's natürlich kein Bier, jedenfalls keins für mich.«

Ein stetiges Summen von Stimmen und Maschinen drang aus den geschäftigen oberen Stockwerken des Gebäudes. Etwas stampfte in einer Ecke des Hofes, und Ben versuchte, durch die weichen Nebelfetzen zu sehen.

»Gibt's doch nicht«, sagte er, »hab scheint's Illuminationen.« Er starrte genauer hin und erkannte den ungewissen Umriß eines Pferdes, das an die Eisengitterstäbe eines Fensters angebunden war. »Jetzt beginnt's, ist ja fast unheimlich, was immer es ist.«

Er machte sofort kehrt und schlappte in seinen zerrissenen Stiefeln den Flur hinunter. Die Tür zum Verhörraum stand offen, und das vordere Büro war ebenfalls sichtbar. Er konnte den Sergeanten, der Nachtdienst hatte, an seinem Schreibtisch sitzen sehen.

»Ich sag ihm mal Gute Nacht«, sagte der Tramp, »kann ich vielleicht ein paar Shilling abstauben. Der war doch immer gut für 'ne kleine Spende.«

Als Ben näherkam, klingelte das Telephon des Polizisten; er hob ab, lauschte einen Augenblick und stand dann auf. Als Ben das Zimmer erreichte, war es leer; nur die schwingende Tür zeigte, daß der Sergeant nach oben gegangen war.

»Hm«, sagte Ben, »da wart ich eben ein bißchen.« Er ging zum Schreibtisch hinüber und sah mit bewunderndem Erstaunen auf die Tischplatte hinab – solch saubere Ordnung bekam er nicht oft zu Gesicht. Sauberkeit und Präzision verwirrten ihn jedesmal.

»Ist es nicht toll«, überlegte er, »all das Aufschreiben, Zeug in Büchern, Sachen zusammenzählen, ausrechnen, daß alles aufgeht, Zeugs rot unterstreichen... seltsame Art, die Zeit zu verbringen.« Seine Augen wanderten zu den Regalen hinter dem Schreibtisch: Dort standen Reihen von Aktenordnern und Drahtkörbe mit Protokollen. Ben schüttelte den Kopf. »Und ich soll blöd sein«, sagte er.

In diesem Moment erblickte er die Schlüssel, die an einem Haken hingen, der in eines der Regalbretter geschraubt war. Er sah sich um, nach rechts, nach links – er war allein, und von oben kam kein Geräusch. Bens Gesicht brach in einem breiten Grinsen auf, das sich, groß und braun, durch seinen Bart zwängte.

»Na...«, sagte er, »die Schlüssel, hm, alle schön säuberlich numeriert, Zellen und Handschellen, jerum, jerum. Mich geht's natürlich nichts an, aber das macht ja nichts, weil mich so oder so nichts angeht, und selbst wenn – dann auch nicht, hm? Jedenfalls ist's jetzt mal wieder an der Zeit, daß ich mir einen kleinen Scherz erlaube, hab ich seit Jahren nicht mehr, das wird mir guttun, etwas Abwechslung.« Ben hob die Rechte und hakte zwei Schlüsselringe ab. »Klappert jetzt bloß nicht«, sagte er zu ihnen. »Wagt es bloß nicht, zu klappern.«

Er schob die Schlüssel in eine seiner Manteltaschen,

damit sie nicht klirren konnten, und ging seinen Weg zurück, so leise, wie es seine locker sitzenden Stiefel ohne Socken erlaubten. Bei der Zelle der Borribles angekommen, spähte er wieder durch den Spion.

»Immer noch da, schau mal an, ist irgendwie nicht recht. Nette Kinderchen wie die.« Ben schmatzte laut, nahm die Schlüssel aus der Tasche, wählte den, der dieselbe Nummer hatte wie die Tür und ließ ihn ins Schloß gleiten. Dann drehte er ihn herum, bis er sich nicht mehr drehen ließ, und die Tür sprang auf, stumm in gutgeölten Angeln gleitend.

Ben betrat die Zelle und fing an, die Handschellen zu öffnen, die den schlafenden Borribles in die Handgelenke kniffen. »Schau dir diese roten Stellen an«, sagte er, als er fertig war, »wirklich furchtbar. Jetzt müssen sie aber rennen wie der Teufel, wenn sie hier draußen sind, dem Auge des Gesetzes wird das gar nicht gefallen.«

Chaline öffnete die Augen und hob erstaunt den Kopf. Sie konnte sich nicht erinnern, wo sie war. Langsam krauste sich ihre Nase, und ihre Lippen zogen sich zu einer schmalen Acht zusammen. »Meine Fresse«, sagte sie, »du stinkst ja wirklich nicht schlecht.«

Ben lächelte, zeigte seine gotischen Zähne und hielt eine Handvoll Handschellen in die Höhe. »Verspotte nicht diesen Geruch«, sagte er theatralisch, wie ein Entdecker, der einem neuen Kontinent den Namen gibt, »dieser Geruch ist der Geruch der Freiheit.«

Chaline hob ihre befreiten Hände und starrte sie an. Dann bemerkte sie die offene Tür. »Wer bist du?« fragte sie.

»Ich bin Ben«, sagte Ben, »und ich bin auf dem Heimweg, kommt ihr mit?«

Chaline sprang auf und schüttelte ihre Freunde wach. »Wir hauen ab«, flüsterte sie. »Fragt mich nicht, wie's geschehen ist, aber es ist so.«

»Wer ist dieses Bündel Lumpen?« sagte Zoff und rieb sich die Augen.

»Das ist Ben«, sagte Ben wieder. »Folgt mir.«

Der alte Tramp führte die Borribles aus der Zelle und den Korridor entlang. »Wartet hier«, sagte er, »oben ist vielleicht ein Bulle.« Ben stieg die Treppe hinauf, bis seine Augen die Höhe des Erdgeschosses erreicht hatten, dann schob er seinen Kopf um das Geländer herum und sah, daß das Büro immer noch leer war. Er streckte seine Hand nach hinten aus und winkte. »Kommt rauf«, sagte er.

Einer nach dem anderen schlichen die Flüchtlinge zur Hintertür, während Ben Wache stand und aufpaßte, ob der Sergeant zurückkam.

»Und was ist mit dir?« fragte Chaline, die als letzte von unten kam. »Alles klar?«

»Mach dir wegen mir keine Sorgen«, sagte Ben. »Diese Plattfüße denken, ich bin die ganze Zeit halb betrunken, wobei ihnen nicht klar ist, daß ich bloß die halbe Zeit ganz betrunken bin.«

»Dank dir, daß du uns rausgeholt hast, Ben«, sagte Chaline. »Ich hab noch nie erlebt, daß ein Erwachsener so was für einen Borrible macht.«

»Borribles, hm?« sagte der Tramp und zog seine buschigen Augenbrauen hoch. »Hab ein paar getroffen, als ich auf der Landstraße war, haben mich immer anständig behandelt ... Warum kommt ihr nicht mal nach Feather's Wharf runter, hab 'ne tolle Wohnung dort, haufenweise Platz.«

Chaline überlief es kalt. Auf der Großen Rumbeljagd war sie durch das Gebiet von Feather's Wharf gekommen, und für sie war es einfach eine Quadratmeile Einöde, wo der Wandle sich durch eine Mondlandschaft wand, ehe er unter die Erde in die Kloaken verschwand – hinab in den Schlamm des Reviers von den Wendels.

»Ja, Ben«, sagte sie, »machen wir vielleicht einmal. Und jetzt rennen wir besser wie die Affen. Leb wohl, und danke«, und sie verließ den Tramp und ging zu ihren Gefährten im Hof der Polizeistation.

Die Borribles blieben vor Erstaunen wie angewurzelt stehen, aber nur ein, zwei Sekunden: Überall umgab sie der Nebel, feucht und warm und an allem haftend, was er berührte, und die ganze Welt mit dem Geruch des faulenden Flusses erfüllend. Das war ein Nebel, der in Locken und Wellen daherzog und sich zu drohenden Klippen dreckiger weißer Wolken auftürmte, die, wie sie langsam ihre Gestalt veränderten, große Schluchten tiefer Dunkelheit unter sich entstehen ließen.

»Das hilft uns, den Bullen zu entwischen«, flüsterte Chaline, »oder?«

»Nicht, wenn wir den Weg nach Haus nicht finden«, sagte Zoff.

Plötzlich erblickte Sydney das Pferd auf der anderen Seite des Hofs. »Schaut«, sagte sie erregt, »es ist Sam, sie müssen ihn eingefangen und hierhergebracht haben.«

»Wir haben jetzt dafür keine Zeit«, sagte Zoff. »Wir müssen so weit weg von Fulham wie möglich, und das geht nicht mit einem Pferd am Hals.«

»Macht, was ihr wollt«, sagte Sydney, »ich laß so eine Gelegenheit nicht vorbei. Ich bitte keinen von euch um Hilfe. Es wär mir sogar lieber so, wenn ich's recht überlege, wenn dann was schiefgeht, könnt ihr mich nicht verantwortlich machen, wenn ihr geschnappt werdet.« Und Sydney warf ihr Haar zurück, ging zu Sam hinüber und fing an, den Strick aufzuknüpfen, mit dem er am Fenster angebunden war.

»Rennen wir los, solang wir können«, sagte Vulgo. »Wir müssen das Pferd ein andermal…«

Vulgos Bemerkung wurde durch das Erscheinen von Ben unterbrochen, der als Silhouette in dem Lichtrechteck stand, das die Hintertür der Polizeistation bildete.

»Ihr Kinder solltet mal die Mücke machen«, rief er, »wollt euch doch nicht zweimal an einem Tag von den Bullen kassieren lassen… auf geht's, zieht Leine, nach Hause.«

Dann traten einige Ereignisse ein. In diesem Moment kehrte der diensthabende Sergeant von seinem Auftrag zurück und betrat das vordere Büro. Er hörte Ben reden und ging, durch das Benehmen des Tramps neugierig geworden, zur Hintertür, um nachzusehen, was da los war. Als er näherkam, hörte er, wie ein Pferd durch den Hof geführt wurde, dann das Geräusch trappelnder Füße, Geflüster, und schließlich Bens Stimme, der laut rief: »Paßt auf, paßt auf, da kommt ein Bulle.«

Mit einem wütenden Brüllen sprang der Sergeant Ben an und schleuderte ihn mit aller Kraft von seinem Platz unter der Tür weg. Der alte Mann wirbelte auf einem Absatz herum, verlor einen Stiefel und stolperte mit großer Geschwindigkeit den Flur entlang, bis er gegen das eiserne Treppengeländer krachte und langsam zu Boden glitt. Ben starrte seinen nackten Fuß an und wackelte mit seinen schmutzigen Zehen. »Hab meinen verdammten Stiefel verloren«, sagte er.

Der Sergeant spähte in den Nebel. Er sah ein Kind

auf einem Pferd im selben Augenblick, als es ihn sah. Das Pferd fletschte die Zähne und wieherte wie ein fleischfressendes Ungeheuer; mit einem Aufblitzen stahlbeschlagener Hufe klapperte das Tier durch das Hoftor davon, und dann drang aus den leeren, hallenden Straßen Fulhams das dröhnende Echo sich rasch entfernender Hufschläge und des triumphierenden Lärms befreiter Kinder.

»Verdammich«, sagte der Sergeant, »die Gefangenen«, und er rannte in das Gebäude zurück und die Treppe zu den Zellen hinab. Er sah die offenen Türen, er sah den Haufen von Handschellen. »O mein Gott«, sagte er, »Snuffkin reißt mir die Eingeweide raus«, und er rannte in den ersten Stock hinauf, um seinen Kollegen zu berichten, was sich für eine Katastrophe ereignet hatte.

Sich selbst überlassen zog Ben seinen Stiefel wieder an und latschte in das Büro zurück, die Hände tief in zweien seiner zahlreichen Taschen vergraben. Er spürte das Metall der Schlüssel gegen seine Knöchel schlagen.

»Du liebe Zeit«, sagte er, »die werden sie wieder brauchen.« Und er zog die Schlüssel hervor und hängte sie wieder an ihre richtigen Haken. »So!« verkündete er mit einer gewissen Befriedigung, »alles hübsch ordentlich, genau wie sie's gern haben. Ich geh jetzt heim, die ganze Aufregung hier geht mich nichts an.« Und leicht schwankend marschierte Ben sehr sorgfältig quer durchs Zimmer, durch den Haupteingang, die Stufen hinunter und in das Dunkel der Fulham Road, wobei er im Gehen sein eigenes spezielles Lied sang:

Mensch, was bringt sie, die Maloche?
Geld ist doch ein Scheiß-Verhängnis,
Latscht man treu in sein Gefängnis,
Jeden Tag und jede Woche.

Lieber sachte Leine ziehen!
Freiheit als *die* Kunst erkennen!
Was zu gurgeln, wo zu pennen,
Reicht doch, bist du weit gediehen.

Laß die blöde Welt rotieren,
Steigst du aus, hast du's gegessen –
Geil aufs Geld und pflichtbesessen
Können alle sich blamieren.

Mensch, da laß ich einen streichen,
Für die ganzen Karrieren!
Dürft euch nur mit nichts beschweren,
Wollt ihr Onkel Benny gleichen!

Keine zwei Sekunden, nachdem der Tramp die Polizeistation verlassen hatte, rannte der diensthabende Sergeant aus dem ersten Stock herunter und lief gleich zum Telephon.

»Rasch«, sagte er in den Hörer, »allgemeiner Alarmzustand. Rufen Sie die SBE und jeden Wagen hier im Revier, jeden Beamten draußen auf Streife, die Borribles sind entkommen, ausnahmslos, jawohl. Woher ich das weiß? Weil sie nicht mehr hier sind, sehr einfach, aber ich weiß auch, daß wir sie besser wieder einfangen. Snuffkin dreht sonst durch.«

Der Sergeant knallte den Telephonhörer auf die Gabel und schaute auf das Fach, wo die Schlüssel hingen. Er starrte genauer hin. Bildete er sich das ein, oder schwangen die Schlüssel ganz leicht an ihrem Haken? Er sah zur Tür – kein Luftzug, nicht das leiseste Lüftchen rührte sich. Trotz der Sommerhitze fühlte er einen kalten Schauder seinen Rücken hinunterrinnen.

»Hier geht etwas Verqueres vor«, sagte er, »etwas ganz unbestreitbar Verqueres.«

Ben schlenderte die Fulham Road entlang, und London lag still um ihn, so wie er's mochte; düster und verlassen, ohne Autos und ohne Menschen. Selbst so konnte er die Millionen Leute um sich herum spüren, nervös zuckend unter der Last ihrer schlechten Träume, ihre warmen Zehen steif unter den zerknitterten Bettüchern hervorgestreckt, mühsam nach der kühlen Nachtluft tastend. Ben seufzte glücklich. Es war ein echter Luxus, eine ganze Stadt für sich allein zu haben.

Er rieb sich mit dem Handrücken die große Nase. Unter den Straßenlampen glänzten die Pflastersteine feucht und dunkelgelb, und der Nebel fegte in großen rollenden Wolkenbänken über den schwarzen Asphalt. Hinter und zwischen den schwachen Lichtkreisen der elektrischen Lampen lagen tiefe Korridore der Düsternis, die überallhin hätten führen können.

Ben hielt an und lauschte der Stille. Er spuckte aus. »Nee«, sagte er, »so was wie die alten Nebel von früher haben die heut nicht mehr, richtige Erbsensuppe, wo man die Hand nicht vor Augen gesehen hat, und die Leute husten und röcheln und fallen an den Bushaltestellen tot um, und die Leichenbestatter brechen vor Erschöpfung zusammen, tolle Zeiten.«

Wie der alte Tramp sich anschickte, weiterzugehen, verschlangen sich die Nebelfetzen ineinander und dünnten einen Moment aus, und er erkannte, daß er an einer Straßenecke stand. Gleichzeitig wurde ein Namensschild sichtbar: »Rumbold Road«, las Ben, »na also, das bringt's doch, da kann ich gleich durchgehen.«

Nachdem er einmal die Lampen der Hauptstraße hinter sich gelassen hatte, konnte Ben nichts mehr sehen, und er mußte seinen Weg ertasten, indem er im Rinnstein entlang hinkte, ein Fuß unten, ein Fuß oben, sein ganzer Körper hob und senkte sich, wie er weitertappte. Er kam langsam voran, aber er machte geduldig weiter, bis er schließlich in das Labyrinth schmaler Sträßchen kam, das nördlich der Themse beim Kraftwerk Fulham liegt, da, wo die großen Metallcontainer der Öldepots massig und hoch aufragen, wie versteinerte Riesen.

In dem Maße, in dem Ben sich dem Fluß näherte, wurde der Nebel dick und ranzig, und der Geruch wurde immer abstoßender. An den Stephendale-Werken kam er vorbei, an Pearscroft Court und Parnell House, sich instinktiv seinen Weg suchend, vor sich hinredend und ausgiebig fluchend, wenn er entdeckte, daß er sich in eine ihm unbekannte Sackgasse verlaufen hatte.

Schließlich kam er nach einer etwa einstündigen oder noch längeren Wanderung in die Townmead Road, eine weiträumige und gespenstische Straße mit einer eintönigen Mauer, die auf der südlichen Seite nach oben ins Unsichtbare hochschoß, eine Ziegelmauer, unterbrochen von Eisentoren, hinter denen die Eingänge zu den häßlichen Öldocks lagen. Die ganze Hemisphäre schien zu schlafen, und Ben hielt wieder an, um zu horchen. Er hörte etwas. Durch die Nacht und die friedhofseinsamen Straßen kam der

Laut eines beschlagenen Pferdes, das langsam, unsicher, im Nebel des Flusses verirrt ging.

Der alte Tramp spürte eine Gänsehaut, er hatte völlig das Tier vergessen, das er vorher bei der Polizeiwache gesehen hatte. Sein verfilztes Haar bewegte sich auf seiner Kopfhaut, und ein paar der Strähnen trennten sich sachte voneinander.

»Mensch«, sagte er, »ein Pferd. Ist das der Geist von Tautröpfchen und Herbie, immer noch auf der Suche nach Trödel unterwegs…«

Ben griff sich an den Hals und zog die losen Kragen fest zusammen. Er hatte den Lumpensammler aus Southfields nie getroffen, aber er hatte die Geschichte von Tautröpfchens Ermordung gehört, und die Geschichten, die sagten, sein ruheloser Geist ginge immer noch nachts durch die Straßen von Süd-London und suche immer noch nach größeren und immer größeren Reichtümern.

Wieder rollte eine Welle Nebel vom Fluß herüber und brach langsam und stumm gegen eine Häuserreihe. Ben erschauderte und schlurfte weiter. »Unheimlich, das ganze«, sagte er, »unheimlich.«

Die Hufschläge kamen näher, nachdrücklich, nicht zu leugnen. Wohin Ben sich auch wandte: Der Laut schien auf ihn zu warten. Lauter und lauter wurde das Geräusch, bis sich schließlich da, wo die Townmead Road auf die Kilkie Street trifft, eine Nebelwand emporschob, und Ben plötzlich und ohne Warnung einem der Kinder gegenüberstand, die er vorher befreit hatte. Das Mädchen sah bleich und verängstigt aus und hielt einen Strick in der Hand, der hinter ihr in den Nebel verschwebte.

Ben sprang verblüfft zurück, so rasch, daß seine Füße beide Stiefel auf dem Pflaster stehenließen.

»Meine Güte«, rief er, »was treibst du denn hier, Teufel noch eins, schleichst hier rum wie ein kleiner Alptraum, wo kommst du denn auf einmal her?«

»Ich hab mich verirrt«, sagte Sydney, ebenso erschrocken wie Ben. »Ich bin nicht von hier, aus diesem Teil von London, ist dir das klar? Das könnte für mich genausogut der Arsch des Mondes sein.«

Ben wollte gerade antworten, als er ein großes Tier schnauben hörte, und obwohl er es nicht sehen konnte, hörte es sich überaus nahe an.

»Mein Gott«, sagte er, »der Reiter ohne Kopf, was? Das teuflische Tautröpfchen!«

»Red keinen Blödsinn«, sagte Sydney, »das ist bloß Sam, der gehört zu mir«, und als Sam seinen Namen hörte, kam er her, wurde sichtbar und stieß Ben freundlich mit dem Kopf gegen die Brust.

Diese Geste beruhigte den Tramp; er warf sich mutig in die Schultern und steckte seine nackten Füße zurück in die Schuhe.

»Ist mir sehr recht«, sagte er, »bin ich ganz erleichtert, ich hab gedacht, das ist so ein menschenfressendes Nachtvieh, wenn man so oft wie ich ein kleines Delirium einlegt, weiß man nie, was einem auf der Straße begegnen kann.«

»Bist du nicht der Typ, der uns aus der Zelle gelassen hat?« fragte Sydney.

»Der bin ich in der Tat«, sagte Ben und tätschelte Sam den Hals, »obwohl ich es im Ernstfall bestreiten würde.«

»Gibt es irgendeine Chance, daß du mich über den Fluß bringen kannst?« sagte Sydney. »Ich muß vor Tagesanbruch außer Sicht sein, und ich muß irgendwas finden, wo ich das Pferd verstecken kann. Mir kommt's so vor, als lauf ich seit Stunden im Kreis rum.«

Ben legte jetzt eine Hand auf Sams Rücken, und obwohl das Pferd bei dem Geruch, der den Tramp umwaberte, die Oberlippe verzog, rührte es sich nicht.

»Wenn du mir nur auf dieses Tier hinaufverhelfen könntest«, sagte Ben, »könnten wir mit Grandezza weiterreisen. Unsere Ziele liegen ganz offensichtlich in derselben Richtung.«

Sydney zögerte nicht; weit entfernt, auf den Hauptstraßen, konnte sie das Geräusch von Polizeisirenen unter dem tiefhängenden Nachthimmel hören, und wenn sie sich nicht beeilten, wären ihre Fluchtwege blockiert und das Morgengrauen würde sie immer noch auf der Straße finden, leichte Beute für die SBE.

Sie ließ Sam rückwärts an eine kleine Backsteinmauer gehen und half Ben, auf das Mäuerchen zu steigen. Dann schob und wuchtete sie von hinten, bis er rittlings auf dem Pferd saß, die Zügel in der Hand.

»Hier«, sagte sie, »halt die, obwohl du sie nicht brauchen wirst. Sam versteht jedes Wort, das du sagst. Glaubst du, du bist da oben in Ordnung?«

»Aber sicherlich«, sagte Ben stolz, »zu meiner Zeit war ich ein bedeutender Reitersmann«, und als er eine Hand hochreckte, um seine Worte mit einer Geste zu unterstreichen, schwankte er bedrohlich in den Hüften, und nur ein rascher Griff nach der Mähne Sams bewahrte ihn vor einem abrupten Sturz. »Brrr«, rief der Tramp gebieterisch, obwohl das Pferd sich keinen Zentimeter bewegt hatte, »alles was recht ist, ein lebhaftes Tier.«

Sydney hatte ernsthafte Zweifel, ob Ben überhaupt in der Lage sein würde, seinen Weg aus den Nebenstraßen heraus zu finden, aber sie sprang hinter ihm aufs Pferd, holte vor dem furchtbaren Geruch schnell noch einmal tief Atem und schlug mit den Absätzen leicht gegen die Flanken des Pferdes. Die leichte Berührung genügte, und Sam, den Befehlen Bens folgend, setzte sich in würdevollem Schritt Richtung Wandsworth Bridge in Bewegung.

Der alte Tramp war restlos glücklich – selten, in der Tat, hatte er sich glücklicher gefühlt. Er saß mit locker herabhängenden Armen und seinen steif gestreckten langen Beinen auf Sams Rücken, während seine Stiefel riskant von seinen gekrümmten Zehen baumelten und die zerfledderten Mäntel sanft in den Nebel schwebten wie das Cape eines Straßenräubers. Doch wie die Ausgestoßenen dahinritten, kam wieder – und diesmal nicht so weit entfernt – das Geräusch eines durch die Nacht rasenden Polizeiautos.

»Scheiß-Gesetz und Ordnung«, sagte Sydney, »ich hoffe nur, die anderen kommen zurecht.«

Die anderen kamen nicht zurecht. Sie tappten, verirrt und ohne Hoffnung, durch dasselbe Chaos gesichtsloser Straßen wie Sydney und Sam, nur hatten sie keinen Ben, der ihnen den Weg zeigen konnte. Sie waren zusammengeblieben und folgten Zoff, im wesentlichen deshalb, weil er allen versichert hatte, daß er den Weg nach Battersea wie seine Hosentasche kannte, aber im Lauf der Zeit schien das weniger und weniger wahrscheinlich. Die Borribles waren um hundert Ecken gebogen und hatten Tausende ihrer Schritte wieder zurückverfolgt; nun hatten sie keinerlei Vorstellung mehr, wo sie eigentlich waren. Sie waren müde, mutlos und nahe daran, aufzugeben.

Eine Sirene heulte seltsam durch die Nacht, und ein SBE-Wagen fuhr in der Nähe vorbei. Die Borribles duckten sich hinter eine niedrige Mauer, aber es wäre eigentlich nicht nötig gewesen. Hier unten am Fluß war der Nebel zu dicht, als daß Licht ihn hätte durchdringen können. Nichts, was der Polizei zur Verfügung stand, weder das sich drehende Blaulicht noch die gelben Scheinwerfer des Autos, war mehr als ein, zwei Meter sichtbar. Als der Wagen in der Ferne verschwunden war, marschierten die Flüchtlinge weiter, und da kam ein anderer Laut aus der großen Höhle der Dunkelheit, die sie umgab – der seltsame und drohende Hufschlag eines unsichtbaren Pferdes, der die Straße entlang vorrückte.

»Das muß Sydney sein«, sagte Chaline, »mit Sam. Pfeifen wir mal!«

Sie hob die Finger an den Mund, aber Zoff hob seine Hand ebenfalls und schloß sie fest über dem Mund des Mädchens, ihren Kopf herumdrehend, daß er ihr in die Augen starren konnte.

»Du einmalige Idiotin«, zischte er, »das kann genausogut ein berittener Bulle sein, und eine Falle. Du pfeifst, und schon sind wir wieder im Bau, so was gibt's mit tödlicher Sicherheit. Alle ruhig bleiben! Selbst wenn es Syd und Sam sind, das Letzte, was ich jetzt gebrauchen kann, ist ein gottverdammtes Pferd, das klipp-klapp hinter mir drein trabt und jedem Plattfuß in London verrät, wo ich bin.«

Chaline wehrte sich, aber sie konnte Zoffs Griff nicht brechen, und keiner von den anderen machte Anstalten, sich einzumischen. Was sie betraf, so hatte Zoff recht. Es mochte Sam sein, aber es konnte genausogut die Polizei sein, und niemand wollte ein zweites Mal ins Gefängnis einrücken. So standen die Borribles reglos da, hielten den Atem an und lauschten, wie die gespenstischen Hufschläge vorbeizogen.

»Wir warten hier«, sagte Zoff, »bis alles wieder schön ruhig ist.«

Ben genoß die Situation. Sydney nicht. Ben sang immer mal wieder ein Stückchen von seinem Lied, um sich die Zeit zu vertreiben. Sydney versuchte, zu überleben, ohne Atem zu holen. Natürlich mochte sie den Tramp ganz gut leiden und war ihm dankbar für das, was er zu ihrer Befreiung getan hatte, aber hinter ihm zu reiten, die Arme um seine Hüften und die Nase immer wieder gegen seinen Rücken stoßend, war wirklich kein Vergnügen. Niemand in der gesamten Geschichte der Zivilisation hatte je wie Ben gerochen, und er trug nicht nur diesen Geruch mit sich, er fügte alle Augenblicke noch geräuschvoll eine besondere Note hinzu.

»Kann ich nichts dafür«, erklärte er, »muß all das Bier sein, was ich trinke.«

Sydney war ein tapferes Mädchen. »Wie weit noch?« keuchte sie.

Ben schaute nach rechts und dann nach links. Er konnte nichts sehen. »Sieht aus wie die Morgan Road«, sagte er, »gleich kommen wir um die Ecke, und dann sind wir auf der Wandsworth Bridge.«

»Wandsworth Bridge!« Sydney bekam Angst. Die Wandsworth Bridge war genau an der Ostgrenze des Wendel-Territoriums. Dahinter lagen der Wandle und die tiefen Kloakenkanäle, wo der gewalttätigste Stamm der Borribles lebte, dem man am wenigsten vertrauen konnte: die Wendels.

»Könntest du mich nicht zur Battersea Bridge bringen?« fragte Sydney. »Irgendeine andere Brücke, nur nicht die Wandsworth Bridge.«

Ben drehte sich mühsam um, damit er seine Begleiterin ansehen konnte. »Hör zu, mein kleiner Sonnenschein«, sagte er, »du hast doch gewollt, daß ich dich über den Fluß bringe, und das mach ich grade. Ich geh da rüber, wo ich mich am besten auskenne, nicht wahr, muß ich wohl, es ist stockdunkel, und ich hab kein Radargerät in der Tasche.«

»So mein ich's nicht«, sagte Sydney verlegen, weil sie undankbar schien, »aber die Wendels leben hier in der Gegend, und die können uns nicht leiden.«

Ben spuckte aus, und eine massive Speichelmuschel überschlug sich einmal in der Luft und klatschte in der Dunkelheit zu Boden. »Diese Wendels sind doch auch nur so Gören wie ihr, Borribles, oder? Ich seh sie von Zeit zu Zeit, einen oder zwei, in Feather's Wharf. Die tun dir nichts, wenn du bei mir bist.«

»Ich hoff's nicht«, sagte Sydney, »aber es gefällt mir nicht hier unten.«

Ben hörte nun nicht mehr hin und drehte sich wieder um. »Auf geht's, altes Roß«, sagte er. »Hier runter noch'n bißchen und dann nach links.«

Sam schritt eifrig vorwärts, den Kopf in einen Nebel vorausstreckend, der jetzt mit jedem Schritt dichter und wärmer wurde, einen Nebel, der am Fluß nun so undurchdringlich wurde, daß die beiden Reiter nicht bemerkten, daß sie schon auf einer Brücke waren, bis sie den Boden unter sich abrupt ansteigen fühlten.

»Da wärn wir«, sagte Ben, »jetzt sind wir gleich drüben überm Wasser.«

Hinauf und hinauf führte die Straße, und Sam setzte seine Hufe hart auf den Asphalt auf und ging weiter, bis er den höchsten Punkt auf der Mitte der Brücke erreichte; dort, wo die Südseite wieder steil abzufallen begann, hielt er einen Moment inne.

In weitem Kreis um ihn lag die Stille, nur von einem gelegentlichen beiläufigen Wellenklatschen tief unten durchbrochen, wo der schwarze Fluß zum Meer dahinrollte und sich zwischen den großen

Steinpfeilern hindurchdrängte, die die Brücke ruhig aufrecht hielten. Sydney konnte nichts sehen. Einen Sekundenbruchteil lang kam es ihr vor, als schwebe sie hoch über einer schlafenden Stadt, die machtlos vom schweren, muskulösen Gewicht der warmen Nacht zu Boden gepreßt wurde.

Ben hatte keine solchen Gedanken. »Komm schon, Sam«, trieb er das Pferd an. »Ich bin durstig. Und wie. Bin durstig geboren, was?«

Das Pferd setzte sich wieder in Bewegung, und bald (obwohl sie es nicht sehen konnten) kamen Ben und Sydney zu dem großen neuen Kreisverkehr, der den Anfang des Einbahnstraßensystems von Wandsworth bildet.

»Gehn wir gleich rechts hier«, sagte Ben, »falsche Straßenseite natürlich, aber wir Nachtreiter brauchen uns nicht um die Verkehrsregeln zu scheren.«

Weiter gingen sie, unter der Eisenbahnbrücke durch und an ein, zwei Pubs vorbei, aber kein Auto überholte sie, kein Fenster war erleuchtet, und die Straßenlampen standen blind und erloschen. Nur das Jaulen einer Polizeisirene hob sich gelegentlich durch die Schwärze, schwach und von weit, weit weg, über die breite Wasserfläche herüber. Sam stockte keinen Augenblick; direkt an dem prächtigen Eingang zum Rathaus von Wandsworth zweigte er vom Armoury Way ab und lief hinein in die High Street, und die entlang bis schließlich zur großen Kreuzung an der Garrat Lane, wo das *Spread Eagle Pub* verschlossen und stumm an der Ecke stand.

»Brrr«, sagte Ben und schwang ein Bein über Sam's Nacken und ließ seine Füße zu Boden rutschen. »Jetzt bleib nur schön sitzen, Mädchen«, sagte er zu Sydney,

»ich zeig dir mal was, müssen ja das Pferd hier verstekken, hm?«

Trotz des furchterregenden Geruchs des Mannes spürte Sydney, wie ihr Herz für ihn schlug. »Weißt du, Ben«, sagte sie, »du bist beinahe wie ein Borrible, aber doch irgendwie erwachsen, und das ist eigentlich unmöglich.«

»Wie die meisten Sachen, Sonnenschein«, sagte Ben und ging weiter, das Pferd hinter sich herführend.

Auf der anderen Seite der Kreuzung kam Ben an eine hohe Mauer aus glasierten Ziegeln; sie troff von der Nässe des Nebels. Hier ging er links und schlurfte einige Meter weiter, bis er zu zwei enormen hölzernen Türflügeln kam. Sydney folgte ihm mit offenem Mund, verblüfft von der prächtigen Größe dieses Anblicks: Es war, als stünden sie vor dem Prunktor einer alten befestigten Stadt.

Bens Finger tappten an einem Mauervorsprung herum, bis er einen Klingelknopf fand. Er blinzelte Sydney zu, dann drückte er die Klingel, und hinter dem Tor und auf der anderen Seite der Innenhöfe und Lagerhäuser erklang die Glocke, und ihr Klang hallte in Echos vom Ufer eines Flusses zurück, und Sydney wußte, wo sie war: Mit einem raschen Atemzug erinnerte sie sich – sie stand vor Youngs Brauerei am Wandleufer – mitten im Wendelterritorium.

»Gottverdammt«, rief sie aus und sprang von Sams Rücken, um sich mit dem Rücken gegen die Mauer zu stellen und in die Dunkelheit zu starren. »Ben«, fragte sie, »warum sind wir hierhergekommen?«

»Muß mir schließlich was zu trinken holen, oder?« sagte Ben. »Das ist die Young-Brauerei hier. Die stellen ein ausgesprochen feines Bierchen her, aber davon einmal abgesehen haben sie Pferde, um ihren Kram auszufahren, ja? Und für Pferde braucht man einen Stall, und für einen Stall braucht man jemand, der sich drum kümmert und was von Pferden hält, und ganz zufällig ist der, den ich meine, ein Kumpel von mir. Waren zusammen auf der Walz früher, sind zusammen gewandert und haben zusammen gequatscht und gebettelt, wie die Grafen. Das heißt leben, Sonnenschein, wenn man jung genug ist. Sam ist hier sicher, sicher wie die Bank von England, und kein Bulle auf der ganzen Insel wird je drauf kommen, ihn in einem Stall zu suchen, hm?«

Während Ben redete, kam der klingende Schritt von genagelten Stiefeln, die über die unebenen Steine eines kopfsteingepflasterten Hofes gingen, näher und näher. Schließlich hielten sie ganz nahe an, und eine tote Stimme drang plötzlich aus dem Nichts, und ihre Worte hingen in der Dunkelheit wie feuchte Geschirrtücher, die man über Nacht auf der Leine hängen lassen hat.

»Wer sucht mich zu dieser mitternächtlichen Stunde?«

Sydney schauderte, als die Worte sie berührten, aber Ben war unbesorgt. »Ich bin's, Ben«, sagte er, »brauch deine Hilfe.«

Die Stimme antwortete nicht, aber Sydney hörte, wie zwei Eisenriegel kratzend zurückgeschoben wurden; eine kleine, in das Haupttor eingelassene Tür öffnete sich, und der Kopf eines Mannes erschien, in der Nachtluft schwebend. Das Gesicht glänzte bleich unter flachem, borstigem Haar. An den Seiten einer harten, knochigen Nase bewegten sich zwei ernste Augen hin und her. Unter der Nase wuchs ein Schnurrbart.

Sydney preßte ihren Körper eng gegen den warmen

Schweiß der Ziegelmauer. Der Mann schaute Ben blinzelnd an, als ob er ihn noch nie im Leben gesehen hätte, dann drehte er seinen Kopf, um sich Sydney anzusehen. Sein Gesichtsausdruck veränderte sich zunächst nicht, aber als seine Augen über die Borrible hinweg weiterglitten und Sam erblickten, überzog ein Lächeln sein ganzes Gesicht, das sich erwärmte und gänzlich veränderte. Der Mann sprach durch sein Lächeln hindurch, und sein Ton war nicht länger abstoßend, sondern freundlich und gastlich.

»Na, Ben«, sagte er, »wo hast du denn so ein Pferd aufgegabelt? Eine kleine Schönheit. Aber ganz schön abgearbeitet, hm? Nicht gut behandelt, würde ich sagen.«

Ben schüttelte seinen Bart. »Hast du recht, Knibbs, hast du ganz recht. Heißen tut er Sam, das Pferd von dem Mädchen hier. Und die heißt...?«

»Sydney«, sagte Sydney.

»Es sieht folgendermaßen aus«, sagte Ben, »wir sind hier, nachdem wir aus dem Polizeigewahrsam abgehauen sind, und wir müssen das Pferd hier mal unterstellen, während wir uns ein Weilchen unsichtbar machen.«

Knibbs betrachtete Sydney aufmerksam, mit scharfen Augen. »Ich schau schon nach dem Pferd«, fing er an, »ich mag Pferde. Euch kann ich aber nicht hier verstecken, euch würde man bemerken. Dann rufen sie vielleicht die Bullen, und die werden dann auf mich aufmerksam. Aber ein überzähliges Pferd in einem Stall voller Pferde, das merkt kein Mensch. Den Klingelbeutel versteckt man am besten in der Kirche, sag ich immer.«

»Tschüß, Knibbsie«, sagte Ben und wollte Sams Leitseil dem Stallwächter geben – aber das Pferd verdrehte seinen Kopf und machte einen ausweichenden Schritt, verängstigt durch das große Tor und die ausladenden Mauern.

»Na, komm doch«, sagte Knibbs mit seiner freundlichen Stimme, »hier bei mir bist du richtig.« Ein weiterer Riegel schob sich auf und langsam öffneten sich die großen Tore, bis der Spalt groß genug war, um Sam durchzulassen. Sydney legte die Arme um den Pferdehals. »Du mußt dich verstecken, Sam«, sagte sie, »nur ein oder zwei Tage. Ich komm zurück, sobald ich kann, und dann verlaß ich dich nie wieder, ehrlich.«

Knibbs schnalzte mit der Zunge und streichelte Sam behutsam die Nase. »Hier lebst du wie Graf Koks, mein Alter«, sagte er. »Das ist ein Fünf-Sterne-Ställchen, kannst's mir glauben.«

Und das Pferd, endlich ermutigt, schritt durch den Türspalt und in den Hof der Brauerei.

Sobald Sam sicher drinnen war, schloß Knibbs die großen Torflügel, aber die kleine Tür ließ er offen. Ben streckte die Arme aus, Glas klang auf Glas, und Sydney hörte mehr als daß sie es sah, wie drei Bierflaschen zwischen den Freunden den Besitzer wechselten.

Ben verstaute das Bier in den verschiedenen Schichten seiner Kleidung. »Ah, danke, Knibbsie«, sagte er, sich die Lippen leckend, »ein durstiges Geschäft, das Leben, ein durstiges Geschäft.«

Knibbs nickte. »Ich sorg schon für das Pferd«, sagte er und schloß endgültig die Tür, obwohl sie seine Stimme immer noch hören konnten. »Aber in Zukunft immer hinten reinkommen, klar?« und das war alles, außer dem Geräusch, wie Sam über die Pflastersteine davongeführt wurde.

»So, auf geht's«, sagte Ben und schlurfte davon in den Nebel; Sydney ging neben ihm.

»Bist du wirklich ganz sicher, daß es Sam da gut gehen wird?« fragte sie, jetzt, wo ihr Pferd weg war, doch etwas ängstlich.

Ben fummelte in seinem Mantel herum und zog eine von seinen Bierflaschen und einen Öffner hervor. »Klar bin ich sicher«, sagte er. »Knibbs mag nichts lieber als ein Pferd. Der schaut nach ihm wie nach 'nem Baby, den erkennst du nicht wieder, so dick und verwöhnt.«

Ben hob den Kronkorken von seinem Bier ab und betrachtete die Flasche, als hätte er nie zuvor eine gesehen. »Mein Gott«, sagte er, »ein ganzes Leben lang hab ich darauf gewartet.« Er hob die Flasche an die Lippen, und Sydney sah zu, wie er einen tiefen Zug nahm. Aus meilenweiter Entfernung über den Fluß kam das Auf und Ab einer heulenden Polizeisirene, die wie ein Schloßgespenst durch die Nacht schrie.

Ben senkte die Flasche und stieß einen Seufzer der Befriedigung aus der Mitte seines Bartes hervor. »Das ist die richtige Medizin«, sagte er, »das gibt Haare auf die Brust, Mark in die Knochen und Tinte in den Füllhalter.«

»Gehen wir jetzt wohin?« fragte Sydney.

»Wohin? Das würde ich aber doch meinen«, sagte Ben, »wir gehen zu meiner Wohnung. Kannst deine Mütze wetten, daß die Bullen die Straßen nach dir absuchen, und wenn sie dich finden, dann nicht mit einem freundlichen Hallowiegeht's.«

Ben lachte über seinen Witz, hob wieder die Flasche an den Mund und leerte sie im Weitergehen. Als das Bier zu Ende war, gab er einen üppigen Rülpser von sich. »Mensch«, sagte er, »das hab ich gebraucht, hab mich ganz schwach und zittrig gefühlt vorher.«

»Glaubst du, mit meinen Kumpels ist alles klar?«

fragte Sydney, die sich dicht an den Tramp hielt, um ihn nicht aus den Augen zu verlieren. »Ich hoffe bloß, sie sind alle entwischt.«

Ben sah unter seinem Augenbrauengebüsch hervor auf die kleine Borrible hinab. »Deine Freunde«, sagte er, »sind am Leben oder tot, frei oder gefangen, und alles, was wir jetzt grade tun können, ist, daß es heißt: Jeder für sich«, und damit trabte er rasch voran, und Sydney lief mit, so gut es ging, da sie nicht allein und verlaufen mitten im gefährlichen Wendelgebiet zurückbleiben wollte.

5

Zoff schlich auf Zehenspitzen in den Hof der Tankstelle. Um ihn herum standen die großen Zapfsäulen, ihre Computergesichter halb in den Schatten verborgen, wie zur Erde herabgestiegene Marsianer. Der Borrible hielt an und spähte sorgfältig nach links und rechts. Nichts. Unter ihm glänzte der ölfleckige Beton im Licht von etwa einem halben Dutzend Neonröhren; das war ein merkwürdiges malvenfarbenes Licht, das sich über Millionen Nebeltröpfchen verteilt hatte und nun in der Luft hing wie schmutziger Regen in einem staubigen Spinnennetz. Der Morgen dämmerte noch nicht, und der Himmel hinter der Tankstelle war dunkel und einheitlich.

Zoff sah sich noch einmal um und überzeugte sich, daß die Tankstelle auch wirklich für die Nacht zugemacht hatte, dann pfiff er den Borriblepfiff, und seine Gefährten traten einer nach dem anderen aus den Schatten hervor.

»Wo sind wir?« fragte Vulgo.

»Keine Ahnung«, sagte Zoff, »aber wo immer, wir sind nicht weit vom Fluß. Riecht doch mal.«

Alle zogen die Luft durch die Nase, und der seltsame Geruch der Themse in London, diese Mischung aus Lack und Essig, drang in ihre Nasenlöcher.

»Also«, sagte Bingo, »wo ein Fluß ist, ist auch eine Brücke, und über die gehen wir besser rasch rüber. Wenn wir nicht bei Tagesanbruch von der Straße runter sind, dann können wir auch gradsogut unsere eigenen Ohren stutzen und Snuffkin das Geschäft abnehmen«, und er tastete sich zur anderen Seite des Hofes durch; die anderen folgten ihm.

»Schaut mal«, sagte Zwielicht, »das ist doch 'ne

Hauptverkehrsstraße, kennt die jemand von euch?«

Keiner antwortete, aber nach einem Moment sagte Zoff, der angestrengt auf den Boden gestarrt hatte: »Ich glaub, es geht gradeaus, schaut euch an, wie die Straße in der Richtung leicht ansteigt, als ob sie auf eine Brücke zuläuft.«

»Also dann los«, sagte Stonkus, »Zeit zum Rumhängen haben wir nicht, auf einer Brücke kannst du dich nicht verstecken, gehn wir rüber, ehe der Nebel verfliegt.«

Doch der Nebel schien sich durchaus nicht verflüchtigen zu wollen, und als die Borribles aufbrachen, dampfte er immer noch unter ihren Füßen empor, wobei er seltsam schwerer wurde, als er aufstieg, in Wirbeln hin und her treibend, so daß die Flüchtlinge unmöglich sehen konnten, wo sie waren oder wohin sie gingen.

Plötzlich hob Zoff, der voranging, eine Hand und hielt. Sie waren auf dem höchsten Punkt der Brücke angelangt, gerade da, wo die Straße wieder nach unten fiel und unsichtbar wurde, als ob sie am Rand der Welt zu einem abrupten Ende käme.

»Also eine Brücke ist es auf jeden Fall«, sagte Zoff, »seht her, auf dieser Seite geht's wieder runter, hinter der Wölbung in der Mitte.«

»Ja«, stimmte Stonkus zu, »aber welche? Ich erkenn sie nicht wieder.«

»Battersea Bridge ist's schon mal nicht«, sagte Bingo.

»Und Albert Bridge oder Chelsea Bridge auch nicht«, sagte Vulgo.

»Und nicht Westminster, Lambeth oder Vauxhall Bridge«, sagte Stonkus.

»Oder Hammersmith Bridge oder Putney Bridge«, sagte Zwielicht.

Chaline drängte sich durch die Gruppe und schob ihr Gesicht, starr vor Wut, dicht an das von Zoff. »Du weißt, welche es ist, nicht wahr, Zoff?« sagte sie. »Es kann nur eine sein… du hast gewußt, die ganze Zeit gewußt, daß du uns hierherbringst. Auf, sag's ihnen.«

Zoff lachte. »Macht doch nichts, welche Brücke es ist«, sagte er, »solang wir auf die andere Seite kommen, oder? Also ist's die Wandsworth Bridge, was weiter?«

»Was weiter!« rief Chaline höhnisch. »Nur, daß Wandsworth Wendelgebiet ist, daß die uns das letzte Mal, als wir hier waren, beinahe getötet haben, und vier von unseren Kumpels tatsächlich. Du hast irgendwas vor, Zoff, und ich wüßte verdammt gern, was. Was spielst du für ein kleines Spielchen?«

»Mein Spielchen«, sagte Zoff und zeigte seinerseits Chaline die Zähne, »ist: mit intakten Ohren nach Hause kommen.«

Wie die beiden einander zornig anstarrten, kam von irgendwo in der Nähe das Lalülalü einer Sirene, und für einen Streit war keine Zeit mehr. Alle sechs Borribles rannten die Südseite der Brücke hinunter, so schnell sie nur konnten. Wenn sie es bis zu dem großen Kreisverkehr schafften, könnten sie nach links in die York Road einbiegen und wären auf dem direkten Weg nach Battersea. Mit ein wenig Glück wären sie dann nach kurzer Zeit daheim, von ihren Freunden beschützt und versteckt.

Aber so einfach sollte es nicht sein. Zwei undeutliche und drohende Figuren, eine große und eine kleine, wuchsen aus dem Nebel hervor, direkt im Weg der dahinrennenden Borribles. Zoff schlitterte und blieb stehen, und die anderen stolperten gegen ihn.

»Snuffkin und Hanks«, sagte Zoff, »und kein Mensch hat eine Schleuder.«

»Borrible«, sagte eine Stimme.

»Scheiße!« sagte Vulgo. »Wendels, noch schlimmer.«

»Red keinen Blödsinn«, sagte die Stimme wieder. »Ich bin's, Sydney, und ich hab Ben dabei, ihr wißt doch, der Typ, der uns aus dem Bau rausgelassen hat.«

»Klar, ich bin's, ganz recht«, sagte der Tramp, und in seiner Kleidung klirrte eine Flasche. »Kleine Welt, was?«

»Einen Moment mal«, sagte Zoff mißtrauisch, »habt ihr dieses dämliche Pferd dabei? Wir können das nicht brauchen, daß der uns nachläuft, klippklapp und so.«

»Da mach dir mal keine Sorgen, Freund«, sagte der Tramp und zog eine Flasche Bier aus dem Mantel, »der ist sicher aufgehoben.«

»Das ist jetzt alles ganz gleich«, sagte Zwielicht, »schaut euch mal um.«

Die Borribles drehten sich um, und da, gerade am Beginn der Brücke, sahen sie einen grellen Kreis weißen Lichts, der sich an der Unterseite des dunklen Himmels brach. Die Scheinwerfer eines Autos waren das, das sich auf der Nordseite der Brücke in Position begab, der Seite, welche die Flüchtlinge erst vor Minuten verlassen hatten.

Wie sie noch schauten, wurde es hinter ihnen wieder laut: Reifen kreischten, Wagentüren fielen krachend ins Schloß, Männer schrien. Sie wandten sich um – wieder ein helles Licht, wieder ein silberglänzender Bogen, der sich an den tiefliegenden Nebel heftete, diesmal auf dem südlichen Ufer der Themse, und nur dreihundert Meter von dort entfernt, wo die Borribles standen.

»Das ist dieser gottverdammte Snuffkin«, sagte Zoff, »ich wette, er hat jede Brücke zwischen Richmond und der Küste blockiert.«

»Und jetzt hat er uns im Freien«, sagte Bingo, »wenn's Tag wird, ist die Sache gelaufen.«

Ben lehnte sich gegen das Brückengeländer und trank aus der zweiten Flasche, die Knibbs ihm geschenkt hatte. »Na«, sagte er, sobald die Flasche leer war, »ich glaube, Kinder, ihr kommt am besten mal mit mir nach Hause.«

»Ach ja?« sagte Zoff. »Und die Bullen, die stehen wohl stramm und grüßen, wenn wir vorbeikommen?

Ben kratzte in seinem Mantel herum und ignorierte Zoffs sarkastische Bemerkung. »Hinter mir«, sagte er, »wie ich hier vor euch stehe, ist – obwohl ihr's nicht sehen könnt – das Ende der Brücke. Dahinter läuft ein schmaler Weg, direkt am Fluß, und drunten ist ein Pub, steht ganz allein auf 'nem leeren Grundstück, heißt *The Ship*. Hinter der Kneipe, etwa acht Fuß hoch und mit bloß 'nem bißchen Stacheldraht oben drauf, ist eine Mauer, und hinter der Mauer ist die Müllkippe von Feather's Wharf. Inmitten dieser Müllkippe liegt mein Eigenheim, ein Palast, wo's für jeden Platz hat.«

»Und was kommt hinter deinem Palast?« fragte Zoff.

»Der Wandle«, sagte Ben, »wo die Kräne die Lastkähne mit Müll volladen, bevor die dann den Fluß runterfahren. Exportindustrie.«

»Da, wo der Wandle in die Themse fließt«, sagte Sydney, »wißt ihr nicht mehr, da ist es schrecklich.«

»Und wenn's zehnmal so schrecklich wäre«, sagte Zoff, »nur so kommen wir von der Brücke runter.«

»Eins ist sicher«, sagte Chaline, »wir kommen immer tiefer ins Reich der Wendels ... beinahe als ob jemand wollte, daß wir da hingehen.«

Zoff lächelte geheimnisvoll. »Schau mich nicht an«, sagte er, »wir haben jetzt keine Wahl mehr.«

Sie brauchten nicht weit zu gehen. Ein paar Schritte,

und sie kamen an einen Abhang, der steil von der Brücke weg nach unten fiel; der Abhang wurde bald zu einer Straße, und als sie der etwa hundert Meter gefolgt waren, rechts am *Ship* vorbei, kamen sie zu einer massiven Ziegelmauer, die oben, wie Ben gesagt hatte, mit Stacheldraht besetzt war, der sich in Ringen dahinwand.

»Jetzt sind wir direkt am Fluß«, erklärte der Tramp. »Wenn ihr also die kleine Böschungsmauer hier raufsteigt, könnt ihr um das Ende von der großen Mauer reichen, und dann fühlt ihr einen Eisenring auf der anderen Seite. Da haltet euch fest, schwingt raus mit den Beinen übers Wasser, und siehe da, ihr seid in Feather's Wharf.«

»Und wenn wir in den Fluß fallen…?«

Ben schnaubte verächtlich. »Ich hab das hundertmal gemacht, wenn ich besoffen war, da werdet ihr Kinder das ja wohl noch in nüchternem Zustand schaffen. Hier, schaut mal zu«, und der alte Mann zog sich hoch auf die kleine Böschungsmauer, ergriff etwas Unsichtbares, stieß sich mit den Füßen ab, warf sich ins Leere und verschwand. Nach diesem Auftritt herrschte eine kurze Stille, gerade lange genug, daß die Borribles einander besorgt ansahen, dann hörten sie, wie ein Körper auf festem Boden aufkrachte.

»Ich hoffe, es ist alles klar«, sagte Sydney, doch in diesem Moment tönte Bens Stimme laut durch die Nacht.

»Autsch, oooh, mein Rücken, Scheißspiel! Kommt mal rüber, ihr da, ich fang euch hier auf dieser Seite auf.«

»Ich möchte nicht reinfallen«, sagte Zwielicht, »ich kann nicht schwimmen.«

»Peinlich«, sagte Zoff, »ich geh trotzdem. Ich fall lieber in die Themse als in die Hände der SBE«, und er sprang auf die kleine Mauer und lehnte sich mit dem Ausdruck großer Konzentration im Gesicht zur Seite. »Ich kann den Ring spüren«, rief er hinunter. »Ihr müßt euch hier rumschieben und gut festhalten. So.« Und damit verschwand auch Zoff.

Stonkus kam als nächster, und er folgte Ben und Zoff ohne das leiseste Zögern. Dann kam Sydney, und dann die anderen. Chaline wartete bis zuletzt, und als sie die Füße über die rollende Schwärze des Flusses hinausschwang, schaute sie nach oben und sah, daß der Himmel blasser wurde; sie konnte sogar ein, zwei schwache Sterne sehen. Der Nebel verzog sich, und die Morgendämmerung brach an – Zeit für die Borribles, sich zu verbergen.

Unten auf dem Boden gab es kein Licht. Als Chaline durch die Luft geschwungen und auf einem Fleck mit hartem, staubigem Dreck gelandet war, zeigte es sich, daß der schwache Schein, den sie am Himmel gesehen hatte, nicht die Düsternis von Feather's Wharf zu durchdringen vermochte.

Bens Stimme wurde hörbar, von irgendwoher aus der toten Luft neben der Ziegelmauer. »Aah ... was machen wir jetzt? Ja, am besten folgt ihr mir im Gänsemarsch, alle Mann, und geht mir nicht den falschen Weg, sonst landet ihr noch im Müllzerkleinerer.«

Nach dieser Warnung machte sich der alte Tramp auf den Weg durch die weite, lichtlose Müllandschaft. Dies war die Einöde, die sich zwischen der Wandsworth Bridge und dem Wandle erstreckte, ein verlassenes Land, das in bröckelnden Hügeln emporstieg und in tiefe Täler brauner und schwarzer Erde abfiel. Es war ein Ort der vollständigen Einsamkeit, wo nichts im Dunkel sichtbar war, doch wo die Borribles die

Gefahr einer nahen Leere spürten, wie einen verborgenen Klippenrand, einen Abgrund vor ihren Füßen.

Schweigend marschierten sie weiter, dicht hinter Ben, der auf einem schmalen Pfad dahinging, dessen Oberfläche in vielen Monaten und Jahren von den langsamen Tritten seiner zerrissenen Stiefel festgepreßt worden war. Der Pfad wand seinen verschlungenen Weg durch das Land, durch weite Höhlungen, wo knietief halbzerquetschte Blechbüchsen und verrottete Pappkartons lagen, und über Hügel, die so steil waren, daß die Borribles gezwungen waren, sie auf allen vieren zu überqueren, genau wie die Ratten, die überall trappelten und quiekten.

Und es gab entsetzliche Gerüche, welche die von der Themse herüberwehende Luft suppendick machten; ein infamer Gestank aus scharfen Abwässern, schimmelnder Pappe und dem verfaulenden Fleisch toter Wasservögel. Die Gerüche stachen Chaline in die Nase, und als sie dahinschritt, erinnerte sie sich an den früheren Aufenthalt in dieser Landschaft und an ihre groteske Häßlichkeit: eine Quadratmeile der Eintönigkeit, bestreut mit den weißen Rechtecken rostiger Waschmaschinen und ausgenommener Gasherde – ein Ort voll Maden.

Chaline biß die Zähne zusammen und folgte der Gestalt vor sich, auf und ab, hin und her. Endlich hielt die Gestalt – und die anderen Gestalten vor ihr – an, und sie hörte Bens Stimme vom Kopf der Marschsäule.

»Wir sind da«, sagte er. »Trautes Heim!«

In die Dunkelheit starrend konnte Chaline gerade eben die Umrisse eines Schattenrechtecks ausmachen, das vielleicht ein kleines Gebäude sein mochte. Bens große Silhouette verschmolz damit, und man hörte den kreischenden Laut von knochentrockenen, auf Rost kratzenden Türangeln. Langsam, Schritt für Schritt, drückten sich die Borribles durch eine Tür, bis sie – immer noch ohne etwas zu sehen – in dem unbekannten Raum von Bens Versteck standen, und da warteten sie und wagten kaum zu atmen.

Eine Weile horchten sie, wie Ben im Dunkel herumtastete und fluchte, dann hörten sie das Anreißen eines Streichholzes, eines zweiten, und eine kleine Flamme flackerte auf. Ben hielt eine Kerze an das Flämmchen, das Licht schoß einen Augenblick lang empor, als der Docht zu brennen begann, und dann leuchtete die Flamme groß und ruhig. Der Tramp war seltsam still. Er stellte die Kerze ab, immer noch ohne ein Wort zu sagen, und ging schweigend durch das Zimmer, bis er alle Kerzen angezündet hatte, die er besaß. Als das getan war, holte er drei große Öllampen von einem Regalbrett und zündete auch sie an. Und nun füllte goldenes Licht die ganze Hütte, und die Borribles holten erstaunt Atem und schauten sich verblüfft und bewundernd um. Sie waren in der bemerkenswertesten Wohnung, die sie je gesehen hatten – es war ein Palast, genau wie Ben gesagt hatte, aber ein Palast mit einem ganz ureigenen Stil. Niemand außer Ben hätte solch ein Haus erbauen können.

Der Tramp lachte über das Erstaunen, das sich in den Gesichtern der Abenteurer zeigte, und ließ sich am Kopf eines langen Tisches mitten im Raum in einen Stuhl fallen. Dann tastete er unter seinem Sitz herum und begann, Flaschen *Young's Special Brew* hervorzuziehen, die er eine neben der anderen aufreihte, bis genug für alle da war.

»Da ist was für euch, Freunde. Jetzt pfeift ihr euch mal besser was von dem hier ein, feiert sozusagen eure Ankunft bei Ben, was?« Er sah im Raum umher, bis er seinen Stolz nicht mehr länger unterdrücken konnte. »Na«, fragte er, »was haltet ihr davon? Hm? Ich sag's euch, wie's ist, die gute Königin selbst hat so was nicht, na ja, könnte auch nichts damit anfangen, wenn sie's hätte.«

Die Borribles nickten. Da hatte Ben zweifellos recht.

Sie standen in einem großen Raum, der entstanden war, indem man geteerte Holzplanken in den Boden geklopft und dann als Dach Wellblechplatten drübergenagelt hatte. Es war ein höchst wackliges Gebäude, das aussah, als wollte es jeden Moment einstürzen, aber nicht das Gebäude selbst erstaunte die Borribles so sehr wie sein Inhalt.

Der Tisch, an dessen Haupt nun Ben sein Bier wie ein Wikingerhäuptling trank, hatte elegante geschweifte Beine und ein Tischtuch aus burgunderrotem Chenillestoff. Alle Kerzen brannten in schönen, kompliziert gebogenen alten Leuchtern, deren Silberauflage sich abgenutzt hatte und das Messing, heller als Gold, hindurchleuchten ließ.

An einem Ende des Zimmers stand ein bauchiger emaillierter Holzofen mit drei als Löwenklauen geformten Füßen. Die Türen waren offenbar früher einmal abgefallen, aber nun hingen sie wieder in Scharnieren, die aus dem Draht eines Kleiderbügels improvisiert worden waren. Der Erdboden der Hütte war mit mehreren Teppichschichten bedeckt, warm und behaglich für die Füße. Auch an Sesseln fehlte es nicht – alle abgewetzt, formlos und gemütlich. Gegen eine der langen Wände lehnte eine riesige Anrichte, über und über beladen mit buntglasierten Tassen und Tellern; sie waren gesprungen und beschädigt, aber meistens noch durchaus zu gebrauchen.

Ben hatte auch genug zu essen, obwohl seine Nahrungsmittel ebenso aus zweiter Hand schienen wie sein Mobiliar – sie ergossen sich in einer Kaskade aus einem großen Küchenbüffet: eingerissene Cornflakes-Schachteln, zerbrochene Dosen mit Milchpulver, Beutel mit zerbröselten Keksen, Büchsen mit Fleischpasteten und Packungen Schnittbrot, schimmlig an den Rändern und sich wie beschmutzte Spielkarten aus ihrem Wachspapier auffächernd, sich auf dem Boden ausbreitend, in die Teppiche hineingetreten.

Dies jedoch war nur der Anfang. Um den ganzen Raum herum liefen Bretter aus rohem Holz, in jeder Höhe, lose in die Wände gehängt und mit gefährlichen Neigungswinkeln. Das waren Bens Regale, und hier stapelte er die Sachen, die er nützlich hieß, die Sachen, die er in den Müllbergen von Feather's Wharf gefunden hatte: altmodische Radios mit Röhren, Magazine, Besteck, Sardinendosen gefüllt mit Schrauben und Muttern und Federn, Fahrradketten, Taschenlampen, Schraubenschlüssel, Schraubenzieher. Die Borribles schauten und schauten. Unter dem Tisch stand sogar ein Bierkasten, bis zum Rand angefüllt mit alten Schuhen, und auf einer wurmstichigen Kommode war ein archaisches Aufzieh-Grammophon zu sehen, mit einem Stapel alter Achtundsiebziger-Platten daneben. Das war Bens Hütte.

Zufrieden nickte der Tramp mit seinem langen Bart, vergnügt über die erstaunten Gesichter ringsherum. Er kratzte sich in der Achselhöhle und machte eine weitere Flasche Bier auf.

»Ich hab hier von allem was«, sagte er. »Es ist absolut teuflisch, was die Leute alles wegschmeißen, und das ist noch gar nicht alles, kommt mal und schaut euch das an.« Ben zog sich auf die Füße, nahm eine Öllampe und ging zu einem Vorhang, der eine Ecke des Raums verhüllte.

»Seht ihr«, erklärte er, »die Hütte, wo wir jetzt sind, die war da, als ich gekommen bin, die brauchte ich bloß noch einrichten, aber dann gab's so eine Menge guten Müll, der hier verkommen ist, daß ich gar keinen Platz mehr hier drin hatte, da hab ich immer wieder andere Hütten angebaut. Kommt mal und seht's euch an, wenn ihr mögt.«

Ben zog den Vorhang beiseite, hielt die Lampe hoch und trat durch eine schmale Türöffnung; die Borribles folgten ihm. Wieder seufzten sie überrascht auf. In diesem Anbau türmten sich Stapel alter Kleider bis zum Dach. Kleider aller Art: Hosen, Mäntel, Hemden, Pullover, Tuchmützen. Es war kaum mehr Platz, um sich zu bewegen.

»Weiß gar nicht, was ich damit anfangen soll«, sagte Ben. »Manches tausch ich schon mal, bloß für was zu essen und 'n Bier, aber die Leute schmeißen ihr Zeug schneller weg, als ich's einsammeln kann ... ist auch noch verdammt viel mehr da als das hier.«

So war es. Ben hatte mindestens sechs oder sieben Anbauten an der ursprünglichen Hütte angebracht, und jede von diesen Konstruktionen lehnte sich erschöpft an ihre Nachbarn und schien bereit, beim ersten Windstoß in sich zusammenzufallen. Es war alles bedrohlich wacklig, aber Ben hatte sein Haus aus dem Material errichten müssen, das ihm gerade in die Hände fiel: zersplitterte Türen, Asbestpappe, Teile zerbrochener Fensterscheiben, Reklametafeln aus emailliertem Blech, das Holz aufgebrochener Versandkisten, alles nun zusammengenagelt und mit Draht aneinandergebunden, daß ein labyrinthischer Kaninchenbau entstanden war, in dem nicht einer von den Räumen und Korridoren im rechten Winkel zu den anderen stand, sondern alles dalag, wie es gerade kam, und innen überall unerwartete asymmetrische Ecken und außen dreieckige kleine Höfe entstanden – Formen, die ideal waren, um die Tausende von Dingen aufzustapeln, die Ben im Lauf der Jahre gesammelt hatte.

Im dritten Raum lagen zahllose Flaschen in allen Farben, Reihe um Reihe aufgestapelt und nach schalem Alkohol riechend, bedeckt mit Staub und dicken schwarzen Spinnweben: Weinflaschen, Bier-, Apfelwein- und Limonadenflaschen.

Im nächsten Anbau bewahrte Ben die Stücke und Einzelteile von Hunderten von Öllampen auf, alten und modernen, und zwischen den krummen Regalbrettern waren Messinghaken, und von jedem hing ein bunter Henkelbecher oder ein blümchenverziertes Nachtgeschirr. Im fünften Raum lagen die Wände verborgen hinter Tausenden von Blechbüchsen, gesäubert und mit einem Hammer plattgeschlagen, und dann angenagelt, so daß das Zimmer strahlte und blitzte wie eine Kneipe in der Woche vor Weihnachten. Hier gab es auch Betten und Sofas mit Decken, Daunenkissen und Federbetten, genug, um eine Armee für eine Übernachtung auszustaffieren.

»Hier penn ich immer«, sagte Ben und hob seine Lampe hoch, um seinen Gästen ein großes Bettgestell aus Messing zu zeigen, das mit fünf oder sechs Sprungfedermatratzen bestückt war, so daß das Bett insgesamt so hoch aufragte, daß der Tramp eine Trittleiter brauchte, um es zu besteigen.

Der sechste Raum war mannshoch mit Zeitungsbündeln, Magazinen und Büchern vollgestapelt. Der siebte war eine Art Werkstatt, wo Ben Werkzeug verwahrte und ein paar Liegestühle stehen hatte.

»Im Sommer schau ich gern zu, wie die Schlepper und die Lastkähne vorbeikommen«, sagte er, »und wie die Leute in ihren Autos über die Brücke fegen, damit sie zur Arbeit kommen. Macht einen ja schon nachdenklich, all die Rumgaloppiererei, damit sie dann das Zeug hier rausschmeißen können, damit ich hiersitzen und sie beobachten kann«, und er schüttelte seinen haarigen Kopf und schwieg, erstaunt über dieses große Lebensrätsel.

Als die Führung beendet war, geleitete Ben die Borribles wieder zurück in das Hauptgebäude, ließ sie sich hinsetzen, goß jedem einen Becher Bier ein und machte sich daran, eine Mahlzeit zuzubereiten. Er begann damit, seinen Ofen mit Feuerholz in Gang zu setzen, das er von einem Stapel neben der Tür holte, und sobald das Feuer kräftig brannte, nahm er eine eiserne Bratpfanne vom Haken, dick mit altem Fett verkrustet, und füllte sie mit dem, was ihm in die Finger kam.

Milchpulver, Eipulver, Dosentomaten, Cornflakes und ein paar Büchsen Bohnen – alles vermengte der Tramp zu einer Art Brei und kochte es, so heiß es ging. Als es fertig war, stellte er weiße Suppenteller auf den Tisch, holte ein paar Löffel, und während sich alle um den Tisch versammelten, rumorte er in seinem Büffet, bis er ein paar Packungen Schnittbrot gefunden hatte, die noch nicht allzu grün an den Rändern waren.

»Langt nur kräftig zu«, riet er den Borribles, »auf dieser Welt hat man nie eine Ahnung, was morgen passiert, und man weiß nie, wo die nächste Mahlzeit herkommt.«

Die Abenteurer brauchten diesen philosophischen

Zuspruch nicht und fielen mit großem Appetit über das Essen her. Ben lehnte seinen Stuhl gegen die Wand, stützte die Füße auf den Tisch und beobachtete zufrieden seine Gäste, wobei er, wann immer es akut war, einen Zug aus seiner Bierflasche in den Mund kippte. »Tolle Sache«, sagte er immer wieder, »verdammt tolle Sache. Hab noch nie Besuch gehabt.«

In kürzester Zeit waren die Teller leer, und die Borribles reckten sich und entspannten sich nach und nach und vergaßen für einen Augenblick die Gefahren, die sie umgaben. Alle, heißt das, außer Zoff. Er wischte seinen Teller mit einem Stück Brot sauber, leckte seine Finger ab, stand auf und ging, ohne ein Wort zu irgend jemand, nach draußen.

»Wo ist der hin?« fragte Ben.

Chaline kniff ein Auge zu. »Unser Zoff ist immer wachsam. Traut niemand und überläßt nichts dem Zufall.«

»Na, da hat er recht, oder?« fragte Vulgo. »Wenn ein Borrible nicht die Ohren offenhält, hat er bald keine mehr.«

Zwielicht grinste und verschränkte die Arme. »Hier könnt ich's aushalten«, sagte er, »das beste Haus, wo ich je drin war ... jetzt brauchen wir nur noch vierundzwanzig Stunden Schlaf, und wir sind wieder obenauf.«

»Betten gibt's hier genug«, begann Ben, »wenn ihr in den anderen Raum wollt, könnt ihr ...«, aber er wurde unterbrochen, als Zoff plötzlich wieder auftauchte und die Tür der Hütte hinter sich zuwarf.

»Jetzt wird nicht geschlafen«, sagte er dringlich, »wir müssen hier raus, so schnell wir können. Wenn wir können.«

»Was soll das heißen?« fragte Stonkus.

»Die Bullen«, sagte Zoff. »Draußen ist's schon hell, und ich hab sie gesehen, durch den Nebel, wie sie über die Mauer peilen. Hab auch mal die andere Richtung gecheckt, da stehn ein paar Polizeiwagen am Ausladedock, mit Blaulicht. Wir sind umzingelt, und wir sind in der Minderzahl.«

Die Borribles starrten sich an; das Essen wurde in ihrem Magen zu einem harten Knoten. Ben rülpste, nahm die Füße vom Tisch und senkte die Vorderbeine seines Stuhls auf den Boden.

»Schaun wir mal nach«, sagte Vulgo, »es muß einen Ausweg geben.«

Die Borribles eilten zur Tür, ließen sich auf alle viere fallen und krochen hinaus, um sich hinter dem nächsten Müllhaufen niederzukauern. Sie sahen eine stille Landschaft: Kein Auto war zu hören, auf dem Fluß ließ sich kein Tuten eines Schleppers vernehmen. Die Nacht hatte sich halb in den Himmel hinauf zurückgezogen, und obwohl über ihnen noch die Schwärze hing, war der Boden schon deutlich sichtbar bis auf die Stellen, wo der Nebel in den Senken große Teiche gebildet hatte, wo weiße Fetzen immer noch wie Irrlichter nach oben tanzten, begierig, sich aufzulösen.

Zoff deutete auf die Sperrmauer, die Feather's Wharf von dem Wirtshaus *The Ship* abschnitt. »Schaut da rüber«, sagte er, »über der Mauer, die müssen auf den Autodächern stehen, kannst die Köpfe von etwa zwanzig Bullen zählen, stehn da und beobachten die Szene.«

»Meinst du, die wissen, daß wir hier sind?« fragte Zwielicht.

»Könnte schon sein«, sagte Bingo, »vielleicht waren sie im Nebel in unserer Nähe, haben uns reden hören, als wir über die Brücke gekommen sind.«

»Jetzt kommt mal mit auf die andere Seite von der Hütte«, sagte Zoff, »da sieht's noch schlimmer aus.«

Langsam, um kein Geräusch zu verursachen und keine Aufmerksamkeit zu erregen, krochen sie auf die andere Seite von Bens Hütte und spähten vorsichtig über das Niemandsland hinweg. Es war unverkennbar, was das für eine Reihe grimmiger Gestalten war, die darauf warteten, daß am Ufer des Wandle die Morgendämmerung anbrach. Die Polizeibeamten standen wie Schatten, übergroß in den letzten Schleiern des dahintreibenden Morgendunstes; hinter ihnen standen drei, vier Polizeiautos, deren rotierendes Blaulicht die ganze Landschaft kalt und unschön beleuchtete – eine Farbe, die das Leben aus allem Lebendigen sog. In diese Richtung war eine Flucht unmöglich.

»Gehn wir ins Versteck«, sagte Zoff, »bevor es noch heller wird.«

In der Hütte herrschte Verzweiflung.

»Es gibt nur einen Weg«, sagte Zoff, »und das wäre zum Fluß rüberzurennen, und da gibt's 'ne gute Chance, daß Snuffkin schon Patrouillenboote dort hat. Vielleicht kommen wir den Wandle rauf…«

»Dieser verdammte Snuffkin«, sagte Chaline.

»Wer ist Snuffkin«, fragte Ben, der gerade eine frische Flasche *Special Brew* aufmachte, »und was hat der gegen euch?«

Die Borribles erklärten ihm die Lage.

»Oh«, sagte Ben und schwenkte sein Bier in der Luft, »SBE, hm, da macht euch keine Gedanken. Meine Freunde sind auch meine Freunde.« Ben wurde wieder betrunken, und wenn er einmal angefangen hatte, ging's rasch weiter.

Bingo rief von der Tür herüber, wo er Posten gestanden hatte: »Sie kommen über die Mauer. Ich kann Sergeant Hanks sehen, jetzt Snuffkin, und… nicht zu glauben, jetzt reichen sie ein Riesenvieh von einem Schäferhund rüber.«

Ben schwankte aus seinem Stuhl empor. Er schnaubte in seinen Bart und knallte seine Flasche auf den Tisch wie eine Kriegserklärung. »Jetzt reicht's«, knurrte er. »Ich mach ja nicht oft was, aber wenn ich was mache, dann ja. Hunde! Hunde? Ich schieb dem Snuffkin so viele Hunde in die Nase, daß er nicht mehr weiß, ob er ein Pudel oder ein Pekinese ist.«

Damit ließ sich der alte Mann vorwärts auf Hände und Knie fallen und fing an, an den Rändern seiner Teppiche zu zerren.

Sydney ging besorgt zu ihm hin, weil sie dachte, daß ihn die Erregung überwältigt hätte und daß er vielleicht einen Herzschlag bekommen könnte. »Bist du in Ordnung, Ben?« fragte sie.

Ben wandte sein Gesicht ins Licht, seine rotgeäderten Augen leuchteten zornig. »Klar bin ich das, Sonnenschein, und ihr auch, nur ein Momentchen. Faßt mal mit an, helft mir mit den Teppichen.«

Als Sydney das hörte, beugte sie sich zu Boden und schälte mehrere Schichten Teppich zurück, bis der eisenbeschlagene Deckel eines Abzugskanals sichtbar wurde. Trotz des Rosts konnte man am Rand noch deutlich die Worte lesen: *Tiefbauamt Wandsworth.*

Zoff lachte in sich hinein und tappte mit dem Fuß auf den Deckel. »Die Kanalisation«, sagte er. »Na, da hinein folgen uns die Bullen nicht, soviel steht fest.« Er schaute zu Bingo hinüber. »Was treiben sie jetzt?«

»Sie warten, bis alle rüber sind«, antwortete Bingo. »Jetzt sind vielleicht zehn oder so auf dieser Seite, die anderen kommen nach. Nicht mehr lange, und sie sind hier drin bei uns.«

Zoff nahm einen spitzen Schürhaken aus der Ofenecke und reichte ihn Stonkus. »Na dann«, sagte er, »machen wir's mal auf.«

Stonkus zwängte die Spitze in den schmalen Spalt, der um den Deckelrand herumlief. Zoff kniete neben ihm und hebelte mit einem Messer vom Tischbesteck. Sie stießen und drehten mit aller Kraft, bis es Zoff gelang, einen Spalt zu schaffen und das Messer, soweit es ging, hineinzuschieben. Dann stieß Stonkus mit dem Schürhaken nach und stieß den Griff nach unten, und die große gußeiserne Scheibe klaffte vom Boden weg. Zoff ließ entschlossen das Messer fallen und schloß seine Finger um den Deckel, das ganze Gewicht stützend, bis Stonkus seinen Griff verlagern konnte und ihm zu Hilfe kam. Zwielicht und Vulgo langten nun auch zu, und auf Zoffs Kommando schoben und zogen die vier Borribles zusammen, und der Deckel schwang an zwei steifen Scharnieren hoch, bis er aufrecht stand, und ließ ein großes, gefährlich wirkendes Loch sichtbar werden.

»Die Bullen kommen hier rüber«, sagte Bingo, »und untersuchen jeden Quadratzentimeter. Sie haben eine Kette gebildet, Taschenlampen, Knüppel, Schnüffelhunde. Beeilt euch bloß.«

Stonkus betrachtete die dampfende Dunkelheit zu seinen Füßen. Er verzog die Nase und hob dann ein besorgtes Gesicht zu seinen Gefährten. »Den Geruch erkenn ich wieder, ihr auch?«

»Allerdings«, sagte Vulgo. »Das ist der Gestank nach Wendels und Schlamm und Blut.« Während er sprach, wurde der Geruch merklich stärker und strömte aus der Tiefe auf einem sichtbaren, sich krümmenden

Schwall grüner Luft empor. Die Borribles starrten ihn an, vor Furcht wie gebannt, bis Zoff das Schweigen brach.

»Jawohl«, sagte er, »und hier draußen ist es der Geruch nach Bullen und Ohrenstutzen. Ich geh runter. Mir machen ein paar Wendels keine Angst.«

»Du weißt, was Eisenkopf mit uns macht, wenn er uns erwischt«, sagte Chaline.

»Dann darf er uns halt nicht erwischen«, gab Zoff zurück. »Das Wendelreich ist groß, wir müssen uns verstecken dort drunten und ihnen aus dem Weg gehen.«

Ben lachte, und sein Kopf rollte locker auf seinen Schultern hin und her. Er hatte jetzt eine Menge Bier vertilgt. »Geht alles klar, ihr geht einfach runter in das Loch da, nur nicht weit weg. Sobald die Bullen da waren und sich wieder verrollt haben, laß ich euch raus, höchst einfach.«

»Ben hat recht«, sagte Zoff, »wir müssen vielleicht nur eine halbe Stunde drunten bleiben.« Er ging zur Tür und schaute Bingo über die Schulter, so daß er sehen konnte, was vor sich ging.

Außen hatte sich alles verändert. Der Morgen hatte sich bis oben in den Himmel vorgekämpft und hellte sich von Grau zu Blau auf. Der Nebel hatte sich verflüchtigt, und die Reihe der Polizisten war deutlich sichtbar, wie sie stetig über den Müllplatz vordrangen, mit Stöcken den Boden kontrollierend und mit ihren Taschenlampen die dunklen Ecken ableuchtend. Zoff erkannte die kleine Gestalt von Inspektor Snuffkin, dem sein langer Mantel um die Knöchel flappte; neben ihm ging Sergeant Hanks.

»Wir müssen so oder so gehn«, sagte er zwischen zusammengebissenen Zähnen, »die Plattfüße finden uns sonst in der nächsten Minute.«

Ben schwenkte seine Flasche. »Verpißt euch, jawohl, was bringt's, wenn ich dem Snuffkin sage, ich hab euch nie gesehn, wenn er hier reingefahren kommt und euch da stehn sieht. Wäre doch irgendwie widersprüchlich, oder.«

Zoff drängte sich zwischen seinen Gefährten durch und ging zum Rand des schwarzen Abgrunds. »Danke, Ben«, war alles, was er sagte, und dann setzte er den Fuß auf die breite Strebe der eisernen Leiter, die in die Seite des Schachts eingebaut war, und ohne einen Blick zu irgend jemand kletterte er rasch in den aufwirbelnden Dampf hinunter. Ein Augenblick, und er war verschwunden.

»Als ich von der Rumbeljagd zurückgekommen bin«, sagte Vulgo, »hab ich geschworen, daß ich mich nie wieder einem Wendel auch nur auf zehn Meilen nähern würde... na, da wären wir also wieder. Ich werde mich glücklich schätzen, wenn ich nach diesem Besuch nur auf zwei Beinen hinke«, und den Kopf zur Seite werfend stieg auch er in den stinkenden Dampf hinab.

In diesem Augenblick schrillte draußen eine Polizeipfeife, und Rufe wurden laut, der lauteste der von Sergeant Hanks: »Wir wissen, daß ihr da drin seid! Das beste ist, ihr kommt mit hinter dem Kopf verschränkten Händen heraus!«

Die übriggebliebenen Borribles warteten nicht länger. Zwielicht warf sich die Leiter hinunter, Sydney folgte, dann Bingo und Stonkus. Chaline ging als letzte. Sie kletterte hinab, bis sie auf der zweiten, dritten Sprosse der Leiter stand, so daß ihr Kopf auf Bodenhöhe war. Sie sah zu Ben hinüber. Er wurde in seinem Stuhl von Augenblick zu Augenblick betrunkener; in einigen Momenten würde er eingeschlafen sein, aber wenn er hinter ihr nicht den Kanaldeckel wieder schließen würde, wäre es für die Polizei klar, wohin die Flüchtlinge verschwunden waren.

Draußen brüllte es wieder: »Ihr kommt jetzt besser raus, ihr Kinder, oder es wird um so schlimmer für euch.«

Chaline streckte einen Arm aus, ergriff Bens Knöchel und schüttelte sein Bein. Der Tramp riß die Augen auf, mit einem Zucken, das durch sein ganzes Gesicht lief, und starrte auf Chaline hinunter. Ihm erschien sie als körperloser Kopf, der auf dem Boden herumrollte und trotzdem noch sprach.

»Meine Güte«, sagte Ben und lehnte sich vor, die Ellbogen auf die Knie gestützt, »verdammt kräftiger Stoff, dieses *Special Brew*.«

»Oh Ben«, bat Chaline erregt, »spiel jetzt nicht den Idioten, ich bin es. Draußen sind die Bullen. Jede Sekunde sind sie hier drin, und deine einzige Chance ist es, daß du sagst, du hast uns nie gesehen. Du mußt den Deckel zumachen, den Teppich wieder drüberrollen und den Tisch draufstellen. Tu's, Ben, jetzt gleich, oder Snuffkin nimmt dich total auseinander. Schnell.«

Ben blinzelte. Der sprechende Kopf war weg, aber er war genügend erschrocken, um, halbwegs nüchtern, das Nötige zu tun. Er ließ die Bierflasche fallen und stürzte auf die Teppiche, auf allen vieren landend. Er holte tief Atem, um Kraft zu schöpfen, und kroch herum, bis er hinter dem Kanaldeckel war. Dort angekommen, drückte er fest mit der Schulter dagegen, mehrere Male, stöhnend und fluchend, bis der Deckel an seinem Schwerpunkt vorbeischwang und mit einem gedämpften Krachen zuschlug, das durch die Kanalisation hallte, oben jedoch beinahe unhörbar blieb.

Ben war der einzige Mensch der Welt, der auf Händen und Knien immer noch torkeln konnte. Das tat er nun, rückwärts schwankend und die Teppiche hinter sich herziehend, die er dann glättete. Ein weiterer Kommandoschrei kam aus dem Polizeikordon, und Polizeiknüppel schlugen gegen die Hüttenwände. Ben unternahm eine letzte Anstrengung, ergriff ein Tischbein und zerrte es zu sich herüber. Als dies geschehen war, lächelte er und tastete nach der Flasche, die er vorher hatte fallen lassen. Sobald er sie gefunden hatte, rollte er auf den Rücken und sah gegen die Decke, die stützende Wirkung des Bodens gegen seinen Rücken genießend.

»Bin ich müde«, sagte er und sank in tiefen Schlaf.

Sergeant Hanks platzte als erster Beamter in die Hütte, wie ein Fünfzigtonnentank durch die Tür krachend, mit geschwungenem Knüppel. Ihm auf den Fersen folgend kamen ein halbes Dutzend Polizeibeamte hereingetrampelt, schwer und groß, die Arme steif an den Körper gepreßt.

»Ihr kommt besser ohne Widerstand mit«, schrie Hanks, »die Hütte ist umstellt. Ihr könnt nicht entkommen, und wenn ihr's versucht, schlagen wir euch den Schädel ein.«

»Hier ist niemand«, sagte ein Polizist, nachdem er sorgfältig in jede Ecke des Raums geschaut hatte.

Hanks hieb seinen Knüppel auf den Tisch. »Dann durchsucht die anderen Räume«, rief er, »sie können nicht fort.«

Der Sergeant ging um den Tisch herum und stolperte über Bens Körper. »Da ist einer«, sagte er, und während seine Leute die Anbauten durchsuchten, setzte er sich auf einen Bierkasten und schaute in das schmutzige Gesicht des Tramps.

Immer mehr Polizisten stürmten in die Hütte, stampften überall herum und durchsuchten alles. Schließlich kam Inspektor Snuffkin und blieb in der Nähe der Tür stehen, wo er sich von Zeit zu Zeit auf den Zehenspitzen aufrichtete und seinen Hals wie ein Gockelhahn reckte. Hanks zog seinen rechten Zeigefinger aus seinem linken Nasenloch und schmierte ein gelbes Rotzklümpchen an das Bein von Bens Tisch. Dann salutierte er.

»Niemand hier, Sir«, sagte er, »außer diesem Exemplar hier auf dem Boden«, und er trat Ben in die Rippen, um Snuffkin zu zeigen, wo der Tramp lag.

Der Inspektor warf sich in die Schultern, schnüffelte, und sein kleiner Schnurrbart tanzte unter seiner Nase, während er versuchte, die verschiedenen in der Hütte eingesperrten Gerüche zu sortieren.

»Hier drin herrscht ein äußerst bedenklicher Mief«, sagte er, »ein höchst gemeiner Mief. Ich habe den starken Verdacht, daß er von diesem provisorisch als Übeltäter einzustufenden Individuum in Rückenlage ausgeht.« Snuffkin verschränkte die Hände auf dem Rücken wie ein regierendes Oberhaupt bei einem Staatsbesuch und quetschte sich die Finger, bis es weh tat. Er sah in seinem wallenden Mantel und seiner karierten Mütze geradezu elegant aus. Mit einem behutsamen Schritt kam er um den Tisch herum und besah sich Ben, der immer noch zufrieden auf dem Boden schlief. »Wecken Sie ihn«, sagte der Inspektor, »und stellen Sie fest, ob er uns bei unsren Ermittlungen behilflich sein kann.«

Hanks lächelte. Das war die Art Aufgabe, die er schätzte. Er schnappte sich den Tramp an den Aufschlägen seiner Jacke, zog ihn hoch in eine sitzende Stellung und fing an, ihn kräftig zu schütteln, wie ein

Federkissen, das man morgens rauslegt. Nach einigen Momenten dieser Behandlung blinzelte Ben, dann öffneten sich seine Augen.

»Ooooh«, sagte er. »Mir ist ein wenig übel.«

Snuffkin beugte sich herab, schnippte dem Tramp den Hut vom Kopf und ergriff eine Handvoll Haare, die er zu einer Strähne anzog und verdrehte, bis Ben die Tränen in die Augen traten.

»Ich möchte den augenblicklichen Aufenthalt dieser Kinder wissen, die du als Komplize bei ihrer Flucht unterstützt hast«, rief der Inspektor. »Wo sind diese Borribles?«

»Bobbirols«, sagte Ben, »was sind denn das für welche, wenn sie daheim sind? Bobbirols.«

Snuffkin zog noch fester an Bens Haar und schlug ihm mit seiner freien Hand ins Gesicht. »Borribles«, sagte er bloß.

»Die Kinder, die du in Fulham auf der Wache gesehen hast«, sagte Hanks, »du weißt schon, wen wir meinen.«

»Ach die«, sagte Ben und versuchte, seine Tränen durch die Nase hochzuschniefen, »die sind Bobbirols, wie? Na, die hab ich im Nebel gehört, die sind regelrecht hinter mir hergelaufen. Hab gehört, wie sie da sich rumbewegt haben, ich hab wahnsinnige Angst gehabt, dachte, die überfallen einen gleich, weiß man ja, wie Kinder heutzutage sind. Wo war da die Polizei, frage ich mich. Diese jungen Ganoven hätten mich glatt überrollen können. Ich bin ein alter Mann, in meinem Alter brauch ich den Schutz der staatlichen Organe.«

Snuffkin schlug Ben noch einmal. »Du kommst schon zurecht«, sagte er.

»Ich bin auf dem Nachhauseweg über die Brücke

gekommen«, erklärte der Tramp, »und die sind weiter Richtung Battersea, glaub ich, die York Road runter.«

»Du lügst!« kreischte Hanks und trieb Ben seinen Knüppel tief in den Magen. Die Luft schoß aus Bens Lungen hervor, und das Blut verließ augenblicklich sein Gesicht. »Du Lügner«, schrie Hanks wieder, »wir haben da die Brücke schon abgeriegelt gehabt, unsere Männer haben dich schwatzen gehört, du redest doch nicht mit dir selbst, oder?«

»Natürlich tu ich das, verdammt noch mal«, gab Ben zurück und versuchte trotz seiner totalen Atemlosigkeit indigniert auszusehen, »zu wem sonst würde ich, Himmel Arsch verdammt noch eins, denn sonst reden, es ist doch, verfluchte Scheiße, sonst niemand da, oder?«

»Zum letzten Mal«, sagte Snuffkin ruhig, »diese Kinder sind aus dem Polizeigewahrsam entwichen und haben behördliches Eigentum entwendet, nämlich: ein Pferd, Eigentümer: die Stadt London, Abteilung öffentliche Grünanlagen. Wo sind sie?« Bei jedem Wort versuchte der Polizist, Bens Kopf von seinen Schultern zu drehen, daran zerrend, als ob er sich abschrauben ließe.

»Aaaah!« schrie Ben vor Schmerzen. »Aufhören! Was soll's denn! Ich würd's euch doch sagen, oder? Kann doch Kinder nicht ausstehen!«

Der Inspektor ließ Bens Haar los und stand auf. Er stampfte ärgerlich mit den Füßen auf den Boden, sein Körper zuckte mißgelaunt. »Wir kommen mit diesem Kretin nicht weiter, Hanks«, sagte Snuffkin. »Diese Kinder können nicht verschwunden sein, und das Pferd auch nicht. Sie können nicht auf dem Fluß sein, sie sind nicht im Norden, und sie können nicht durch den Kordon nach Battersea entwischt sein. Es gibt nur einen Ort, wo sie sein können, der einzige Ort, wo wir nicht hinkönnen, ohne uns blutige Nasen zu holen.«

Hanks rappelte sich konsterniert auf und ließ dabei Bens Jacke so abrupt los, daß der Tramp, der ohnehin kaum wußte, wie ihm geschah, zurück auf den Boden fiel und so hart mit dem Kopf aufschlug, daß er bewußtlos war.

»Sie meinen doch nicht, die sind nach unten gegangen?« fragte der Sergeant.

Der Inspektor betrachtete prüfend seine Männer, die die sieben Räume der Hütte durchsucht hatten und nun seine Befehle erwarteten. »Sie sind das Pferd irgendwo losgeworden und sind runter zu den Wendels«, sagte er mit endgültiger Überzeugung. »Soviel ist hier dem Detektiv ganz eindeutig klar. Und wenn wir sie pflichtbewußterweise verfolgen würden, stünden wir knietief in Schlamm und Dreck, und das werde ich niemals tolerieren. Wenn die giftigen Dämpfe uns nicht umbringen, dann steht hinter jeder Ecke ein Wendel, der nur darauf wartet, uns mit seiner Schleuder den Schädel zu zerschmettern.«

»Wie lauten Ihre Befehle, Herr Inspektor«, fragte Hanks, der nun die Arme kreuzte und sich mit einer dicken Hinterbacke auf den Tisch lehnte, um auszuruhen.

»Ich weiß ganz genau, was jetzt zu tun ist«, sagte Snuffkin, dessen Schnurrbart zuckend von einer Seite auf die andere fuhr, die komplizierten Wendungen seines eigenen Scharfsinns genießend. »Ich habe eine Karte vom Tiefbauamt Wandsworth, eine Karte, die jeden Kanalschacht in Wandsworth verzeichnet. Ich werde an jeden Ausgang eine Wache stellen, ich werde einen Ring von Männern um das ganze Gebiet ziehen… und dann werde ich warten. Die Wendels werden nicht rauskönnen, um sich Vorräte zu holen, und werden sehr bald zu der Schlußfolgerung gelangen, daß etwas Irreguläres sich abspielt. Wendels schätzen fremde Eindringlinge durchaus nicht, sie werden unsere Flüchtlinge sehr bald finden, und wenn sie das tun, werden sie sie mit einem Tritt in unsere wartenden Arme befördern.«

Mit dem Schluß dieser Rede straffte Snuffkin seinen Rücken und machte sich so groß, wie er nur konnte. Er sah seine Männer an, und ein schwarzes Feuer brannte in seinen Augen. Er grüßte, und jeder der anwesenden Beamten erwiderte den Gruß in respektvollem Schweigen, das vielleicht eine ganze Zeitlang angehalten hätte, wenn Ben sich nicht im Schlaf auf die andere Seite gerollt und laut gerülpst hätte.

Snuffkin errötete und trat verlegen von einem Bein auf das andere; sein Schnurrbart zitterte. Hanks stieß Ben mit dem Schuh gegen den Bauch.

»Was sollen wir mit dem Gefangenen tun?« fragte er.

Der Inspektor machte seine Nasenlöcher schmal, um den ihn von allen Seiten attackierenden Gerüchen so weit wie möglich zu entgehen. »Der Mann ist eine verdächtige Person«, sagte er, »ein Komplize, Behinderung der Polizei bei der Erfüllung ihrer Pflichten, Trunkenheit, grober Unfug, Mitführen gefährlicher Waffen, diese Flasche da beispielsweise, obszönes Auftreten, schon mal gleich, Verstoß gegen die guten Sitten, Verstoß gegen die gesundheitspolizeilichen Vorschriften – alle –, Stadtstreicherei, kein fester Wohnsitz, Herumlungern, Diebstahl – meine Güte, es gibt ja genug, um ihn bis zum Jahr Dreitausend hinter Schloß und Riegel zu bringen. Nehmt ihn mit zurück nach Fulham und sperrt ihn in eine Zelle, aber diesmal abschließen, und steckt ihn wohin, wo ich ihn nicht rieche.«

»Jawohl, Sir, gewiß, Sir«, sagte Hanks, »aber sollten wir ihm nicht eine Lektion erteilen?«

Snuffkin machte einen Schritt weg vom Geruch des Tramps. »Ausgezeichnete Idee, Hanks«, sagte er. »Lassen Sie die Männer das Mobiliar umwerfen, alle Flaschen zerschlagen, die Regalbretter abreißen, die Matratzen aufschlitzen, sollen sich ein wenig vergnügen, sie haben es verdient nach dieser anstrengenden Nacht. Wenn wir das nächste Mal diesen ungepflegten Menschen auffordern, uns bei der Erhaltung des Stadium quo zu unterstützen, dann ist er vielleicht eher geneigt, den Kronzeugen zu machen.«

Hanks schob seinen Hintern vom Tisch und stand fest auf seinen dicken Beinen aufgepflanzt. Er rieb sich fröhlich die Hände. »O ja, Sir!« sagte er und gab seine Befehle, und zwei Polizisten ergriffen den bewußtlosen Ben an den Beinen und zerrten ihn aus seiner Hütte. Als der Geruch des Tramps verschwunden war, folgte Snuffkin, die Beine steif bewegend und mit kaltem Gesichtsausdruck. Als er davon ging, den schwach erkennbaren Pfad entlang, der sich zwischen den Müllbergen hindurchwand, hörte er hinter sich den Lärm stürzender Bretter, das Zerklirren von Geschirr und das Geschrei und Gelächter seiner SBE-Männer. Ein langsames Lächeln kroch über das Gesicht des Inspektors. Endlich lief die Sache in die richtige Richtung.

6

Das Geräusch des zufallenden Kanaldeckels hörte sich unter der Erde furchterregend laut an. Chaline hing an der Eisenleiter, direkt unter dem Boden von Bens Palast, und lauschte. Sie glaubte, ein langes Stimmengemurmel zu hören, und dann, wie jemand Ben schlug. Später kam das Krachen umgeworfener Möbel und zerbrechenden Geschirrs, und sie fühlte die Erde um sich leicht erzittern. Dann war alles still.

Immer noch an die Leiter geklammert, wandte sich Chaline halb um und starrte ins Dunkel hinab. Die Luft strich dicklich um ihren Körper, und ihre Nase verzog sich beim Gestank der Kloaken. Sie wußte aus ihren früheren Erfahrungen, daß es ein paar Tage im Untergrund dauerte, bis man sich daran gewöhnte.

»Hört sich an, als ob sie die Wohnung demoliert haben«, sagte sie, »und Ben ziemlich hergenommen.«

»Sind sie weg?« fragte Bingo.

»Sieht so aus«, sagte Chaline.

Von weiter unten im Tunnel kam Zoffs Stimme: »Wartet noch ein wenig.«

Sie warteten eine gute halbe Stunde, wobei sie wußten, daß sie einander nahe waren, sich aber vorkamen, als wären sie durch meilenweite Entfernungen getrennt, weil sie nichts sehen konnten. Endlich sagte Zoff: »Versucht's jetzt mal.«

Chaline legte das Ohr gegen das kühle Metall des Kanaldeckels. Sie konnte nichts hören. Sie krümmte ihre Schulter und drückte, zuerst leicht, dann mit all ihrer Kraft. Der Deckel rührte sich nicht. Bingo stieg die Leiter hoch und half ihr.

»Eins, zwei, drei«, sagte er, »und zuu-gleich.« Sie

drückten, bis ihre Augen weiß vor Anstrengung hervortraten, doch das massige runde Stück Gußeisen rührte sich nicht von der Stelle. Am Ende machte Chaline Stonkus Platz, doch selbst er, mit all seiner Kraft und Ausdauer, hatte keinen Erfolg.

»Wir brauchen mehr Hilfe«, sagte er und schnappte nach Luft.

»Ich weiß«, sagte Bingo, »aber auf der obersten Leitersprosse ist nur Platz für zwei.«

Zwielicht kam schließlich heraufgeklettert und versuchte, Bingo von unten hochzudrücken, aber auch dieser letzte verzweifelte Versuch machte keinen Unterschied. Was die Flüchtlinge nicht wußten, war, daß Bens Küchenbüffet, seine Sessel und sein Tisch zerbrochen in einem Haufen oben auf dem Deckel lagen – hier gab es keinen Ausweg mehr. Die Borribles waren genau dort eingesperrt, wo sie nicht hin wollten: im Territorium der Wendels. Langsam kletterten Stonkus, Bingo und Zwielicht die Leiter hinunter und kauerten sich mit ihren Gefährten in einer stummen traurigen Gruppe zusammen. Sie waren den Männern von der SBE entkommen, sicherlich, aber sie waren nun in einer Gefahr, die sich als viel, viel schlimmer erweisen mochte.

»Ach, zum Teufel«, sagte Sydney, »ich wollte nie, daß das alles passiert.«

»Jetzt ist's passiert«, sagte Vulgo, »und es bringt nichts, darüber zu jammern. Wir müssen beschließen, was wir tun wollen... irgendwelche brillanten Ideen?«

»Es gibt nichts, was wir tun könnten, außer irgendwo anders wieder rauszuschlüpfen«, sagte Zoff. Seine Stimme kam aus der Dunkelheit, leise und gleichmäßig. Es klang, als wäre er einige Meter entfernt in einem Tunnel. »Der Kanaldeckel ist ganz offensichtlich verschlossen, oder Snuffkin hat ein verdammt schweres Gewicht obendrauf gelegt. Wir müssen weiter.«

»Tatsächlich«, sagte Chaline. »Und wieviel Proviant haben wir dabei? Überhaupt nichts. Wir haben nicht einmal eine Taschenlampe und wissen nicht, wo wir sind. Wir wissen nicht einmal, ob wir nicht überhaupt schon von Wendels umzingelt sind.«

»Stimmt«, sagte Stonkus, »wir haben nicht einmal eine Schleuder oder einen Rumbelspeer, nichts, wir sind aber auch restlos geliefert.«

Nach den Worten Stonkus' herrschte wieder ein langes Schweigen, und jeder der Borribles dachte über sein Schicksal nach, aber dann, als genügend Zeit verstrichen war, räusperte sich Zoff und fing an zu reden, als ob er wüßte (und schon lange Zeit gewußt hätte), was genau er nun sagen würde.

»Ich kann euch hier rausholen«, sagte er und wartete, um diese Bemerkung erst einmal wirken zu lassen. »Ich kann ganz gut im Dunkeln sehen«, fügte er hinzu, »fast wie ein Wendel.«

»Was soll das heißen?« fuhr Chaline auf, sofort mißtrauisch. Nie war ihr Zoff verdächtiger erschienen als jetzt, und sie war überzeugt, in seiner Stimme einen triumphierenden Ton zu entdecken, als ob er zwar ein Risiko eingegangen wäre, als ob dann aber alles so gelaufen wäre, wie er gehofft hatte.

Zoff seufzte. »Ich habe eine lange, lange Vergangenheit«, sagte er, »und ein Teil davon liegt hier, weil ich vor Jahren, als noch keiner von euch ein Borrible war, hier gelebt habe. Um eine lange Geschichte abzukürzen: Ich bin ein Wendel.«

»Ich hätte es mir denken können«, sagte Chaline,

und die Worte zischten durch ihre Zähne. »Ich hätte es mir denken können.«

Zoff ignorierte sie. »Ich hab gegen die Rumbels gekämpft und hab mir fünf Namen verdient, was nicht viele Borribles tun, aber ich bin weggelaufen aus Wandsworth, bin nach Battersea gegangen, war seitdem immer dort.«

»Einmal ein Wendel, immer ein Wendel«, zitierte Chaline.

»Es bleibt die Tatsache«, fuhr Zoff fort, »daß ich euch leicht hier rausbringen kann, wenn ihr tut, was ich sage. Ein Wendel vergißt nie die Wege der Wendels.«

»Das ist genau das, was mir Angst macht«, sagte Chaline.

»Was tut's zur Sache«, sagte Zwielicht, der das Gespräch unterbrach, damit kein Streit daraus wurde. »Ein Wendel ist schließlich auch ein Borrible. Wenn Zoff uns hier rausholen kann, um so besser.«

»Hat irgend jemand einen anderen Vorschlag?« fragte Bingo. »Ich nämlich nicht.«

Es kam keine Antwort, nicht einmal von Chaline.

»Gut«, sagte Zoff, »erst mal folgendes grundsätzlich. Ich geh davon aus, daß Snuffkin so viele Ausgänge aus der Kanalisation blockiert, wie er kann. Wir müssen uns jetzt vierundzwanzig Stunden lang ruhig verhalten, vielleicht länger.«

»Aber die Wendels schnappen uns«, sagte Vulgo, »wir sind nicht mal so gekleidet wie die.«

»Ganz genau«, stimmte Zoff ihm zu. »Also ist das erste, was wir machen müssen, einen Lagerraum von den Wendels zu finden und was von ihrer Ausrüstung zu klauen, Schleudern und Munition auch. Und wir brauchen was zu essen.«

»Junge, Junge«, sagte Zwielicht, »das ist endlich ein Abenteuer, genau was ich mir gewünscht hab.«

»Sei nicht so ein Idiot, du Idiot!« sagte Vulgo. »Wenn ich dich sehn könnte, würd ich dir eins auf den Kopf geben.«

»Sobald wir Wendelkleider und Waffen haben«, fuhr Zoff fort, »können wir uns unter die anderen Wendels mischen ... sie werden uns nicht mal bemerken. Wir werden sie beobachten, schauen, ob sie durch die verschiedenen Schächte raus- und reingehen, und wenn ja, na, dann schleichen wir uns einfach zur rechten Zeit raus auf die Straße, und heimwärts geht's. Alle einverstanden?«

»Mir recht«, sagte Zwielicht.

»Ja«, sagte Bingo. »Es ist die einzige Möglichkeit.«

Und so stimmten die anderen dem Plan zu, selbst Chaline, obwohl sie sich im Grunde sicher war, daß Zoff einen geheimen Plan verfolgte. Der Triumph in seiner Stimme war deutlicher hervorgetreten, war geradezu zu einer gewissen Fröhlichkeit geworden. Es schien ihr, als hätte Zoff sie mit einer verborgenen Absicht zur Wandsworth Bridge gebracht, als wäre er froh darüber, wieder hier im Untergrund zu sein, wo der grüne Schleim unablässig die gewölbten Wände hinabglitt. Sie erschauerte; große Gefahren lagen vor ihnen. Dort draußen in der Dunkelheit entfaltete sich langsam etwas Entsetzliches, Widerliches, das sich anschickte, sie und ihre Gefährten zu verschlingen, einen nach dem anderen. Sie beschloß, Zoff sehr genau im Auge zu behalten. Er sprach wieder, und sie lauschte.

»Bis wir wieder draußen sind«, fuhr er fort, »müßt ihr tun, was ich sage, auch wenn es nicht sehr borriblemäßig ist. Jetzt soll mal jeder sich an dem oder der vor sich festhalten, und nicht loslassen. Wenn du dich hier unten verirrst, zerbeißen dich die Ratten bis zum letzten kleinen Fetzchen, bleiben nicht mal deine Zehennägel übrig.«

Als sie Zoff folgten, weg von der Leiter, blind in die Tunnel hinein, merkte Chaline, daß sie die letzte in der Reihe war und sich an Bingos Hemd festhielt. Sie ging etwas schneller und lief neben ihm.

»Gefällt mir nicht«, flüsterte sie. »Zoff ist hier unten zu gut aufgelegt, ich wette, er hat irgendeinen Plan im Ärmel. Der Typ ist so raffiniert, daß er sich mit der rechten Hand selbst was aus der linken Hosentasche klaut.«

Zoff unterbrach sie plötzlich; seine Worte fegten, scharf vor Zorn, zurück durch den Gang: »Wer das auch ist da hinten, Schnauze! Wollt ihr, daß jeder Wendel in Wandsworth weiß, wo wir sind? Haltet den Mund, oder Eisenkopf stopft ihn euch! Mit Schlamm!«

Niemand antwortete Zoff, und Chaline spürte, wie ihr Gesicht im Dunkeln heiß und rot wurde. Ohne ein weiteres Wort marschierte das kleine Häuflein der Abenteurer weiter.

Zoff führte sie mit optimistischem Selbstvertrauen. Stonkus, der hinter ihm kam, sagte später, als alles vorbei war, daß er sich sicher sei, er hätte Zoff leise zwischen den Zähnen vor sich hin pfeifen hören – als wenn er die ganze Welt hätte auffordern wollen, doch zu kommen und sich ihm entgegenzustellen.

Chaline konnte natürlich davon nichts hören, und ihre Gedanken beschäftigten sich mit der Frage, wie man wohl beschaffen sein mochte, wenn man sich mit solcher Leichtigkeit an die Tunnel seiner lange zurückliegenden Vergangenheit erinnern konnte. War

Zoff in all den Jahren seit seiner Flucht je nach Wandsworth zurückgekehrt? Hatte er eine Karte in Battersea, die er jede Nacht heimlich in seinem Zimmer studierte? Sie konnte keine befriedigende Antwort finden. Zoff war verschlagen und unberechenbar, selbst für einen Wendel.

Plötzlich hielten sie an, und Zoff flüsterte vom Kopf der Reihe: »Ich kann ein Licht sehen. Könnte einfach die erste Wendelkreuzung sein, könnte aber auch eine Wache sein. Ihr bleibt mal besser hier, und ich schleich mich vorsichtig ran und schau nach.«

Zoff ließ sie stehen, und die wartenden Borribles hörten nur noch das hartnäckige Tropfen des Schleims überall um sich herum, und das ferne Rauschen der Abwässer in den Hauptkanälen. Sie starrten auf das ferne Licht und beobachteten Zoffs Silhouette, die sich zwischen dem Licht und ihnen bewegte. Endlich sahen sie, wie die kleine Gestalt beide Hände über dem Kopf verschränkte; das Signal, daß es sicher war, weiterzugehen.

Sie trafen Zoff in einem offenen Raum, wo drei Korridore aufeinander trafen. In der Decke, eingelassen in eine durch schmale Metallstäbe geschützte Vertiefung, brannte ein blasses elektrisches Licht.

»Hier fängt's an«, sagte er. »Von hier an könnt ihr mit Lampen an beinahe jeder Kreuzung rechnen, also folgt mir und seid doppelt vorsichtig«, und er drehte sich auf dem Absatz um und lief, ohne das geringste Zögern, in einen anderen Tunnel hinein.

Weiter und weiter gingen die Borribles, und während des Marsches gewöhnten sich ihre Augen immer mehr an die Dunkelheit, in der sie sich bewegten. Ein Tunnel nach dem anderen vereinigte sich mit dem ihren, und der Laut träge strömenden Wassers kam von beiden Seiten. Die Abenteurer tasteten sich durch ein gigantisches Labyrinth voran, und diejenigen, die schon auf der Großen Rumbeljagd dabeigewesen waren, erkannten keine Strecke davon wieder. Zoff führte sie einen weiten Umweg und vermied absichtlich die dichter bevölkerten Zentren der Untergrundfestung.

Gelegentlich hörten sie die fernen Stimmen von Wendelpatrouillen, die sich etwas zuriefen, und manchmal hielt Zoff an und legte die Hand hinters Ohr, um genauer horchen zu können. Ein- oder zweimal stoppte er den Marsch an geheimnisvollen Kreidezeichen, die auf die Ziegelwände gekrakelt worden waren, studierte sie und bewegte tonlos die Lippen, als lese er geheime Botschaften, die ein Freund hier hinterlassen hatte, um ihn in die richtige Richtung zu leiten.

Schließlich – nachdem sie eine Stunde oder so gelaufen waren – brachte Zoff seine Gefährten zu einem offenen Platz, wo fünf, sechs große Tunnel sich trafen. Die Deckenbögen waren hoch und elegant geschwungen; sie stammten noch aus viktorianischen Zeiten. Hier ging ein Hauptabzugskanal durch, breit und tief, mit einem Sims auf beiden Seiten, den die Kanalarbeiter entlanggehen konnten. In diesem Kanal floß ein massiver Strom aus Schmutz, ein öliges Wasser, das dickflüssig wie Lava daherrollte und in dem sich seltsame Formen dicht unter der Oberfläche zappelnd wanden. Graue Schleier aus Dampf entströmten großen, trägen Blasen, und ein Geruch durchdrang den anderen Geruch. Die Luft fühlte sich faulig an und ließ die Haut sich prickelnd zusammenziehen.

Zoff kauerte am Rand und griff sich einen halben

Ziegelstein, der aus der Decke gefallen war. »Bißchen schwimmen, Zwielicht?« fragte er und warf den Stein ins Wasser. Kein Aufklatschen, kein Laut: Der Stein verschwand einfach – wie eine hypnotisierte Maus in der Schlange.

Zwielicht gab keine Antwort, aber er starrte die Kloake an und schluckte. Er begann zu verstehen, was es hieß, im Reich der Wendels zu leben.

»Genug gescherzt«, sagte Vulgo, »warum sind wir so weit gelatscht, nur um hierher zu kommen?«

Bevor Zoff antworten konnte, hörte man das Kratzen eines Fußes auf unebenem Grund. Zoff sah über seine Freunde hinweg und lächelte. Langsam drehten sich die Borribles um; die Haare sträubten sich ihnen. Im Eingang zu einem der Tunnel standen zwei Wendels, der eine mit einem glitzernden Speer (einem sogenannten Rumbelspeer), der andere mit einer Schleuder bewaffnet, deren Gummiband straff gespannt war und deren Stein auf Stonkus' Kopf zielte.

»Keine Bewegung«, sagte der Wendel mit dem Speer. Sein Lächeln war so entgegenkommend wie ein zerbrochener Flaschenhals.

Trotz der Warnung schaute Chaline zu Zoff hinüber, der immer noch am Rand des Kanals hockte. Er lachte leise, und sein Gesicht wirkte belustigt. Langsam, ganz langsam, und dabei immer seine Hände zeigend, stand er auf, und die Wendels sahen ihn.

»Zoff«, sagte einer von ihnen, »endlich.«

Zoff schob sich durch die reglosen Borribles und trat zu seinen Genossen aus Wandsworth.

»Wie steht's mit denen hier?« fragte der Wendel mit dem Speer. »Sind sie bewaffnet?«

Zoff stand zwischen den beiden Wendels und

grinste. »Die sind in Ordnung«, sagte er, »und unbewaffnet.« Dann setzte er zu einer kleinen Erklärung an. »Diese Wendels sind alte Freunde von mir. Der mit dem Speer heißt Kladoch, der mit der Schleuder heißt Skug. Wenn die Zeit kommt, werden sie euch erzählen, wie sie sich die Namen verdient haben. Sie sind gekommen, um uns zu helfen.«

Kladoch und Skug senkten ihre Waffen, aber sie ließen die Augen nicht von den Borribles, abwägend, sich trotz Zoffs Versicherung fragend, ob sie ihnen trauen konnten.

»Was soll das alles heißen?« fragte Vulgo. »Was läuft hier eigentlich, Zoff?«

»Nicht reden hier«, sagte Skug mit rauher, grober Stimme, »wir müssen euch hier verschwinden lassen.« Skug hatte ein viereckiges Kinn voller Aggressivität und eine rechte Schulter, in der es alle paar Sekunden zuckte, als ob er allzugern einen Schlag landen wollte, bei jemand bestimmtem oder auch bei irgend jemand. Seine Augen spähten ständig in alle Weltecken, und es lag nicht der kleinste Funken Zutrauen in ihnen.

»Stimmt«, sagte Kladoch, »ihr seid nicht sicher, bis ihr nicht in Wendelkleidern steckt. Ich bin dabei, dir zu helfen, Zoff, aber ich laß mich für niemand im Schlamm ersticken. Deine Freunde sind bloß ein Haufen Schwierigkeiten.«

Kladoch war untersetzt und klein und hatte ein Gesicht wie eine ausgepreßte Zitrone, breiter als hoch. In seinem Mund drängelten sich die Zähne, und seine Haut hatte eine grünliche Färbung, wie bei allen Mitgliedern seines Stammes. Wie Skug – wie alle Wendelkrieger – trug er Hüftstiefel aus Gummi, einen Metallhelm, hergestellt aus alten Bierdosen, und eine dicke Wolljacke, bedeckt mit wasserabstoßendem orangenem Plastikmaterial; das Plastik leuchtete wie die Jakken von Straßenarbeitern.

»Ist gut«, sagte Zoff, »geht voran, wir folgen euch.«

Die beiden Krieger nickten und zogen sich vorsichtig rückwärts in einen Tunnel zurück, und Zoff folgte ihnen, als ob er bereit sei, seine Gefährten allein zurückzulassen, wenn sie auch nur einen Augenblick zögerten – was sie auch taten: Sie schauten sich zweifelnd und verwundert an.

Zwielicht, dem die Wendels neu waren und der sich nach einem Abenteuer sehnte, war unbesorgt. »Na, kommt doch schon«, sagte er, »steht hier nicht rum, ohne die Hilfe von denen kommen wir nicht durch, oder?«

»Stimmt«, sagte Chaline, »und wo wir mit der Hilfe von denen hinkommen, ist mir auch nicht ganz klar.« Aber wie die anderen hatte sie keine Wahl, als Zoff in den Tunnel zu folgen.

Diesmal hatten sie nicht weit zu gehen und marschierten nur eine Viertelstunde oder zwanzig Minuten, obwohl sie häufig die Korridore wechselten und die Richtung änderten, bis sie schließlich durch eine Öffnung in der Wand geführt wurden und in einen kleinen Wachraum kamen, der schon lange von den regulären Wendelpatrouillen aufgegeben schien.

Die Wände waren aus uralten Ziegeln, von denen bei der geringsten Berührung der rote Staub absprang, und der Raum war mit grobgezimmerten Stühlen und einem Tisch eingerichtet. Auch gab es einen Stapel zerrissener Decken, aber am wichtigsten war der in einer Ecke hingeworfene Haufen Wendelkleider und Waffen: Speere, Messer, Schleudern und etwa zwanzig Munitionsgürtel, gefüllt mit guten runden Steinen. Chaline sog scharf den Atem ein, und das

Blut pochte ihr in den Schläfen: Alles war für sie vorbereitet.

Sie sprang auf Zoff zu und ergriff ihn vorn am Hemd. »Warum sagst du uns nicht, was du im Schild führst, du hinterhältiger kleiner Bastard?« rief sie. »Diese Wendels wußten, daß wir kommen würden, oder etwa nicht? Und das war mehr, als wir selbst gewußt haben… aber du, du hast es gewußt, nicht wahr? Du gemeiner Hund.« Chaline war in wütender Erregung und hob ihre freie Hand, um den Borrible aus Battersea ins Gesicht zu schlagen.

Kladoch stieß sich von der Wand ab, an der er gelehnt hatte, und hob seinen Speer, aber so schnell er war, Zoff war schneller. Mit einer brutalen Aufwärtsbewegung seines linken Arms befreite er sich von Chalines Griff und gleichzeitig stieß er ihr die andere Handfläche so rasch und hart ins Gesicht, daß das Mädchen rückwärts stolperte und Bingo in die Arme fiel. Stonkus stellte sich vor Zoff hin, ohne Kladochs Speer zu beachten.

»Langsam, langsam, Jungchen«, sagte er. »Stoß mich mal, wenn du unbedingt jemand schubsen mußt, schaun wir mal, ob ich umfalle.«

Vulgo setzte Chaline auf einen Stuhl, und sie befühlte ihre gerötete Nase und wischte sich die Schmerzenstränen aus den Augen. Es war still, als ihre Freunde sie betrachteten, ohne zu wissen, was sie jetzt sagen sollten, angespannt, kampfbereit.

»Du sagst uns besser, was gespielt wird«, sagte Stonkus zu Zoff nach einer Weile. »Wir sind nicht hierhergekommen, um uns umbringen zu lassen, nur damit du deinen Spaß hast.«

»Richtig«, sagte Vulgo, »unsere Abenteuerzeiten sind vorbei.«

Zoff lächelte verächtlich vor sich hin und fing an, die Wendelkleidung prüfend zu sortieren, auf der Suche nach Stücken, die ihm passen würden. Als er gefunden hatte, was er brauchte, zog er sich an: den Blechhelm, das orangene Jacket, die Hüftstiefel. Diese Tracht veränderte ihn vollkommen, und die Borribles starrten ihn an, vergaßen ihre Wut, trauten kaum ihren Augen. Nun war Zoff jeder Zoll ein Wendelkrieger: Gewalttätig sah er aus, listig und herzlos. Er grinste kalt, als er sich eine Schleuder aussuchte und einen Gürtel mit Steinen über seine Schultern schwang; er war zu allem bereit und sah aus, als gäbe es in keiner Lage für ihn irgendwelche Skrupel.

»Du wolltest uns hier unten haben«, sagte Chaline, »und jetzt hast du uns hier, ich hab's die ganze Zeit gewußt. Und du hast hier diese Freunde. Du mußt seit Monaten Botschaften reingeschickt und welche bekommen haben. Du weißt eine Menge, was wir nicht wissen, wie immer. Und ich möchte wissen, was du weißt.«

Zoff zuckte die Achseln. »Es gibt nichts zu erzählen«, sagte er, »und so oder so, du würdest mir ohnehin kein Wort glauben. Wenn's dir hier nicht paßt, schlage ich vor, daß du den nächsten Ausgang hochkletterst, direkt in die Arme von Snuffkin und Co.«

»Genauso wär's«, sagte Kladoch. »Unsere Streifen haben gemeldet, daß auf jedem Kanaldeckel in Wandsworth ein Bulle steht.«

»Seht mal«, sagte Zoff, »das einzige, was ich möchte, ist heimgehn. Aber da wir hier eine Weile eingeschlossen sind, können wir die Lage hier geradesogut ausnützen. Ich und die anderen beiden gehn jetzt mal und holen was zu essen. Während wir fort sind, zieht ihr euch besser auch Wendelkleider an... und stellt jemand auf Wache.«

»Passiert euch schon nichts«, sagte Skug. »So weit raus kommt fast niemand mehr.«

»Gehen wir«, sagte Zoff, und seine Stimme klang gebieterisch. Er duckte sich durch das Loch in der Wand und war verschwunden. Die beiden Wendels gehorchten wortlos, als ob er sie immer angeführt hätte und nie fortgewesen wäre.

Chaline schauderte, und sie erinnerte sich an Eisenkopf, den Wendelhäuptling; plötzlich erinnerte Zoff sie an ihn: Er hatte sich verändert und war nicht mehr der bequemliche, schlaue Spitzbube, den sie in Battersea gekannt hatte. Nun standen seine Augen kalt und hart im Gesicht, wie blaßblaue Murmeln in einem großen Kloß bleichen Teigs.

Bingo seufzte, setzte sich einen passenden Helm auf und schnitt eine Wendelgrimasse. »Der Zoff«, sagte er, »tut nie etwas umsonst. Die ganz Kiste riecht höchst suspekt.«

Chaline nickte. »Weißt du, was ich glaube... ich glaube, er ist hier runtergekommen, um nach der Schatzkiste der Rumbels zu schnüffeln... deshalb stand er in Kontakt mit Kladoch und Skug, deshalb wollte er überhaupt mit uns kommen.«

Stonkus sah überrascht auf. »So blöd kann er doch nicht sein«, sagte er. »Die Schatzkiste ist an der tiefsten Stelle des Wandle versunken, du weißt es doch, warst doch dabei. Die muß jetzt meilentief vom Schlamm bedeckt sein.«

»Ja, Mensch«, sagte Vulgo, »die Wendelsagen erzählen, daß genau dort der Schlamm bis zum Mittelpunkt der Erde runterreicht.«

»Ich weiß, was die Sagen erzählen«, sagte Chaline, »aber Zoff hat so eine Art, seine eigenen Sagen entstehen zu lassen.«

»Ach, komm«, unterbrach sie Zwielicht, »er kann uns nicht zu etwas zwingen, was wir nicht wollen, oder?«

Chaline lachte. »Zoff kann herbeiführen, daß bestimmte Sachen geschehen, und dann dafür sorgen, daß sie aussehen, als seien sie einfach so passiert«, sagte sie, »da ist er ganz groß drin.«

Die Borribles warteten drei Stunden auf Zoffs Rückkehr, und während sie warteten, zogen sie sich die Wendeluniformen an und suchten sich jeder eine Schleuder und einen Gurt aus. Die Waffen in der Hand zu spüren, beruhigte sie sehr – sie fühlten sich zuversichtlicher, als hätten sie ihr eigenes Schicksal besser im Griff.

Bingo stand Wache an der ersten Biegung des Tunnels, als er hörte, wie sich Schritte näherten und wie die Ziegelwände hallende Echos zurückwarfen; dann kam das Trillern des Batterseapfiffs, und einen Augenblick später schob sich Zoff selbst ins Sichtfeld. Er sah nun müde aus, und seine Stiefel waren schlammbedeckt. Auf seinen Schultern lag ein schwerer Sack.

»Hallo, junger Mann«, sagte er. »Freut mich zu sehen, daß jemand Wache hält«, und er ging an Bingo vorbei in den Wachraum, wo er seine Last auf den Tisch fallen ließ. »Hier gibt's was zu essen«, sagte er, »also langt zu.« Er stülpte den Sack, um und eine Kaskade gestohlener Lebensmittel rasselte heraus: Brotlaibe, Marmeladengläser, Schinken, Bier, Bonbons.

»Hat man dich gesehen?« fragte Vulgo.

Zoff lachte leise. »Natürlich, aber mit ein wenig Schlamm in der Visage und in Begleitung von Skug und Kladoch hat mich keiner zweimal angeschaut.«

»Und hockt die SBE immer noch auf den Kanaldekkeln?«

»Laut Kladoch: ja. Die Wendels haben ein, zwei Schächte, wo die Bullen nichts von wissen, aber die werden von ausgewählten Kriegern bewacht, und niemand kommt ohne die persönliche Genehmigung von Eisenkopf dort rein oder raus. Wir müssen warten, bis die Bullen weg sind.«

»Mir egal, was Zoff uns glauben machen will«, sagte Chaline, »ich sage, wir sollten uns das mal selbst ansehen.«

Zoff zuckte die Achseln. »Ganz wie du meinst«, sagte er, »aber es gibt eins, was du dir auf jeden Fall ansehen solltest ... drüben auf der anderen Seite der Festung ... drüben, wo ihr den Schatz verloren habt. Das glaubst du nie, was es da zu sehn gibt.« Er riß mit den Zähnen ein Stück weißes Fett aus einer Scheibe Schinken, rollte es in seinen Mund und kaute zuversichtlich, als hätte er für alle Fragen der Welt die richtige Antwort.

Alles schwieg. Niemand wollte Zoff eine Frage stellen, außer vielleicht Zwielicht, und er war still, weil ihm klar war, daß hier etwas vor sich ging, das er nicht begriff, etwas, wo er nicht dazugehörte. Zoff wartete und lächelte und lächelte höchst provozierend, bis er schließlich sagte: »Na gut, na schön, den Stolz hab ich gar nicht, daß ich gebeten werden will. Also – man muß es Eisenkopf lassen, er gibt nie auf. Direkt da draußen, inmitten von all dem Schlamm und Wasser, hat er eine Grube gegraben, wie ein Bergwerksschacht, und drüber steht so was wie ein Ölbohrturm draußen in der Nordsee. Eine Plattform aus Brettern, eine Tretmühle und eine Eimerkette, die den Dreck raufholt ... und unten, Sklaven die graben. Phantastisches technisches Geschick, echt borriblemäßig. Ich kann euch sagen... dieser Eisenkopf.«

Stonkus schnaubte verächtlich. »Er ist verrückt, er kann nicht mehr an die Schatzkiste ran, die ist zu tief.«

»Der ist nicht verrückt«, beharrte Zoff, »der ist nur äußerst geduldig, gibt niemals auf.«

Chaline stand auf und streckte den Arm aus, um auf Zoff zu deuten. »Und du auch nicht, du Ratte«, sagte sie mit vor Wut zitternder Stimme. »Jetzt wissen wir, warum du so vergnügt warst, als wir alle hier drunten gelandet sind, es war die ganze Zeit der Schatz.«

Zoffs Gesicht rötete sich. »Sei doch nicht so sackdoof«, sagte er, »wie hätte ich denn sicher wissen können, daß das mit Sam eine Falle war, wie hätte ich wissen können, daß Snuffkin im Eel Brook Common wartet, oder daß Ben uns befreien würde? Ich bin doch kein Zauberer.«

»Vielleicht nicht«, sagte Chaline und sah sich im Kreis ihrer Freunde nach Unterstützung um, »aber dir war egal, was passierte, solange es uns näher nach Wandsworth brachte. Du hattest Angst, allein hier runterzusteigen, und deshalb hast du verdammt gut dafür gesorgt, daß wir auch dabei sind.« Sie nickte zu Zwielicht hinüber: »Ich hab dir gesagt, er kann herbeiführen, daß bestimmte Sachen passieren.«

Stonkus rollte eine Scheibe Schinken zwischen den Fingern zusammen und schob sie in den Mund. »Ist alles scheißegal, dieses Geld hat genügend Tod und Verrat gebracht. Wir sind aufgebrochen, um ein Pferd zu holen, das ist alles, Geld läuft nicht.«

»Ganz richtig«, sagte Vulgo, »das Geld hat Poch umgebracht, Napoleon, Orococco, Torricanyon und Adolf, und mich beinahe auch. Es stinkt nach Tod, schon immer.«

Zoff sah sich langsam im Raum um, überlegen und amüsiert, wie ein Erwachsener, der streitenden Kindern zuschaut. Er griff sich eine Bierflasche vom Tisch, öffnete sie und nahm einen langen Zug. »Aah, ausgezeichnet«, war alles, was er sagte.

»Ein paar von uns sollten hingehen und die Sache selbst anschauen«, sagte Chaline, »damit wir wissen, daß Zoff uns wirklich die Wahrheit sagt wegen der Ausstiegsschächte. Wir müssen hier raus, bevor er uns in irgendeine Sache verwickelt.«

Zoff hob seine Flasche. »Natürlich, Mädchen«, sagte er. »Ich bring euch gleich zu den Schlammbänken am Wandle, und ich zeig euch die Ausgänge, die die Wendels benutzen. Ich zeig euch sogar den Schacht, wo Eisenkopf nach Schätzen gräbt, und eines Tages – wenn ihr mich überlebt, heißt das –, dann werdet ihr zurückschauen und sagen: ›Der alte Zoff war gar nicht so ohne, der hat schon das eine oder andere gewußt.‹« Er lachte wieder und schwenkte seine Bierflasche im Kreis, alle in einen Trinkspruch einbeziehend. »Auf uns«, sagte er, »auf uns Borribles.«

Sobald sie gegessen hatten, beschloß man, daß Chaline, Stonkus und Bingo mit Zoff gehen sollten, um einige der Aus- und Eingänge zum Reich der Wendels zu kontrollieren. Sie sollten so viele wie möglich überprüfen und die Chancen abwägen, die bestanden, wieder auf die Straßen hinauszugelangen, die Chancen, heimzukommen.

Zoff führte die drei zum Zentrum der Festung und schärfte ihnen ein, die ganze Zeit dicht bei ihm zu bleiben, wenn sie sich nicht verirren wollten. Wieder wunderte sich Chaline, wie er seinen Weg in solch einem unterirdischen Labyrinth nach dem Gedächtnis fand. Nur lange Jahre als Wendel konnten Zoff diese detaillierte Kenntnis des Reviers verschafft haben. Hier nach links, da nach rechts, über diesen Abzugskanal, an dem hier entlang, jetzt in vollständiger Finsternis, nun im Dämmerlicht – es war wirklich erstaunlich, und es wurde Chaline klar, daß es immer noch viel mehr an Zoff kennenzulernen gab, als man jeweils verblüfft kennengelernt hatte.

Auch merkte sie, daß trotz der sommerlichen Dürre und der Hitze oben in der Stadt hier in den Kanälen und Rinnen tief das schmutzbeladene Wasser floß. Sehr oft mußten die vier Borribles, wenn keine Wege entlangführten, mitten in den Kanälen entlangwaten, bis zu den Hüften im Dreck, während der grüne Schleim von hoch oben in den Gewölbedecken schwerfällig auf ihre Helme triefte, und während sie überall um sich her flüsternde Stimmen und das klatschende Schlurfen von Wendelstiefeln hörten.

Als sie weitergingen, trafen sie nach und nach auf die Wendels selbst, obwohl es nicht alles Krieger waren, doch Zoff kannte die Sitten dieses seltsamen unterirdischen Stammes und zwängte sich, ohne zu zögern, mitten durch die Gruppen, die ihren Weg kreuzten. Seine drei Gefährten, die sich zuerst fürchteten, entdeckt zu werden, lernten rasch, daß ihre beste Chance darin lag, ein mürrisches Benehmen zu markieren und mit niemandem zu sprechen. Zoff ließ sie auch etwas Schlamm auf ihren Gesichtern verreiben, als wären sie auf einem langen Marsch gewesen und hätten viele Flüsse überqueren müssen. So bestand im Dämmer dieser Unterwelt keine Gefahr, daß die Eindringlinge als Fremde entdeckt werden würden.

Zoff war glücklich. Häufig stieß er Chaline in die Seite, und seine Zähne glänzten, wenn er lächelte.

Jedesmal, wenn er unter einem Kanaldeckel vorbeikam, hielt er an, wartete, bis die anderen sich um ihn versammelt hatten, und zeigte dann nach oben – und dort, mit Kreide auf die Unterseite jedes Eisendeckels gemalt, sahen die Borribles einen Kreis mit einem X hindurch, das Wendelzeichen für »Gefahr!«

»Bittschön«, sagte Zoff, »und so sind sie alle.« Er lächelte über Chalines beunruhigt-enttäuschte Miene. »Ich versprech dir, auf dem Deckel hier stehen Bullenstiefel, Größe fünfzig, und in denen steht wiederum ein Bulle, ebenfalls Größe fünfzig.«

Sie marschierten in raschem Schritt weiter zum Wandle und waren nicht weit von ihrem Ziel entfernt, als zwei Krieger aus einem Seitenkorridor herausgerannt kamen und mit lauten Rufen weiterliefen.

»Auf geht's, ihr da«, brüllten sie, »allgemeine Versammlung, Befehl von Eisenkopf, habt ihr's nicht gehört?« Ihre Schritte verhallten.

»Was tun wir jetzt?« fragte Bingo mit bleichem Gesicht. »Uns verstecken?«

»Wohl kaum«, sagte Zoff. »Wenn Eisenkopf eine Versammlung einberuft, dann kommen alle, außer den Toten und den Wachen. Wenn wir nicht das tun, was alle anderen auch tun, hält man uns an und schleift uns ins Licht, und dann erkennt er uns gewiß. Wir müssen auch mitgehn, und zwar im Galopp.«

Und sie liefen, was sie konnten, in Richtung der Großen Halle, und im Lauf trafen sie Hunderte von Wendels, die alle in dieselbe Richtung rannten. Die Tunnel wurden breiter und höher, und die Menge der Wendels nahm von Augenblick zu Augenblick zu, so daß bald eine dichtgedrängte Masse, sich gegenseitig zur Seite drängend, sich eilig voranschob, um gehorsam Eisenkopfs Befehl zu befolgen.

Zoff und die anderen wurden mit klopfendem Herzen mindestens eine halbe Meile in diesem gewaltsamen Sog vorangetrieben; dann verlangsamte sich die Geschwindigkeit der Menge um sie zum Trott, zum Dahingehen, schließlich zu einem langsamen Voranschieben. Überall waren nun Wendels, zusammengepfercht, unfähig, sich als einzelne zu bewegen. Plötzlich stürzten sie wieder mit neuer und furchterregender Kraft voran, und von einer unwiderstehlichen Gewalt mitgerissen wurden die vier Abenteurer, deren Füße den Boden nicht mehr berührten, in eine immense Höhle hineingeschleudert, deren Ziegeldecke sich hoch wölbte und sich den Blicken entzog.

Dies war einst im neunzehnten Jahrhundert die Zentralkammer des Abwassersystems von Wandsworth gewesen, bis der Ort – der seine Bedeutung durch die Einführung modernerer Techniken verlor – unter Eisenkopfs Herrschaft geraten war. Da war er nun, auf einer großen, erhöhten Plattform sitzend, lässig in einem großen, hölzernen Sessel zurückgelehnt, der bei allen bedeutenden Anlässen als Thron des Wendelhäuptlings diente. Neben ihm stand sein Adjutant, Tron, und in Rufweite standen mindestens fünfzig Mitglieder der Leibwache: harte Kämpfer, aus den Wendelkriegern wegen ihrer unbeirrbaren Loyalität ausgewählt.

Die Abenteurer quetschten und drängelten sich durch die Menge und schlugen sich zur Seite der Halle durch.

»Haltet still«, flüsterte Zoff, »und schaut nicht auf. Was ihr auch tut, schaut Eisenkopf nicht in die Augen, er hat euch sonst sofort am Wickel.«

Chaline nahm Zoffs Warnung ernst und verbarg sich hinter der gedrängten Masse von Wendels zwischen sich und der Plattform; sie zog sich den Helm tiefer ins Gesicht, damit sie die Ereignisse beobachten konnte, ohne befürchten zu müssen, daß sie selbst entdeckt wurde. Wie sie sah, hatte Eisenkopf sich überhaupt nicht verändert, seit sie ihn zuletzt gesehen hatte. Er hatte nichts mit Helmen im Sinn, die aus alten Bierdosen gefertigt waren; sein Helm, und seiner allein, war aus getriebenem Kupfer und trug einen Beschlag, der vorn vertikal über sein Gesicht herablief und seine Nase schützte – aber diese Nase war nicht dazu geschaffen, verborgen zu werden. Es war eine üble Nase, eine große Nase, weich und verformbar und voller Eifer, jeden herauszuschnüffeln, der Eisenkopf oder seine Herrschaft bedrohte. Die Jacke des Häuptlings war mit leuchtender Goldfarbe bestrichen, und seine Hüftstiefel waren weich und wollgefüttert, um seine Füße warm zu halten.

Doch Eisenkopfs Macht lag nicht in seinen Kleidern – sie hockte in seinen Augen. Sie waren wie leer und glitzerten oder glänzten nicht. Auch bewegten sie sich nur, wenn der Kopf sich bewegte; sie waren matt und undurchdringlich wie zerschmetterte Windschutzscheiben.

Nach und nach erstarb der Lärm in der Großen Halle. Langsam hob Eisenkopf eine Hand, um Stille zu gebieten, aber es war nicht mehr notwendig. Die Menge war allein durch den Blick des Häuptlings ruhig geworden. Er wartete noch einen Augenblick, bevor er zu reden begann, und als er sprach, war seine Stimme wie ein Schock. Es war eine freundliche Stimme, und er lächelte dazu, aber sein Hirn lag weit entfernt von seinem Lächeln, sein Hirn war ein kaltes metallisches Ding, das schweigend seine eigenen geheimen Ziele bearbeitete.

»Wendels«, fing Eisenkopf an, »ich habe euch hierher zusammengerufen, weil große Gefahr herrscht. Die Polizisten der SBE bewachen jeden Ausgang in Wandsworth ... ich will wissen warum. Ich muß wissen warum. Wir haben natürlich beträchtliche Vorräte, aber wenn die Blockade lange genug fortgesetzt wird, sehen wir uns dem Hunger, vielleicht gar dem Hungertod gegenüber ... Warum, frage ich mich, sind wir plötzlich das Ziel dieser hektischen Aktivität seitens der SBE geworden ... ihr werdet es für mich herausfinden. Ihr wißt alle, was ich für eine Arbeit auf den Schlammbänken des Wandle betreibe, es ist ein wichtiges Werk, und es darf nicht unterbrochen werden. Ich wünsche keine Polizisten hier unten bei uns, ich möchte nicht einmal, daß sie die Kanalarbeiter herunterschicken. Ihr werdet euch erinnern, was für Gefahren wir schon zu bestehen hatten, wegen irgendwelcher Außenseiter. Wir wollen so etwas nicht noch einmal erleben. Der Wandle gehört den Wendels. Seid wachsam, ihr Krieger, seid alle auf der Hut vor Fremden. Eine Zeit der Bewährung kommt, ich kann es riechen. Der Feind ist überall um uns. Macht bei jedem ungewöhnlichen Anzeichen Meldung an mich oder an Tron. Seid mißtrauisch, seid vorsichtig, traut niemandem. Haltet Wache an jedem Ausgang, bewacht den Schacht, wo das große Werk vor sich geht. Ich wache Tag und Nacht für euch, Wendelbrüder; seid auch ihr wachsam für mich. Etwas, jemand hat sich in unsere Untergrundfestung eingeschlichen, meine Nase sagt es mir. Schärft eure Messer, tragt einen Speer mit euch und eine Schleuder, immer. Wendels, gebt acht, es wird Blut fließen.«

Abrupt erhob sich Eisenkopf, und das Licht der Taschenlampen, die beinahe jeder Wendel trug, leuchtete auf seinem Helm. Er starrte in den Hintergrund der Halle, seine Nase zuckte. Niemand regte sich, und niemand sprach. Langsam wandte Eisenkopf das Gesicht und musterte mit seinen stumpfen Augen Wendel um Wendel, daß sie erschraken, wobei er ständig nervös schnüffelte wie ein in die Stadt verschlagener Fuchs. Zoff, Chaline, Stonkus und Bingo standen regungslos, kaum atmend, als Eisenkopfs starrer Blick in ihrer Nähe ruhte. Er flackerte hin und her, die Nase hob sich nach oben und sog einen langen, tiefen Atemzug ein. Chalines Knie zitterten, und sie war dankbar, daß Zoff sie angewiesen hatte, ihr Gesicht mit Schlamm unkenntlich zu machen.

»Vieles liegt im argen«, rief Eisenkopf, aber seine Augen wanderten weiter und suchten anderswo, und er gab sich nicht mehr sehr lange Mühe. Nach wenigen Augenblicken hob er die Hand und entließ mit einem Zeichen die große Versammlung. Tron schrie einen Befehl, und die Leibwache umgab ihren Häuptling mit einer Stachelhecke aus Speeren und eskortierte ihn hinaus, wobei sie eine Art Hymne sangen:

Ehre sei Eisenkopf! Preis unserem Herrn,
König der Unterwelt!
    Singt seinen Ruhm,
    Sein Heldentum,
Das unser Reich erhält.

Ehre sei Eisenkopf! Preis seiner Güte!
O Wendel unvergleichlich!
    Keinen größeren Helden
    Die Sagen vermelden,
Und alles schenkt er uns reichlich.

Ehre sei Eisenkopf! Führer und Vater!
Der beste Freund auf der Welt!
Er hat die Macht,
Die unsere Nacht
Mit ihrem Lichtschein erhellt.

Sobald die vier Eindringlinge der Halle entronnen und wieder allein waren, hielt Zoff an und fragte Chaline grob: »Glaubst du mir jetzt?« Er zischte förmlich. »Auf jedem Kanaldeckel steht ein Bulle.«

»Ich glaub's dir«, antwortete Chaline, obwohl andere Gedanken sie beschäftigten – die Hymne der Wendels wollte ihr nicht aus dem Kopf. »Diese Leibwächter sind verrückt, ja?« fragte sie. »Die glauben wirklich an diesen wahnsinnigen Anführer, mit denen könnte Eisenkopf alles machen.«

»Das laß jetzt mal gut sein«, sagte Stonkus mit gepreßter Stimme, »was ist mit dem Wachzimmer, wo wir uns verstecken, werden sie das jetzt nicht finden?«

»Weiß nicht«, sagte Zoff, »viele Wendels leben in solchen alten Kämmerchen. Ich glaube, Skug und Kladoch sollten in der Lage sein, sie abzuwimmeln. Etwas anderes macht mir größere Sorgen.«

»Etwas anderes!« rief Bingo. »Was könnte noch schlimmer sein?«

Zoff rieb sich das Kinn und kam zu einem Entschluß. »Kommt mit«, sagte er. »Ich zeig euch was, was ihr sehen solltet.«

Chaline, Stonkus und Bingo prüften einen Augenblick Zoffs Miene. Er lächelte sein überhebliches Lächeln.

»Also gut«, sagte Chaline. »Wir sehen's uns an, aber das ist alles. Laß bloß nicht wieder irgendeinen Scheiß passieren.«

Zoff schüttelte beruhigend den Kopf, und wieder ging er voran in die dunklen, abfallenden und ansteigenden Seitentunnel, und seine Gefährten folgten ihm. Wieder lenkte er seine Schritte mit Präzision und Selbstvertrauen, und es dauerte nicht lange, bis die kleine Gruppe am Ufer des Wandle stand.

»Ja«, sagte Chaline, »ich erkenne es wieder. Hier in der Nähe lag unser Boot, und da drüben auf der anderen Seite irgendwo haben wir Poch und die anderen zurückgelassen, damit wir mit dem Schatz entkommen konnten.« Und in der Erinnerung an ihre Freunde sah sie ins Wasser des Flusses, und es war immer noch so dick und übelriechend wie Fischleim. Mit einer langsamen und unaufhaltsamen Gewalt kroch der Wandle zu ihren Füßen vorbei, die rollenden Schlammbänke gerade bedeckend, die unter der Oberfläche sich hin- und herschoben und kräuselten.

Zoff spie ins Wasser, und der Speichel machte kein Geräusch. »Alles sehr rührend«, sagte er, »aber jetzt gehn wir besser weiter, ehe irgendein Wendel uns fragt, was wir hier eigentlich treiben.«

Sie gingen rasch weiter, dem Wandle in Richtung seiner Strömung folgend, auf einem ausgetretenen Uferpfad. Von Zeit zu Zeit kamen sie an kleinen Gruppen von Wendels vorbei, die da- und dorthin eilten, aber man sah sie nicht zu genau an und warf ihnen nur die üblichen mißtrauischen Blicke zu.

Je weiter sie vordrangen, desto breiter und höher hob sich das Gewölbe über ihren Köpfen, bis es beinahe unmöglich war, die andere Seite des Flusses zu sehen. Nun tauchten die Schlammbänke hie und da aus dem Wasser auf, und der Strom floß langsam und zögernd durch ein weites Gebiet schwarzer Dünen, die in dem halben Licht feuchtglänzend wie gestrandete Meeresungeheuer zu pulsieren schienen. Dies waren die tückischen Sümpfe des Wandle – Schlammbänke, wo ein unerbittlicher Sog jedes Lebewesen, das vom Wege abkam, bedrohte, jeden Reisenden, der auch nur einen Fuß falsch setzte.

Von Minute zu Minute waren mehr Wendels um die Abenteurer, die meisten davon Krieger, und alle nahmen Eisenkopfs Befehle außerordentlich ernst, spähten in Tunnel und Höhlungen und schauten sich gegenseitig prüfend ins Gesicht. Aber Zoff ließ sich durch diese Taktik nicht aus dem Konzept bringen und tat dasselbe, seine Schleuder kriegerisch schwenkend und jedem Wendel, der vorbeikam, in den Weg tretend und ihn aggressiv anstarrend, unter Fragen, wer er sei, woher, wohin. Was immer Zoff für Fehler haben mochte, seinen Mut und seine Kühnheit konnte niemand bezweifeln.

Chaline wußte das und wollte es gerade zu Bingo sagen, als ihr und den anderen scharfe und unnatürliche Geräusche in der Ferne auffielen. Zuerst hörten sie ein in regelmäßigen Abständen wiederholtes Klatschen, dem manchmal ein Aufschrei folgte, dann ein tiefes Rumpeln wie von Holz auf Holz, mit dem Knirschen und Klirren von Metall, und diese sich ineinander verwirrenden Geräusche verbanden sich mit dem stetigen Schlürfen von Wasser und Schlamm. Chaline fühlte, wie ein Finger aus Eis ihr Herz anrührte, und sie streckte ihre Hand aus, um Stonkus' Arm zu berühren, aber das Gesicht, das er ihr zuwandte, war genauso angsterfüllt wie das ihre.

Die Geräusche schlugen und dröhnten fort – klirrend, rumpelnd, schlürfend – lauter und lauter, bedrückend, furchterregend. Plötzlich, als die vier Borribles auf dem Pfad eine Ecke umrundeten, schwoll der

Lärm in einem Crescendo an, und ein höchst merkwürdiger Anblick bot sich ihnen. Zoff hob den Arm und deutete mit dramatischer Geste voraus.

»Da«, sagte er, mit sich zufrieden, »ist das nicht wunderbar?«

Weit von dem Punkt entfernt, an dem sie nun standen, zwischen zwei breiten Schlammbänken und direkt in der Mitte des unterirdischen Flusses, war eine schwimmende Plattform verankert, gezimmert aus langen, rohen Planken gestohlenen Bauholzes. In der Mitte stand ein großer Förderturm, und an seinem Fuß, mit ihm verbunden durch eine schwerfällige hölzerne Achse, stand eine Tretmühle, groß genug, daß ein Borrible – oder gar zwei – darin laufen konnten. Irgendein armer Kerl, schlammbedeckt, war gerade in der Mühle, und wie Chaline hinstarrte, knallte eine von den Wendelwachen auf der Plattform mit der Peitsche, und das große Rad drehte sich, und Eimer ratterten an einer langen Kette nach oben zur Spitze des Turms. Dort drehten sie sich um und entleerten ihre Schlammfracht in den Wandle, um dann wieder ihre lange Fahrt in die tiefsten Tiefen des Schachtes anzutreten.

Zoff streckte sich bequem auf dem Boden neben dem Flußpfad aus und strahlte; die anderen hockten sich neben ihn. »Herrliches Stück Technik, das da«, sagte er, »ganz hervorragend.«

Chaline sah das Flußufer entlang. Dutzende von Wendels taten, was Zoff tat; einige schwatzten, andere ruhten sich bloß aus, aber alle behielten die Vorgänge in der Flußmitte genau im Auge, als warteten sie auf ein bestimmtes Ereignis.

Stonkus sagte zu Bingo: »Das ist exakt der Punkt, wo uns der Schatz über Bord ist.«

Chaline fluchte. »Stimmt. Verdammt noch mal.«

»Aber wie kann man sich durch einen Fluß hindurchgraben?« fragte Bingo.

»Klar kann man das, machen Ingenieure die ganze Zeit. Man fängt auf einer von diesen Schlammbänken an, gerade über der Wasseroberfläche, oder man wartet, bis Ebbe ist, und wie du dein Loch gräbst, machst du schön säuberlich Bretter drumrum, am besten Nut und Feder, hübsch dicht. Was glaubst du denn, wie man früher Brücken gebaut hat, kein Stück anders.«

»Schon verdammt geschickt«, sagte Bingo, »muß man zugeben.«

»Erfindung von Eisenkopf«, sagte Zoff, »und was immer man sonst über ihn sagen kann, doof ist er nicht gerade.«

»Und wer ist der arme Typ in der Tretmühle«, sagte Stonkus, »was hat der angestellt, daß ihm das passiert ist?«

Zoff ließ seinen Kopf nach hinten fallen und schaute zur Decke, und er ließ seine Kameraden auf die Antwort warten, so daß ihre Gedanken sich mit dem Problem beschäftigten. »Na«, sagte er endlich, »er hat genau dasselbe getan, was wir gerade tun, er hat sich mit Eisenkopf angelegt, oder? Geh mal und schau genauer hin, Stonkus.« Zoff lachte, kalt wie der Tod, und sein Gelächter verspottete den Gedanken, der sich gerade in den Köpfen seiner Gefährten zu formen begann.

Stonkus sprang auf die Füße, und der Ausdruck des Begreifens, ansatzweise erst, breitete sich langsam über das Gesicht des schwerfälligen Borribles aus Peckham. Er ging am Ufer entlang zu einem Punkt, wo das Land ein Stück in den Fluß hineinragte und ihn näher an die Tretmühle brachte. Eine lange Weile starrte er zu dem Sklaven hinüber, der in dem Rad vorwärtsstolperte. Er zuckte jedesmal zusammen, wenn die Peitsche niedersauste. Dann fiel Stonkus' Kopf in großer Trauer nach vorn auf seine Brust. Er kam zurück und setzte sich wieder zu den anderen. Das Blut hatte sein Gesicht verlassen, und seine Lippen waren weiß vor Zorn. Er schloß die Augen, daß er nichts sehen konnte.

»Mein Kumpel ist da draußen«, sagte er. »Es ist Torricanyon, das arme Schwein, lebt immer noch, nach all der Zeit.« Stonkus' Stimme brach, und es schien, als würde selbst der stärkste aller Borribles zusammenbrechen und vor seinen Freunden weinen, offen und ohne Scham.

»Es ist wer?« sagte Bingo, der seinen Ohren nicht traute.

»Torricanyon!« rief Chaline. Ihre Stimme hob sich vor Erregung, und sie hatte Glück, daß die Gruppen der Wendels in der Nähe selbst laut redeten und sie nicht bemerkten. Sie sah Zoff haßerfüllt an, wieder fassungslos vor seiner tiefen Hinterlist, aber er verengte nur die Augen, das Gesicht blieb ausdruckslos.

»Mach keinen Blödsinn«, sagte er. »Wenn du hier Aufsehen erregst, steckt uns Eisenkopf alle runter in den Schacht.«

»Du hast es gewußt«, fuhr Chaline fort, und der Atem schoß ihr aus den Lungen wie Dampf aus einem Kessel, »die ganze Zeit hast du's gewußt.«

»Ich war nicht sicher, bis ich hierhergekommen bin«, sagte Zoff, und seine Augen irrten ein wenig ab, »ich konnte nicht sicher sein.«

»Und die anderen?« fragte Chaline und senkte den Kopf, um ihre Tränen wegzuwischen, »was ist mit Poch?«

»Ah ja, dein spezieller Freund Poch, ja, der lebt auch noch. Er ist unten im Schacht mit Napoleon, und Orococco arbeitet hinter ihnen her und baut die Planken an den Wänden des Schachts ein, damit die Sache nicht eingedrückt wird.«

»Woher weißt du das alles?« fragte Bingo.

»Kladoch und Skug haben mir's gesagt, natürlich«, sagte Zoff, »als wir ankamen.«

»Und kommen die Gefangenen nie heraus?« fragte Stonkus, der seinen Zorn mit einer gigantischen Anstrengung zügelte.

»Die arbeiten da, die essen da, und die schlafen da«, erkärte Zoff. »Das Essen wird in einem alten dreckigen Eimer runtergelassen.«

»Diese Schweine«, sagte Chaline, »und du auch, Zoff. Du hättest uns sagen sollen, daß sie noch leben, wir wären freiwillig gekommen.«

»Klar doch«, sagte Zoff höhnisch, »freiwillig. Kein Wort hättet ihr mir geglaubt, nicht eine Sekunde. Ihr hättet gedacht, das ist ein Trick von mir. Ich mußte es anders deichseln.«

»Damit wir dir den Schatz besorgen«, sagte Chaline. »Komm mir bloß nicht damit, daß du Poch und die anderen retten willst, ich kenn dich zu gut.«

»Nichts hindert uns daran, beides zu tun«, sagte Zoff.

Niemand konnte hiernach lange Zeit etwas sagen. Chaline dachte nur daran, was die Gefangenen während der langen Monate gelitten haben mußten, und Bingo und Stonkus saßen da und schauten zu, wie die Tretmühle sich drehte und drehte. Torricanyon war der Kumpel von Stonkus gewesen, sie hatten Seite an Seite an der Großen Tür des Rumbelreichs gekämpft, und je mehr Stonkus über die Gefangenschaft seines

Freundes nachdachte, desto stärker fühlte er in sich den Haß auf Zoff aufsteigen. Aber es gab nichts, was er sagen oder tun konnte; er wagte es nicht, seinen Gefühlen freien Lauf zu lassen. Er war von Wendels umgeben, Wendels, die jetzt mit größter Wachsamkeit die kleinste Abweichung vom Normalen beobachten würden.

Schließlich kam Stonkus zu einem Entschluß. Er stand auf. »Gehn wir jetzt in den Wachraum zurück«, sagte er, »ich glaube, die anderen wollen Zoff ein paar Fragen stellen und ihm vielleicht den Kopf gegen die Mauer schlagen.«

Die vier Borribles schlenderten möglichst gelassen in einen Seitentunnel, um nicht die Aufmerksamkeit irgendwelcher wachsamer Wendels zu erregen. Als sie jedoch außer Sicht waren und vom Flußufer aus auch nicht mehr gehört werden konnten, hob Stonkus den Arm und versetzte Zoff mit seiner bloßen Hand einen tönenden Schlag über den Helm. Der Helm bog sich unter diesem Hieb, und der Hall pflanzte sich als Echo zwischen den feuchten Ziegelwänden fort. Zoff sank auf die Knie und schüttelte betäubt den Kopf – ein Schlag von Stonkus war keine Kleinigkeit.

Erregt durch die Gewalt zog Chaline, deren Blut kochte, ihr scharfes Messer. »Ich schlitz ihm den Hals auf«, sagte sie.

»Würde ich auch gern«, sagte Stonkus, »aber wenn wir das tun, finden wir nie wieder zurück... es ist nur, daß ich es nicht ausgehalten hätte, ihm nicht wenigstens einmal eine zu verpassen.« Er schob die Knöchel seiner Rechten in den Mund und leckte die aufgeplatzte Haut.

Bingo half Zoff auf die Füße und schob ihn vorwärts. »Auf geht's, Zoff«, sagte er, »bring uns heim, und wir werden sehn, was die anderen zu sagen haben.«

So taumelte Zoff, dem der Kopf immer noch von dem mächtigen Schlag summte, durch die Tunnel des Wendelreiches. Chaline, Bingo und Stonkus folgten, einerseits irgendwie froh, daß Poch und seine Mitgefangenen noch lebten, und doch voller Trauer über die Sklaverei, die sie durchlitten hatten, und die fortdauernde Gefahr ihrer Lage.

7

In dem geheimen Haus, das der SBE als Hauptquartier diente, stippte Sergeant Hanks ein halbes Brötchen in den Eigelbtümpel auf seinem fettigen Teller, und als das Brot hinreichend durchsaftet war, faltete er es zusammen und schob es in den Mund. Das lose Fleisch seines Gesichts wackelte vor Genuß, und seine blauen Augen glitzerten vergnügt.

»Sie sollten etwas mehr essen, Inspektor«, sagte er, die Worte durch seinen vollen Mund zwängend, so daß sie feucht klangen, »dann würden Sie sich nicht solche Sorgen machen.« Hanks rülpste wild und fing an, mit dem Ausdruck äußerster Konzentration in der Nase zu bohren.

Inspektor Snuffkin stellte seinen Becher Tee auf Hanks' Schreibtisch ab und schritt in die andere Ecke des Zimmers. Wie immer waren seine Bewegungen nervös und elastisch, wie die eines Tänzers, der auf seinen Auftritt wartet.

»Das ist alles schön und gut für Sie, Hanks«, begann er, »aber bei mir liegt die letzte Verantwortung. Die Geschichte wird auf diese Krise zurückblicken und fragen: Wie bin ich ihr begegnet? Ich habe die gesamte SBE in Wandsworth eingesetzt, wie Sie wissen, mein Ruf steht auf dem Spiel. Der stellvertretende Polizeipräsident hat mich heute morgen angerufen, wollte wissen, was wir treiben.«

»Ich hoffe, Sir, Sie haben es ihm klargemacht.« Hanks zog etwas Grünelastisches aus seiner Nase, betrachtete es aufmerksam und klebte es unter seinen Stuhl.

»Natürlich hab ich das«, sagte Snuffkin und drehte sich wie ein Blechspielzeug auf dem rechten Zeh.

»Ich habe ihm gesagt, wir seien drauf und dran, die gefährlichen Missetäter zu verhaften, die im Verdacht stehen, die Morde in Southfields begangen zu haben. ›Noch einige Tage‹, hab ich ihm gesagt, ›und dann hat der lange Arm der SBE sie beim Schlafittchen.‹«

»Wenn wir nur nach unten runter könnten«, sagte Hanks und bestrich sich ein weiteres gewaltiges Brötchen mit Butter und Honig.

Snuffkin stach mit seinem Absatz auf den Fußboden ein. »Ich weiß, aber die Kanalarbeiter haben uns immer wieder gesagt, wie gefährlich das ist. Sie gehn nur runter, wenn sie müssen, und selbst sie trauen sich nicht überall hin, das wissen Sie doch. Ich frage Sie, Hanks, was hätten wir für eine Chance? Es ist ein Labyrinth. Jedesmal, wenn man einen Kanaldeckel hochhebt, hört man das zehn Meilen weit. Wendels können noch in beinah totaler Dunkelheit sehen, wir nicht. Wenn wir in diese Tunnel vordringen würden, die würden uns Mann für Mann mit ihren Schleudern fertigmachen. Es gibt Zeiten, wo entschlossene Diskretion geboten ist, und das ist eine davon. Wir müssen sie aushungern.«

Hanks dachte nach und rieb sich die Nase. »Warum sie nicht ausräuchern«, schlug er vor. »Gas. Das würde klappen.«

»Liebend gern«, sagte Snuffkin, dessen Schnurrbart bei der Idee glücklich zitterte, »aber stellen Sie sich das Getue und Gemache von den ganzen humanen Schlappschwänzen vor, man würde uns als Ungeheuer hinstellen.«

Hanks zerquetschte das Brötchen zwischen seinen Zähnen, und Honig tropfte hervor, um in einem goldenen Wasserfall über seine Uniformjacke zu fließen.

»Uns sind die Hände gebunden«, stimmte er durch den halbzerkauten Bissen hindurch zu, »diese Borribles zerschießen mit ihren Schleudern unseren besten Beamten das Knie, sie stehlen, sie hocken in alten Häusern, alles, aber wenn wir sie auch nur mit dem kleinen Finger anrühren, gibt es einen Aufschrei in der Öffentlichkeit.«

»Keine Sorge, Hanks«, sagte Snuffkin, die Hände auf den Rücken legend und sich auf den Zehen aufrichtend, »ich schnapp sie schon. Unsere Männer werden in selbstloser Pflichterfüllung an diesen Kanaldeckeln Wache halten, bis die Hölle zufriert. Wenn die Wendels so richtig Hunger bekommen, schmeißen sie diese kriminellen Existenzen rasch raus, und wir kassieren sie. Jeden einzelnen.«

Die beiden Beamten wurden durch Schritte draußen auf dem Treppenabsatz unterbrochen. Es klopfte an der Tür; sie öffnete sich, und ein SBE-Wachtmeister wurde sichtbar.

»Verzeihung, Sir«, sagte er, »ich hab den Gefangenen.«

»In Ordnung«, sagte Hanks, »bringen Sie ihn rein.«

Die Tür öffnete sich etwas weiter, und Ben schlurfte herein. Er sah müde und hungrig aus, bleich unter seinen verschiedenen Schmutzschichten, auch verängstigt; seine Schultern krümmten sich beim Anblick von Snuffkin, und seine Hände zitterten in den stählernen Handschellen, die er trug.

Sobald er den Raum betreten hatte, schloß sich die Tür hinter ihm, und Ben lehnte sich dagegen. Dieses Benehmen konnte Snuffkin nicht dulden.

»Du stehst ordentlich stramm, mein Freund«, sagte er, »hier in der Mitte!«

»Wie wär's mit was zu essen, Herr Inspektor?« sagte

Ben. »Wie wär's mit was zu essen, oder einem kleinen Drink, hm, wie, Inspektor?«

Snuffkin ignorierte die Frage. »Zum letzten Mal«, sagte er und bohrte Ben den Finger in den Magen, »wie sind diese Vandalen aus der Polizeiwache von Fulham entwichen? Und was noch wichtiger ist, wo sind sie anschließend hin?«

Hanks schluckte den Rest seines Honigbrötchens hinunter, stand hinter seinem Schreibtisch auf (wobei er seine Arme mehr als seine Beine betätigte) und kam gemächlich um den Schreibtisch herum, bis er direkt neben dem Gefangenen stand.

»Hör mal zu, du stinkendes Stückchen Dreck«, sagte er und begann, den erschöpften Tramp mit seinem Bauch zu stoßen, ihn mit jedem Schubs gegen die Tür zurückzudrängen, »weißt du, was wir mit deiner Rumpelkammer gemacht haben? Nicht... na, wir haben für dich mal Großputz gemacht, im Auftrag der städtischen Behörden.«

»Du mußt wissen«, sagte Snuffkin und schaute nach oben in Bens Gesicht wie ein kleiner Tourist, der ein großes Denkmal betrachtet, »daß du eine wandelnde Gefährdung der öffentlichen Gesundheit bist. All diese dreckigen Flaschen, in denen sich Spinnen versteckt haben: weg. All diese uralten Konservenbüchsen mit Fressalien: in den Fluß geworfen. All diese Lampen und Blechdosen: zum Altwarenhändler. All die Möbel und die Matratzen: ins Feuer.«

Snuffkin tanzte einen kleinen Step zum Fenster hinüber und wieder zurück, wobei er auf dem Rückweg geschickt auf Bens ruinierte Stiefel trat.

»Wir haben dir ein Bett, einen Stuhl und einen Tisch übriggelassen«, fuhr er fort. »Das Sozialamt hat alles desinfiziert, riecht jetzt wie eine Salmiakfabrik bei dir.

Ja, ja, Ben, da hast du wirklich Glück!« Und damit nahm der Inspektor Bens Nase und zog daran, daß dem alten Mann die Tränen in den Bart liefen.

»Und ich will dir mal sagen, was ich noch mache, wenn du mir nicht sagst, was ich wissen will... ich hol mir einen Bescheid vom Gesundheitsamt, daß deine Bude abgebrochen werden muß. Da solltest du eigentlich gar nicht wohnen. Feather's Wharf ist eine Müllkippe und kein Ferienlager. Wie würde dir das gefallen, wenn ein Bulldozer mal kurz über dein trautes Heim drüberbügelt, hm? Antworte mal auf diese Frage.«

Ben schüttelte den Kopf und rang die Hände. »Oh, Herr Inspektor, tun Sie mir das nicht an, meine Wohnung... Bitte nicht, ich hätte ja nirgends hinzugehen.«

»Da haben wir auch schon drangedacht«, sagte Hanks, und er packte Ben beim Bart und zerrte ihn an eine freie Stelle im Zimmer, so daß er ihn wieder von vorn mit seinem Bauch bedrängen konnte. »Siehst du, wir werden ganz nett zu dir sein. Unser Polizeiarzt wird uns genau sagen, wie krank du bist, wenn wir das von ihm wollen, und dann können wir dich mal so richtig in die Mangel nehmen, du wirst fumigiert, eingesperrt und renoviert. Wir tun dich für Monate in ein Krankenhaus. Du wirst jede Woche gewaschen, kriegst saubere Kleider, überall nette Krankenschwestern, die dafür sorgen, daß du kein Bier zu Gesicht bekommst, und am Schluß bringen wir dich ins Altersheim, wo's eine Vorsteherin mit einem Schnurrbart gibt, die dir den ganzen Tag lang sagen wird, was du tun mußt. Das wär doch was, wie, Ben?«

Und als der Sergeant am Ende seiner Ansprache angelangt war, führte er einen scharfen Schlag mit seinem Bauch, und Ben, aus dem Gleichgewicht geraten, fiel auf die Knie. Der Tramp versuchte nicht, sich zu erheben, sondern hob nur flehend die Hände.

»O laßt mich doch in Frieden«, jammerte er. »Schickt mich nicht so wohin. Es geht mich alles doch gar nichts an, das Ganze, wirklich nicht. Meine Zelle war offen wie immer. Die Kinder waren schon draußen, als ich dazukam, die haben mich gezwungen, ihnen zu helfen, echt.«

»Man hat gehört, wie du in Wandsworth auf dem Kreisverkehr mit einem Mädchen gesprochen hast«, sagte Snuffkin, »und ich schwör dir, wenn du mir nicht erzählst, was du weißt, dann expediere ich dich so rasch in ein Altersheim, daß die glauben, du bist mit dem Fallschirm gelandet.«

»Also gut«, sagte Ben, »also gut. Es war so. Ich kam aus der Zelle, und sie waren draußen im Hof, ja? Da war ein Mädchen... hat das Pferd geführt, aber ich hab versucht, an ihnen vorbei fortzukommen, oder nicht? Ich meine, mich ging das nichts an, so wie immer... Sie kennen mich doch... aber das haben die nicht zugelassen, und es waren etwa ein Dutzend, harte kleine Arschlöcher... Die Kinder heutzutage machen doch mit einem, was sie wollen, oder?«

Ben schaute auf, aber Snuffkin sagte nichts.

»Also, die merken, daß es sozusagen neblig ist, und sagen, wenn ich sie nicht zum Fluß runterbringe, verprügeln sie mich. Battersea Bridge, da wollten sie hin, aber ich hab gesagt, ich weiß den Weg nur zur Wandsworth Bridge, und das stimmt auch.«

»Warum hast du nicht um Hilfe gerufen?« wollte Snuffkin wissen. »Es waren genügend Polizisten in Hörweite.«

»Rufen!« sagte Ben verblüfft. »Menschenskind,

wenn ich auch nur den Mund aufgemacht hätte, hätte ich gleich ein halbes Dutzend Schuhspitzen drin gehabt, die fackeln nicht lange, die Borribles.«

Hanks griff in Bens Bart und schlug seinen Kopf gegen die Wand.

»Wo sind sie hin, du stinkender alter Bock?«

»Wie soll ich das wissen«, sagte Ben, »als wir über die Brücke waren, haben sie mich umgeschmissen, mir einen Tritt gegeben und ab damit in den Nebel, mit ihrem Pferd. Sagten was, sie müßten rasch nach Battersea, bevor die Plattfüße kommen.«

Snuffkin umrundete sein Büro, hüpfend und seitwärts springend. »Hmmm«, sagte er, »Battersea, es läuft immer wieder darauf hinaus, aber mich überzeugt das nicht. Ich bin ein Detektiv, schließlich und endlich. Es wäre irgendwie sinnvoller gewesen, wenn sie in einen Kanalisationsschacht runter wären, sich bei den Wendels verstecken, sind ja alles zusammen Borribles.«

»Ich hab was gehört«, sagte Ben, »ich sag's Ihnen, wenn ich nicht fortgebracht werde ... ich würd's nicht aushalten.«

»Also«, sagte Snuffkin, »was ist es?«

»Ich hab sie was sagen hören, daß sie nicht zu den Wendels gehen wollen, als ob sie mal einen Kampf mit denen gehabt hätten, irgendwann früher, und ihnen nicht trauen. Ich glaub nicht, daß sie runter sind.«

»Es könnte stimmen«, sagte Hanks, »erinnern Sie sich an den Borrible, den wir mal gefangen haben, der uns erzählt hat, es hätte irgendeinen Krieg zwischen den Mördern von Southfields und den Wendels gegeben.«

Snuffkin rieb sich das Kinn. »Ich weiß, aber ich habe so ein Gefühl, und meine Gefühle stimmen immer. Ich habe nämlich ein paar SBE-Männer, als Straßenhändler verkleidet, mit einem Karren auf dem Battersea-Markt stationiert. Die haben genaue Beschreibungen von diesen Schuften und die benachrichtigen mich sofort, wenn sie gesehen werden.«

»Ja«, sagte Ben, »aber die würden sich erst mal verstecken, oder? Gut verstecken«, und er lehnte sich gegen die Wand und schob sich auf die Füße hoch.

Inspektor Snuffkin ging zu dem Tramp hinüber und beroch ihn. »Mein Gott«, sagte er, »du riechst, also wirklich…« Er ging an das andere Ende des Zimmers, um sich so weit entfernt wie möglich von Ben aufzustellen. »Jetzt hör mal zu«, fuhr er fort, »ich gebe dir eine letzte Chance. Du kannst in deinen Slum zurück…«

Ben lächelte.

»…aber nur unter einer Bedingung. Du mußt uns in jeder nur möglichen Weise behilflich sein, mußt deine Augen offenhalten und uns jeden Tag Bericht erstatten.«

»Ich möchte gern helfen, Sir«, sagte Ben und dienerte ein-, zweimal mit dem Kopf, »aber wie kann ich?«

Snuffkin erklärte: »Du latschst überall herum, in jeder Straße, in jeder Gasse in deinem Teil von Wandsworth, wühlst im Abfall rum, bettelst, beides strafbare Handlungen natürlich. Du siehst eine Menge Sachen, die wir nicht sehen. Die Leute verschwinden von der Straße, wenn sie einen Polizisten kommen sehen, aber nicht bei einem betrunkenen alten Vagabunden wie du einer bist, da nicht.«

»O ja, Sir, mir vertrauen sie«, sagte Ben und nickte weise. »Ich weiß und sehe einen Haufen Sachen, o ja, die mich gar nichts angehn.«

»In Zukunft wird es so sein, daß sie dich was angehen, und dann rufst du mich an und sagst es mir, wir geben dir auch schönes Geld dafür. Tummel dich, Ben. Um die Ecken spionieren, mit Kindern reden, Borribles vor allem, und uns dann alles berichten! Mach das, und ich sorge dafür, daß man dich in Ruhe läßt. Ich kann dafür sorgen, daß du's leicht hast, Ben, leicht.«

Snuffkin gab Hanks ein Zeichen, und der fischte einen Schlüssel aus seiner Tasche hervor und öffnete dem Tramp die Handschellen. Ben rieb sich die Handgelenke.

»Sie haben nicht zufällig ein paar Shilling dabei, oder, Sir?« fragte er Snuffkin mit einer kleinen Verbeugung. »Für die Anrufe und so, und ich bin auch so furchtbar hungrig, wissen Sie. Ich krieg ja nichts zu essen sonst, bis ich zurück auf dem Müllplatz bin und anfange, den Abfall wieder zu sortieren.«

Inspektor Snuffkin lachte und sah in seiner Jackentasche nach. »Was für ein Schnorrer«, sagte er, und gab Hanks ein paar Silbermünzen, der sie an Bens drekkige Hand weiterreichte.

»Eines noch«, sagte Hanks. »Wenn du uns die Information bringst, mit der wir die Southfields-Mörder fangen, da gibt es eine spezielle Belohnung, Ben, da ist ein Haufen Geld ausgesetzt.«

Bens Gesicht strahlte. »Wirklich, Sir, das ist gut zu hören, o ja, zählen Sie auf mich. Ich würde alles tun, um mal ein paar Pfund in die Hand zu kriegen.«

Hanks riß die Tür auf. »Gut, also, raus hier, und denk dran, ich laß dich Tag und Nacht bewachen. Versuch bloß mal, mich hinters Licht zu führen, und ich laß dich an den Füßen aufgehängt durch unsere Autowaschanlage durch.«

Ben nickte und dienerte wieder. »O Gott, jawohl, Sir«, sagte er, »was ich nur höre, verlassen Sie sich auf mich.« Und er schob sich rasch seitwärts in den Korridor.

»Zum Erbrechen, diese Typen«, sagte Snuffkin, als der Tramp fort war. »Verkaufen ihre eigene Großmutter für ein Glas Bier, Schweine, Tiere, das sind die.«

»Ich teile Ihre Ansicht, Sir«, sagte der Sergeant, öffnete einen Schrank und zog eine große Schokoladentafel heraus, »aber unsere Aufgabe ist es, mit dem zur Verfügung stehenden Material zu arbeiten. Etwas Trauben-Nuß?«

Inspektor Snuffkin nahm ein Stück Schokolade und schob es abwesend in den Mund. »Sie haben wohl recht, Hanks«, sagte er, »selbst dieser dreckige Alte kann uns vielleicht bei unserem Kreuzzug behilflich sein.«

Eine Viertelstunde später schob Ben seine Gabel in einen dampfenden Teller Würstchen und Kartoffelbrei, in einer Arbeiterwirtschaft an der Fulham Road. Er saß in einer Ecke am Fenster und sprach während des Essens mit sich selbst.

»Der ist wahnsinnig, der Inspektor«, sagte der Tramp. »Wahnsinnig! Helfen? Dem helfen, Sonnenschein, kannste was von halten, dem furz ich nicht mal ins Gesicht, wenn er am Ersticken ist. Aber Geld hab ich ihm was abgeknöpft, wie? Greif zu, Ben, bist sicher hungrig. O ja, bin ich, bin ich, und das geht mich nämlich was an. Wie's wohl den Kindern geht, wie's denen wohl grade geht. Mensch, ich komm um vor Durst. Keine Panik, in wenigen Augenblicken werd ich einen inhalieren, werd auf Snuffkins Gesundheit trinken, seine schlechte Gesundheit natürlich.« Und Ben erstickte vor Gelächter beinahe an einem Mundvoll Wurst und goß sich rasch einen kräftigen Zug heißen Tee in die Kehle.

Zoff saß mit gefesselten Händen auf einem der Stühle im Wachraum. Fünf seiner Borriblegefährten saßen oder standen unentschlossen in seiner Nähe. Skug und Kladoch waren immer noch mit eigenen Unternehmungen beschäftigt; Sydney stand im Tunnel Wache.

»So kommt ihr nicht weiter«, sagte Zoff. »Mich zu fesseln ist Blödsinn. Ihr werdet nur erwischt werden, das ist alles.« Niemand antwortete.

Zoff versuchte es anders. »Skug und Kladoch werden das nicht hinnehmen, wißt ihr, die werden dem gleich ein Ende machen. Wenn ich's denen sage, geben sie euch nichts mehr zu essen, und was dann.«

»Das überleg sich mal einer«, sagte Vulgo, »schuften unsere vier Kumpel die ganzen Monate in dem Schacht, aber er sagt's uns nicht.«

»Ich hab's nicht genau gewußt«, sagte Zoff, »und wenn ich's euch gesagt hätte – wer hätte mir geglaubt? Hm? Du wolltest nicht mal Sydneys Pferd rausholen, was für eine Chance hätte Poch gehabt?«

»Und die hätten jederzeit umkommen können«, sagte Stonkus, »der Schlamm wird bloß von dem bißchen Bretterverschalung zurückgehalten, könnte leicht einstürzen. Wir müssen sie so rasch wie möglich rausholen.«

»Ihr schafft es nicht ohne mich«, sagte Zoff, »ihr baut nur Scheiße sonst.«

»Wir haben es den Rumbels besorgt«, sagte Chaline, »ohne dich.«

»Rumbels, lieber Gott«, sagte Zoff verächtlich. »Hier

geht's um was anderes, hier geht's um Wendels, und Eisenkopf.«

»Du hast kein Recht, ein Borrible zu sein«, sagte Chaline. Sie warf ihr wildes Haar aus dem Gesicht. Einen Augenblick hielt sie inne und sprach dann das aus, was sie schon die ganze Zeit gedacht hatte: »Wir sollten dir selber die Ohren stutzen.«

Zoff erbleichte und zerrte an seinen Fesseln. »Du Aas«, sagte er, »und du wagst es, zu sagen, ich sei kein Borrible. Begreifst du denn nicht, alles was ich an Botschaften von hier bekommen habe, das waren nur Gerüchte. Erst war der Schatz gerettet, dann war er verloren; dann war Poch tot, dann war er am Leben. Ich dachte, wenn wir nach Fulham gehn, wegen dem Pferd, dann kommen wir nahe genug an Wandsworth vorbei, daß ich ein paar echte Nachrichten sammeln kann. Vielleicht einen Wendel fangen, ihn ausfragen. Dann kam der Kampf mit der SBE, und was dann passiert ist, ist ganz ohne mein Zutun passiert.«

»Wir stutzen keine Ohren, Chaline«, sagte Stonkus, »was Zoff auch geplant haben mag. Es wird genug gestutzt auf der Welt, wir brauchen nicht auch noch anfangen.«

»Eisenkopf macht das«, verteidigte sich Chaline. Sie spürte, daß ihre Freunde sie seltsam ansahen.

»Eben«, sagte Bingo, »und deshalb tun wir's nicht. Wir halten zusammen, heißt es, auch wenn wir uns streiten.«

»So kommen wir kein Stück weiter«, sagte Vulgo. »Fest steht, daß unsere vier Freunde am Leben sind. Holen wir sie hier raus, und uns selbst ebenfalls. Jetzt haben wir einen Grund, hier bei den Wendels zu sein, schon das hebt meine Stimmung etwas. Ich zeig's schon noch dem einen oder anderen Wendel.«

»So ist's besser«, sagte Bingo. »Und wir brauchen jeden, der kämpfen kann.« Er zog sein Messer und hielt es bereit, um den Gefangenen freizulassen. »Was meint ihr?«

»Ich sage nein«, sagte Chaline, aber wie sie es sagte, war ihr klar, daß sie die anderen gegen sich hatte.

Stonkus sah in die Gesichter der anderen Abenteurer und las ihre Gedanken. »Gut«, sagte er, »schneid ihn los. Aber er gibt keine Befehle mehr, jetzt sind wir's selber.«

Bingo schnitt die Schnur durch, die Zoff an den Stuhl fesselte, und schob sein Messer in den Gürtel zurück. Zoff erhob sich und grinste Chaline an. »Na dann«, sagte er, »was habt ihr denn für einen Plan, ihr braucht nämlich einen, und einen guten.«

Stonkus räusperte sich. »Ich hab drunten an den Schlammbänken eine Menge Wendelboote gesehen«, sagte er. »Wir stehlen eins und gehn rüber zu dem Förderturm – sind nur vier Wachen dort, wir verpassen denen eins und werfen sie in den Schacht. Ein paar von uns können ihre Stelle einnehmen, damit niemand mißtrauisch wird. Ich geh in den Schacht runter und befrei die anderen. Dann in die Boote und den Wandle runtergerudert, bis wir auf die Themse rauskommen. Wenn wir's nachts machen, sehen uns die Bullen auf dem Fluß nicht. Wir überqueren den Fluß und gehn am anderen Ufer vor Tagesanbruch in die Straßen, oder wir rudern nach Battersea rauf, wenn die Flut richtig läuft. Seh keinen Grund, warum das nicht klappen sollte.«

Zoff lehnte sich gegen die Wand und klatschte ironisch langsam in die Hände. »Ach, ist ja toll«, spottete er, »ist ja einfach toll. Und während ihr das alles abzieht, liegen die ganzen Wendels am Ufer, haben die

Arme hinter dem Kopf verschränkt und sagen: ›O schau mal, unsere Gefangenen fliehen, wird sich Eisenkopf aber freuen.‹ Lächerlich. Was passiert, wenn sie eure Boote versenken? Was passiert, wenn ihr in die Tunnel abgedrängt werdet? Tragt ihr Poch und die anderen auf dem Rücken davon? Ihr habt gesehen, wie schwach Torricanyon ist, die anderen drei werden genauso sein, eher noch schlimmer. Die können nicht mal laufen, geschweige denn kämpfen. So läuft das nicht.«

»Was würdest du denn tun?« fragte Stonkus.

»Was würde ich tun? Ich würde warten, bis der Schatz gefunden ist und die Wendels das feiern, dann würde ich reingehen und die Gefangenen befreien. Ihr wärt schon halb daheim, bis Eisenkopf merkt, daß ihr hier wart.«

»Nein!« rief Chaline. »Ich seh genau, worauf das hinausläuft. Er will warten, bis der Schatz gefunden ist, damit er versuchen kann, ihn mitzunehmen, und wir sollen ihm helfen, sich den Weg hinaus freizukämpfen. Läuft nicht.«

»Chaline hat recht«, sagte Vulgo. »Der Schatz hat uns schon damals im Rumbelreich alles versaut, machen wir das nicht noch mal.«

»Gut, die Sache ist entschieden«, sagte Stonkus, »wir greifen morgen nacht an. Wir rudern zur Plattform raus, als ob wir eine Botschaft von Eisenkopf hätten, oder die Wache ablösen wollten. Ich versuch, die Wachen unter einem Vorwand in den Schacht zu lokken und dort mit ihnen fertigzuwerden. Wenn ich mit den Gefangenen wieder rauskomme, müssen wir mit den Booten so schnell wie möglich stromabwärts und hoffen, daß die Wendels am Ufer nichts merken, bis wir loszischen. Vulgo, Bingo und Sydney können mit mir zur Plattform kommen. Zwielicht und Chaline bleiben am Ufer. Wenn irgend etwas schiefläuft, Chaline, mußt du ein Ablenkungsmanöver in den Tunneln starten. Kurzschluß, Gebrüll, irgend etwas, damit die Wendels dich jagen.«

»Warum sollen wir zurückbleiben?« fragte Chaline.

Stonkus grinste, was bei ihm selten war. »Ist doch klar«, sagte er. »Zwielicht sehn sie nicht im Dunkeln, und du kannst Zoff nicht ausstehen, also bist du die ideale Bewachung für ihn. Wir wissen nicht, wie weit wir ihm jetzt trauen können.«

»Wir konnten es nie«, sagte Chaline, »wir haben es nur nie gewußt.«

Die verletzenden Worte prallten an Zoff wirkungslos ab. Er lächelte ironisch und nahm sich etwas zu essen. »Ihr langt jetzt besser zu«, sagte er, »denn ihr werdet jeden letzten Rest Kraft brauchen, den ihr habt, und schlaft auch, vielleicht kommt ihr ein, zwei Tage lang nicht mehr dazu. Ich kann euch aber eines verraten. Ich werde euren Befreiungsversuch mit großem Interesse beobachten, und ich werde keinen Finger rühren, euch zu helfen.«

Es war mitten in der Nacht; Bingo konnte nicht schlafen. Der Boden war hart, aber daran war er gewöhnt. Seine Decke war dreckig und roch entsetzlich, aber er war auch daran gewöhnt. Ein Lied ging ihm im Kopf herum, und er konnte es nicht aus seinen Gedanken vertreiben. Es war das Triumphlied der Wendels:

Wir sind die Wendels! Wir sind ganz groß!
Wir siegen! Die andren verlieren bloß!
Wir sind zäh und hart, wir sind hundsgemein,
Wir sind die Elite vom ganzen Verein!

Schüttelt nur eure Rumbelspeere!
Kommt uns mit all euren Tricks in die Quere!
Niemand kann uns je unterkriegen,
Niemand wird uns hier je besiegen,
Ein falsches Wort, und es geht los!
Wir sind die Wendels! Wir sind ganz groß!

Bingo seufzte und hoffte, daß dieses Lied nicht ein böses Vorzeichen war. Er warf die Decke von seinen Schultern und setzte sich auf. In der stockfinsteren Dunkelheit kniete er sich hin und kroch so zur Tür und hinaus. Weiter nach links, und sofort stieß er mit dem Kopf gegen einen Speerschaft. Da saß jemand, ein Wachtposten. Bingo fuhr zurück und starrte in die Leere. Er konnte nicht das Geringste sehen; es war, als wäre man blind.

»Wer ist das?« flüsterte er.

Eine Stimme tönte zurück, eine Wendelstimme: »Du sagst mir, wer du bist, mein Veilchen, oder du kriegst einen Meter Speer durch den Bauch.«

»Ich bin Bingo«, sagte Bingo.

»Na gut«, sagte die Stimme, »aber kriech hier nicht in der Nacht rum, kann man rasch tot sein. Ich bin Kladoch.«

»Ich konnte nicht schlafen«, sagte Bingo, »es ist so heiß. Dachte, die Luft ist vielleicht hier im Tunnel kühler.« Er lehnte sich gegen die Wand, streckte die Beine aus und schaute hinüber, wo er Kladoch vermutete. »Kann ich dich was fragen?«

Kladoch lachte, und es war kein freundliches Lachen. »Du kannst es versuchen … wir Wendels sind nicht bekannt für müßige Schwätzchen.«

»Müßig ist das auch nicht«, sagte Bingo, sein Ton blieb so gutgelaunt wie zuvor; »ich hab mich nur gefragt, wie lange du Zoff schon kennst. Ich meine, warst du hier, als er verborribelt wurde?«

Kladoch antwortete lange Zeit nicht. Bingo glaubte bereits, er sei weggegangen, als der Wendel sprach.

»Er war schon hier, als ich gekommen bin, schon eine Ewigkeit, hatte mehr Namen als sonst irgendeiner, Eisenkopf eingeschlossen. Viele mochten Zoff damals, wie ich und Skug, immer noch, aber Eisenkopf hat ihn gehaßt, insofern merkwürdig, als es da Geschichten gab, daß sie zusammen verborribelt worden sind, kamen vom selben Ort und alles.«

»Haben sie sich gestritten?«

»Ständig«, sagte Kladoch, »aber Zoff war immer so clever, daß Eisenkopf anfing, Gerüchte über ihn zu verbreiten, war eifersüchtig, verstehst du. Dann hat er einen Haufen von seinen Freunden zusammengetrommelt und die als Leibwache organisiert, und eines Tages hat er Zoff gefangennehmen lassen und hat ihn draußen auf dem Schlamm angebunden und ihn da zum Ertrinken bei der Flut liegenlassen. Und eine Wache stand dabei, um sicherzugehn, daß er nicht entkam, und niemand konnte was machen, zu viel Angst, die meisten.«

»Außer vielleicht du und Skug«, sagte Bingo, der anfing, ein wenig von der Freundschaft zwischen den beiden Wendels und Zoff zu begreifen.

»Ich und Skug, wir haben gewartet, bis die Flut beinahe am höchsten Punkt war, und die Wache dachte, es wär alles vorbei… Zoff war beinahe tot, hatte den Mund voll Schlamm, die Nasenlöcher, bis über den Kopf. Dann, wie der Wachtposten weggehen wollte, hab ich ihn geschnappt, und Skug hat Zoff aus dem Wasser gezogen: Wir haben ihn wieder auf die Beine gebracht, und er ist nach Battersea.«

»Und die Wache?«

»Tot. Wir haben seinen Körper an Zoffs Stelle gelegt, die Aale haben ihn sich geholt. Bei der nächsten Ebbe nur noch ein Skelett. Eisenkopf war vergnügt wie ein Hund mit zwei Schwänzen … niemand mehr, der ihn aufhalten konnte, jetzt kam der ganze Stamm unter seine Kontrolle. Später hat er erfahren, daß Zoff am Leben ist, aber er ist nie dahintergekommen, wie es zugegangen war. Deshalb hat er immer mindestens fünfzig von seiner Leibwache um sich. Weiß nicht, wem er trauen kann. Nicht alle Wendels mögen Eisenkopf, weißt du, haben nur Angst vor ihm. Sogar Tron, glaub ich, und der ist nicht grade ein Feigling.«

»Tron scheint mir kein so schlechter Typ«, sagte Bingo.

»Er ist, was er sein muß, aber was kann er machen? Eisenkopf traut niemand. Er hat drei Männer, die Tron bewachen, und wieder drei für jeden von denen, die Tron bewachen … und so geht's weiter.«

»Hat Zoff einen Plan, was glaubst du?« Bingo erwartete nicht, daß Kladoch die Frage beantworten würde, aber er tat es. Jetzt, wo er angefangen hatte, schien er gerne die Nacht hindurch zu reden.

»Na«, sagte er, »wenn du zu schwer von Begriff bist, dir das selber zusammenzuzählen, dann mußt du harmlos genug sein, daß man dir's erzählen kann. Zoff haßt Eisenkopf, und vielleicht glaubt er, wenn er den Schatz in die Hand bekommt, dann gehen die meisten Wendels auf seine Seite über – das wäre Eisenkopfs Ende.«

»Ja, aber wenn Zoff den Schatz bekommt, wird er vielleicht genauso schlimm wie Eisenkopf«, sagte Bingo, »und so oder so, Geld ist nicht borriblemäßig.«

»Ich weiß«, sagte Kladoch, »aber Zoff denkt, jede

Methode, um Eisenkopf los zu werden, ist eine gute Methode. Zoff ist raffinierter als alle, die ich je gekannt hab. Der sieht um die Ecke und sagt dir, was morgen passiert. Das Mädchen da von euch sagt, er sei gar kein richtiger Borrible, aber er ist verdammt eher ein Borrible als Eisenkopf. Wie man's auch dreht, den Schatz in die Finger zu kriegen, ist die einzige Möglichkeit, eure Kumpels lebend rauszuholen. Borriblemäßig oder nicht, der Schatz ist eine mächtige Waffe.«

»Ist das sein Plan?« fragte Bingo rasch, erregt.

Kladoch ließ seine Zähne verneinend aufeinanderklicken. »Nee, das ist bloß, was ich meine. Wenn du mehr wissen willst, fragst du ihn besser selbst, ich hab schon zuviel geredet. Gehst jetzt besser zurück.«

Bingo spürte, wie der Wendel ihn im Dunkeln musterte. Er riß die Augen so weit auf, wie er nur konnte, aber er sah nichts außer dem Pulsieren seines eigenen Blutes.

»Braucht Jahre, bis man sich dran gewöhnt, hier unten zu leben«, sagte Kladoch. »Deshalb sind wir so, wie wir sind, nehm ich an.«

Bingo setzte sich auf Händen und Knien auf und schickte sich an, in den Wachraum zurückzukriechen. »Danke, Kladoch«, sagte er, als er ging, »hab vielen Dank.«

Kladoch machte sich nicht die Mühe, zu antworten.

Am nächsten Abend, als es Zeit war, versammelten sich die Borribles und rüsteten sich zum Aufbruch. Sie hatten ihre Schleudern kontrolliert; jeder trug einen zusätzlichen Munitionsgurt und einen Rumbelspeer dazu. Sie waren von irgendeiner Gruppe Wendelkrieger nicht zu unterscheiden.

»Also«, sagte Stonkus, »wir marschieren jetzt einfach rotzfrech durch die Tunnel, dann hält man uns für eine Wachablösung, die zu einem Außenposten unterwegs ist.«

Zoff lachte spöttisch. »Und mich laßt ihr am besten vorneweg gehen«, sagte er, »sonst verirrt ihr euch.«

»Einen Moment mal«, sagte Vulgo, »wo sind Kladoch und Skug?«

Zoff hob die Augenbrauen. »Wie soll ich das wissen – können uns ja nicht die ganze Zeit bemuttern, oder? Wenn wir gehen, dann los jetzt.«

Es war ein langer Weg durch die unterirdische Festung, und die sieben Borribles kamen an vielen Wendels vorüber, aber keiner fragte nach ihrem Ziel oder hielt sie an, um nach ihrer Funktion zu fragen. Als sie von Zoff an das Ufer des Wandle gebracht worden waren, wußten die Borribles, daß ihre Verkleidung perfekt war, und waren erfüllt von entschlossenem Selbstvertrauen.

Sie hielten in der Nähe eines kleinen Landungsstegs an, wo zwei Boote vertäut lagen. Dies waren die Boote, die die Wachtposten benutzten, um zum Förderturm und zurück überzusetzen. Überall an beiden Ufern des Flusses standen kleine Gruppen von Wendels, die alle darauf warteten, daß der Schatz gefunden würde. Auf der Plattform selbst drehte sich knarrend das große Rad, die Eimer klirrten, und die schlammbedeckte Gestalt Torricanyons stolperte ewig vorwärts.

»Menschenskind«, sagte Vulgo, »es ist zu entsetzlich, um überhaupt dran zu denken. Unsere Kumpels schuften Monate und Monate in dieser Scheiße. Der Eisenkopf hat einiges auf dem Kerbholz.«

»Schluß jetzt«, sagte Stonkus, der wie ein Kommandeur, der seine Truppen inspiziert, vor seinen Gefährten auf- und abging, »denkt dran, daß hier jeder uns beobachtet, versucht also, den Eindruck zu machen, daß ihr wißt, was ihr treibt. Wenn ich das Kommando gebe, steigen Bingo, Vulgo, Sydney und ich hier in das Boot. Ihr anderen drei setzt euch in einen von diesen Tunneln ab. Von da könnt ihr hier alles sehen, und was du auch machst, Chaline, laß Zoff nicht aus den Augen.«

»Ich bleib schön hier«, sagte Zoff, »ich möchte mir doch ansehen, wie ihr das versaubeutelt«, und er machte rechtsumkehrt, salutierte wie ein Wendel und stapfte auf den nächsten Korridor zu, gefolgt von Chaline und Zwielicht.

Stonkus sah ihnen nach und beorderte dann sein eigenes Kontingent in das größere der beiden Boote. Vulgo und Bingo nahmen die Ruder; sie stießen sich ab und ruderten auf den Fluß hinaus.

Sydney biß sich auf die Lippen, als das Wasser vorüberglitt. »Haben wir eine Chance, Stonksy?« fragte sie.

Stonkus saß im Heck und schaute zu dem näherkommenden Förderturm hinüber. »Ja«, sagte er, »wenn wir Glück haben mit den vier Wachtposten, und wenn wir die Gefangenen aus dem Schacht raufbekommen, bevor wir entdeckt werden, kommen wir raus.«

Bingo und Vulgo ruderten noch ein paar Züge, und das Boot erreichte die Plattform. Einer der Posten trat an den Rand, und Vulgo drehte sich auf dem Sitz um und warf ihm ein Seil zu. »Mach uns fest, Freund«, rief er, und die Wache kniete sich hin und hakte das Seil an einem großen Nagel fest; doch da endete seine Hilfsbereitschaft. Sobald Vulgo sich anschickte, aus dem Boot heraufzusteigen, senkte der Wendel seinen

Speer, so daß die Spitze nur wenige Zentimeter vom Gesicht des Borribles aus Stepney entfernt war.

»Was glaubst du denn, wo du hingehst, du Tüte? Du brauchst ein spezielles Papier von Eisenkopf, um hier raufzukommen.«

Vulgo zögerte, er wußte nicht, was er sagen sollte.

Stonkus stand stirnrunzelnd im Heck des Bootes auf. »Darum geht's genau«, rief er. »Wir sind direkt von Eisenkopf, Sonderkommando. Die Schicht von vorher hat gemeldet, daß die Verschalung im Schacht schwach sei, könnte einbrechen und alles verschütten, wir müssen das begutachten.«

»Davon weiß ich nichts«, knurrte die Wache. »Hab eindeutige Anweisungen.«

Stonkus hob die Arme. »Mach, was du willst, Sportsfreund, aber du weißt, wie Eisenkopf reagiert, wenn wir zurückkommen und nicht gemacht haben, wozu wir hergeschickt worden sind. Wenn der Schatz unter tausend Tonnen Schlamm verschwindet, kannst du deine Ohren wetten, daß du mit runtergehst.«

Der Wachtposten wurde bleich, und Stonkus dachte – nicht zum ersten Mal –, daß Eisenkopfs Stärke auch seine Schwäche war. Die Wendels hatten so große Angst vor ihm, daß sie wenig Selbstvertrauen besaßen. »Liegt ganz bei dir«, fuhr Stonkus fort, »aber in deinen Stiefeln möcht ich nicht stecken, Kumpel, wenn du uns wieder abziehen läßt.«

»Na gut«, sagte der Posten, »aber keine Zicken, oder ich spieß euch auf.«

Vulgo sprang trotz seines Beines leichtfüßig auf die Plattform und streckte eine Hand aus, um die anderen drei hochzuziehen.

»Danke«, sagte Stonkus, der als letzter kam, und ging zu der großen Tretmühle hinüber. Von nahem gesehen, war das ein Riesending, und innen torkelte die zerquälte Gestalt von Torricanyon wie ein Trunkener dahin, in einem bedrohlichen Winkel nach vorn geknickt; immer war er am Rande des Falls, aber irgendwie schaffte er es, seine Füße weit genug hinter sich zu lassen. Das schwerfällige Rad drehte sich, der schwere Schlamm klatschte in den Fluß hinab, und die gelben Lampen oben warfen auf alles ein trübtrauriges Licht. Wie Stonkus dem Rumpeln der Tretmühle und dem Klappern der Eimer lauschte, begannen seine Augen vor Mitleid zu brennen, und ein entsetzlicher Zorn nagte hinten in seinem Kopf.

»Ich bring sie um dafür«, sagte er vor sich hin, »ich bring sie um bis zum letzten Mann.«

Während er dastand, trat einer der Wachtposten zu ihm und lachte. »So muß man die behandeln«, sagte er und ließ seine Peitsche knallen, daß sie sich um Torricanyons Schultern schlang. Der gefangene Borrible verlor das Gleichgewicht, taumelte einen Moment und rannte dann weiter, ein winziges bißchen schneller.

Stonkus schluckte hart. Sein Freund war ein Gespenst, ein Schatten. Seine Kleider waren in Fetzen, er war barfuß und von Kopf bis Fuß von einer dunklen, klebrigen Schicht bedeckt, einer Mischung aus Schweiß, Schlamm und Blut. Schleim war in seinen Augen, Schleim in seinem Haar. Er war nicht weit entfernt vom Tod, beinahe zu einem Nichts zerrieben, und alles wegen des Schatzes der Rumbels.

»Wie heißt der?« fragte Stonkus, nur um etwas zu sagen.

»Torricanyon«, sagte die Wache, »und das ist der, der noch Glück hat, bißchen wie ein Maskottchen, wie er da läuft in seinem Rad. Solltest die anderen sehen, da unten, das glaubst du sonst nicht. Keine frische Luft, schnappen nur so nach Atem. Wenn du ihre Haut sehen könntest, was du wegen dem Schlamm nicht kannst, dann wär alles grün vor Schimmel. Ich glaub nicht, daß die's noch lange machen, sie leben vielleicht nicht mal, bis sie den Schatz finden.«

»Hochinteressant«, sagte Bingo und schluckte seine Wut hinunter, »aber wir sind schließlich wegen der Verschalung da.«

»Ja«, sagte Stonkus, »wir machen besser weiter mit unserem Job.« Und er ging an der Tretmühle vorbei und schaute in die Öffnung des Schachts hinunter. Der Anführer der Wache stand neben ihm.

»So sieht's aus«, sagte der Wendel, »etwa eine Viertelmeile sollen sie jetzt drunten sein, Holzplanken außendrum, und alle fünfzehn Fuß oder so zwei große Streben quer durch, damit die Bretter nicht nach innen kommen, weil der Druck von dem Schlamm und der Erde dahinter ist enorm, preßt ständig dagegen. Wenn das Zeug in Bewegung gerät, weiß ich auch nicht, was passieren würde, eine gottverdammte Explosion wahrscheinlich.«

Die Befreier waren still. Der Schacht war etwa zehn Fuß im Durchmesser, und, wie der Posten gesagt hatte, die Sicherheit der Anlage hing von den massiven Streben ab, die sich im rechten Winkel zueinander in regelmäßigen Abständen bis ganz hinunter kreuzten. Große Keile hielten die ersten davon in ihrer Position, sie ragten massiv bis über die Plattform hinauf empor. Sydney schob sich vorsichtig zum Rand und sah hinunter. Unter sich sah sie eine elektrische Lampe und eine weitere Plattform, und darunter wieder eine und wieder eine, bis sie so schmal wurden, daß sie verschwanden.

»Kann nicht sehn, daß sich was bewegt«, sagte Sydney.

»Wirst du auch nicht«, sagte der Anführer der Wache, »sind zu tief unten, waren schon seit Monaten außer Sicht. Zwei sind ganz drunten und graben, was das Zeug hält, und einer arbeitet ihnen nach. Ein Schwarzer!«

»Schwarz ist der jetzt allerdings«, sagte eine andere Wache und lachte.

»Der muß den ganzen Schacht sauber in Ordnung halten«, fuhr der Anführer fort, »sonst, wenn die Streben da nachgeben, an irgendeiner Stelle, dann haut's die ganze Scheiße runter und tötet sie alle, vom Schatz ganz zu schweigen.«

»Immer noch genügend Holz?« fragte Vulgo.

»Wird jetzt etwas schwierig, seit die SBE draußen kampiert, aber wir haben erst mal noch genug zum Weitermachen.«

Stonkus sah zu den Ufern hinüber. Niemand schien mit besonderem Interesse zu beobachten, was auf der Plattform vor sich ging. Es war Zeit, anzufangen, er mußte die Wachen loswerden. »Gut«, sagte er, »dann fangen wir besser mal mit der Inspektion an.« Er schaute den Führer der Wache an. »Komm mal mit auf die erste Plattform da unten, da seh ich, glaub ich, bereits was, was nicht so gut aussieht.«

»Na gut«, sagte der Wendel, »aber ich sag's dir gleich, auf keinen Fall geh ich weiter. Kann's nicht aushalten da drin, fühl ich mich ekelhaft.«

Stonkus flüsterte Vulgo mit einem Blinzeln zu: »Du bleibst hier und schickst mir wieder einen, wenn ich's sage.«

Vulgo hockte sich auf den Rand des Schachts und beobachtete, wie Stonkus der Wache die Leiter hinunter folgte. Bingo behielt die Uferpfade im Auge, und Sydney stellte sich neben der Tretmühle auf. Was immer mit ihr geschehen würde, sie hatte beschlossen, daß der Posten mit der Peitsche im Schlamm enden würde. Ihr scharfes Messer war bereit.

Sobald Stonkus unten ankam, ging er zu dem Wendel hinüber und lenkte seine Aufmerksamkeit auf einen Riß in den Planken. Die Wache beugte sich vor, um die Beschädigung zu betrachten, und Stonkus schob ihn sanft ins Leere. Einen Sekundenbruchteil lang lief der Wendel in der Luft wie eine Trickfilm-Katze; sein Speer entstürzte seinem Griff, seine Augen traten hervor, und dann fiel er, überrascht, und ließ nur einen leisen und rasch verhallenden Aufschrei zurück.

Stonkus sah zu Vulgo hinauf und hob zwei Finger: Er wollte noch einen.

»Ich glaube, euer Kumpel ist ausgerutscht«, sagte Vulgo ruhig. »Schaut besser mal nach.«

Die beiden Wachen, die am nächsten standen, kamen zum Schacht und beugten sich vor, um hinabzuschauen.

»Er ist auf die nächste Plattform gefallen«, rief Stonkus, »kommt mal runter, ihr müßt mir helfen, ihn raufzuholen.«

»Verdammt«, sagten die Wendels, aber sie legten ihre Speere auf den Boden und stiegen die Leiter hinunter.

»Meine Fresse«, sagte Bingo, »der erste Wachtposten war ja leicht zu überzeugen.«

»Red jetzt keinen Scheiß«, sagte Vulgo. »Schnapp dir die Speere und tu, als stehst du Wache. Die Wendels am Ufer brauchen nicht mißtrauisch werden. Ich schau nach Stonkus.«

Aber es gab nicht viel für Vulgo zu sehen. Die beiden Wachen kamen auf der Plattform an. Stonkus lotste sie zum Rand, die Wendels starrten nach unten, und als nächstes fielen sie schon, starr vor Entsetzen, sich aneinander klammernd in der Hoffnung, irgendwie die Gesetze der Schwerkraft ändern und sich so retten zu können. Der Aufschlag war schließlich massiv und unangenehm. Stonkus sah auf und hob vier Finger in die Höhe: Er wollte die Wache mit der Peitsche.

»He, Freundchen«, sagte Vulgo, »deine beiden Kumpel wollen was von dir, kann nicht recht verstehn, was sie sagen, haben die einen Sprachfehler oder was?«

Die Wache warf die Peitsche auf einen Haufen Werkzeug, das neben der Tretmühle aufgestapelt lag, und schlenderte zu Vulgo hinüber. »Ist das eine Bande von Idioten«, sagte er und lehnte sich über die Brüstung. Sydney hatte über die Plattform hinweg mit ihm Schritt gehalten, und sobald er innehielt, hieb sie ihm in die Nieren, was seinem Körper allen Atem nahm, so daß er nicht rufen oder schreien konnte, dann bückte sie sich rasch nach seinen Füßen, ergriff sie fest und stülpte ihr Opfer einfach in den Schacht. Glücklicherweise machte er erst ein Geräusch, als sein Kopf auf den Brettern der nächsten Plattform aufschlug. Dort rollte er stöhnend hin und her, bis Stonkus ihm auf den Weg half, mit einem leichten Tritt, der den bewußtlosen Wendel in den Schacht beförderte, wo er sich seinen Kollegen zugesellte.

»Tja«, sagte Vulgo, der schaute, wie der Körper vogelgleich hinabschoß und in seinen Drehungen hin- und herschwenkte, »tief gesunken.«

»Sollen wir's jetzt Torricanyon sagen?« fragte Sydney.

Vulgo schaute auf die Ufer hinüber. Alles war ruhig.

»Nein«, sagte er endlich, »er könnte sich zu sehr erregen und uns verraten. Los, wir schieben jetzt Wache, die Wendels am Ufer werden mißtrauisch, wenn hier nicht dauernd jemand hin- und hertrabt. Und knall immer mal wieder mit der Peitsche.«

So nahmen die drei Borribles ihre Speere und standen grimmig stramm oder marschierten auf der Plattform auf und ab.

»Ich kann's kaum glauben«, murmelte Sydney, »es scheint so, als ob alles nach Plan geht.«

Zwielicht und Chaline überblickten den Fluß aus der Sicherheit des Tunnels, besorgt auf den Wandle hinausstarrend, wo der hölzerne Förderturm auf dem langsam sich hebenden und senkenden schwarzgrünen Schlamm schwamm. Ströme von Dunkelheit fluteten zwischen den gelben Lichtern herab, die die Wendels montiert hatten, und es war eine Dunkelheit, die eins war mit den schmutzigen Wassern des Flusses. Etwas hinter Chaline saß Zoff, der nicht herschaute, seltsam melancholisch, allein.

»Es läuft gut«, sagte Zwielicht, »Stonkus hat schon drei im Schacht, und keiner am Ufer hat was gemerkt, und Bingo und Sydney tun so, als wären sie die Wachen.«

»Ich weiß«, sagte Chaline, Hoffnung in der Stimme, »aber es wird etwas anders aussehen, wenn sie die Gefangenen rausbringen, dann müssen sie rennen wie die Idioten.«

Plötzlich ergriff Zwielicht Chalines Arm. »Hör mal«, sagte er, »was ist das für ein Geflüster in den Tunnels?«

Chaline lauschte, und das Geflüster, erst noch ganz schwach, fing an deutlicher zu werden. Es war ein drohender und beharrlicher Laut, ein weiches Gleiten, ein Geräusch, das Furcht mit sich führte. Chaline war ratlos, dann wurde ihr klar, was es war: Es war der Laut von vielen Dutzend Wendels in geschmeidigen Hüftstiefeln, die mit gnadenloser Geschwindigkeit angerannt kamen. Es war der Laut, den Eisenkopfs Leibwache machte, wenn sie auf dem Marsch war: direkt, ergeben, unbeirrbar, brutal; und wenn die Leibwache unterwegs war, war Eisenkopf auch dabei, und seine formlose Nase schnüffelte den Weg aus.

»Oh, das kann nicht sein«, jammerte Chaline, »es darf nicht sein.«

Ihre Wünsche blieben unerhört. Innerhalb weniger Augenblicke ergoß sich eine Menge schwerbewaffneter Wendels aus den Tunneln auf beiden Seiten des Flusses, und das Licht blinkte auf ihren Speeren und Helmen. Viele von ihnen trugen leichte Boote, und sie hielten am Ufer des Wandle nicht an, sondern liefen weiter, warfen sich in die Boote und wechselten mit gleichbleibender Geschwindigkeit vom Lauf zum Rudern, so daß sie wie schwarz-orangene Wasserkäfer über den Schlamm flogen. Eine große Zahl anderer Krieger verteilte sich an den Ufern und vertrieb die gewöhnlichen Wendels mit ihren Speerschäften von den Pfaden. Waffen klirrten, ein lauter Ruf ertönte, und inmitten von fünfzig auserlesenen Soldaten erschien Eisenkopf, dessen goldene Jacke leuchtete und dessen Augen in der Kälte seines Triumphes matt schimmerten.

»Verdammt«, fluchte Chaline, und sie hob die Finger an den Mund, um den Befreiern auf der Plattform eine Warnung hinüberzupfeifen, aber kräftige Arme packten sie von hinten, und einen Augenblick dachte sie, sie sei gefangen – bis sie sich an Zoff erinnerte.

»Halt den Mund«, sagte er. »Tut niemand gut, wenn

du Eisenkopf benachrichtigst, daß du hier bist. Ganz ruhig bleiben und bereit, ums Leben zu laufen.«

Auf der Plattform standen Bingo, Vulgo und Sydney kampfbereit und erwarteten die anrückenden Krieger. Es war sinnlos, die Plattform war zu groß, als daß drei sie gegen so viele hätten halten können, und die Wendelkrieger überrannten die Eindringlinge nach kürzestem Kampf. Sie wurden entwaffnet, gebunden und auf den Boden geworfen. Als alles gesichert war, ließ Eisenkopf sich hinüberrudern, und Tron half ihm auf die Plattform, Tron, Kommandant der Leibwache, der grimmige Kämpfer, der den Angriff geleitet und angeführt hatte.

Dann warteten die Wendels schweigend und geduldig, bis schließlich Stonkus am Rand des Schachtes auftauchte; er zog drei erschöpfte und schleimbedeckte Sklaven hinter sich her. Es hatte seiner ganzen großen Kraft bedurft, um sie vom Boden der Grube heraufzubringen, und so versunken war er in diese Arbeit, daß er die erregten Gesichter über sich nicht bemerkte. Er streckte seine Hand hinauf, damit man ihm helfen solle, und die Wendels ergriffen sie, ehe noch Stonkus klar geworden war, daß sich die Dinge geändert hatten. Rasch war er selbst gefangen, mit Stricken gefesselt, und neben seine Freunde zu Boden gestoßen.

»O Zwielicht«, sagte Chaline mit tränenüberströmtem Gesicht, »wie entsetzlich, alle gefangen. Schau, die drei, die mit Schlamm bedeckt sind, die die Wendels aus dem Schacht herausziehen ... das sind Poch und Napoleon und Orococco. Zum Teufel, sie sind so schwach, daß sie kaum stehen können.«

Es stimmte, was Chaline sagte. Die Gefangenen schwankten und blinzelten töricht in das Licht. Sie waren vom Schlamm überzogen, monatealtem Schlamm, der wie Graphit in die Poren ihrer Haut gerieben worden war. Ihr Herz hatte sich bei Stonkus' unerwartetem Erscheinen mit Freude gefüllt, und in einem unerkannten und entschlossenen Teil ihres Bewußtseins hatten sie noch soviel Kraft entdeckt, daß sie die langen Leitern hatten hinaufsteigen können – nur um zu entdecken, daß Eisenkopf dort auf sie wartete. Es war einer der beschissenen Witze des Lebens, und ihre Niedergeschlagenheit war vollständig.

Der Wendelhäuptling lachte wie ein Müllzerkleinerer. »Ich wußte doch, daß hier etwas vor sich geht«, krähte er, »und was haben wir denn da? Noch mal vier, von der Gier hierhergelockt, versuchen zu stehlen, was rechtmäßigerweise uns gehört... Nun, Wendelbrüder, jetzt werden sie uns helfen, helfen bei unseren Bemühungen, den Schacht zu graben.«

Stonkus begann mit seinen Fesseln zu kämpfen und fluchte auf Eisenkopf. »Du rotzfressender kleiner Scheißelutscher«, schrie er, »du namenloses Schwein.«

Eisenkopf war entzückt, und einer seiner Leibwächter trat Stonkus in die Rippen.

»Das ist der Stärkste, nicht wahr?« fragte der Häuptling. »Ich erinnere mich an seinen Namen, vom letzten Mal... Stonkus. Der hat die Große Tür des Rumbelreichs aufgebrochen, gerade richtig für die Tretmühle. Stellt einen guten Mann an die Peitsche. Ich hab zu lange auf meinen Schatz gewartet, vielleicht läuft es jetzt etwas schneller.«

»Was soll mit den alten Arbeitern geschehn?« fragte Tron. »Sollen wir sie nicht gehenlassen? Sehen aus, als ob sie keinen Tag mehr durchhalten.«

»Wieder runter damit«, sagte Eisenkopf, »die können arbeiten, bis sie sterben. Legt ihnen die Ketten an, und dann hinab.«

Die neuen Gefangenen traten nach den Siegern, als ihre Füße mit schweren Ketten aneinandergefesselt wurden, aber die anderen, die zu befreien sie gekommen waren, hatten kein Wort mehr zu sagen. Ihre Muskeln waren jenseits des Schmerzes, und ihr Bewußtsein war unter die Schwelle der Gedanken gesunken. Sie wußten, wie man gräbt, und sie wußten nichts anderes mehr. Als man ihnen befahl, wieder in den Schacht zu steigen, taten sie es in unterwürfigem Schweigen. Eisenkopf sah zu und lächelte: Dieses Schweigen war sein Ruhm. Wie die Großen doch erniedrigt waren!

»Und laßt euch gesagt sein«, warnte er, »wenn diese Eimer leer oben ankommen, dann werde ich an den beiden in der Tretmühle ein Exempel statuieren. Ich schick sie euch kopfüber hinunter, wie ihr es mit meinen Wachen getan habt. Ich will den Schatz, und ich will ihn schnell. Ihr lernt es rasch – kein Schlamm nach oben, kein Essen nach unten.«

»Eines Tages kriegen wir dich«, schrie Bingo, als er mit den anderen die Leiter hinuntergetrieben wurde, »und ich schneid mir deine Nase ab, scheibchenweise, wie eine Speckschwarte.«

Eisenkopf hielt sich nicht mit dem Austausch von Beleidigungen auf. »Verdoppelt die Wachen überall«, rief er. »Zwanzig auf jedem Uferweg, zusätzlich.« Dann trat er in sein Boot und wurde zum Ufer gefahren, immer noch von seiner Leibwache umringt.

An Land begrüßte ihn eine Menge aufgeregter Wendels. Die Nachricht von dem Befreiungsversuch und seiner Vereitelung hatte sich rasch verbreitet. Hochrufe auf Eisenkopf ließen die Deckenwölbung widerhallen, und die Menge flutete wirr hin und her, um ihren Führer zu berühren, zu sehen, sich ihm zu nähern.

Chaline und Zwielicht hatten bei dieser Wendung der Ereignisse jeden Mut verloren, aber nun traten sie aus ihrem Tunnel und starrten auf die Leibwache, die einen Pfad durch die Menge bahnte. Chaline befingerte das Messer in ihrem Gürtel und fragte sich, ob sie hier und jetzt den Häuptling der Wendels ermorden sollte, aber Zwielicht sah ihre Handbewegung und erriet, was sie dachte.

»Es würde nichts nützen«, sagte er, »und würde deinen Freunden nicht helfen, daran müssen wir nun denken.«

Chaline wollte etwas entgegnen, als die Menge sie mit einer plötzlichen Flutbewegung von den Füßen riß und gegen das feste Fleisch der Leibwache drängte. Sie schaute auf und entdeckte, daß sie nur etwa einen Meter von Eisenkopf entfernt war, gefährlich nahe an jener feuchtgrünen Haut, jenen leblosen machtvollen Augen und der großen formlosen Nase. Chaline schauderte trotz des warmen Drucks der Menge um sie herum. Sie wandte den Kopf weg von diesem abstoßenden Antlitz, und sofort sah sie zwei Gesichter, die sie kannte. Da, direkt vor dem Häuptling, marschierten Kladoch und Skug, in glänzenden neuen Uniformen. Sie hatten sie nicht gesehn, sie waren zu beschäftigt, stolz zu lächeln.

»Marschiert voran!« rief Eisenkopf. »Ihr habt gute Dienste geleistet, Kladoch und Skug, ich werde daran denken, wenn der Schatz kommt. Weitermarschieren, sage ich, und singt das Lied der Wendels.«

Chaline drehte sich um, um nicht gesehen zu werden, und schob sich durch die Menge zurück, bis sie

Zwielicht erreichte. Die Verzweiflung schoß durch ihren Körper, und inmitten all der Jubelrufe und des Geschreis rannen ihr die Tränen über die Wangen.

»Um Gotteswillen, laß das jetzt bloß«, sagte Zwielicht, »die Wendels werden sich fragen, was mit dir los ist, das ist ihr großes Fest.«

Chaline versuchte es, aber sie konnte ihre Tränen nicht unterdrücken, und Zwielicht führte sie in einen Tunnel.

»Ich hab Kladoch und Skug gesehen«, sagte sie elend, »in Eisenkopfs Leibwache. Sie waren vorher nicht dabei, also sind sie befördert worden... das bedeutet, die müssen Eisenkopf gesagt haben, daß wir Poch befreien wollen... und das kann nur eines bedeuten.«

Nun war es an Zwielicht, nach seinem Messer zu tasten. »Natürlich«, sagte er, »es bedeutet, daß Zoff ihnen von Stonkus' Plan erzählt hat, jetzt sind wir also nur noch zwei gegen alle andern.«

Eine kühle Stimme kam aus der Dunkelheit. Zoffs Stimme. »Wenn ihr auf mich gehört hättet, wäre all das nicht geschehen. Ich hab euch gesagt, ihr sollt warten.«

Chaline wischte sich die Augen und versuchte, ihren Feind auszumachen; es war unmöglich. »Du hast deine Freunde verkauft«, sagte sie, »und jetzt sind sie unten in der Grube, und wir kriegen sie nie mehr raus.«

»Ich kann sie rausholen«, sagte Zoff, »allein, wenn's sein muß.«

»Hast du Kladoch und Skug gesagt, sie sollen Eisenkopf von dem Befreiungsversuch erzählen?« fragte Chaline. »Weil, wenn das so ist, ich schwör's dir, dann bring ich dich bei der ersten Gelegenheit um.«

Zoff lachte. »Du erschreckst mich zu Tode. Ja, ich hab Stonkus' Plan verraten, und ich hatte gute Gründe dafür. Eisenkopf wußte, daß irgend etwas vorging, er wußte, daß jemand von draußen hier war. Er hatte schon die Wachen an allen Ausgängen und am ganzen Wandle entlang verdoppelt. Stonkus hat nie eine Chance gehabt, sich irgendwo durchzuschlagen, mit den Gefangenen oder ohne. Er wäre getötet worden; so lebt er wenigstens, und die anderen auch.«

»Als Sklaven«, sagte Chaline, und sie zog ihre Schleuder aus dem Gürtel und lud sie.

»Ist dir nicht klar«, fuhr Zoff fort, »daß ich meine Rache an Eisenkopf seit Jahren geplant habe, jeden Zug, jede Einzelheit? Das wollte ich mir nicht verderben lassen, deshalb hab ich sobald wie möglich Sand ins Getriebe gestreut.«

»Ja«, sagte Chaline wütend, »und unsere Freunde waren egal, solange dein Plan nur intakt blieb.« Sie spannte langsam das Gummi der Schleuder. Wenn sie Zoff sah, würde sie ihn umbringen.

»Ich hol sie dort raus. Schau dir die positive Seite an. Klar hab ich Kladoch und Skug die Information an Eisenkopf weitergeben lassen, aber jetzt sind sie in der Leibwache, und ich weiß alles, was Eisenkopf auch weiß. Aber das Beste ist, daß er jetzt denkt, er hat alle geschnappt. Er hat aufgehört, zu schnüffeln, er weiß nichts von uns, wir sind eine Überraschung.«

»Was meinst du damit, wir?« sagte Chaline. Sie zog das Gummi bis hinters Ohr und versuchte, Zoffs Position von seiner Stimme her abzuschätzen. Sie würde nur einen Stein abschießen, dachte sie, und dann mit dem Messer losgehn.

Zoffs Stimme schwebte wieder durch die Dunkelheit, doch kam sie nun aus einem anderen Teil des

Tunnels. »Wenn du die Schleuder runternimmst, Chaline, sag ich's dir … du auch, Zwielicht.«

Chaline fluchte und senkte ihre Waffe. Als sie nach rechts sah, erhaschte sie einen Blick, wie Zwielicht dasselbe tat.

»Du Arsch«, sagte sie, »du bist so gradeaus wie ein linkshändiger Korkenzieher. Warum hast du uns nicht vertraut?«

»Ich traue niemand«, sagte Zoff. »Wenn man hier drunten nur gegen die Wand pißt, weiß es auch schon Eisenkopf, eh du fertig bist. Ich sag dir eines und nur eines. Du willst deine Freunde draußen haben, und das wirst du, ich versprech es. Was du entscheiden mußt, Chaline, ist folgendes: vergißt du deinen Plan, mich zu töten, oder töte ich dich, jetzt gleich? Ich kann es. Ich brauch dich nicht, ich führ meinen Plan allein durch.«

Chaline kauerte sich auf den rauhen Boden. Hinter ihr das Licht vom Flußufer und der Lärm der sich zerstreuenden Wendels; vor ihr die Dunkelheit und Zoffs Stimme. Zweifellos konnte er sie sehen, während sie überhaupt nichts sah. Sie mußte lügen. Sie war entschlossen, zu überleben, und wäre es nur, um sicherzugehen, daß Zoff seine Strafe erhielt. Sie steckte die Schleuder weg.

»Ich wäre mit allem einverstanden«, sagte sie, »wenn ich wirklich dächte, daß du sie befreien kannst.«

»Ich auch«, sagte Zwielicht.

»Ihr müßt beide genau tun, was ich sage«, sagte Zoff, »und keine Fragen. Was mein Plan ist, erfährt niemand von mir.«

»Sag mir nur eins«, sagte Chaline, »aus reiner Neugier. Hast du dafür gesorgt, daß die Borriblebotschaft in Neasden auftauchte, die, wo Sydney sich so um

Sam, das Pferd, gesorgt hat, daß sie dann zu mir nach Whitechapel gekommen ist?«

»Ja, das war ich«, sagte Zoff. »Ich wollte euch alle zusammenholen, aber es war mir nicht ganz klar wie, bis dann Sam und Snuffkin und der alte Ben es für mich getan haben.«

»Wenn dein Plan nur dich betrifft, warum dann wir?« fragte Zwielicht.

Zoff lachte, diesmal echt amüsiert.

»Zwielicht«, sagte er, »du bist hell wie der lichte Tag. Deshalb, weil mein Plan den Schritt enthielt, Eisenkopf einzulullen, was keineswegs einfach ist. Ich brauchte jemand, der gefangengenommen werden konnte, damit er sich sicher fühlt. Na, jetzt tut er's, ich brauch nur noch den richtigen Moment abzuwarten.«

»Und wann ist das?«

»Sag ich nicht. Ihr könnt mitkommen dabei, oder ihr könnt euch solang in einer Ecke verstecken, bis es vorbei ist.«

»Und der Schatz«, fragte Chaline, »wo kommt der ins Spiel?«

»O ja, der spielt eine Rolle«, sagte Zoff. »Das ist Macht, nicht sonst bei normalen Borribles, weiß ich, aber hier drunten schon. Ich will offen sein: Erst kommt Eisenkopf, dann eure Freunde, dann die Schatzkiste der Rumbels ... alle drei zusammen wären vorzüglich, aber ich geb mich gern mit dem ersten zufrieden.«

Chaline zögerte. Sie wünschte, sie hätte Zeit nachzudenken, Zeit, sich mit Zwielicht zu besprechen, aber die Zeit gab es nicht. Sie seufzte und sagte: »Gut, Zoff. Ich hab keine Wahl, oder? Beziehungsweise die übliche: Scheiße und Scheiße. Ich mach mit, aber wenn wir hier rauskommen, wenn – könnte es sein, daß ich dir mein Messer verpasse.«

»Ich auch«, sagte Zwielicht.

»Was anderes würde ich gar nicht erwarten«, sagte Zoff, und sie hörten, wie er sich herumdrehte und aufstand.

»Der Sack, der schlaue«, dachte Chaline, »hat auf dem Boden gelegen«, und sie sahen Zoff ins Licht treten, einen Speer vor dem Leib.

»Was machen wir jetzt?« fragte Zwielicht.

»Wir gehen zum Wachraum zurück und warten«, sagte Zoff. »Ich werde Kladoch sagen, daß er uns Karten bringt, wir können ein paar Patiencen legen.«

»Und die anderen«, sagte Chaline, »die lassen wir wohl einfach in ihrem Schacht, beim Graben, bei der Sklavenarbeit für Eisenkopf, bis es dir mal irgendwann paßt.«

Zoff lächelte sein ironisches Lächeln. »Nun«, sagte er, »zumindest wissen wir, wo sie sind, wir werden sie nicht aus dem Auge verlieren, und verlaufen können sie sich auch nicht.«

8

Es verging mehr als eine Woche – eine Woche, die für Chaline durch Zoffs Zuversicht und gute Laune unerträglich war. Als sähe er die Zukunft mit vollständiger Klarheit vor sich, schien er zu wissen, daß seine langgehegten Pläne nun endlich an ihr Ziel gelangen würden. Doch Chaline war noch nie so unglücklich gewesen. Jede Sekunde ihres wachen Zustandes dachte sie an die Gefangenen, die in der Feuchte des Schachtes sich plagen mußten, ihre Tage und Nächte immer nur grabend, knietief im schleimigen Dreck. Sie hatte Heimweh und fühlte sich tausend Meilen entfernt von Whitechapel. Wäre nicht die Hoffnung gewesen, ihre Freunde befreien zu können, dann wäre sie zum nächsten Ausstieg gegangen und zurück auf die Straße geklettert, SBE oder nicht – alles, nur um in das normale Leben zurückzugelangen.

Und so wartete sie, unwillig und ungeduldig. Sie verabscheute Kladoch und Skug mehr und mehr und wandte sich von ihrem Anblick ab, wenn sie Vorräte oder Neuigkeiten in den Wachraum brachten. Das war alles, was sie tun konnte: Sie war hilflos und wußte es auch. Sie mußte die Situation hinnehmen, so lange sie dauern mochte – aber sie würde sich nicht damit abfinden. Zwielicht antwortete sie höchstens einsilbig und brummend; Zoff ignorierte sie völlig. Ihre Zeit verging im Schlaf und in bösem Vorsichhinstarren. Ihre gewöhnlich ausgeprägte Vernunft hatte sie verlassen, von ihren Gefühlen der Ohnmacht und des Hasses verbannt.

Und doch wußte Chaline im letzten Grunde, obwohl ihr das Warten endlos erschien, daß es bald zu

Ende sein würde und daß – wenn es eine Chance gab, ihre Freunde zu befreien – diese Chance bei Zoff lag, bei den gewundenen Plänen seines Hirns, das so kompliziert war und dem man so wenig vertrauen durfte. Am Morgen des achten Tages nach der Gefangennahme von Stonkus erwachte Chaline schließlich und fühlte sich besser: Sie seufzte tief auf und entschied, daß nur eines zählte: die Befreiung der versklavten Borribles.

Und auch was Zoff betraf, gab es nur eines. Sie sah hinüber, wo er lag, und betrachtete sein Gesicht, so listenreich im Schlaf wie im Wachen. Sie konnte ihn nicht hier und jetzt bekämpfen, und wenn der Rettungsversuch scheiterte, würde Eisenkopf ohnehin sie alle töten. Wenn er gelang, würde eine Zeit kommen, wo die Rechnung beglichen werden könnte. Sie mußte abwarten, was geschah.

Als sie so ihren Gedanken nachhing, schlug Zoff ein Auge auf und lächelte. Er hatte eine Art zu lächeln, die Chaline überzeugte, daß er durch sie hindurchschauen konnte, und sie wußte, daß ihm in der ersten Sekunde seines Erwachens klar geworden war, daß sie zu einem Entschluß gekommen war.

»Kommt alles in Ordnung«, sagte er, »laß mich nur machen.«

Ob ihr stillschweigendes Einverständnis etwas damit zu tun hatte, wußte Chaline nicht, aber von diesem Tag an begann Zoff, seine Pläne in die Tat umzusetzen. Von da an hörte die Arbeit nicht mehr auf. Zoff zog mit Chaline und Zwielicht kreuz und quer durch das Labyrinth der Wendels, machte sie mit dem Terrain vertraut und organisierte in systematischen Diebstählen überall kleine Vorrats- und Waffenverstecke, an allen möglichen und unmöglichen Punkten.

»Nun«, sagte er auf Chalines Fragen, »ich wünsch mir die Schwierigkeiten nicht herbei, aber wenn sie einmal anfangen, dann weiß man nie, wohin es sich entwickelt – wer weiß, wo wir hinlaufen müssen, wir haben vielleicht keine Waffen, nichts zu essen, müssen uns vielleicht Tage oder Wochen verstecken. Diese Vorräte stehen für uns vielleicht zwischen Leben und Tod.«

»Aber nur du kannst dich erinnern, wo sie sind«, sagte Zwielicht, »nützt nicht viel, wenn wir getrennt werden.«

»Mir nützt es«, sagte Zoff.

Und so fuhr er fort, an seinen Vorbereitungen zu arbeiten, bis zum vierzehnten Tag – dann erklärte er, genug sei auch genug. Er und seine zwei Gefährten waren gerade damit fertig geworden, ihr letztes Wendelboot zu verstecken, als Chaline merkte, daß in dem gelben Halblicht sich eine Gestalt über sie beugte. Rasch drehte sie sich im Wasser, wo sie stand, herum und zog ihre Schleuder aus dem Gürtel. Zoff watete an Land und lachte, Chaline nun so bereit zu sehen, an seiner Seite zu kämpfen. »Du kannst immer noch nicht im Dunkeln sehn«, sagte er, »das ist Kladoch.«

Der Wendel warf drei nagelneue orangefarbene Jakken auf den Boden. »Ich werde euch heute in die Leibwache aufnehmen«, sagte er, »alle drei, nur müßt ihr sofort mitkommen.«

»Das ist gut«, sagte Zoff. »Plan A.« Und er streckte seine Hand aus, um Chaline aus dem Wasser zu helfen, aber er gab keine Erklärung.

»Zieht die Jacken an«, befahl Kladoch, »und sobald ihr könnt, macht ihr besser eure Helme und Stiefel sauber. Wenn ihr so rumlauft, fallt ihr Eisenkopf garantiert auf. Und am besten denkt ihr euch auch einen Wendelnamen aus, falls ihr gefragt werdet.«

Zoff schmiß seine alte Jacke in den Fluß. »Gut also«, sagte er, »ab sofort sind wir in der Leibwache. Das heißt, man macht, was man gesagt bekommt, Chaline, sofort, wenn man's gesagt bekommt, ohne Frage. Wir laufen jetzt auf Messers Schneide ... wenn sie uns entdecken, ist Sense.«

Als Kladoch mit dem Aussehen seiner Rekruten zufrieden war, ließ er sie sich in einer Reihe aufstellen und stromaufwärts marschieren, bis sie zum Landeplatz kamen, der ebenen Fläche gegenüber der Plattform und dem Schacht. Wie immer füllte der Lärm der Tretmühle und der Eimer die ganze Höhle. Chaline konnte Stonkus im Rad erkennen; er hatte einen Arm um Torricanyon gelegt und half ihm voran. Gelegentlich war das Peitschenknallen zu hören, und Chaline öffnete die Lippen zu einem Fluch, aber Zoff beobachtete sie und schüttelte den Kopf. »Nicht jetzt«, sagte er, »nicht jetzt.«

Etwa zwanzig von Eisenkopfs Leibwächtern hatten hier in der Gegend Dienst; ihre Uniformen waren fleckenlos und ihre Waffen sauber. Sie lehnten lässig gegen die Ziegelmauern oder hockten auf dem Boden. Von Zeit zu Zeit, wenn ihnen das notwendig erschien, vertrieben sie die gewöhnlichen Wendels vom Uferpfad, so daß der Weg für Eisenkopf frei war, sollte er kommen. Abgesehen davon taten sie nichts, obwohl sie den Eindruck machten, daß sie augenblicklich zu allem bereit wären. Unter den blanken Helmen waren ihre Gesichter hart; sie taten, was man ihnen befahl, und sie taten es rasch.

Kladoch ließ die Neuankömmlinge sich auf einem ebenen Platz am Ufer aufstellen. Er schnippte mit den

Fingern, und ein Krieger brachte ihm eine Auswahl scharfer Speere; er gab jedem der drei Borribles einen.

»Ihr wurdet ausgewählt, um in Eisenkopfs Leibwache zu dienen«, sagte er, laut genug, damit die nächsten der herumstehenden Wendels es hören konnten, »und was das bedeutet, wißt ihr. Ihr werdet für augenblicklichen Gehorsam belohnt, bringt ihr weniger als das, werdet ihr draußen auf den Schlammbänken angebunden... weggetreten... und macht eure Waffen und Uniformen sauber.«

Zoff grüßte und Chaline und Zwielicht taten es ihm nach, dann drehten sie sich um und gingen weg, um eine weniger belebte Stelle auf dem Uferpfad zu suchen, nicht zu weit von ihren neuen Kollegen.

»Ich hab ja schon einige Borriblestämme gesehen«, sagte Zwielicht, »aber so was wie die Wendels ist einmalig. Ich meine, Befehlen gehorchen, Kleider putzen... wie schafft Eisenkopf das nur?«

Zoff spuckte auf die Spitze seines Speers und polierte sie mit seinem Ärmel. »Weil es ihm gleich ist, was er tut oder wem er es antut, solange er kriegt, was er will. Viel hat's auch zu tun damit, daß sie so nah am Rumbelreich leben. Bis zur Großen Rumbeljagd hat der normale Wendel nie von einem Augenblick zum nächsten gewußt, ob er überrollt wird oder nicht, es gab ständig Grenzkämpfe. Das hat sie mißtrauisch gegen alle von draußen gemacht und immer bereit, loszuschlagen, aber das«, und hier zwinkerte Zoff ihnen zu, »bin ich auch.«

Während der folgenden Tage lernte Chaline mehr über Selbstdisziplin, als sie je für möglich gehalten hätte. Sie zwang sich eisern, das Klatschen der Peitsche zu ignorieren, sie gab vor, mit den anderen der Leibwache zu höhnen und zu lachen, wenn Stonkus oder Torricanyon in der Tretmühle auf die Knie fielen, und sie zwang sich auch, nicht an ihre Freunde zu denken, die immer noch in dem tiefen Grubenschacht fronten, vor allem nicht an Poch.

Die meiste Zeit lehnte sie gegen die gewölbte Wand des Abzugskanals und sah so wild und herzlos drein, wie sie konnte, oder sie hockte mit gekreuzten Beinen auf dem Boden und knöchelte mit Zwielicht, wobei sie allem gegenüber, was um sie herum vorging, eine Gleichgültigkeit annahm, die der besorgten Ungeduld widersprach, die ihr im Blut kochte. Dann, eines Tages, als sie beinahe vergessen hatte, wer sie war und warum sie überhaupt im Reich der Wendels war, kam Zoff herbei und setzte sich zu ihr und Zwielicht, seinen Speer über seine Knie gelegt.

»Es wird jetzt bald etwas geschehen«, fing er an, »ich spür's im Urin. Kladoch glaubt, daß sie jetzt jeden Tag auf den Schatz stoßen können, und wenn, dann nimmt er an, daß Eisenkopf persönlich runtergehn wird, um ihn zu holen, weil er keinem traut, das für ihn zu machen. Er kommt hier vorbei, am Landeplatz, läßt sich zur Plattform rüberrudern, und dann runter.«

»Allein?« fragte Zwielicht.

»Na, wohl kaum, da wär er nicht sicher. Bingo, Vulgo und Sydney sind noch ziemlich frisch, die könnten ihre Fußketten um seinen Hals schlingen und ihn erdrosseln. Er muß ein paar Leibwächter mit runternehmen … und wir sind welche. Was immer geschieht, wir müssen mit Eisenkopf auf die Plattform rüber. Kladoch und Skug haben hier das Kommando, die werden uns in das Ruderboot beordern. Wir müssen zur Plattform.«

»Und wenn das nicht klappt?« fragte Chaline.

Zoff verwarf den Gedanken. »Es muß einfach, selbst wenn wir ein zweites Boot nehmen, das Risiko müssen wir eingehen. Wenn wir drüben sind, stellt ihr beide euch mit den Wendels auf und tut, was man euch sagt. Mein Job ist es, dafür zu sorgen, daß ich eine der Wachen bin, die ausgewählt werden, mit ihm runterzugehen.«

»Mensch«, sagte Zwielicht, »das kannst du nicht machen, da bist du allein gegen die alle.«

Zoff wandte sehr langsam den Kopf und sah den Bangladeshi an; seine blauen Augen leuchteten, verliebt in die Gefahr, ein helles, vom Haß genährtes Licht, in dessen Grelle Chaline blinzeln mußte.

»Du bist verrückt, Zoff«, sagte sie ganz leise, »du hast vollkommen durchgedreht«, aber obwohl sie das auch meinte, klang ein Ton der Bewunderung in ihrer Stimme auf. Sein Mut strahlte wie ein Leuchtturm.

»Das bin ich vielleicht«, sagte Zoff, »aber wenn ich mal da unten bin, dann können sich zwei, drei kleine Wendels nicht mehr zwischen mich und das stellen, von dem ich seit Jahren geträumt hab.«

»Und wenn du wieder hochkommst?« fragte Zwielicht. »Wir müssen an der ganzen Wendelnation vorbei, bedenke. Du hast selbst gesagt, die lehnen sich nicht zurück und lassen uns kampflos abziehen.«

»Ihr braucht nicht mehr zu wissen als das, was ich euch gesagt hab, nicht zu diesem Zeitpunkt«, sagte Zoff. »Führt euch auf wie reguläre Leibwächter, bis ich mit den Gefangenen rauskomme – dann folgt meinen Befehlen, und alles wird glatt gehn.«

Es war nichts weiter aus ihm herauszuholen, und er verließ sie und ignorierte sie beide in den folgenden Tagen, wo er seine gesamte Zeit mit den Truppen der Leibwache verbrachte, lachend, Witze reißend und sich anfreundend. Tatsächlich wurde Zoff sehr beliebt bei der Wache, obwohl es Chaline klar war, daß er nötigenfalls in jeden Wendel, der seine Pläne zu durchkreuzen drohte, sein Messer stecken würde. Das war Zoff, und er war nicht zu ändern. Chaline gab ihr Grübeln über den seltsamen, unborriblemäßigen Borrible auf und begnügte sich mit dem Zählen der Tage: achtzehn… neunzehn… zwanzig… einundzwanzig…

Ein elektrisches Licht flackerte, und Chaline hob den Kopf, der zwischen ihren Händen geruht hatte. Sie saß auf dem Uferpfad, nahe bei Zwielicht. Trotz ihrer Bemühungen hatte sie den Überblick über die Zeit verloren – etwa vierundzwanzig Tage waren es wohl, dachte sie, seit Stonkus' Angriff gescheitert war.

Chaline sah in die Deckenwölbung empor. Wieder flackerte das Licht. Es stimmte etwas nicht in der unterirdischen Festung, es fehlte etwas. Dann begriff sie: Überall war Stille, die Eimer klirrten nicht, die Tretmühle knarrte nicht. Chaline schaute über den Fluß: Torricanyon war zu einem schlaffen Bündel zusammengesunken, und Stonkus kniete neben ihm. Die Wachen standen wie aus Stein gemeißelt, ihre Speerspitzen waren reglos. Alle, stehend oder sitzend, bewegten sich nicht, mit lauschenden Ohren, aufgerissenen Augen. Es war ein Geräusch gewesen, und sie lauschten. Chaline selbst, mit ihren eigenen Träumen beschäftigt, hatte den Laut zuerst an sich vorbeihallen lassen, aber dann fand ihr Gedächtnis ihn wieder und brachte ihn zurück, und in ihrem Ohr trat er mit einem realen Echo zusammen, und Chaline erkannte den Laut und das Echo als das, was sie waren, und ebenso jeder andere in der Wendelfestung.

Eine Viertelmeile unter der Oberfläche des Wandle, tief, tief unten im Grubenschacht, in einem Tümpel aus Schlamm und Dreck, war Pochs Spaten auf den Stahldeckel der Rumbelschatzkiste gestoßen, und der Klang hatte in das Herz aller Wendels gehallt, und hallte dort immer noch, als allen das Herz stockte.

Die Korridore und Tunnel hinab hallte der bittere Klang, und keiner bewegte sich, als er vorbeizog, aber wie er dünner wurde und erstarb, kam endlich ein anderer Laut: so schaudererregend und schrecklich wie der erste. Ein kreischender Freudenschrei stieg aus Eisenkopfs Kehle auf und jagte die dunklen Gänge seines Reichs entlang. Eisenkopf hatte seinen Willen.

Wieder rief er, und der Teil seiner Leibwache, der Dienst hatte, scharte sich um ihn, und alle zusammen rannten zum Fluß. Das Gesicht des Häuptlings war vor Gier verzerrt, und keiner wagte, es in diesen ersten Augenblicken anzusehen. Aus den Öffnungen aller Tunnel aber kamen alle Wendels, die sich bewegen konnten, eifrig ihrem Führer folgend, sich begierig gegenseitig zur Seite drängend, um als erste die Schatzkiste zu sehen, von der sie glaubten, daß sie ihr Leben verändern würde.

Zoff rannte zu Chaline und Zwielicht hinüber und schüttelte sie, ihre Schultern ergreifend, den Bann der Furcht brechend, der auf ihnen lag. »Los jetzt«, schrie er, »der Tag ist gekommen, folgt mir und denkt mit.«

Dann drang Kladochs Stimme über die durcheinanderhastende Menge auf dem Uferpfad. »Macht das Ufer frei!« schrie er. »Eisenkopf kommt.«

»Platz da«, rief Skug von irgendwoher.

»Folgt mir«, sagte Zoff, und mit dem Schaft seines Speers bahnte er sich den Weg durch eine dichte

Masse von Wendels, und Chaline und Zwielicht gingen, schiebend und tretend, mit ihm.

»Platz für die Wache«, brüllte Zoff. Chaline sah ihn an, er grinste, und sie schnitt ihm auch ein Gesicht und schlug einen Wendel mit ihrem Speer. »Platz für die Wache«, schrie sie.

Die drei Borribles kamen endlich am Landeplatz an, wo Kladoch und Skug und ihre Wachmannschaft alle Hände voll zu tun hatten, um einen offenen Platz freizukämpfen. Kladoch, der in der Mitte stand, war nervös; sein Gesicht hatte unter der grünlichen Haut eine kranke Blässe. Er blies erleichtert seine Backen auf, als Zoff und seine Gefährten in Sicht kamen.

»Ihr drei da«, kommandierte er, »zu dem großen Boot dort drüben, ihr rudert Eisenkopf zur Plattform.«

Zoff, Chaline und Zwielicht rannten zum Rande des Wassers und stellten sich neben dem Boot auf. Von überall kam das Geräusch trampelnder Schritte, von überallher ständig lauter werdendes Geschrei. Zoff band das Boot los und watete bis zu den Knien in den Schlamm, das Tau in der Hand.

»Steht stramm, jeder auf einer Seite«, sagte er. »Schaut Eisenkopf nicht an, befolgt nur die Befehle; hoffen wir, daß er so aufgeregt ist, daß seine Nase uns nicht wahrnimmt.«

Und dann nahm der tobende Lärm nochmals zu, kam wie der Wind aus den Tunneln hervorgebrochen, und der Wendelhäuptling, der an der Spitze seiner Männer rannte, kam ins Blickfeld und schritt jetzt zum Landeplatz, den er sofort überquerte, und ging direkt zum Fluß, wo Zoff das Boot am Ufer festhielt.

»Ihr Wendels«, rief Eisenkopf, zu seiner Leibwache gewandt, »ihr werdet den Landeplatz hier bis zu meiner Rückkehr besetzen.« Er starrte mit brennenden

Augen zur Grube hinüber. »Wer rudert mich zur Plattform?«

»Diese drei, Eisenkopf«, sagte Kladoch mit schwankender Stimme, »und ich.«

»Gut«, sagte der Häuptling, »ich brauche noch sechs oder sieben Krieger, die mit mir in die Grube hinuntergehen und mir mit den Gefangenen helfen.«

»Es sind jetzt acht Mann auf der Plattform«, sagte Kladoch, »seit du befohlen hast, daß die Posten verdoppelt werden ... acht von deinen besten Leuten.«

Eisenkopf sah die Ruderer an und Zoff senkte den Kopf und zog das Boot näher an das schlammige Ufer heran. Auch Chaline und Zwielicht kamen ein wenig näher, ihre Körper starr vor Furcht.

Eisenkopf stieg in das Boot; es schwankte. Er schritt über die Sitze und setzte sich im Bug nieder. Chaline sah, daß er im Gürtel ein langes Messer trug; er hielt es ständig mit einer Hand fest.

»Beeilung«, sagte Eisenkopf, »oder ich frage nach dem Grund.«

Zoff rief Zwielicht und Chaline zu: »Rasch, ihr beiden«, und sie nahmen ihre Plätze an den schlanken Rudern ein. Kladoch folgte, und Zoff stieß das Boot hinaus in den dahinziehenden Schlamm und hüpfte geschickt an Bord, wie der Wendel, der er war.

»Rudert, ihr Idioten«, schrie er und griff sich selbst ein Ruder, »rudert, es ist keine Sekunde zu verlieren.«

Das Boot hob sich gegen die Strömung und drehte sich langsam, bis es zur Flußmitte gerichtet stand. Auf ein Kommando hin legten sich die vier in die Ruder, und das Boot schoß über den Fluß. Eisenkopf drehte sich auf seinem Platz um und starrte geradeaus, als der Förderturm näherkam, mit stetigem Blick.

Nach wenigen Augenblicken schlug das Boot an die

Plattform an, und die acht Wachtposten drängten sich vorwärts, um ihrem Herrn zu helfen. Zoff war nur einen Schritt hinter ihm, leichtfüßig und angespannt, wie ein Hinterhofkater.

Das Boot war fest vertäut und Chaline, Zwielicht und Kladoch kletterten auf die hölzerne Insel, während Eisenkopf selbst über den Fluß rief, dorthin, wo Tron und seine Männer in einer säuberlichen Reihe am Ufer standen.

»Tron«, rief der Häuptling, »während ich unten bin, hast du hier die Verantwortung; komm rüber mit deinen drei Adjutanten. Jeder, der aus der Reihe tritt oder einen Befehl mißachtet, ist mir persönlich verantwortlich, sobald ich zurück bin, und keiner bewegt sich, solange ich fort bin, ist das klar?«

Tron hob die Hand, um zu sagen, daß er Eisenkopfs Befehle verstanden hatte, dann stieg er mit drei Kriegern in ein Boot, und sie fingen an, zur Plattform zu rudern. Inzwischen wandte sich Eisenkopf zu den acht Wachtposten und gab ihnen ihre Anweisungen.

»Zwei von euch bleiben hier«, sagte er, »die anderen sechs kommen mit, ihr braucht eure Speere nicht, nur Messer und Schleudern. Kladoch, du hilfst Tron und schaust zu, daß meine Befehle befolgt werden.« Und mit einem letzten düsterstarrenden Blick aus seinen leeren Augen schwang der Häuptling ein Bein über den Rand des Schachts und begab sich auf die Suche nach seinem Schatz.

Sobald Eisenkopfs Gesicht unter der Schachtoberkante versunken war, drängte sich Zoff in die Gruppe der Wendelwachen vor.

»He, he«, sagte einer, »sechs von uns hat er gesagt, nicht sieben.«

»Ich hab schon vorher meine Befehle bekommen«, log Zoff, »ich hab eine besondere Aufgabe.«

»Na, das ist was anderes«, sagte der Wendel, »dann kannst du als erster gehn.«

»Im Gegenteil«, gab Zoff zurück, »ich geh als letzter, ich soll aufpassen, daß ihr euch nicht im Wald verlauft.« Dies klang so sehr wie eine von Eisenkopfs Taktiken, daß der Posten es ohne weiteres glaubte und rasch den Abstieg begann, von seinen fünf Kollegen gefolgt, so schnell sie konnten. Zoff ging als letzter.

Chaline sah zu, wie er verschwand. In dem kurzen Moment, als er gerade noch sichtbar war, sah er sie an, und sie hob eine Hand zum Abschied. Sie wollte etwas sagen, aber sie wagte es nicht, denn Tron näherte sich der Plattform und kam in Hörweite. Statt dessen lächelte sie, denn schließlich und endlich und trotz ihrer Abneigung gegen ihn wollte sie, daß er Eisenkopf besiegte und die Gefangenen befreite. Aber es bedurfte keiner Worte, Zoff wußte, was sie dachte, und er lächelte zurück – sein Gesicht war so glücklich, wie sie es nur je gesehen hatte. Die Gefahr machte ihm Spaß, die schlechten Chancen Vergnügen: So wollte er leben, und jetzt zwinkerte er nur kurz, senkte den Kopf und war weg.

Tron kletterte mit seinen Leuten auf die Plattform und stellte sich am Eingang der Grube auf. An den beiden Ufern des Flusses standen die Leibwächter und Krieger in Reih und Glied und hielten die Tunneleingänge frei. Viele Hunderte von Wendels warteten nun, und über der ganzen Szene wuchs die Spannung. Chaline hielt den Atem an und wartete auf ihren nächsten Herzschlag, konzentrierte ihren ganzen Willen darauf, ihn herbeizuführen, hatte Angst, was er bringen würde. Die Welt war aus ihrer Achse gerutscht und stürzte hinab, hinab, bis an das Ende des Universums.

Zoff erreichte die erste Plattform im Schacht und spähte über den Rand. Weit unten konnte er das Licht auf Eisenkopfs Kupferhelm glänzen sehen. Der Wendelhäuptling war seinen Wachen bereits zwei oder drei Stockwerke voraus und bewegte sich voran, so rasch er konnte. Zoff schwang sich auf die zweite Leiter, hinterher.

Die Grube war verschalt mit rohen Holzbrettern, die die Wendels aus alten Kisten genommen hatten; die schwarzen schablonierten Bestimmungsorte waren noch sichtbar: Cardiff, New York, Kalkutta. Etwa alle fünfzehn Fuß waren lange, starke Querstreben quer durch den Schacht gezogen, festgehämmert und -gekeilt, die die Verschalung festhielten und die Plattformen stützten. Die vertikal übereinander angeordneten Planken der Verschalung hielten unter riesigem Druck den Schlamm zurück. Hunderttausende von Tonnen Schlamm preßten sich auf der anderen Seite gegen die Bretter, und Zoff konnte hören, wie er wie ein großer Aal in den langsamen, die Grube umgebenden Strömungen sich gleitend und schlüpfrig bewegte. Jedes Holzteil der Konstruktion knarrte und stöhnte, jedes Brett und jeder Balken. Dikker Schleim troff durch die Fugen und Astlöcher und rann überall hernieder, alles durchtränkend, langsam von einer Fläche zur anderen tropfend, bis er den tiefsten Grund des tiefen, tiefen Lochs erreichte.

Die Luft war stickig und wurde immer bedrückender, je tiefer Zoff hinabstieg. Sie war zu feucht und legte sich wie ein durchnäßtes Kleid auf seine Glieder. Der Schweiß rann ihm über das Gesicht und stach ihm salzig in die Augen, und der alles bedeckende Schlamm fing an, auch ihn zu bedecken und ließ ihn riechen wie eine Latrinenratte. Weit oben verdämmerte schrittweise das kleine Lichtglühen, das die Schachtöffnung bezeichnete; dann verschwand es ganz.

Zoff spuckte aus. »Ich muß die Wachen einholen«, sagte er vor sich hin, »ihnen beim Abstieg helfen.«

Bei der nächsten Gelegenheit ruhte er sich aus und starrte in die Düsternis hinunter. Alle zwanzig oder dreißig Fuß hatten die Wendeltechniker eine elektrische Lampe angeschlossen, und Zoff konnte erkennen, wie die Gestalten der Leibwächter eilig hinabkletterten, ihrem Herrn hinterher.

»Das bringt's nicht«, sagte Zoff, »ich muß jetzt mal loszittern. Ich muß springen.« Mit diesem Entschluß ließ er sich über den Rand der Plattform hinabgleiten, hing an den gestreckten Armen, und ließ sich dann fünfzehn Fuß tiefer auf die nächste Plattform fallen.

Er krachte auf den Brettern auf und wälzte sich auf den Bauch. Der dumpfe Aufschlag seines Sturzes dröhnte in die Tiefe, und die Leibwachen sahen furchtsam nach oben. Ein Klumpen Schlamm taumelte und schlappte durch die Luft und schlug einem der Wendels ins Gesicht. Er kreischte entsetzt auf, überzeugt, die Grube würde nun einstürzen und ihn unter sich begraben, dann stand er einen langen Augenblick bewegungslos da und ließ seine Gefährten weitergehen; sobald sie außer Sicht waren, begann er, wieder nach oben zu steigen, die Knie zitternd, mit bebenden Lippen. Aber Zoff war unerbittlich und donnerte von einem Stockwerk zum anderen herunter, und der Lärm und der Schlamm sausten wieder und wieder hinab – es war wie die titanischen, regelmäßigen Schritte eines Riesen.

Zoff bewegte sich schnell voran, und bald überholte er den letzten Wachtposten, an ihm vorbeitauchend, wie er sich zitternd an die Leitersprossen klammerte, erstarrt beim Anblick der schlammbedeckten Gestalt, die aus dem Nichts herabgeschossen kam.

Mit einem erneuten Krachen landete Zoff und rollte sich ab; er stand auf und winkte dem Wendel aufs freundlichste zu.

»Was hast du denn Angst?« sagte er. »Sind doch alle zusammen Kumpels hier.«

»Die Grube stürzt ein, oder?« sagte der Wendel und kletterte mit fahrigen Bewegungen zu Zoff hinunter. »Und es ist so unheimlich, mir ist es normalerweise egal, was ich mache, aber ich wäre lieber nicht für den Job hier ausgesucht worden.«

»Das versteh ich gut«, sagte Zoff und stieß mit dem gestreckten rechten Arm die Wache rückwärts von der Plattform.

Der Wendel schrie, und der Schrei stand wie ein grelles Licht gegen die Dunkelheit. Selbst hoch oben an den Ufern des Wandle hörten sie ihn, und es gab keinen, dem sich nicht bei diesem Laut der Magen zusammengezogen hätte. Zoff selbst lauschte dem Schrei befriedigt, aber er hatte keine Zeit für lange Zufriedenheit, zwischen ihm und Eisenkopf befanden sich immer noch fünf Wendels.

Wenig später stieß er auf zwei von den fünfen. Zoffs erstes Opfer, ein totes Gewicht, das mit großer Geschwindigkeit herabstürzte, war wie ein Kartoffelsack auf sie gefallen und hatte ihre Leiber so gründlich wie bei einem Autounfall gebrochen. Nun lagen alle drei halbzerquetscht beisammen, stöhnend, als das Blut aus ihren Wunden kroch, um zwischen den rohen Holzbrettern hindurch nach unten zu tropfen, wo nicht weit entfernt die übrigen Wachen die klebrige Berührung auf ihren Händen und Gesichtern spürten.

Sie waren auf Zoff vorbereitet, als er auf der Plattform über ihnen erschien, und sie waren mißtrauisch. Seltsames Krachen und Dröhnen hatten sie gehört und warmes Blut auf ihrer Haut gefühlt – irgend etwas stimmte nicht, stimmte durchaus nicht. Sie luden ihre Schleudern und zielten auf Zoffs Kopf.

»Macht keinen Scheiß«, sagte Zoff, »ich bin auch bloß von der Leibwache. Ihr habt mich droben gesehn.«

»Was ist der ganze Lärm da?« fragte der größte der drei Wendels. »Und was soll all das Blut bedeuten?«

»Tja«, sagte Zoff, »wißt ihr, einer von euren Kumpels hat durchgedreht und ist wieder raufgeklettert. Und die anderen beiden, na ja, einer ist ausgerutscht und ein paar Stockwerke runtergeflogen, und im Vorbeiflug hat er noch den anderen mitgenommen. Sind beide nicht mehr ganz intakt, deshalb kommt es hier zu einem gewissen Blutgetröpfel.« Zoff grinste, und ohne darauf zu warten, daß die Wendels zu einem Entschluß kamen, kletterte er weiter zu ihnen herunter.

»Tun einem ganz schön die Beine weh bei diesem Sport, was?« sagte er fröhlich. »Wie weit haben wir denn noch?«

»Noch beschissen viel, meilenweit«, sagte der große Wendel, als Zoff bei ihnen angekommen war, »und wir machen besser voran, oder Eisenkopf zieht uns die Haut ab.« Er betrachtete Zoff eingehend. »Wer bist du also? Hab's immer noch nicht gehört.«

Zoff kniff ein Auge zu und legte den Kopf auf die

Seite. »Mein Name ist Rattfang«, sagte er, »ich bin erst vor kurzem zur Leibwache gekommen.«

Der große Wendel schien zufrieden mit dieser Antwort, und er und seine beiden Kollegen verstauten die Schleudern unter ihren Jacken und schickten sich an, weiterzugehen. Zoff ging mit ihnen zum Kopf der nächsten Leiter und ließ die anderen vor, so daß er der Letzte beim Abstieg war. Als dann der große Wendel begonnen hatte, hinabzusteigen, zog Zoff sofort sein Messer, preßte seine Hand über den Mund der Wache, die vor ihm stand und schnitt ihm leise die Kehle durch.

Nun war der große Wendel auf der Plattform drunten angekommen und rief den anderen zu, zu folgen. Zoff ließ die Leiche seines Opfers auf den Boden gleiten und wartete, bis der zweite Wendel den Fuß auf der ersten Sprosse hatte, dann beugte er sich vor und tippte ihm auf die Schulter.

»Ja?« sagte der Wendel und hob den Kopf; er hockte in einer gekrümmten ungünstigen Stellung.

»Bist du nicht der mit der Peitsche«, fragte Zoff höflich, »der, der Torricanyon und Stonkus so kräftig verprügelt hat?«

»Ja«, antwortete der Wendel, »ich bin gut mit der Peitsche, jawohl.«

»Er-staun-lich«, sagte Zoff. »Nun, das Leben ist voller kleiner Überraschungen, und hier wäre dann also eine für dich.« Und er schlug mit der Faust zu; ein Hieb, der seinen Feind betäubte. Als der Körper von der Leiter fiel, bog er sich rückwärts und fiel in einer eleganten Kurve auf den Kopf des großen Wendels, dem es den Helm aufschlug und den Schädel zersplitterte, und der in das Halbdunkel hinabstürzte. Diesmal kamen keine Schreie, nichts außer einem schweigenden glatten Flug, gefolgt von einem fernen, tödlichen Aufschlag.

Zoff steckte sein Messer ein. »Wunderschöne Flugexperten die beiden«, sagte er, »wie die Tauben im Battersea Park ... und jetzt haben wir nur noch Eisenkopf. Er hat den Schatz, und ich hab ihn.«

Zoff sah die Lichter am Ende des Ganzen, lange bevor er dort anlangte. Er schätzte, daß die Wendels mindestens vier oder fünf Glühbirnen am Grubenboden angebracht haben mußten, damit die Schatzgräber sehen konnten, was sie taten; wo immer sie ihren Strom klauten, wenig war es nicht.

Zoff bewegte sich jetzt langsam vorwärts, über die Leitern und ohne zu springen, und alles war wieder still, außer dem Brüllen von Eisenkopf, der in Abständen nach seinen Wachen schrie und ihnen Eile befahl.

Endlich sah Zoff den Kupferhelm des Häuptlings. Eisenkopf wartete auf der allerletzten Plattform, direkt über dem Ende des Schachts, und unter ihm konnte Zoff die Gestalten der Borribleskiaven erkennen. »Mensch!« sagte Zoff bei sich. »Das ist's. Darauf hab ich gewartet.«

Eisenkopf hörte das Scharren von Stiefeln auf Holz und sah auf. »Wo wart ihr, ihr Idioten?« schrie er, aber dann sah er nur eine Wache statt der erwarteten sechs. »Wo sind die anderen? Was wird hier gespielt?«

Zoff zog seinen Helm tiefer in die Stirn und wischte sich mit einer schlammigen Hand übers Gesicht; der Versuch, sich noch etwas besser zu tarnen, war kaum notwendig. Er war bereits von Kopf bis Fuß vom Dreck eingehüllt.

»Es tut mir leid, Eisenkopf«, sagte er mit einer verstellten rauhen Wendelstimme, »ich bin gekommen, so schnell ich konnte. Einer von den anderen hatte einen bösen Unfall, und das hat uns aufgehalten.«

Eisenkopf fluchte und wandte den Blick ab, und Zoff setzte seine Füße auf die Sprossen der Leiter, die allein ihn noch von dem Häuptling der Wendels trennte. Hinab.

Hier, wo der Schacht endete, hatte die schützende Verschalung ein vorläufiges und zerbrechliches Aussehen. Die letzte Plattform war erst zur Hälfte fertig, die Bretter saßen locker und warfen sich, und nur eine Planke, mit Quersprossen benagelt, führte auf den letzten Grund der Grube.

Zoff sah mit Entsetzen auf die Szenerie, die zu sehen er so weit gekommen war. Sie war hell beleuchtet und schwarz vor Schlamm, das Ende des Abgrunds, ein grausamer Kreis im schweigenden Zentrum der Erde, von giftiger Hitze triefend.

Die Sklaven standen oder saßen im Schleim, der von allen Seiten knietief hereingurgelte. Zoffs Augen suchten Poch und dann Napoleon und Orococco. Sie waren schwer zu unterscheiden, beinahe eins geworden mit dem Schlamm; ihre Kleiderfetzen waren mit ihren Gliedmaßen verwachsen, ihr Haar klebte flach an ihren Köpfen, und sie kauerten dünn und schwarz an den Wänden, mit zusammengesunkenen Körpern. Zoff verzog die Nase, und selbst sein Magen hob sich: Hier flossen alle Abwässer von Wandsworth zusammen.

Poch hob den Kopf, starrte Eisenkopf einen Augenblick an, senkte ihn dann wieder. Zoff biß sich auf die Lippen, dieses eine Mal wirklich berührt. Pochs Gesicht war leblos, es war kein Blut mehr in ihm. Napoleon und Orococco waren in demselbem erbarmungswürdigen Zustand. Bingo und Vulgo lehnten gegen die Bretterwand mit ihren Spaten. Sydney saß auf einem halbversunkenen Stück Holz und versuchte, einigermaßen trocken zu bleiben. In der Mitte des herankriechenden Schleims, an der Ecke glänzend, wo zuerst der Spaten aufgeprallt war, war der mit Stahlbändern verstärkte Deckel der Rumbelschatzkiste zu sehen.

Eisenkopf hockte sich an den Rand der Plattform und zeigte mit dem Finger.

»Du da, Vulgo, oder wie du heißt, nimm deinen Spaten und grab die Kiste vollends aus.«

Vulgo ging zu einem Stapel Bauholz hinüber, setzte sich und hob seine Füße aus dem Wasser. Die Eisenketten klirrten an seinen Knöcheln.

»Grab sie selbst aus«, sagte er.

Eisenkopfs Stimme wurde härter. »Ich hab immer noch deine beiden Freunde oben, denk daran, und kann ihnen immer noch weh tun. Außerdem kommt gleich die Verstärkung hier runter... du wirst bald machen, was ich sage, du kleine Ratte.«

Diese Drohungen änderten Vulgos Haltung nicht. Er war jenseits jeder Furcht und machte keinerlei Anstalten, sich zu bewegen. Es war Bingo, der wußte, daß es am Ende doch geschehen mußte, der durch den Schlamm schlurfte und mit seinem Spaten die Kiste ausgrub.

Eisenkopf drehte den Kopf, sah Zoff ins Gesicht und dann hinauf in den Schacht. »Wo sind diese anderen Wachen?« fragte er. »Sollten jetzt längst hier sein.«

»Sie können nicht mehr weit sein«, sagte Zoff und stand stramm wie ein braver Wendel.

Eisenkopf senkte seine Stimme zu einem Flüstern. »Sobald sie kommen«, erklärte er, »möchte ich, daß ihr alle nach unten geht und die Gefangenen tötet. Die haben getan, was sie mußten, unnötig, sie auch noch mit nach oben zu nehmen.

»Jawohl, Sir«, sagte Zoff, »und die beiden in der Tretmühle?«

Eisenkopf lachte. »Die brauch ich auch nicht mehr, wenn wir zurückkommen, schmeißen wir sie hier runter, dann sind sie bei ihren Freunden.« Er schaute nun wieder zu, wie Bingo und Sydney die Kiste aus dem Schlamm zerrten. »Gut«, sagte er, »bringt sie hier rauf, nur ihr zwei, niemand sonst.«

»Laßt es sein«, sagte Napoleon, »er bringt uns doch um.«

Eisenkopf hob den Arm und zeigte auf ihn. »Du wirst sterben, Napoleon, sicherlich, denn du bist ein Verräter an den Wendels. Die anderen werde ich freilassen, wenn sie tun, was ich sage; schließlich haben sie gut gegraben und meinen Schatz für mich gefunden.«

Napoleon hob sein hageres Gesicht und starrte seinen Häuptling an. Einen Augenblick lang war es still, und in dieser Stille fiel ein großer runder Tropfen dikken Blutes von hoch oben im Grubenschacht herunter, landete auf Eisenkopfs Handrücken und färbte ihn rot.

Eisenkopf hob die Hand nahe vor seine Augen und starrte den Spritzer Blut an. Die Stille wuchs. Langsam hob sich jeder Kopf, um in die Dunkelheit hinaufzuschaun, außer dem von Zoff. Er lächelte statt dessen ein Engelslächeln und setzte seinen Wendelhelm ab; ein Lebenswerk näherte sich seiner Erfüllung.

»Ich enttäusche dich nur ungern, Napoleon«, sagte er in seiner alten Batterseastimme, »aber Eisenkopf bringt hier niemand um. Nur ich.«

Bei diesen Worten fanden selbst Poch, Napoleon

und Orococco die Kraft, sich auf die Füße zu stellen. Ihre Münder klappten vor Verblüffung auf. Nun erkannten sie Zoffs Gesicht: dieses freche, listige Gesicht, in dessen Züge Trug und kunstvolle Täuschung sich eingegraben hatten, und Leben strömte wieder in ihre Herzen zurück.

Auch Eisenkopf erkannte das Gesicht und wußte, wie verletzlich er in seiner kauernden Stellung war. Seine Hand fuhr zum Messer, aber Zoff war bereit: Sein Fuß glitt unter Eisenkopfs Hintern, und dann trat er fest zu.

Der Wendelhäuptling griff verzweifelt in die Luft – aber es war nutzlos. Er schoß wie eine Kugel quer durch den Schacht und sein behelmter Kopf krachte auf der anderen Seite gegen die Verschalung. Ein tiefes metallisches Klingen, ein Schrei des Schmerzes, und Eisenkopfs Körper knickte zusammen und stürzte dann an der Wand hinab in den Schlamm und den Schleim, schwer auf die Schatzkiste aufschlagend.

Sydney und Bingo fielen ebenfalls, freudig nach rechts und links stürzend, um dem herabfallenden Wendel auszuweichen. Dann schlugen sie begeistert mit den Händen in den Schlamm, bewarfen sich damit und alle anderen auch. Schlamm spritzte überall.

»Zoff!« schrie Bingo. »Aus dem Nichts!«

»Wurde auch langsam Zeit«, sagte Poch, »er hat uns hier reingebracht, nur recht, daß er uns auch rausholt.«

»Es ist noch nicht zu Ende!« kreischte eine Stimme, und die Borribles schauten auf und sahen, daß Eisenkopf aufgestanden war, und er stand, zwar mit Schlamm bedeckt, breitbeinig über der Schatzkiste, sein langes Messer in der Hand.

»Machen wir ihn fertig«, schrie Napoleon, »rasch!«

»Nein«, rief Zoff, »ihr alle, hier herauf, aus dem Weg, er gehört mir! Nur mir.«

»Meine Wachen werden gleich hier sein«, sagte Eisenkopf, »dann pfeift ihr ein anderes Liedchen.« Aber Eisenkopf redete sich selbst etwas ein. Im selben Moment kam wieder ein Tropfen Blut von oben herabgeregnet und klatschte auf seinen verbogenen Helm, und das Geräusch klang ihm in den Ohren wie eine Totenglocke.

»Ganz recht«, höhnte Zoff, »da kam schon mal ein Stückchen von ihnen als Stoßtrupp.«

Das Blut fiel dichter, und Eisenkopf wußte, daß er allein stand, aber er hatte keine Angst. »Selbst wenn ihr mich tötet«, sagte er, »kommt ihr nie lebend davon. Die ganze Wendelnation wartet auf diesen Schatz.«

»Laßt ihn plappern«, sagte Zoff, »ihr Borribles kommt jetzt mal hier hoch und aus dem Weg.«

Die schwächsten, Poch, Napoleon und Orococco, kamen als erste aus dem Dreck nach oben; sie zogen ihre Körper unter Schmerzen von einer Sprosse zur anderen, ihre Ketten klirrten. Bingo, Vulgo und Sydney behielten Eisenkopf im Auge, falls er mit seinem Messer angreifen sollte, aber Zoff hatte seine Schleuder gezogen, und ein großer massiver Stein zielte auf Eisenkopfs Gesicht.

»Ich hab ihn unter Kontrolle, Bingo«, sagte er. »Du kannst jetzt raufkommen, und die anderen beiden auch!«

Als Bingo neben ihm stand, gab Zoff ihm die Schleuder und die zwei Munitionsgurte. »Du bist ein guter Schütze, nicht wahr, Bingo?« sagte er, »wenn ich diesen Kampf verliere, tötest du ihn.«

Napoleon hob den Kopf, er lag ausgestreckt und erschöpft neben Poch und Orococco. »Nach dem, was ich durchgemacht hab«, sagte er, »könnte ich ihn mit meinen Zähnen töten.«

Zoff lief an Bingo vorbei und zu Poch hinüber. Er wog das Gewicht der Fußeisen in der Hand und sah, daß Pochs Knöchel völlig wundgescheuert waren. Er schaute in Pochs müde Augen. »Tut mir leid, Kumpel«, sagte er, »wirklich ... kommt jetzt alles in Ordnung, du wirst sehn.« Und tief Atem holend und die Leiter ignorierend sprang er von der Plattform hinab.

Die Borribles kamen an den Rand, um zuzusehen, sie lagen oder saßen auf den losen Planken. Ein angemessenerer Ort für das Aufeinandertreffen zweier solcher Feinde war kaum vorstellbar – über ihnen eine Viertelmeile Dunkelheit, unter ihnen der schleimige, tückische Schlamm, und an den Schachtwänden, stetig im grellen Licht herabrieselnd, schwarzes Wasser, rotes Blut.

Zoff fiel, auf Händen und Knien landend mit der Wucht seines Sprungs. Eisenkopf wich einen Schritt von der Schatzkiste zurück, in seiner rechten Hand blitzte es stählern auf, und sein langes Messer pfiff durch die Luft.

Zoff wußte, daß das Messer kommen würde und warf sich nach vorn; der Dolch verfehlte ihn, schlug klappernd gegen die Wand des Schachts und verschwand unter der Wasseroberfläche. Zoff stand auf, vor Dreck triefend.

Eisenkopf sah sich nach einer anderen Waffe um und entdeckte einen der Spaten, halb im Schlamm versunken. Der Wendel zog mit aller Kraft daran, und langsam löste er sich mit einem langgezogenen schlürfenden Geräusch.

»Paß auf, Zoff«, rief Vulgo, »schnapp dir den anderen, der ist direkt hinter dir.«

Zoff drehte sich um und ergriff den zweiten Spaten. Er grinste, und seine Zähne strahlten weiß in dem verdreckten Gesicht auf. Die Waffe in der Hand wiegend, ging er langsam rückwärts.

»Na, Blümchen«, sagte er, »endlich sind wir allein, nach all den Jahren.«

»Nenn du mich nicht Blümchen«, sagte Eisenkopf, und auch er prüfte das Gewicht seines Spatens.

»Das mag er nicht, wenn man ihn Blümchen nennt«, sagte Zoff, »das war sein Spitzname als Kind, bevor er noch ein Borrible war, alle haben's lange vergessen, außer mir, stimmt doch, Blümchen?«

Eisenkopf lehnte sich gegen die Wand und hielt den Spaten zur Abwehr quer vor die Brust. Sein blasses grünes Gesicht leuchtete vor Haß, zeigte aber keine Furcht. »Du stehst allein, Zoff«, sagte er, »und ich war schon immer der bessere Kämpfer. Die paar da oben halten mich nicht auf, die sind zu schwach und ihre Füße gefesselt. Du wirst verlieren, Zoff, von deinem eigenen Bruder getötet.«

»Nenn du mich nicht Bruder«, sagte Zoff.

Poch hob sich auf die Ellenbogen. »Bruder!« rief er. »Bruder!«

Zoff lachte, aber er ließ die Augen nicht von Eisenkopf. »Ihr könnt's geradesogut wissen«, sagte er, »es macht keinen Unterschied mehr. Mein Bruder, ganz richtig... Wir kamen aus derselben Familie, sind in den Tagen der alten Königin weggelaufen, sind zusammen Borribles geworden. War schwierig, zu überleben in diesen Zeiten, deshalb sind wir hier runter gekommen und haben die Tunnel besetzt. Wir machten alles zusammen, aber dann wollte das kleine Blümchen alles beherrschen und über Borribles regieren, wie es nie sein sollte bei den Borribles. So wurden sie zu Wendels und ich zu einem Störenfried, und er hat mich auf die Schlammbank gebunden, sein Fleisch und Blut, aber ich bin entkommen, und jetzt bin ich wieder da.«

»Wieder zurück, damit du stirbst«, sagte Eisenkopf.

»Nun, das müssen wir jetzt eben sehn«, sagte Zoff. Er hob den Spaten; ein dicker Schlammklumpen glitt ab und klatschte ins Wasser, und die furchtbare Spatenklinge lag plötzlich frei, glänzend nach den Monaten des Grabens, in denen der weiche Sand und der Schlamm an dem Metall gearbeitet und es zur Schärfe eines Rasiermessers abgeschliffen hatten.

»Nun, Bruder«, sagte Zoff, »damit kann ich dein Herz ausgraben.«

»Und meiner ist genauso scharf«, antwortete Eisenkopf, und die beiden Borribles bewegten sich aufeinander zu in die Mitte der Arena. Zoff hielt seinen Spaten mit beiden Händen, die rechte umklammerte den Griff, die linke den Schaft, und er zielte wie mit einem Bajonett auf Eisenkopfs Kehle. Er trat vorsichtig auf und studierte jede Bewegung seines Gegners.

Der Wendelhäuptling hielt seinen Spaten anders; er schwang ihn wie ein beidhändiges Schwert und zielte wieder und wieder auf Zoffs ungeschützten Kopf. Die Waffen erklangen und schlugen krachend aufeinander. Zoff verteidigte sich gut gegen Eisenkopfs wuchtige Schläge, sich duckend und seinen Feind wie ein Boxer umtanzend, plötzlich zustoßend, immer versuchend, ihn mit der Schneide zu verletzen. Zweimal klang seine Klinge über dem Kopf seines Gegners, und zweimal rettete Eisenkopf sein Helm. Dreimal kam Eisenkopf mit der Flachseite seiner Waffe zum Schlag, und dreimal ging Zoff mit dem Schlag und warf sich zur Seite, ehe der Wendel seinen Vorteil nutzen und zum tödlichen Hieb ausholen konnte.

Von dem Gerüst herab verfolgten die Sklaven jede Bewegung des Kampfes; das Herz pochte ihnen gegen die Rippen. Napoleon war auf seine Knie gekrochen, und seine Schultern schwangen mit jedem Schlag Zoffs in geheimem Einverständnis mit. Alle die Monate seiner Gefangenschaft stiegen vor ihm auf, und der Haß, den er für seinen Häuptling empfand (denn einst war Napoleon ein treuer Wendel gewesen), war so groß wie der von Zoff.

»Töte ihn«, schrie er, »töte ihn.«

Zoff verstärkte seine Angriffe, schlagend, hauend, schneidend, stoßend, und er kämpfte so hartnäckig, daß eine Lücke des Zögerns in der Verteidigung seines Gegners entstand, und dann, mit jeder Faser seiner Kraft, schleuderte er seinen Spaten in Schulterhöhe nach vorn, ihn geradehaltend, auf das Herz zielend.

Eisenkopf schrie auf, und Zoffs Waffe traf ihn mit wildem Schwung gegen die Brust; es gab ein lautes knirschendes Geräusch, wie von einer überbelasteten Türangel. Aber es war umsonst, der Wendel blieb unverletzt, und Zoffs Spaten bog sich und zitterte, sprang wie ein lebendiges Wesen aus seiner Hand, drehte sich über seinem Kopf und verschwand aufklatschend unter dem Schlamm. Zoff taumelte zurück, betäubt, beide Arme wie gelähmt, unter Schock.

Auch Eisenkopf geriet unter der Wucht des Stoßes ins Stolpern, aber er erholte sich rasch und rückte vor. Er sah, daß der Sieg vor ihm lag.

»Der Bastard«, rief Vulgo, »er hat irgendeine Spezialjacke, schaut.«

Es stimmte. Eisenkopfs goldene Jacke war aufgeschlitzt, wo Zoff ihn getroffen hatte, und die

Zuschauer konnten sehen, daß er darunter einen dichtgewirkten Schuppenpanzer trug.

»Ich hab davon gehört«, sagte Napoleon bitter, »aus Dichtungsringen ist das, alles zusammengefügt, kugelsicher.«

»Den schnapp ich mir«, schrie Bingo, und er zog das Gummi seiner Schleuder straff; aber so einfach war Eisenkopf nicht zu fassen. Er hielt seine Waffe so, daß das Blatt sein Gesicht verdeckte, und mit seinen Beinen tief im Schlamm und seinem von der Rüstung bedeckten Körper gab es keinen Teil an ihm, der Bingo ein Ziel geboten hätte. Der Wendelhäuptling grinste höhnisch und triumphierend und ging auf den hilflosen Zoff zu, dessen Tod nun sicher schien.

Doch Napoleon sprang auf. »Nein«, schrie er schrill, »niemals.« Und er warf sich von dem Gerüst hinunter auf Eisenkopfs Schultern und klammerte sich mit Armen und Beinen, so fest er konnte, am Leib des Häuptlings an.

Napoleon war nicht mehr stark. Der Nahrungsmangel hatte ihn beinahe gewichtslos werden lassen, aber eine Sekunde lang verlieh ihm seine Wut eine wilde Energie, und er warf Eisenkopf um und in den Schlamm.

Selbst so brauchte Eisenkopf nur einen Augenblick, um sich von seiner Last zu befreien, und er schlug Napoleon hart in die Nieren und stieß ihn in den Schlamm. Er wirbelte herum, daß der Dreck spritzte, begierig, den Kampf mit Zoff zu beenden, aber es war ein wenig zu spät. Napoleons Eingreifen hatte dem Battersea-Borrible Zeit gelassen, unter Wasser nach seinem Spaten zu tasten, Zeit genug, ihn zu finden. Als Eisenkopf wieder zum Angriff überging, fand er Zoff bereit.

»So«, sagte Zoff, »eine Panzerweste tragen wir also. Gehst nie ein Risiko ein, was, Blümchen?« Und mit neuer Entschlossenheit, die dem Gefühl entstammte, glücklich entkommen zu sein, rückte Zoff vor. Nun erwischte er Eisenkopf mit seinem hölzernen Spatengriff an den Vorderzähnen, jetzt wieder stach er mit der scharfen Stahlkante auf ihn ein.

Der Wendelhäuptling zog sich an der Grubenwand entlang zurück, und Zoff folgte ihm, Schritt für Schritt, kalt und tödlich, haßerfüllt zuschlagend und stoßend, bis endlich in Eisenkopfs leblosen Augen ein ferner roter Funke der Furcht aufglomm. Der Angstschweiß begann ihm aus den Achselhöhlen zu rinnen, seine Knie bebten, er stolperte. Verzweifelt hob er schließlich seine Waffe über den Kopf und hielt sie so. »Genug«, rief er, »ich ergebe mich.«

Zoff zögerte den Bruchteil einer Sekunde, und da schwang Eisenkopf seinen Spaten wirbelnd durch die Luft, um ihn mit aller Macht auf den Schädel seines Gegners herabsausen zu lassen.

Zoff hatte Glück, daß er seinen Feind kannte. Er hatte gezögert, aber im selben Moment war er einen Schritt zurück und zur Seite getreten, so daß Eisenkopfs Spatenklinge harmlos durch den aufgewühlten Schaum des zusammengetrampelten Schlammwassers pflügte und die Wucht des Schwungs den Wendel von den Füßen riß und auf die Knie warf. So blieb er, besiegt, keuchend.

Zoff lehnte sich auf seinen Spaten wie ein Straßenarbeiter nach einem harten Tag. »Na bitte, Blümchen«, sagte er, »du hast einfach zu gut gelebt, das hat dich langsam gemacht, und unzuverlässig. Du mußt uns jetzt ein wenig entschädigen, mußt uns freien Abzug garantieren … mit dem Schatz natürlich.«

Plötzlich bäumte sich eine gewaltige Welle im Schlamm auf, und Napoleon schoß wie ein Torpedo hervor. Er war unkenntlich, schwankend kratzte er schichtweise den Dreck mit seinen dreckigen Handrücken vom Gesicht. Er spuckte Dreck aus dem Mund.

»Laßt das jetzt mit dem Abziehen«, sagte er. »Tötet ihn.«

»Napoleon hat recht«, sagte Poch vom Gerüst herab, »ist mir egal, wenn ich nicht mehr wegkomme, hier hilft nur das Töten.«

»Wartet doch«, sagte Sydney, »es geht nicht nur um euch, denkt dran, oben sind noch Stonkus und Torricanyon und Chaline.«

»Chaline«, sagte Poch, »ist sie hier?«

»Hört mir mal zu«, sagte Zoff, »die beste Chance, die wir haben, rauszukommen, ist es, diesen Sack hier als Geisel zu benützen. Wenn wir ihm ein Messer an den Hals halten, kann uns nichts passieren, oder?«

»Sei dir nicht zu sicher, daß die Wendels ihn zurückhaben wollen«, sagte Napoleon. »Wenn sie sehen, daß er gefangen ist, dann merken sie plötzlich, daß sie ihn loswerden können, und bügeln uns einfach alle zusammen weg.«

»Andererseits lassen sie uns vielleicht gehn, wenn wir ihn sauber gefesselt abliefern«, sagte Sydney, »was meint ihr dazu?«

»Red keinen Unsinn«, sagte Zoff, »du mußt an die Leibwache denken, ein paar Hundert davon, ohne Eisenkopf sind die gar nichts, die wollen ihn lebend, und sei's nur um ihre eigene Haut zu retten, und ich kann euch sagen, die warten alle auf der Plattform und am Ufer aufgereiht. Nein, wir brauchen ihn als Geisel, vor allem wenn wir den Schatz auch mitnehmen wollen.«

»Der Schatz!« sagte Sydney. »Ich sage: Laßt den Schatz, wo er ist.«

»Ich auch«, sagte Vulgo.

»Ja, ich auch«, fügte Bingo hinzu.

»Ich sage immer noch: ihn töten«, sagte Poch, »und zur Hölle mit dem Schatz. Ich hab meine Lektion verdaut.«

Zoff schaute zu Poch hinauf. »Ich würde den alten Arsch gerne töten«, fing er an, »aber ohne ihn und den Schatz haben wir keine Chance, rauszukommen, und außerdem ...«

Zoff kam nicht weiter mit seiner Erklärung; Eisenkopf stieß einen lauten Schrei aus, warf sich nach vorn und zielte, den Spaten in beiden Händen, auf Zoffs Kehle. Er wußte, wenn er seinen Bruder aus Battersea töten konnte, hatte er eine gute Chance, sich an den anderen vorbeizukämpfen.

Aber Zoff war nicht umsonst bekannt als der verschlagenste aller Borribles. Während er mit den anderen sprach, hatte er seinen Gegner nicht vergessen; mit gespitzten Ohren hatte er die Bewegung im Schlamm gehört, als Eisenkopf aufsprang. Automatisch hob er seinen eigenen Spaten, um sich zu schützen, und Eisenkopfs Schlag prallte daran ab, funkenschlagend, als Stahl gegen Stahl klirrte. Sich umdrehend sah Zoff, daß Eisenkopf nur einen Meter entfernt war, durch den wilden Sprung aus dem Gleichgewicht gekommen. Zoff hob die Arme, den Spaten vorsichtig zwischen den Händen haltend, als würde er ihn gleich mit leichtem Schwung über eine Mauer werfen. Er stand fest, ruhig, eine kurze Zeit bewegungslos, er nahm sich Zeit, er wartete, während Eisenkopf taumelte und versuchte, seiner Reichweite zu entkommen – aber nun war es zu Ende.

Mit mörderischem Gesichtsausdruck balancierte Zoff seine Waffe in Augenhöhe und stieß dann mit all seiner Kraft zu, mit der Linken den Spaten leitend und ihm vom Griff in der Rechten aus Schwung verleihend, daß die helle Klinge in Eisenkopfs Adamsapfel fuhr, durch die Luftröhre und die Halsschlagader, und durch das Rückgrat wieder hinaus; und der Schlag klang wie ein Axthieb in eine nasse Grasnarbe.

Und der Kopf des Häuptlings explodierte von seinen Schultern und hing überrascht in der Luft. Eisenkopf war erschlagen, und doch glühten, einen Augenblick lang, die matten Augen des Wendels endlich auf, erleuchtet vom Feuer des Todes, und ein roter Schein erhellte die ganze Höhle. Dann kam ein tiefes Stöhnen aus den hellroten Lungen, und der Körper fiel, das Blut vermischte sich mit dem Schlamm und dem Wasser unten.

Der abgetrennte Kopf schien eine Ewigkeit in der Luft zu hängen, aber schließlich fiel er in den Schlick, das Gesicht nach oben, blicklos in die gelbe Schwärze des Schachtes hinaufstarrend, starrend auf eine Art, daß Zoff den Blick nicht ertrug; er hob einen Fuß und schob den Kopf langsam unter den Schmutz, und die dicke, widerliche Flüssigkeit kroch über die Augen und schloß sie für immer. In seiner Ecke, wo er sich vor Schwäche schwankend anklammerte, erbrach sich Napoleon.

Zoff aber brannte vor Stolz, herrlich überzeugt von seiner eigenen Größe und vor Freude über den Sieg berauscht. Er warf den Spaten hin und schüttelte seinen Gefährten die Fäuste entgegen, daß sie erschrokken zurücktraten, so entsetzlich war sein Gesicht, so verzerrt von einer schrecklichen Freude. Und Zoffs Stimme erklang mit einem harten, durchdringenden

Schrei des Triumphs: »Ich bin Zoff, der Zorneszahn, Töter Eisenkopfs, Räuber des Schatzes, ich habe jetzt sechs Namen.«

Nach seinem Schrei war es sehr still, und Napoleon kroch zur Leiter und zog sich nach oben zu seinen Freunden auf dem Gerüst. Währenddessen ergriff Zoff Eisenkopfs Helm, der gerade noch aus dem Schlamm herausragte, und setzte ihn auf.

»Schaut euch das an«, sagte Bingo, »sie waren Brüder, und jetzt kann man's sehn, wo er seinen Hut aufhat. Man könnte sie nicht unterscheiden, was?«

Bingos Worte ließen die anderen aufmerksam werden, und sie mußten ihm zustimmen. Der kupferne Helm machte es beinahe unmöglich, den einen Bruder vom anderen zu unterscheiden, den Lebenden vom Toten, und Zoff stand wie eine Statue; er wußte, wie der Eindruck war, den er machte, wußte, wieviel von Eisenkopf in ihm war. Dann sah er auf, und langsam verließ der Ausdruck des Irrsinns sein Gesicht.

»Es ist vorbei«, sagte er, »der lange Kampf zwischen uns ist beendet, wir müssen gehen.«

»Wie zum Teufel sollen wir hier rausklettern?« fragte Sydney, »wo Poch, Orococco und Napoleon so schwach sind, daß sie kaum stehen können?«

»Es gibt keinen anderen Weg«, sagte Zoff, »aber wir gehen langsam, die Stärkeren ziehen die Schwächeren mit.«

»Wir schaffen's«, sagte Poch, »wir müssen.«

»Ja, vielleicht«, sagte Orococco, »aber was machen wir, wenn wir oben angekommen sind, Mann?«

»Überlaßt das mir«, sagte Zoff und wühlte unten im Schlamm; er drehte Eisenkopfs Leichnam um. Dann richtete er sich wieder auf, und sie sahen, daß er die goldene Jacke hielt, die dick mit Schleim bedeckt war.

Er lachte und warf sie auf die Plattform hoch. »Hier, Bingo«, sagte er, »mach sie sauber, während ich das Geld hol.«

»Kein Geld«, schrie Poch laut. »Als Vulgo im Rumbelreich verwundet war, wollte ich ihn zurücklassen, damit ich den Schatz tragen konnte. Adolf wollte nichts davon wissen und hat Vulgo auf den Schultern getragen und ihm das Leben gerettet. Ich hab das Gegenteil getan, ich hab den Schatz gerettet und dafür gesorgt, daß Adolf umgekommen ist. Er war ein echter Borrible, ich nicht. Den Fehler mach ich nicht noch einmal.«

»Wir helfen dir nicht mit der Kiste«, sagte Bingo.

»Also gut«, sagte Zoff, »haltet das, wie ihr wollt, aber hat irgendeiner von euch Schlaubergern eine Idee, wie wir rauskönnen? Oben wartet ein ganzer Stamm von Wendels. Und was glaubt ihr, was die machen, wenn sie uns ohne den Schatz ankommen sehen? Die klatschen wohl Beifall und spendieren uns eine Bootsfahrt nach Battersea.«

Alle schwiegen. Die Borribles wußten, daß Zoff recht hatte, aber niemand wollte ihm beipflichten.

Zoff lachte. »Wirf die Jacke runter, Bingo.«

Bingo tat, was er sagte, und Zoff zog sich das Kleidungsstück über die Schultern. »Jetzt«, sagte er triumphierend, »wer bin ich?«

»Du bist Zoff«, sagte Vulgo, »aber von hier könntest du Eisenkopf sein, ähnlich wie ein Klacks Spucke dem andern.«

»Richtig«, fuhr Zoff fort, »und wem gehorchen die Wendels, ohne zu fragen?«

Napoleon schaute auf. »Alle Wendels gehorchen Eisenkopf, vor allem, wenn er den Schatz hat.«

»Wieder richtig«, sagte Zoff. »Und damit wir jetzt

hier rauskommen, müssen wir ihnen was hinlegen, was ihre bösen kleinen Köpfchen beschäftigt ... Wenn sie den Schatz sehen, werden sie so glücklich sein, daß sie mich nicht genauer betrachten, sie werden nur sehen, was sie erwarten.«

»Aber sie werden sehen, daß die Wachen fehlen, wir werden nicht genügend sein«, sagte Sydney.

»Durchaus nicht«, sagte Zoff. »Auf halbem Weg nach oben werden wir ein paar Uniformen der Leibwache finden, immer noch an Leibwachen befindlich, wie ich zugebe, und leicht zerknittert. Aber die können Bingo und Vulgo anziehen, der Rest benimmt sich wie Gefangene. Die Wendels werden zu beschäftigt sein, Hurra zu schreien und auf und ab zu hüpfen, als daß sie anfangen, zu zählen, wieviele Wachen oder Gefangene dabei sind.«

»Also gut«, sagte Vulgo, »du bist Eisenkopf, und was geschieht dann oben?«

»Eine leichte Übung«, antwortete Zoff. »Ich gebe Befehle, alle anderen führen sie aus. Der Schatz wird in meinen Gemächern eingeschlossen, die Gefangenen ebenfalls, bereit für die Hinrichtung. Aber tatsächlich werden wir, sobald ihr euch ausgeruht und was Anständiges gegessen habt, die Mücke machen.«

»Und das Geld?« fragte Sydney.

Zoff grinste. »Oh, das nehm ich mit, würde sonst keinen Spaß machen.«

Napoleon lachte höhnisch. Er war jetzt monatelang ein Sklave gewesen, aber er hatte nichts vom alten Mißtrauen der Wendels verloren. »Du erwartest, daß wir glauben, du nimmst Eisenkopfs Platz gerade ein paar Tage ein, und dann gehst du weg, läßt diese ganze Macht fahren und nimmst das Geld nach Battersea, verteilst es und ziehst dich dann ins Rentnerdasein zurück?«

Zoff zuckte die Achseln. »Mir ist es gleich, was ihr glaubt, ihr müßt tun, was ich sage, oder ihr kommt überhaupt nicht raus.«

»Oh, ich glaub dir schon, daß du uns rausbringst«, sagte Napoleon, »aber ich glaube auch, du bleibst und wirst Eisenkopf.«

Zoff ignorierte die Bemerkung und zog an einem der Griffe der Schatzkiste. Sie kam langsam und widerwillig aus dem Schlamm hervor, aber sie kam. »Ich schätze, ich kann die Wendels wieder zu richtigen Borribles machen«, sagte er, »auch wenn ich ihnen auf dem Weg dorthin ein bißchen gut zureden muß.« Er kniete hin und hievte sich die schwere Kiste auf die Schulter; dann begann er die Leiter hochzuklettern. Niemand rührte sich, um ihm zu helfen, und Zoffs Gesicht wurde rot vor Anstrengung, aber er bat nicht um Hilfe.

Napoleon und Poch schauten sich an. »Mir gefällt's nicht besonders«, sagte Poch, »aber er hat recht. Als Plan ist das das einzige, was wir haben.« Er kratzte den Schmutz von seinen Handflächen und den Narben, welche die rotglühende Schatzkiste dort eingesengt hatte, als er sie aus den brennenden Hallen des Rumbelreiches herausgeschleppt hatte.

»Du hast einen zweiten Namen bekommen, Poch, weißt du«, sagte Zoff, als er auf der Plattform anlangte. »Chaline hat ihn ausgewählt, Poch Brandhand.«

»Das sieht ihr ähnlich«, sagte er, »ein Name, der mich ewig dran erinnert, was ich für ein Idiot war.«

»Gut denn«, sagte Bingo, »wir helfen dir mit dem Schatz bis nach oben, aber nur, weil es Teil des Plans ist. Nichts hinterher.«

Zoff nickte und hielt etwas Kleines und Glänzendes hoch. »Gut«, sagte er, »und ich geb euch dafür diesen Schlüssel. Er wird, wie ihr gleich sehen könnt, diese irritierenden Fußfesseln öffnen. Klettert sich's leichter.«

»Du Arsch«, sagte Napoleon, aber er lachte.

Orococco lachte ebenfalls. »Einmal ein Wendel, immer ein Wendel«, sagte er.

Als alle zum Aufstieg bereit waren, gab Zoff seine letzten Anweisungen. »Poch und Napoleon und Orococco gehn als erste«, sagte er, »sie sind am schwächsten, und wir übernehmen ihr Tempo. Wir anderen vier wechseln uns mit der Kiste ab. Wenn wir droben sind, benehmen sich die Gefangenen als solche. Die beiden als Wachen gekleideten tun wie die Wachen. Auf der letzten Plattform nehm ich die Kiste und komme hinter euch hoch, da haben die Wendels was zum Draufwarten, zum Jubeln. Vergeßt nicht, oben angelangt bin ich Eisenkopf, also tut ihr, was ich sage. Ab die Post.«

Die sieben Borribles legten die Köpfe in den Nacken und schauten den Schacht hinauf, den langen schweren Weg, der vor ihnen lag. Schlamm und Blut tropfte ihnen ins Gesicht; die Leitersprossen waren eckig und rauh.

»Ich wünschte«, sagte Poch, »der alte Torri würde noch seine Tretmühle bedienen, dann hätten wir wie Schlammklumpen in den Eimern hochfahren können.«

»Warum auch nicht«, sagte Napoleon, »so sehn wir auch aus.«

9

Auf der Plattform über der Grube stand Chaline neben Zwielicht und Kladoch. Sie war so angespannt, daß sie kaum in der Lage war, still zu stehen. Über ihr in den höhlenhaften Deckengewölben hingen die großen Blöcke Schatten, massiv und schwarz. Nahebei schritt Tron auf und ab, nur gelegentlich innehaltend, um in den Schacht hinunterzublicken; die Zeit verging, und er sah nichts. Seine drei Adjutanten lehnten sich auf ihre Speere und schauten ihm mit leeren Gesichtern zu.

Auf den beiden Ufern des Flusses hielten die Leibwächter immer noch die Pfade frei und kontrollierten die dort wartenden Massen. Meistens war es still, von Zeit zu Zeit kamen Rufe. Von Außenposten und Spähern abgesehen war jeder einzelne Wendel anwesend, alle versammelt, um Zeugen der erfolgreichen Rückkehr Eisenkopfs zu sein. In der Tretmühle konnte Chaline Torricanyon auf dem Boden liegen sehen, erschöpft schlafend; neben ihm saß Stonkus, den Kopf gegen eine der groben Holzspeichen gelehnt.

Chaline seufzte. »Warum dauert es so lange?« flüsterte sie Zwielicht zu, und Tron hörte sie.

»Weil der Schacht tief ist«, sagte er, »sie sagen, eine Viertelmeile, obwohl das schwer zu glauben ist.« Tron betrachtete ihr Gesicht, und Chaline hoffte, er würde sie nicht aus der Zeit der Großen Rumbeljagd wiedererkennen. Nein, nach einem Moment begann er wieder, auf und ab zu gehen, und das Warten ging weiter, eine Stunde, zwei, dann drei.

Wieder trat Tron an den Rand des Schachtes, und Chaline und alle anderen beobachteten ihn genau. Diesmal wurde die Haltung des Wendels starr, er hatte etwas gesehen. »Sie kommen«, sagte er ruhig, und seine drei Adjutanten richteten sich gerade auf und schwangen die Speere über den Köpfen. Ein Jubelruf stieg am Ufer auf: »Der Schatz! Der Schatz!«

Auf die Kommandos von Tron hin nahmen alle auf der Plattform Haltung an, und eine summende Stille herrschte an den Flußufern, aber es galt immer noch eine Weile zu warten. »Zweifellos«, dachte Chaline, »klettern sie langsam hoch wegen der gottverdammten Schatzkiste mit ihrem Gewicht.«

Der Gedanke an den Schatz machte sie krank vor Schmerz und Wut. Sie haßte ihn mehr als irgend etwas oder irgend jemanden auf der Welt. Er hatte das letzte Abenteuer verdorben; er hatte Adolf getötet, und nun kehrte er zurück, um wieder die Art und Weise, wie die Borribles ihr Leben lebten, zu bedrohen. Sie biß sich in die Lippen; wer würde vom Grunde dieses Höllenlochs wiederkehren, Eisenkopf oder Zoff?

Etwas regte sich am Rande des Schachts, und Chaline stieß Zwielichts Ellenbogen an. Eine schwarze Hand, mit trockenem Schleim überkrustet, ergriff die oberste Leitersprosse, und Orococco zog sich herauf ins Blickfeld und stolperte auf die Plattform, um, anscheinend bewußtlos, zusammenzubrechen.

Sein Auftauchen wurde von den zuschauenden Wendels mit höhnischem Jubel begrüßt, und mit Gelächter. Sie schüttelten ihre Speere und stampften freudig mit den Füßen. Jetzt standen Trons drei Helfer am Ausgang des Schachtes und zerrten Sydney aus der Grube und ließen sie neben Orococco sinken.

Dann kamen zwei Wachen, die Gesichter schlammverschmiert und mit Blut bespritzt. Sie stolzierten zum Rand der Plattform und hielten ihre Rechte mit dem nach oben gereckten Daumen in die Höhe, und die Menge am Fluß entlang begann vor Freude zu toben. Trons Männer lehnten sich noch einmal in den Schacht hinunter, und als sie Napoleon ins Licht heraufhoben, schwoll ein haßerfülltes Hohngeschrei an und hallte zwischen den Schlammbänken und der hohen Decke wider, denn Napoleon war ein abgefallener Wendel, ein Renegat. Trons Adjutanten hielten ihn hoch, daß die Menge ihn sehen konnte, und dann, nachdem sie ihm einige Schläge versetzt hatten, warfen sie ihn zu Boden.

»Tötet ihn, tötet ihn«, schrien die Wendels und schüttelten ihre Speere.

Es brauchte mehr als nur Worte, um Napoleon einzuschüchtern: Er kroch an einen gut sichtbaren Punkt, kämpfte sich aufrecht und zeigte der ganzen Wendelnation seinen ausgestreckten Mittelfinger. Und als die Geste mit Schreien und Drohungen beantwortet wurde, ignorierte er das und schwankte zu seinen Freunden zurück, über deren Körpern er zusammensank. Er seufzte und schloß die Augen, unter dem Schmerz extremer Übermüdung stöhnend, aber sein Gesicht trug ein hartes, boshaftes Grinsen.

Schließlich kam Poch, und Chalines Herz machte einen Sprung, denn sie mochte Poch mehr als jeden anderen Borrible, den sie je getroffen hatte, doch ihre Freude verwandelte sich sogleich in Mitleid, denn Poch war zerlumpt und mit Schlick bedeckt; seine Knochen standen durch die Haut wie zerbrochene Stecken in einem Sack, und die Falten in seinem Gesicht waren tief genug, daß man einen Finger hätte hineinlegen können.

Trons Adjutanten kannten keine solchen Gefühle. Sie packten Poch bei den Haaren, zerrten ihn hoch und prügelten ihn zu Boden und traten ihn. Die Wendels unter Eisenkopf hatten gelernt, Poch zu hassen, denn er war tapfer und unnachgiebig in seinem Kampf gegen den Häuptling gewesen, und es war ihm beinahe gelungen, den Schatz ganz zu stehlen, nur durch einen unglücklichen Zufall war es mißlungen. Wieder stieg der Ruf von den Ufern auf: »Tötet ihn, tötet ihn!«

Plötzlich hob Tron die Hand, und all der Lärm schwieg. Poch zog sich aus dem Weg wie eine halbzertretene Kakerlake, eine Blutspur hinterlassend, und Eisenkopfs Kupferhelm erschien am Rand der großen Grube. Endlich sahen alle die Wendels ihren Häuptling wieder auftauchen; auf seinem Rücken trug er die große versengte Kiste mit dem Schatz der Rumbels, und sie hoben die Speere hoch in die Luft und schrien wie mit einer Stimme: »Eisenkopf! Eisenkopf!«

Der Lärm war überwältigend. Chaline konnte nur noch Lärm hören. Sie schaute Zwielicht verwirrt an. »Es ist Eisenkopf«, rief sie, »er muß Zoff erledigt haben, er hat auch den Schatz, jetzt bringt er uns alle um.«

Zwielicht konnte Chalines Worte durch den Krach des Freudentaumels nicht hören, der an den Ufern entlangbrauste. Er deutete auf das Land hinüber. »Es sind zu viele«, rief er, »sei einfach still und hoff auf das Beste.«

Chaline beobachtete Kladochs Gesicht. Würde er sie jetzt verraten? Es schien recht wahrscheinlich, er lachte und schrie mit den anderen. Er drehte sich halb zu ihr um. »Ist alles klar, es ist Zoff«, sagte er, aber Chaline verstand in dem Aufruhr die Worte nicht. Sie sah zu der Tretmühle hinüber, wo ihre Freunde kauerten, zerschlagen, geschlagen. Es war, daß einem das Herz brechen wollte. Sie starrten Eisenkopf willenlos an, wie Sklaven, die gleich verkauft werden würden.

Chaline knirschte mit den Zähnen und faßte einen Entschluß: Was auch geschehen mochte, ob sie sterben würde oder nicht, sie würde Eisenkopf nicht seinen Triumph lassen. Der Schatz durfte nicht zurückkehren, um die Lebensweise der Borribles zu zerstören. Sie und ihre Gefährten waren ohnehin so gut wie tot, aber wenn sie sterben mußten, war es besser, daß Eisenkopf mit ihnen starb.

Ein weiterer lauter Jubelruf rollte über den Fluß. Eisenkopf stand auf der letzten Leitersprosse, ein verrücktes Lächeln auf seinem blutbedeckten Gesicht, und mit Spuren von Blut auf seiner goldenen Jacke. Chaline hörte, wie er die Stimme hob.

»Ich bin Eisenkopf, dies ist der Rumbelschatz, und er ist wieder mein ... nun können die Gefangenen sterben.«

»Und du auch«, rief Chaline und, unbemerkt in der allgemeinen hin- und herwogenden Erregung, sprang sie vor und ergriff einen Hammer, der auf einem Haufen Werkzeug lag. Zwielicht ging treu mit ihr, ohne zu wissen, was sie wollte, aber eifrig bereit, zu helfen. Tron fuhr auf dem Absatz herum, aber Chaline war über ihm, und er hatte keine Gelegenheit, sich zu verteidigen. Sie schlug den Hammer gegen die Seite seines Helms, und Eisenkopfs Stellvertreter brach bewußtlos zusammen. Ehe Trons Adjutanten klargeworden war, was sie beabsichtigte, hatte Chaline den Rand des Schachtes erklommen und schlug mit ihrer ganzen Kraft zu, einen der Keile lockernd, die die großen Querstreben in ihrer Position hielten. Der Keil drehte sich, Chaline versetzte ihm noch einen Hieb, und der Holzblock flog heraus, klapperte gegen die Schachtwand und fiel dann in einem undeutlichen Kreiseln in das Dunkel.

»Chaline«, brüllte Zoff, »mach keinen Scheiß, ich bin es!«

Einen Augenblick lang begriff Chaline nicht. »Verdammt sollst du sein, Eisenkopf«, schrie sie, »ich laß nicht zu, daß du das Geld zurückbringst.« Dann dachte sie, Eisenkopf sei vielleicht nicht Eisenkopf, daß sie vielleicht einen Fehler gemacht hätte, aber im selben Augenblick entschied sie, daß es kein Fehler war, daß alles, selbst Zoffs Tod, selbst ihr eigener, besser war als die Wiederkehr des Rumbelschatzes. Mit grausamer Entschlossenheit schwang sie den Hammer über den Kopf, um wie mit einer Hacke auf die schwankenden Balken unter ihren Füßen einzuschlagen.

Trons Männer griffen sie an, aber Zwielicht warf sich dazwischen und schlug zu, zerrend, ihre Füße zum Stolpern bringend, boxend. Bingo und Vulgo, die immer noch ihre Rolle als Wachen spielten, hielten vor Schreck den Atem an und reckten ihre Arme, um Chaline dort, wo sie auf einem Querbalken stand, wegzuziehen, sie schrien ihr zu, aufzuhören, zerrten sie endlich in die Sicherheit der Plattform zurück, aber diese schweren Schläge hatten genügt. Der Hauptbalken sprang seitwärts, und die Spannung, die ihn Monate gehalten hatte, wurde frei, die Balken des Grubenschachtes erbebten, der Schlamm drängte heran, und dem Innersten des Holzes entriß es ein wildes, knarrendes Schluchzen. So laut war es, daß der Jubellärm erstarb und die Zuschauer auf den Uferpfaden begriffen, daß ihr Triumph zu etwas Schlimmem geworden war: Gefahr war da, das Vergnügen war zu Ende.

Bingo schüttelte Chaline, so hart er konnte, Wut und Furcht mengten sich in seinem müden Gesicht.

»Du verdammte Idiotin«, sagte er, »jetzt sind wir alle tot.«

Chaline starrte Bingo wie töricht an, erschrocken und angstvoll. Sie öffnete den Mund, um zu sprechen, aber es war keine Zeit mehr. Wieder zwängte sich ein kreischendes Kratzen aus der Masse des splitternden Holzes hervor; das Holz barst in seinen innersten Fasern und wurde zerrissen und zerrieben, und die großen Balken stürzten endlich hinab; ihr riesiges Gewicht drehte sich schneller und sammelte Kraft, um die Plattformen und Gerüste unten zu zerschmettern.

Zoff rief nach Hilfe, aber seine Leiter schwang von der Wand des Grubenschachtes weg und stockte, eine Sekunde lang reglos, auf nichts mehr ruhend, am Rand des Sturzes. Das Blut wich aus seinem Gesicht, er klammerte sich krampfhaft mit einer Hand an die Sprosse und hielt mit der anderen die Schatzkiste fest. Es war ein langer, in sich ruhiger Moment – beinahe sein letzter, und Zoff wußte es.

»Verdammt! Chaline!« schrie er.

Wieder ein berstendes Krachen, und wieder ein Dröhnen, als weitere Gerüstteile in den Schacht fielen und die Verschalung, die den Schlamm zurückhielt, wegzugleiten anfing und große Ströme schwarzen Schlicks hereinquollen. Der Schlamm war dick und muskulös; er konnte erwürgen und ersticken, er wollte alles in die Dunkelheit im Zentrum der Erde hinabziehen.

Der oberste Teil der Verschalung brach nun völlig und fiel nach innen zusammen, die großen Planken schlossen sich wie starre Finger und zerschmetterten Zoffs Leiter zu Splittern und preßten seinen Körper in der Luft zusammen. Zoff schrie vor Schmerz auf, und die Schatzkiste entfiel seinem Griff; sie verschwand in dem gierigen Mund des Schlamms. Zoff kämpfte mit den Balken, versuchte, das Holz wegzuschieben, versuchte, zu verhindern, daß es ihn zerdrückte. Seine Anstrengungen waren vergeblich – es hielt ihn zu fest, wie einen Wurm in einer Pinzette. Er hob den Kopf in unerträglichem Schmerz, aber er konnte nicht schreien. Er hatte keinen Atem. Seine Augen wurden trübe, bis kein Blick mehr in ihnen zurückblieb, und dann glitten die Balken langsam in den Schlamm hinab und nahmen Zoff, Zentimeter um Zentimeter, mit sich. Er war fort.

Nun gab es überall, abgesehen vom weichen Wellenschlag des dicken Wassers, kein Geräusch. Die Wendels an den Ufern starrten ungläubig, als der Borrible, den sie für ihren Anführer hielten, vor ihren Augen starb, während die Abenteurer nur zu gut wußten, daß es Zoff gewesen war, der dort den Tod gefunden hatte, die Augen blind vor Entsetzen, die Lungen leer.

Chaline schüttelte Bingo ab. »Oh, Zoff«, weinte sie, »oh, Zoff.« Und die heißen Tränen liefen ihr über das Gesicht für das, was sie getan hatte.

»Zurück«, warnte Vulgo, »zurück, oder es zieht dich auch rein.«

Bingo stürzte sich auf den bewußtlosen Tron und zog ihn auf die Füße. Der Wendel rieb sich die Augen.

»Wo ist Eisenkopf?« fragte er.

»Tot«, sagte Bingo, »wie wir alle in einer Minute.«

Tron sah sich um und begriff die Lage. Die Plattform sank, und der Schlamm rollte unaufhaltsam herein. Nur die Tretmühle schien solide zu stehen, und selbst sie ging langsam unter.

»Rasch«, rief Tron, »das Rad. Holt diese beiden Gefangenen raus und dreht es um, es schwimmt.«

Plötzlich wieder ein kratzendes Schwanken, und die Plattform glitt einen Fuß tiefer in den Schlamm. Trons Adjutanten und die beiden Wendelwachen warfen ihre Speere weg und sprangen panisch in den Fluß, um ans Ufer zu schwimmen.

»Kommt zurück, ihr Narren«, brüllte Kladoch, »der Schlamm verschlingt euch!«

»Laß sie«, sagte Tron, »drehen wir das Rad um.«

Es war nicht einfach. Als Stonkus und Torricanyon zwischen den Speichen herausgekrochen waren, war die Plattform schon so weit gesunken, daß die Borribles bis zu den Hüften in einem Treibsand steckten, der bei jeder Bewegung an ihnen sog. Doch irgendwie, und alle zusammen, wühlten sie sich gebückt unter der Oberfläche an die Basis der Tretmühle heran, ergriffen sie und hoben sie so energisch in die Höhe, daß sie einen Augenblick über dem Schlamm hing, bevor sie auf die Seite klatschte.

»Los jetzt kommt«, rief Tron wieder, sobald das Rad schwamm, »alle an Bord, es ist unsere einzige Chance.« Und eben als sie die Plattform unter ihren Füßen weggleiten spürten, gelang es den Borribles auf die massiven Streben ihres improvisierten Floßes zu klettern. Kaum hatten sie diese momentane Sicherheit erreicht, als eine neue Gefahr sie bedrohte: Die Öffnung der Grube, jetzt frei von Treibgut, war zu einem Maul geworden, das klaffte und pulsierte, der Mittelpunkt eines langsamen Mahlstroms – ein schwarzer Strudel, der darauf wartete, alles einzuschlingen, Schlamm, Holz, Borribles und all den Rest.

»Wir müssen was tun«, sagte Poch, »in einer Minute sind wir ertrunken.«

»Gibt es irgendeine Chance, daß eure Leute uns ein Boot rausschicken?« fragte Bingo.

Tron stand am Rand des Rades und sah zum Ufer. »Es gibt keine Boote«, sagte er nach einer Weile. »Die Strömung hat die Ufer leergefegt, die meisten meiner Männer sind auch weg.«

»Und ein langes Seil?« fragte Stonkus. »Könnten sie uns nicht reinziehen?«

Tron schüttelte den Kopf. »Ein so langes Seil haben sie nicht, und selbst wenn sie ein paar aneinanderbinden, wir wären am Grunde des Schachts, bevor sie sie geholt haben. Der Fluß fällt in die Grube, und wir mit ihm.«

Ein erstickter Aufschrei kam von irgendwoher, ein zweiter. Kladoch deutete hinaus. »Die Leibwachen«, sagte er, »mit denen ist Schluß, da draußen zu schwimmen muß sein wie Schwimmen in Zement.«

Aber die Borribles hatten keine Zeit, an andere zu denken, ihre eigene Lage war zu verzweifelt. Der Strudel wühlte sich weiter, im Kreis herum, und die Mühle trieb mit. Luftblasen flohen von unten empor, zerplatzten und schleuderten Schlick in die Luft, der mit brutaler Kraft herniederregnete und die Oberfläche des Wandle schäumen und kochen ließ wie einen Lavasee. Es war eine Szenerie aus dem Herzen der Hölle.

Und der Schlamm strömte weiter in die Grube, manchmal gleitend, manchmal strudelnd, aber mit welcher Geschwindigkeit auch immer, eines war sicher: Das Rad, an dem die Borribles hingen, fiel stetig auf den Mittelpunkt zu, und keine Macht der Welt konnte seine Bewegung umkehren.

»Wir sind geliefert«, sagte Vulgo, »es ist endgültig aus.« Aber während er sprach, ließ die Strömung nach, und nach einer kleinen Weile war sie ganz zum Stillstand gekommen.

»Das Loch muß sich gefüllt haben«, sagte Bingo, ein wenig Hoffnung in der Stimme, »wir bewegen uns nicht mehr.«

»Es kann nicht voll sein«, sagte Napoleon, »dieser Schacht ist eine Viertelmeile tief.«

»Was ist es dann?« fragte Zwielicht. Er schaute zum Land hinüber. Dort hatte die Strömung nicht ausgesetzt, und das mächtige Auf und Ab der Wellen hatte die Wendels hoch auf die Ufer zurückgedrängt, wo sie schweigend zusahen und wo die Krieger auf ihren Speeren lehnten.

»Das ist unsere einzige Chance«, sagte Napoleon, »wir sollten losschwimmen.« Aber bevor sich jemand bewegen konnte, öffnete sich der Mund der Grube wieder; wieder stürzte der Schlamm in den Sog, und die Tretmühle fiel und bäumte sich wie auf einer Achterbahn.

Die Abenteurer schrien laut, überzeugt, daß der Augenblick ihres Todes gekommen sei, und das große hölzerne Rad stürzte in das Auge des Sturms, und dort, halb versunken, kippte es zur Seite, und die Borribles hingen über dem Abgrund – doch wie sie auf dem Rand schwankten, stieg eine Flutwelle unter ihnen empor, und wieder drehte sich das Rad, glitt hinab und blieb schließlich in dem breiten Grubenschacht verkeilt stecken.

»Was ist geschehn?« fragte Zwielicht, dem die Zähne aufeinanderschlugen. »Leben wir noch?«

»Ja«, sagte Napoleon, »aber die Zukunft sieht nicht berühmt aus.«

Schlamm und Wasser rasten wie ein Wasserfall vorbei, zerrten an den Borribles, versuchten, sie in den Strom zu schmettern. Die Tretmühle stand unter ungeheurem Druck; sie krachte und ächzte, die Balken begannen nachzugeben, und Nägel und Schrauben lösten sich und fielen ab. Dann, genauso plötzlich wie sie begonnen hatte, hielt die hinabfallende Strömung inne. Der offene Mund des Schachtes bedeckte sich, und der Wandle trieb wieder darüber hinweg.

»Ist es jetzt voll, was meinst du?« fragte Sydney.

»Ich hab's dir schon gesagt«, sagte Napoleon, »es kann nicht voll sein.«

»Ich weiß, was es ist«, sagte Poch, »es muß eine Luftblase sein. Ich glaube, die erste Ladung Schlamm ist so schnell da runter gefahren, daß sie unten eine große Blase eingeschlossen hat... Wenn es lang genug so bleibt, dann haben wir vielleicht Zeit, an Land zu kommen.«

»Wir sind zum Schwimmen zu schwach«, sagte Orococco, »das ist der sichere Tod da draußen.«

»Und was glaubst du ist das hier«, gab Napoleon zurück. »Schöner Wohnen?«

»Ich will euch was sagen«, sagte Tron ernst, »wenn dort unten eine Luftblase hängt, dann explodiert sie früher oder später, und wenn das passiert, ist's wie eine Atombombe. Dann haut's Kacke und Dreck in jede Richtung auf einmal, und dazwischen kleine Stückchen von uns.«

Niemand antwortete dem Wendel – es war nicht nötig, und es war keine Zeit. Aus einem fernen Teil der Erde drang ein lautes, rumpelndes Dröhnen. Die gewölbte Decke der Höhle bebte und Ziegelsteine sausten herunter. Der Fluß kochte wie heißes Pech, schneller und schneller, und ihm entströmte ein schlimmes Gas, das, seinem Geruch nach zu schließen, monatelang im stinkenden Fleisch eines alten Leichnams sich hätte bilden können.

»Ich kann nicht atmen«, rief Sydney, »krieg keine Luft.«

»Keine Angst«, sagte Vulgo und wischte sich den rauchigen Dunst aus seinen Augen, »recht bald ist das auch überflüssig.«

Das Rumpeln wurde lauter. Eine Flutwelle aus Schlick und Sedimenten bäumte sich und wölbte sich über die Ufer, und die Wendels, die dort standen, drehten um und rannten in die Tunnel, einander niedertrampelnd bei ihrer wilden Flucht – in wenigen Augenblicken waren alle verschwunden, und nur die Verletzten und Bewußtlosen blieben zurück; einige, um sich davonzuschleppen, einige, um von den wütenden Wassern fortgewischt zu werden.

Immer näher kam das rauschende Brüllen, die ganze Welt erzitterte, und eine große Explosion raste den Grubenschacht empor wie eine Lokomotive, und die Borribles krochen auf dem Rad zusammen und warfen ihre Körper gegeneinander, um sich zu schützen.

Dann brach die Explosion mit einem riesigen Schwall hervor, und die Tretmühle wurde wie ein Kieselstein in die Höhe geschleudert, auf einer sich windenden Schlammsäule nach oben getragen, die kreiste und wirbelte und wie ein Tornado schwankte, sank und sich hob – und die Borribles rangen nach Atem in dem kreiselnden Schlamm und kämpften noch verzweifelter darum, nicht von dem Rad herunter in die wirbelnde Dunkelheit geworfen zu werden.

Höher, immer höher wurden sie getragen, hundert Fuß hoch schwebend und gleitend, bis das Rad leicht auf dem äußersten, höchsten Rand einer großen Schmutzsäule ruhte, und da schwebte es eine unendlich lange Zeit, zwischen Oben und Unten balancierend. Dann schließlich, wieder hüpfend und dahinschießend, sauste es auf dem Kamm einer breiten, lässigen Welle davon, die es zu den Schlammbänken des Wandle trug, wo es sich tief in den Fluß bohrte und einen Moment später mit einem Sprung wieder zum Vorschein kam, und die schleimdurchtränkten Borribles hingen immer noch daran: arme schwarze Vogelscheuchen, überzogen vom Dreck.

Eine der Vogelscheuchen hob den erschöpften Arm und versuchte, das Prasseln des Schlammsturms zu überschreien. Es war Poch, und seine Stimme war kaum noch ein Krächzen: »Schaut, schaut, wo wir sind!«

Die anderen kratzten den klebrigen Kot aus ihren Augenhöhlen und sahen, daß die Welle sie mehr als zweihundert Meter flußabwärts getragen hatte, nahe an das nördliche Ufer. Als sie mit ihren Beinen im Schlamm nach unten stießen, entdeckten sie, daß ihre Füße das Flußbett berührten.

»Wir sind in Sicherheit«, rief Chaline, die endlich sprach und jetzt mit glücklicher Stimme, als ihr klar wurde, daß sie ihre Freunde doch nicht getötet hatte.

Napoleon stolperte von der Tretmühle weg. »Verschwendet keine Zeit!« rief er. »Haut ab, ehe die Explosion vorbei ist.«

Er hatte recht. Sobald der große Geysir in sich zusammensank, würde der Schlamm mit noch größerer Wucht in die Grube zurückströmen, und alles im Wandle würde mit davonfließen, bis der Schacht wieder voll war.

Stonkus war immer noch der stärkste der Borribles. Einen nach dem anderen ergriff er die schwächsten der Abenteurer und zog sie an Land, wo er sie das Ufer hinaufschob. Zuerst Napoleon, dann Torricanyon und Orococco; zuletzt Poch. Währenddessen wateten die anderen ins Trockene, so gut sie eben konnten, strauchelnd, rutschend, sich aufeinander stützend, bis sie schließlich alle in einem Haufen zusammenbrachen.

»Ausruhen ist jetzt nicht wichtig«, sagte Napoleon dringlich, und irgendwie fand er die Kraft, sich auf die Knie zu kämpfen und den Klumpen Schlamm zu pakken, der dicht neben ihm lag. »Das ist Tron, schnappt euch den andern Wendel, rasch!«

Stonkus wußte sofort, was Napoleon meinte, aber es war unmöglich, die Schlammgestalten zu unterscheiden. Kladoch selbst verriet sich, indem er in Panik aufsprang, und Stonkus nahm ihn beim Kragen und drückte fest zu.

»Laßt die Wendels nicht fort«, brüllte er, »oder es ist aus mit uns.«

Trotz Napoleons Anstrengungen, ihn unten zu halten, stand Tron mühelos auf. »Wart einen Moment, Napoleon«, sagte er. »Eisenkopf ist jetzt tot, und es gibt keinen Krieg mehr zwischen Borrible und Borrible.«

»Ich glaub's, wenn ich hier draußen bin, nicht vorher«, sagte Poch.

»Seid doch keine Idioten«, sagte Kladoch und kämpfte gegen Stonkus' Griff, »ich habe doch Zoff die ganze Zeit geholfen, oder? Warum sollte ich euch verraten?«

»Alles ist jetzt anders«, sagte Tron, »außerdem kannst du wetten, daß die ganze Wendelnation glaubt, wir wären tot, niemand ist dageblieben, um sich's anzusehen, oder?«

Poch und Napoleon schauten sich an. Der Schlamm

klatschte um sie herum zu Boden, der Tornado donnerte.

Napoleon schüttelte den Kopf. »Wir haben zuviel durchgemacht, um jetzt noch ein Risiko einzugehn... haltet sie fest und paßt gut auf sie auf.«

Tron zuckte die Achseln. »Ich nehm's euch nicht übel«, sagte er, »aber ich kann euch beweisen, daß ich euch nichts Böses will. Ich bring euch auf einem geheimen Weg hier raus, ein sicherer Weg, den haben nur Eisenkopf und ich gekannt.«

»Wo ist das?« schrie Vulgo durch den Sturm.

Tron deutete mit dem Daumen über die Schulter. »Da lang, in dem Tunnel hier ist ein Kanalausstieg, der bei den Kränen von Feather's Wharf rauskommt. Ist nicht weit.«

»Müssen wir uns ansehen«, sagte Stonkus und half seinen Freunden beim Aufstehen; aber ehe sie aufbrechen konnten, vibrierten die Tiefen des Schachtes, und man hörte eine zweite Luftblase dröhnend nach oben fegen. Der sprudelnde Geysir stockte und sank einen Augenblick, als wollte er in sich zusammenstürzen, doch dann schoß er mit vermehrter Kraft herauf, und die Borribles wichen weiter zurück, die Arme über den Köpfen verschränkt, um sich vor dem Schlamm zu schützen, der mit der Wucht eines Hagelschlages auf sie niederprasselte.

Chaline schrie. »Seht«, stöhnte sie, »seht dort!«

Ihre Gefährten spähten durch den stetig herabregnenden Schlamm, und was sie sahen, ließ ihr Blut gefrieren und trieb sie, nach allem, was sie ertragen hatten, in die Nähe des Wahnsinns.

Mit müheloser Leichtigkeit an der Seite des großen Wirbelsturms emporsteigend, sich langsam drehend wie bei einem grotesken Totentanz, erschien der

Leichnam von Zoff, und dicht neben ihm tauchte der kopflose Körper seines Bruders Eisenkopf auf. Gemächlich zogen sie nach oben, ohne Eile ihre Position wechselnd, und direkt unter ihnen schwebte die Kiste mit dem Rumbelschatz, so nahe, daß zuweilen die beiden Leichen wie Statuen auf ihr zu stehen schienen. In langsamer Spirale emporsteigend, bewegte sich die Szene auf die andere Seite des Wirbels, nur um nach einigen Sekunden wieder aufzutauchen; sie bewegte sich mit dem Tempo des Tornados voran, erschien den Augen der Zuschauer jedoch unheimlich unbewegt.

Chaline berührte ihr Gesicht mit bebenden Fingern. »Es ist ein Alptraum«, sagte sie, »ein schrecklicher Alptraum.« Keiner antwortete. Sie standen alle ganz still, doch der Horror war noch nicht zu Ende. Wie Eisenkopf und Zoff sich in ihrem Todestanz drehten, öffnete sich der Deckel der Schatzkiste, und Stück für Stück und bald zu Hunderten erschienen glänzende Gold- und Silbermünzen und verteilten sich in glitzernden Formationen auf der Außenseite des Zyklons, wo sie leuchtend hingen.

Dann fuhr der Deckel der Kiste ganz auf, und tausend Banknoten platzten in bunten Luftschlangen hervor und hefteten sich an die hohe, sich drehende Wand aus Dreck, die kreiste und kreiste und alles unwiderstehlich an sich zog. Und das Papiergeld glänzte in den hellsten Farben: grün und orange, violett und gelb, bernsteinfarben und blaßblau, und der ganze Wirbel war festlich damit behangen, und die Leichen von Eisenkopf und Zoff auch. Es war schön. Chaline kreischte auf, und der Laut riß die Abenteurer aus ihrer Trance.

»Wir werden eingesaugt, wenn wir hierbleiben«, rief

sie. »Wir sind zu nahe, rennt weg.« In diesem Augenblick stieß die Grube einen langen, unruhigen Seufzer aus. Der letzte Rest der eingepferchten Luft entkam dem tiefen Schacht, und der Tornado stand endlich still, seine Gewalt war dahin. Dann begann sein äußerer Mantel aus Schleim abzusacken und wegzugleiten, bis er mit einem lauten Krachen in die Tiefe zurückstürzte und die Leichen und den Schatz für immer im Wandle unter ungezählten Tonnen Schlamm begrub, und große Kotklumpen regneten herab und überschütteten die Borribles mit so hartnäckiger Wucht, daß sie gewaltsam zu Boden geworfen wurden. Welle auf Welle bäumte sich aus dem Wandle auf und drohte sie davonzutragen, aber sie krampften die Hände in die Erde und klammerten sich ums liebe Leben aneinander, so eng, daß das Rasen und Zerren und Schieben des Flusses die Abenteurer trotz ihrer Schwäche nicht übermannte.

Langsam erstarb das Prasseln, und die Strömung des Flusses beruhigte sich. Die Flut wich vom Ufer zurück, und die Borribles konnten den Kopf heben und sich umsehen. Poch schob sich auf Hände und Knie; Wasser und Schleim strömten von seinen Gliedern herab.

»Ich hab Monate im Wandleschlamm verbracht«, sagte er. »Ich muß jetzt raus, bevor ich wirklich verrückt werde.« Er stolperte zwischen den anderen herum, auf der Suche nach Tron.

»Tron, welcher bist du, steh auf.« Tron erhob sich, und Poch ging zu ihm. »Bring uns hier raus, so schnell du nur kannst.«

Die anderen Borribles kämpften sich auf die Füße, und Kladoch stellte sich neben Tron. »Ihr könnt uns trauen«, sagte er, »ehrlich.«

»Ja«, sagte Tron, »folgt mir, es ist nicht weit.« Er legte den Arm um Kladochs Schultern, und die beiden Wendels gingen nebeneinander voran in den schmalen Tunnel.

Wie Tron gesagt hatte, war der geheime Ausstieg nicht weit. Nach einem Marsch von weniger als einer Viertelstunde ließ Tron alle anhalten und deutete auf die Decke. »Da ist es«, sagte er.

»Ich seh keinen Ausgang«, sagte Bingo.

»Sollst du auch nicht«, sagte Tron. »Er ist geheim, aber er ist da, und obendrauf steht auch keiner von der SBE.«

»Kann schon so sein«, sagte Stonkus, »aber ich geh besser mal raus und schau mich um. Wenn ich in zehn Minuten nicht zurück bin, wißt ihr, daß was nicht stimmt.«

»Wie ihr wollt«, sagte Tron, »aber paß auf, es könnte schon Tag sein.«

»Rausfinden kann man das nur auf eine Weise«, sagte Vulgo, »komm, Bingo und ich machen den Steigbügel.«

Als sie bereit waren, stieg Stonkus auf ihre verschränkten Hände, und sie hoben ihn zur Decke des Tunnels. Es war still, während Stonkus über seinem Kopf hin- und hertastete, aber bald verlagerte er sein Gewicht, und der Klang von Eisen, das auf Eisen knirscht, drang herab.

»Ich hab's«, stieß Stonkus hervor, und mit seinen Worten kam ein kühler Luftzug, der die stinkende Atmosphäre der Unterwelt zerschnitt. Jeder der Borribles holte tief Atem. Es schien Jahre her zu sein, daß einer von ihnen saubere Luft geatmet hatte.

»Mensch«, sagte Torricanyon, »das ist herrlich, wie kaltes Wasser trinken, haut dich beinahe um, was?«

Stonkus' Füße verschwanden, und eine Sekunde später hörten sie seine Stimme. »Ich bin in ein paar Minuten zurück«, flüsterte er, »und wenn nicht, haut ab.«

Die Borribles warteten, ohne etwas zu sagen. Sie waren zu sehr mit dem beschäftigt, was sie gesehen und gelitten hatten, um einfach etwas zu sagen, aber schließlich sprach Chaline doch und fragte Tron etwas – etwas, von dem sie dachte, sie sollten darüber reden, bevor sie sich trennten, vielleicht für immer.

»Warum läßt du uns so gehen, Tron«, fragte sie, »warum rufst du nicht deine Krieger?«

»Schau uns doch an«, antwortete der Wendel, »halbtot – fast wären wir's wirklich gewesen – mit Schleim bedeckt, und wofür? Das Sprichwort sagt, ›Obst vom Karren, das reicht dem Borrible‹, aber wir haben das offenbar ganz vergessen, wir haben jetzt etwas ganz Beschissenes durchgemacht, was nie hätte geschehen dürfen. Aber es ist geschehen, und wir sind schuld, nehm ich an, jeder von uns.«

»Komisch eigentlich«, sagte Poch, »als es mal begonnen hatte, war es kaum mehr aufzuhalten, aber ich muß schon zugeben – der Schlamm hat mir ein, zwei Sachen beigebracht, die ich nicht vergesse.«

Tron nickte. »Eisenkopf wollte Macht und Geld, so fing's an, und hat einen Haufen Wendels so zurechtgebogen, daß sie auch so dachten, mich eingeschlossen... und Zoff wollte seine Rache an Eisenkopf, wegen Sachen, die vor langer Zeit geschehen sind, Sachen, von denen wir nicht mal was gewußt haben, verdammt lächerlich, wenn man's bedenkt.«

»Immerhin«, sagte Chaline, »der Rumbelschatz ist jetzt weg, und das ist auf jeden Fall gut. So sollte es bei uns sein. Typen wie Eisenkopf fangen die ganze

Scheiße an, gieriger Sack, und Zoff war auch gierig, auf andere Art. Ich glaub nicht, daß er nur seine Rache wollte, könnte vieles sein, Ruhm, ein neuer Name, vielleicht wollte er wirklich nehmen, was Eisenkopf hatte, und es behalten. Soweit wir wissen, wollte er möglicherweise tatsächlich das Geld zurückbringen und es zu Hause an alle verteilen, aber selbst das wäre keine gute Idee gewesen, nicht borriblemäßig.«

»Gibt genug Rumbels zu bekämpfen, als daß wir's untereinander tun müßten«, sagte Tron, »der reine Wahnsinn. Jedenfalls, jetzt wo Eisenkopf weg ist, schätze ich, daß eine ganze Menge Wendels erkennen, daß sie jetzt wieder ganz gewöhnliche Borribles werden können, Kladoch hier zum Beispiel, und Skug, und andere.«

»Eine ganze Menge, das kannst du aber sagen«, meinte Kladoch. »Sie haben sich vorher nicht getraut, wegen Eisenkopf und der Leibwache, wißt ihr, bloß wegen dem, wie die Dinge waren.«

»Aber das ist's dann auch«, sagte Napoleon, »ich bin ein Wendel, denk dran, oder war einer. Ich kenne die Leibwache, die werden sich da nicht einfach ausbooten lassen.«

»Wir müssen mal sehen«, sagte Tron seufzend, »wir anderen sind schließlich mehr – ich sag dir aber eins, ich laß es nicht zu, daß einer weitermacht, wo Eisenkopf aufgehört hat, das steht fest.«

Und das war das Ende der Unterredung. Stonkus' Stimme fiel in die Dunkelheit herunter und unterbrach das Gespräch. »Der Morgen dämmert beinahe«, sagte er, »aber es sieht nicht so aus, als ob jemand um die Wege wäre. In Bens Hütte ist Licht, wir gehn am besten mal leise rüber, man weiß nie, vielleicht hat Snuffkin einen Bullen postiert, der auf uns wartet.«

Tron und Kladoch verschränkten ihre Hände, und die Abenteurer sagten, einer nach dem anderen, den Wendels, nun ihren Freunden, Lebwohl; und dann sprangen sie nach oben, um den kühlen Rand des Kanalschachtes zu umklammern und sich in die Kühle des dämmernden Sommermorgens hinaufzuziehen.

Ganz am Schluß kam Poch. Müde hob er den Fuß und stellte ihn in die Hände der Wendels. »Vielleicht«, sagte er, »sehen wir uns wieder.«

»Irgendwann«, sagte Tron, »wenn die Sache so oder so gelaufen ist. Wenn ich noch lebe, komm ich vorbei und erzähl dir die Geschichte, was ich getan habe.«

»Tu das«, sagte Poch, »ich mag eine gute Geschichte.« Er wandte sich an Kladoch. »Hab dich nicht kennengelernt, Kladoch, aber danke... denk dran, echte Freunde kommen, wenn man sie ruft... also, ihr beiden, laßt euch nicht erwischen.«

»Du auch nicht«, sagte Kladoch und stieß die Hände nach oben, und Poch wurde durch den Kanalschacht gehoben und oben von den starken Armen von Stonkus herausgezogen. Dann hörte er ein Klirren, und der Eisendeckel glitt in seine Vertiefung zurück.

10

Lange Zeit lagen die Borribles auf dem unebenen und abfallübersäten Boden. Sie horchten, und sie hörten das Geräusch des Wandle, wo er in die Themse mündete; ein Schlepper tutete drüben bei Wandsworth Reach, und auf dem Armoury Way huschte ein frühes Auto vorüber. Es war warm. Die Hitzewelle über London hatte nicht nachgelassen, aber die Luft hier draußen fühlte sich herrlich kühl an nach den Backofentemperaturen der Grube im Untergrund.

Poch lag entspannt auf dem Rücken und schaute in den Himmel – den Himmel, den wiederzusehen er schon aufgegeben hatte. Er lächelte, und der trocknende Schlamm platzte auf seinen Wangen. Es machte ihn froh, die blaßgelben Sterne und das tiefe Blau der Nacht zu sehen, das mit der Dämmerung am Horizont zu Grau ausbleichte. Seine Brust schwoll in einer Freude, die unerträglich war: der einfachen Freude, am Leben zu sein, dankbar dafür zu sein, dies zu wissen. Die Tränen rannen an seinem Gesicht herab und in sein Haar, aber niemand konnte sie sehen, sie verloren sich im Schmutz.

Er setzte sich auf. Der sich vermengende Geruch von Müll und Fluß war nach dem Kloakengestank frisch und gesund. Er wandte den Kopf und sah, daß er und die anderen direkt bei den beiden Dampfkränen lagen, die Feather's Wharf bewachten.

Napoleon setzte sich auch aufrecht. »Na, wie fühlt sich das an?« fragte er niemand im besonderen.

»Mann«, sagte Orococco, »es ist, als ob man zum allerersten Mal Luft atmet.«

Die Borribles schauten nach oben. In der kurzen

Zeit, seitdem sich der Kanaldeckel geschlossen hatte, waren die Sterne vom Himmel verschwunden, leiser Verkehrslärm schwoll an, und helle Rechtecke elektrischen Lichts erschienen in hohen, fernen Gebäuden; Löcher, aus den schwarzen Wänden Wandsworths ausgeschnitten. Ein Luftzug ritt auf dem Fluß heran, und eine Wellblechbahn klappte irgendwo gegen eine Schuppenwand. In wenigen Minuten würden die Müllmänner anrücken, um hier mit ihrer Arbeit zu beginnen, würden in den lockeren Gebirgen von Müll graben und schaufeln und die Flußkähne beinahe bis zum Sinken beladen; und von ganz London würden die Kipplaster angeröhrt kommen. Es war ein neuer Tag.

»Gehen wir zu Ben«, sagte Sydney, »ich möchte gern wissen, was aus Sam geworden ist.«

»Ben?« sagte Poch.

»Sam?« sagte Torricanyon, der das Pferd ganz vergessen hatte.

Chaline zog Poch auf die Füße. »Wir erzählen dir die Geschichte später, es geht um Zwielicht hier, und Ben und Sam. Und um Snuffkin und Hanks und die SBE.«

»Snuffkin«, Napoleon spie das Wort aus, »der Name gefällt mir schon gleich mal nicht.«

Stonkus fluchte. »Und seine Visage wird dir auch nicht gefallen«, sagte er, »vor allem nicht, wenn er uns hier draußen schnappt. Verziehen wir uns.« Und er schritt aus in die öde Meilenstrecke, die zwischen dem Wandle und der Wandsworth Bridge lag, gefolgt von den anderen. Sie gingen den verschlungenen Pfad zwischen den Bergen ausrangierter Waschmaschinen und kaputter Eisschränke dahin, still im Gänsemarsch, bis sie Bens Hütte vor sich sahen – und dort flackerte ein Licht hinter dem fadenscheinigen Sackleinen, das als Vorhang in einem der windschiefen Fenster hing. Sie versteckten sich und warteten, während Stonkus zur Tür ging. Vorsichtig drückte er die Klinke auf und steckte den Kopf durch die Tür; nach einem Moment winkte er seinen Gefährten zu, daß alles in Ordnung sei.

»Hier sind wir bei Ben«, erklärte er, als die, die noch nicht hier gewesen waren, hereinkamen, »und Ben ist der einzige erwachsene Borrible der Welt.«

Das Innere der Hütte war düster, nur von einer Öllampe erhellt. Sie fanden Ben schlafend in einen niedrigen Sessel mit gebrochenem Rücken gefläzt, und er sah genauso aus, wie er immer ausgesehen hatte: in viele Mäntel gehüllt, seinen Bart über die Brust ausgebreitet, das schwarze lange Haar verworren auf die Schultern fallend und die Haut mit kleinen Narben übersät und schmutzig. Auch roch er wie gewöhnlich: furchtbar.

»Sag bloß«, meinte Orococco, »der ist schwärzer als ich's bin.« Sydney schloß die Tür, und das leichte Geräusch ließ Ben sich in seinem Schlaf rühren. Er rülpste und öffnete ein Auge, dann das andere. Langsam erwachte er und rührte sich im Sessel, sein schmutziges Gesicht mit einer schmutzigen Hand reibend.

»Na«, sagte er, »brat mir einer 'nen Storch.« Der alte Tramp schüttelte verblüfft den Kopf, aber dann wuchs ein breites Lächeln hinter seinem Bart. »Verdammt noch mal«, fuhr er fort, »ich dachte, Snuffkin hätte euch auf jeden Fall geschnappt. Ging mich natürlich nichts an, hat mir aber gar nicht gefallen, überhaupt nicht gefallen.« Er griff nach der Bierflasche auf dem Tisch und tat einen langen Zug, um sicherzugehen, daß die Welt noch am selben Platz war. »Aber ihr seid jetzt mehr«, sagte er, »paar Freunde aufgelesen, was? Was ihr Kinder treibt, geht niemand was an, aber wen geht's was an, wenn's niemand was angeht?«

Sydney, die die meiste Zeit von allen mit Ben verbracht hatte und ihn daher am besten kannte, ging zu ihm und berührte seine Hand. »Wir haben eine schreckliche Zeit durchgemacht, Ben«, sagte sie. »Könnten wir uns hier verstecken, vielleicht für ein paar Tage, uns ausruhen, wir fallen gleich um.«

Ben wühlte in seinem Mantel und fing an, Bierflaschen hervorzuholen, eine nach der andern. »Hierbleiben, Sonnenschein«, brüllte er, »aber natürlich, immer«, und sein Bart nickte auf und ab, als kaue er ein zähes Stück Fleisch. »Gießt euch mal dieses Likörchen in den Hals, das wird euch bißchen reorganisieren... Schaut euch bloß an, wie dreckig ihr seid, und diese merkwürdigen Kleider, Hüftstiefel und orangene Jacken – ihr habt wieder geklaut.«

Stonkus fand einen Öffner und gab die Flaschen weiter. Die Borribles tranken und ließen das starke Bier ihre Kehle hinabrinnen, aber sie standen unbeholfen in der Hütte. Schließlich und endlich war Ben ein Erwachsener, und Poch und Napoleon hielten sich in der Nähe der Tür, falls sie wegrennen mußten.

Der Tramp zog sich aus dem Sessel hoch. »Mensch«, sagte er, »ihr müßt müde sein, hab euch noch nie so still erlebt. Seht aus wie die wandelnden Leichen, geht doch einfach in die anderen Zimmer und streckt euch auf den Matratzen aus, erst mal eins ratzen. Sieht alles besser aus, wenn ihr aufwacht, sollt mal sehen.«

Zwielicht schaute sich um. »Du hast alle die Möbel anders aufgestellt«, sagte er, »und deine ganzen Sachen sind anders.«

Ben stemmte die Hände in die Hüften. »Das war euer Freund Snuffkin«, sagte er, »der macht gern mal ein Späßchen. Als ihr weg seid, an dem Tag hat er alle meine Sachen zusammengeschlagen, meine Flaschen zerbrochen, meine Schlösser und Nägel in die Alteisenkähne geschmissen. War eine Menge Essen wert, das Zeug, er hat gesagt, er läßt mich sauberschrubben, rasieren, ins Heim stecken, gottverdammter kleiner Hitler, der Typ. Hat gefragt und gefragt, wo ihr hin seid.«

»Und was ist passiert?« fragte Vulgo.

»Na, ich hab immer gesagt, daß mich das nichts angeht, und am Ende hat er mich mit einem Tritt in den Arsch ziehenlassen.«

»Und all die Sachen hier«, sagte Chaline, »wo kommt denn das her?«

»Na, das ist doch einfach«, sagte Ben, »wenn man mitten auf der größten Müllkippe der Welt lebt, fehlt's einem an nichts, oder? Haufen Betten und Decken, ich hab jetzt mehr Flaschen als vorher, ich bin reich, Snuffkin kann mir überhaupt nichts.«

»Wo ist er jetzt?« fragte Stonkus.

»Ja!« sagte Ben. »Das ist das Blöde, hat ganz Wandsworth abgeriegelt. Er weiß, daß ihr noch nicht nach Hause zurück seid. Weiß nicht, wie er das weiß, aber er weiß es eben. Der sorgt halt dafür, daß er Sachen weiß, was?«

»Dann ist alles so schlimm wie vorher«, sagte Bingo.

»Das kann gut sein«, sagte Ben, »aber wir müssen auch die gute Seite sehn, hm? Was darf's sein, schlafen oder essen?«

»Schlafen«, sagten die Borribles.

»Gut«, sagte Ben, »ihr wißt, wo das Bettzeug ist, genau wie vorher, zeigt's euren Kumpels. Wenn ihr aufwacht, hab ich ein Festessen für euch fertig, ein richtiges Festessen, ihr werdet euren Augen nicht trauen, was euch da auf den Teller geflogen ist, wartet nur ab. Und jetzt marsch und an der Matratze gehorcht.«

Die Borribles brauchten keine erneute Aufforderung. Sie gingen hintereinander aus dem Zimmer, und nach ein, zwei Minuten schliefen sie alle fest, mitsamt Schmutz und Schlamm. Nur Sydney blieb noch zurück.

»Ben …, wie geht es Sam, dem Pferd, ist alles klar? Hat Snuffkin ihn gefunden?«

Ben schwang seine hängenden Schultern hin und her, als ob er lache. »Dieses Pferd«, sagte er, »befindet sich wie der sprichwörtliche Mops im Paletot, Fünf-Sterne-Hotel, erstklassiger Hafer und Heu, frisches Wasser, Haufen anderer Pferde zur Gesellschaft. Hab ihn erst gestern gesehen und kaum wiedererkannt! Knibbsie mag ihn so, daß er ihn gar nicht mehr aus den Augen läßt, und Snuffkin, wie ich gleich gesagt hab, ist nie drauf gekommen, in einem Pferdestall nach ihm zu suchen, zu raffiniert.«

Sydney schniefte. »Danke, Ben«, sagte sie und hielt den Kloß in ihrem Hals mit Mühe drunten, »danke.«

Ben spuckte in einen Kohlenhaufen. »Ich laß nicht oft mich was angehen«, sagte er weise, »aber wenn – dann schon.«

Sydney lächelte und suchte sich einen Platz zum Schlafen. Als nun die Anspannung der Flucht von ihr gewichen war, entdeckte sie, daß sie kaum mehr stehen konnte. Ben wartete, bis er allein war, und suchte dann lange in seinen Taschen nach einer Pfeife. »Diese verdammten Kinder«, brummelte er, »sind was ganz Besonderes, die da, was ganz Besonderes.«

Und so schliefen die Abenteurer, und schliefen wieder. Sie blieben mehr als eine Woche bei Ben, und die meiste Zeit wachten sie nur auf, um zu essen. Wann immer sie die Augen aufschlugen, stand Ben mit neuen Vorräten da.

»Langt zu«, drängte er, »schön alles aufessen, ihr seid alle so mager. Da hat's noch mehr, wo das hergekommen ist, hier ist der ganze Abfall der Welt«, und aus den Tiefen seines Mantels erschienen Pakete von dem und Flaschen von jenem.

Während dieser Zeit waren es die Borribles zufrieden, ihre Sicherheit in den Händen des Tramps zu lassen. »Snuffkin lauert draußen«, sagte er, »der und die SBE, aber die kümmern sich nicht mehr um den alten Ben.« Und dann nahm er einen Zug aus der Flasche und erklärte ihnen, sie sollten sich keine Sorgen über den trockenen Schlamm machen, der von ihnen abbröckelte und sich in die Decken setzte. »Bißchen Dreck ist mir doch egal«, sagte er, »bißchen Dreck hat noch niemand was geschadet, außer der alten Dame, die sich beim Parkettpolieren das Rückgrat gebrochen hat.

Am Ende der Woche begannen die Borribles langsam, sich zu erholen. Poch, Napoleon, Torricanyon und Orococco kamen als letzte wieder auf die Beine, aber ihre Gefangenschaft war auch lang und schwer gewesen. Als sie schließlich in das Tageslicht von Feather's Wharf hinaustraten, war der Schlamm von ihrer Haut, wenn auch nicht von ihren Kleidern verschwunden. Sie sahen blaß und dünn aus, aber in ihren Augen leuchtete es wieder, und die Funken einer neuen Energie waren in ihren Bewegungen und Gedanken zu erkennen; sie fingen an, ihre Geschichten auszutauschen, wie es die Borribles lieben.

Vulgo erzählte, wie Sydney nach Whitechapel gekommen war, und wie Zwielicht am selben Tag Chaline vor einem Bullen gerettet hatte. Sydney sprach von der seltsamen Botschaft über Sam, das Pferd, und darüber, wie sie und die anderen aufgebrochen waren, ihn zu finden; Stonkus erklärte Poch die Sache mit dem Aufbau der SBE, und wer Inspektor Snuffkin war und wie die Abenteurer in der Schlacht vom Eel Brook Common gefangengenommen worden waren. Dann nahm Bingo den Faden der Erzählung auf und berichtete, wie Ben sie alle gerettet hatte, und die Neuankömmlinge sahen Ben mit tiefer Bewunderung an.

»Das war das Beste«, sagte Chaline, »aber das Schlimmste war, was ich herausbekommen hab, als ich mit Zoff geredet habe, wie ihr alle im Schacht wart. Wißt ihr, er hat das alles geplant, er hat dafür gesorgt, daß die Botschaft zu Sydney kommt, nur um die Dinge in Gang zu bringen und irgendwie an Eisenkopf ranzukommen.«

»Ja, der war verschlagen«, sagte Poch, »ungeheuer verschlagen.«

»Weiß nicht so recht«, wandte Torricanyon ein, »was man über ihn sagen mag, er hat uns lebend da rausgeholt, schätze, das hätte sonst wohl keiner geschafft.«

»Stimmt schon«, sagte Napoleon, Respekt in der Stimme, »er hat Eisenkopf die ganze Zeit hinters Licht geführt, und das ist nicht einfach, und was für ein Kampf mit den Spaten, der war schon Zoff, der Zorneszahn, da gibt's nichts.«

»Jetzt mal einen Moment«, sagte Poch finster, »ohne Zoff wären wir gar nicht erst drunten im Schacht gewesen. Er hat uns die Rettung geschuldet ... und wir wären vielleicht nie wirklich weggekommen, wenn Chaline nicht die Keile rausgeschlagen hätte.«

»Klar wären wir das«, sagte Napoleon, »Chaline hat uns beinahe alle umgebracht... Zoff brauchte nur zu tun, als wär er Eisenkopf, dann hätte er uns rausgebracht, wann immer er wollte.«

»Ja«, sagte Poch, »genau das ist's. Hätte Zoff das getan? Wer weiß, was er gemacht hätte, wenn er erst an der Macht gewesen wäre? Er hätte uns vielleicht rausgelassen, vielleicht auch nicht. Und nichts hätte ihn gehindert, uns mit einem Tritt auf die Straße zu befördern und selbst zurückzubleiben und Eisenkopf zu werden, Identitätswechsel, sozusagen.«

»Das hätte er doch nicht gemacht«, fragte Zwielicht mit runden Augen, »wie? Oder?«

»Zoff war zu allem fähig«, sagte Poch, »das war ein Teil seiner Stärke. Darum war er so gefährlich. Und dieser Schatz hat den Leuten auch was angetan, hat sie verändert. Er hat Eisenkopf schlimmer als zuvor gemacht, er hat Napoleon einmal in Versuchung geführt, er hat mich sicherlich ehrgeizig nach mehr und immer mehr Namen gemacht. Wer weiß, was er mit Zoff gemacht hat, wer weiß?«

Es gab soviel zu überdenken nach dem, was Poch gesagt hatte, daß es eine Weile still war. Dann hob Sydney den Blick und sagte leise: »Also hat Chaline als einzige von uns das alles durchschaut, und als sie es erkannt hat, hat sie den Schacht zerstört, hat das Geld zerstört... und Zoff getötet.«

Chaline starrte zu Boden; sie wurde rot. »Ich hab nicht gewußt, was ich tat«, begann sie, »und ich will mir das nicht anrechnen lassen. Ich wollte Zoff nicht töten, er war tapfer, er hat uns am Ende alle gerettet, aber er hat uns nie gesagt, was er tun würde, man hat nie gewußt, wo er hinhüpft. Als ihr aus der Grube kamt, war ich mir mit gar nichts mehr sicher. Einen Augenblick lang dachte ich, Eisenkopf kommt heraufgeklettert, dann war es mir wieder unklar. Es war so ein Lärm, so ein Geschrei, ich hatte Angst vor dem, was geschah und was geschehen könnte. Ich weiß nur genau, daß ich nicht wollte, daß das Geld wieder unter die Borribles kommt... die Keile loszuschlagen war das einzige, was ich tun konnte, schien da das Richtige.«

»Ich glaube, das war es auch«, sagte Poch, »ich glaube es, obwohl es uns fast alle umgebracht hat.«

»Jedenfalls war sie verdammt couragiert«, sagte Vulgo, »flog eine ganze Menge Todeskuß durch die Luft in der nächsten Viertelstunde.«

»Ich war nicht couragiert.« Chaline schüttelte den Kopf. »Nur verrückt vor Angst.«

»Was für eine großartige Geschichte das sein wird«, sagte Zwielicht, »es wird das größte Borribleabenteuer sein, das man je erzählt hat, vielleicht sogar besser als die Große Rumbeljagd.«

Poch sah streng drein. »Ich weiß nicht, wie's euch anderen geht«, sagte er, »aber einiges an diesem Abenteuer mag ich nicht. Vielleicht sollten wir die Geschichte nicht erzählen, sollten sie als Geheimnis unter uns bewahren.«

»Eine geheime Geschichte«, sagte Chaline, »ja, vielleicht das Richtige. Vielleicht nicht. Wir werden's uns überlegen müssen.«

Poch schaute die in seine Handflächen eingebrannten Narben an. »Weißt du, Chaline, ich bin froh, daß du mir diesen zweiten Namen gegeben hast, Poch Brandhand. Ich bin stolz drauf in einer komischen verdrehten Weise... aber einen weiteren Namen will ich nicht.

Ich hab genügend Abenteuer erlebt für ein ganzes Borribleleben.«

Und so sprachen sie weiter, und Ben saß dabei und lauschte mit großem Interesse und reichte Flaschen mit süßem dunklem Bier herum, damit die Erzähler sich stärken konnten; die Borribles akzeptierten den Tramp schließlich ganz als einen der ihren. Tatsächlich war es schon ein Beweis ihres Vertrauens, daß sie ihre Geschichten überhaupt vor einem Erwachsenen erzählten, denn das war noch nie zuvor geschehen.

Es wurde ihnen bald klar, daß Ben die Borribles für immer in seinem Anbau hätte wohnen lassen wollen, aber wie die Abenteurer ihre Glieder kräftiger werden spürten, begannen sie sich Sorgen zu machen, wie sie nach Hause finden konnten, zurück zu ihren verfallenen Häusern in den verschiedenen Stadtteilen von London.

»Wird nicht einfach sein«, sagte Stonkus, als er Poch erklärt hatte, wie entschlossen und gut ausgebildet Inspektor Snuffkin und seine Männer waren; »die SBE weiß, daß wir etwas mit Tautröpfchens Tod zu tun hatten, und die geben nicht auf, bis sie uns geschnappt und unsere Ohren gestutzt haben.«

Ben klopfte seine Pfeife gegen die Seite seines Sessels aus und ließ die Asche auf den Boden fallen. »Jedesmal wenn ich rausgeh«, sagte er, »seh ich überall Horden von Bullen, wie bei einer gottverdammten Krönungsfeier, nur daß sie nach euch suchen, und die sehen aus, als ob sie ewig warten würden, Tag und Nacht, und zwar vor allem zwischen hier und Battersea, wo ihr gerade hinwollt, wie? Wir müssen uns diesmal wirklich was Besonderes ausdenken.«

Sie diskutierten weiter und weiter und kamen zu keinem Ergebnis. Einige meinten, es wäre eine gute

Idee, ein Floß zu bauen und in der Dunkelheit sich den Fluß hinabtreiben zu lassen. Andere schlugen vor, es wäre sicherer, am Rand des Flusses entlangzugehen und so den Polizeikordon zu umrunden. Ein, zwei meinten, sie sollten bleiben, wo sie waren, und warten, bis Snuffkin sein Vorhaben aufgab und sich zurückzog, aber man wies darauf hin, daß es keine Garantie gab, daß die SBE Ben nicht einen erneuten Besuch abstatten würde und sie alle, etwa mitten in der Nacht im Schlaf, fangen würde. Es war gefährlich, aufzubrechen, und es wurde jede Stunde gefährlicher, zu bleiben; die Situation schien hoffnungslos, bis Ben eines Tages aus der Außenwelt zurückkehrte, seine Taschen von Vorräten leerte, eine Flasche auf den Tisch knallte und um Ruhe rief.

»Ich hab nachgedacht«, sagte er, »und, verdammt noch mal, das hat zu einer Idee geführt. Keiner eurer Pläne ist besonders gut, nicht einer, aber ich glaube, ich krieg euch sauber und bequem aus Wandsworth raus, das Pferd auch.«

»Das Pferd auch«, sagte Sydney glücklich, »und wie?«

Ben kniff die Augen zusammen und schaute höchst geheimnisvoll.

»Ha«, sagte er, »da müßt ihr noch ein bißchen abwarten. Sagen wir – übermorgen, in aller Frühe, ruht euch gut aus, ihr könnt's vielleicht brauchen.«

Die ganze restliche Zeit konnten sich die Borribles kaum beruhigen. Ben kam und ging und brachte eine Menge Lebensmittel, und hob unermüdlich die Bierflasche an den Mund. Als er wieder einmal zurückkam, trug er schwankend ein großes Bündel gebrauchter Kinderkleider in die Hütte und warf es auf den Boden.

»Am besten zieht ihr mal das Wendelzeug aus«, keuchte er, »ihr seht wie eine Horde Banditen aus. Hab wunderbare Klamotten hier, da seht ihr lecker drin aus, wie gottverdammte Chorknaben… und -mädchen natürlich.«

Bingo hielt ein Hemd hoch, das früher einmal sehr teuer gewesen sein mußte. »Wo hast du das denn her?« fragte er.

Ben hob die Augenbrauen. »Na, was meinst du denn? Ist per Zufall von einem Lastwagen gefallen, wunderbare Sache, die Schwerkraft, ich glaube, ohne die könnten wir nicht überleben.«

Um fünf Uhr früh am Tag des Aufbruchs schlich sich Ben in den Raum, wo die Borribles schliefen und schüttelte sie sanft wach.

»Auf geht's, Freunde«, flüsterte er, »es ist Zeit.«

Wie gewöhnlich hatte der Tramp die ganze Nacht in seinem Sessel am Feuer gesessen, trotz der Hitzewelle, trinkend und nachdenkend, und obwohl der dämmernde Morgen warm und feucht war, trug er wie üblich immer noch alle seine Mäntel.

Die Borribles reckten sich, rollten von ihren Matratzen, zogen rasch ihre neuen Kleider an und gingen in die Küche.

»Hab Tee für euch«, sagte Ben, als sie nach und nach auftauchten, »und da steht noch ein Kessel Wasser auf dem Feuer, wenn ihr mehr wollt. Schinkenbrote auf dem Teller… greift zu.«

Es war gerade hell geworden, als sie eine kleine Weile später die Hütte verließen. Zwei, drei Möwen zerrten an einem Haufen von Abfällen am Fluß, und Ben schaute in den Himmel.

»Heute wird's wieder heiß wie die Hölle«, sagte er und zog seine Kragen enger um den Hals.

Im Gänsemarsch folgten die Borribles dem Tramp über das holprige Terrain von Feather's Wharf. Durch zerstörte und verlassene Fabrikhallen, durch aufgegebene Häuser hindurch, wo unter ihren Schritten Glasscherben knirschten und wo verrottete Fußbodenbretter zu platzen und zu stürzen drohten, schritt Ben voraus und wanderte sicher auf Wegen, die vergessen und auf keiner Karte verzeichnet waren – Wegen, die nur er kannte und die kein gewöhnlicher Erwachsener oder Polizist je zu Gesicht bekommen hatte. Über die Eisenbahnlinie gingen sie, den Damm am Wandle entlang, und endlich stolperten sie über ein staubiges Feld voll bröckelnder Ziegelsteine und Wellblech und fanden sich am Rand der breiten Straße wieder, des Armoury Way.

Ben schaute sorgsam nach rechts und links; die Borribles warteten hinter ihm. Die Gehsteige waren grau und leer und erstreckten sich meilenweit. Ben gab das Kommando, und er und die Borribles rannten alle dichtgedrängt über die Straße. Als er sich zu seiner Zufriedenheit überzeugt hatte, daß niemand zusah, grinste er und drückte gegen ein Brett in der hohen Plakatwand neben sich. Die Planke drehte sich an einem losen Nagel, und die Borribles sahen, wie sich ein großes Loch auftat.

»So komm ich immer in Youngs Brauerei rein«, lachte Ben gackernd, »so besuch ich meinen Kumpel, Knibbsie, und so hol ich mein Bier raus. Hinein mit euch.«

Als alle durch waren, brachte Ben das Brett wieder an seinen Platz und atmete erleichtert auf. »Jetzt sind wir sicher«, erklärte er, »wir sind hinten in der Brauerei, privates Grundstück, keine Plattfüße hier. Knibbsie und ich waren mal Bierkutscher zusammen, nicht bloß gemeinsam auf der Walz. Jetzt schaut er nach den Pferden, weil das Bier, das liefern sie immer noch mit Pferdefuhrwerken aus, schon mal gesehen?«

»Gesehen!« sagte Bingo, »will ich meinen, unglaublich große Viecher, groß wie Doppeldeckerbusse.«

Ben nickte. »Also kommt, keine Zeit zu verlieren.« Er schlurfte weiter durch die Höfe und Gassen der Brauerei, und die Borribles gingen mit ihm. Überall kamen sie an riesigen hölzernen Fuhrwerken vorbei, hoch, wie Kutschen für Könige, mit massiven stahlbeschlagenen Rädern, die in leuchtenden Jahrmarktsfarben gestrichen waren.

Der Tramp hielt neben einem der Fuhrwerke an und deutete auf den polierten Sitz, der gut fünfzehn Fuß vom Boden entfernt war.

»Da sitzen der Kutscher und sein Kumpel«, sagte er, »das ist wie Fliegen. Kann man alles auf Meilen hinweg sehen. Da schaust du in die Fenster im ersten Stock, gar kein Problem, und siehst die Typen beim Frühstück sitzen... und der ganze Verkehr muß warten, wenn du kommst. Und die Hufe gehn klippklapp, das Ledergeschirr knarrt, die Beschläge klirren und schwingen, ich sag euch, wenn man arbeiten muß, und das will ich wirklich niemand wünschen, aber wenn man muß, dann ist das der beste Job der Welt, und das Bier ist auch umsonst. Brauchst die Luft hier drin nur einatmen, zum Beispiel – merkt ihr's – Mensch, diese Luft ist so voll Bier, die ist gut genug, um das Atmen zu einer strafbaren Handlung zu machen«, und wie zum Beweis sog Ben tief und philosophisch die Luft durch die Nase, bevor er weiterging.

Sie waren beinahe am Ende ihrer Reise, und Ben führte sie in einen weiten Stallungshof – da stand auf der anderen Seite ein Mann in einer langen Lederschürze, auf einen Besen gelehnt. »Das«, sagte Ben, »ist mein Partner Knibbsie.«

Knibbs hatte sie offensichtlich erwartet, denn er zeigte keinerlei Überraschung bei ihrer Ankunft. Sydney, die ihn zuletzt in der nebligen Nacht ihrer Flucht aus der Polizeiwache in der Fulham Road gesehen hatte, schaute ihn genau an.

Sie erinnerte sich nun an sein Gesicht: bleich, mit merkwürdig borstigem Haar, das horizontal unter einer flachen, speckigen Mütze hervorstach. Seine Nase war hart und knochig, seine Augen dunkel. Er trug einen großen weich-buschigen Schnurrbart, von dunkelbraunem Bier gefleckt. Sein Gesicht wirkte mürrisch, bis er lächelte, aber jetzt lächelte er, und es wurde warm und freundlich. Er winkte sie herbei, und die Borribles und Ben gingen zu ihm.

Auf jeder Seite des Hofes, den sie durchschritten, waren große horizontal geteilte gelbe Doppeltüren, und die obere Hälfte jeder Tür stand offen, und die großen Zugpferde, die zu den Fuhrwerken gehörten, standen massig und schwer wie Mammuts da.

»Meine Fresse«, sagte Vulgo, »schaut euch die großen Viecher an, stellt euch vor, so was tritt dir auf den Zeh.«

»Und schaut mal die Zähne«, sagte Zwielicht, »ein Haps, und du bist weg.« Aber die Pferde reagierten überhaupt nicht feindselig, eine Gruppe kleiner Kinder bedeutete ihnen nichts. Sie schwenkten bloß die Köpfe, schnaubten, stampften und warteten auf ihr frühmorgendliches Futter.

Als die Abenteurer vor Knibbs standen, lehnte er seinen Besen an die Wand und kreuzte die Arme. Er schaute Ben an und dann die Borribles. »Borribles, hm? Ja, ich hab von denen gehört, hätt nie gedacht, daß ich mal welche seh, bewußt sehe, mein ich.«

Die Borribles standen angespannt da. Knibbs war immerhin ein Erwachsener.

»Keine Sorge«, sagte er, »Ben hat mir alles erzählt. Ich will euch jetzt bloß mal außer Sicht befördern, bevor sonst jemand kommt. Macht mir nichts aus, zu helfen, aber ich möchte deswegen nicht gefeuert werden, was, Ben? Wo wären wir dann, was die Bierversorgung betrifft?«

»Wo, in der Tat«, sagte Ben weise, »wo?«

»Einen Moment noch«, sagte Sydney, »erinnerst du dich noch an mich? Ich hab dich schon einmal gesehen, in der Nacht mit dem Nebel. Ich hab ein Pferd hergebracht ... was ist mit Sam?«

Knibbs schaute auf Sydney hinunter. »Sam«, sagte er, »na, Sam geht's vorzüglich. So ein Pferd hast du noch gar nie gesehn, nicht in deinem ganzen Leben«, und er ging zu einer Stalltür in der Nähe und schob die Riegel der unteren Hälfte zurück. »Muß ich unten aufmachen«, erklärte er, »Sam ist nicht groß genug, um drüberzuschauen, nicht wie die anderen.« Damit öffnete der Stallwächter die Klappe, und da stand Sam. Aber welch ein Sam! Er war so glatt und wohlgenährt, seine Hufe glitzerten wie Anthrazit, und sein Fell war so glänzend gebürstet, daß Sydney ihr Gesicht darin sehen konnte. Nicht länger die schäbige, niedergeschlagene Mähre, die einst Tautröpfchens Karren gezogen hatte. Sam hatte sich in einen Aristokraten von einem Pferd verwandelt, klein, aber distinguiert.

Die Borribles schrien vor Erstaunen auf und schoben sich näher, um das Tier zu streicheln und zu tätscheln, und Sam wieherte leise und beschnüffelte sie liebkosend, einen nach dem anderen wiedererkennend.

Sydney drehte sich zu dem Stallwächter um. »Ja, das

ist wirklich Sam«, sagte sie, »und er sieht wunderbar aus, aber er war doch immer braun, jetzt ist er schwarz.«

»Mensch, stimmt«, sagte Chaline, »hab ich gar nicht bemerkt.«

»Ha!« sagte Knibbs, »das ist seine Tarnung. Wir müssen ihn heute an Snuffkin vorbeischmuggeln, und so werden wir's tun. Denn wenn Snuffkin das Pferd erkennt, weiß er, daß ihr nicht weit weg seid, so sieht's doch aus. Und jetzt, ihr alle, raus mit euch aus dem Stall und ins Versteck.«

Draußen im Hof führte Knibbs sie zu einem der großen Fuhrwerke, das neben seinem Arbeitsraum bei den Ställen stand. »Das ist schon beladen«, sagte er, »und ich und Ben liefern heut aus, weil wir mit Leuten knapp sind. Jetzt schaut die Leiter da, die geht's rauf! Beeilung!«

Die Borribles taten, wie man ihnen sagte, und fanden sich auf dem obersten Gipfel eines Gebirges von hölzernen Fässern, welche die ganze Länge und Breite des Karrens entlang aufgestapelt waren – nur in der Mitte hatte Knibbs Raum gelassen, gerade so viel, daß die Abenteurer hinunterspringen und sich verstekken konnten.

»Keinen Laut mehr jetzt«, rief Ben, »kommt nicht eher raus, bis ich euch sage, daß alles klar ist.« Er warf eine Segeltuchplane zu ihnen hinauf. »Und deckt euch damit zu, daß man euch nicht von einem Haus oder Bus runter sieht.«

»Wo fährt das Fuhrwerk denn hin«, fragte Orococco, »nicht zufällig nach Tooting?«

»Nein«, sagte Knibbs, »Battersea High Street, da bringen wir euch hin. Wir liefern beim Pub *The Ancient Woodman* an, und jetzt keinen Lärm mehr.«

Die Borribles grinsten sich an und kletterten in die Mitte des Fuhrwerks, wo sie von allen Seiten durch die riesig aufragenden Bierfässer verdeckt wurden. Sie setzten sich hin und zogen sich die Plane über die Köpfe.

»Denkt bloß«, flüsterte Zwielicht, »wir sind auf dem Heimweg.«

»Noch bist du nicht daheim«, sagte Stonkus, »noch müssen wir an Snuffkin und Hanks vorbei.«

»Ja, Mensch«, sagte Vulgo, »und stell dir mal vor, was die mit Ben und Knibbs anstellen, wenn sie entdekken, daß die Borribles schmuggeln... kommen wahrscheinlich jahrelang ins Gefängnis.«

Draußen, jenseits der Fässer, ging die Brauerei ihrem Geschäft nach, und die Geräusche, die sie hörten, sagten den Borribles, was vor sich ging. Erst wurde eine der Stalltüren geöffnet, und Knibbs und Ben kamen mit zwei Zugpferden heraus und schirrten sie an die Deichselschäfte des großen Fuhrwerks. Dann kam der leichtere Schritt Sams, der nun auch herausgeführt und hinten angebunden wurde. Etwas später entstand mehr Lärm, als andere Kutscher und Pferdeknechte ankamen, um ihre Pferde zu striegeln und sie zu den Fuhrwerken zu geleiten, die für die Arbeit des Tages bereitstanden. Dann kam der Vormann, kontrollierte die Ladungen und sagte den Kutschern, welchen Teil von London sie zu beliefern hatten, und er las die Namen der Pubs aus seinem Auftragsbuch vor: *Zum gestürzten Baum*, *Zum alten Bock*, *Zum fröhlichen Matrosen*, *Der Augapfel*, *Das Paradies*, *Zum Kohlenbrenner*, und viele andere.

Als der Vormann an das Ende seiner Liste gekommen war, rollte er ein Fäßchen Bier heraus, hob es auf einen hölzernen Bock, stach es an und gab jedem der anwesenden Männer ein großes Glas Bier, damit sie auf den neuen Tag trinken konnten. Sobald die Gläser geleert waren, schmatzten die Kutscher mit den Lippen, riefen sich Lebwohl zu, stiegen auf die hohen Sitze ihrer Fuhrwerke, knallten mit den Peitschen in die Luft und ließen endlich die riesigen Pferde sich voranbewegen.

Nun schlug Knibbs mit der Peitsche und sprach zu seinen Pferden: »Auf geht's, Donner, mein Schöner, los jetzt, Blitz, meine Gute«, rief er, und Ben packte seine Beine in eine große Lederschürze, und das große Fuhrwerk rumpelte über die Pflastersteine.

»Wir sind unterwegs!« rief Ben, und die Beschläge des Geschirrs klirrten, und die Hufeisen machten einen Heidenlärm, als der Wagen zum Hof hinausrollte und wie eine Kampfmaschine auf dem Weg zum Schlachtfeld aus den Toren der Brauerei hervorbrach.

»Jetzt kommt's drauf an«, sagte Bingo, so durchgeschüttelt, daß seine Stimme schwankte, »wenn sie uns diesmal hier drin finden, gibt es keine Flucht. Dann heißt's Ohren ade.«

Poch lächelte; »wie das Sprichwort sagt: ›manchmal kann man bloß noch die Daumen drücken und den Mund halten‹... Der Zeitpunkt ist jetzt da.«

Es war jetzt halb neun Uhr, und der Berufsverkehr auf der Wandsworth High Street war gewaltig, nicht, daß das für Knibbs irgendeinen Unterschied machte. Das Gesetz gibt den Pferdefahrzeugen Vorfahrt vor Automobilen, und so mußten die allesamt anhalten und warten, während die Bierfuhrwerke aus der Brauerei herausgeklappert kamen, um sich in verschiedene Richtungen über London zu verteilen. Knibbs gab den Pferden die Zügel, und die großen

Tiere schritten stolz aus, und hinter dem Wagen ging Sam, elegant wie ein Vollblut. Sie kamen über Wandsworth Plain, fuhren durch die Einbahnstraßen, zurück in den Armoury Way, an der Ampel vorüber und hinein in den großen neuen Kreisverkehr, wo Sydney im Nebel mit Ben gegangen war; endlich in die York Road, auf die Grenze von Wandsworth und Battersea zu, wo Inspektor Snuffkin mit Sergeant Hanks und der SBE im Hinterhalt lag.

Auf jeder Straße ließ der Verkehr die stetig dahinmarschierenden prächtigen Pferde vorbei, und die Fahrer lehnten sich auf ihr Lenkrad und spähten durch die Windschutzscheibe, um einen Augenblick der Schönheit zu genießen und mit zur Arbeit zu nehmen; die Fahrgäste in den heißen verqualmten oberen Etagen der Busse starrten töricht zu Knibbs und Ben hinüber und fragten sich erstaunt, warum sie so frei und piratenhaft ausschauten, und ahnten keinen Augenblick, daß in einem geheimen Versteck tief zwischen den Fässern die Abenteurer lagen und über eine Grenze entwischten.

Auf halber Strecke in der York Road verlangsamte sich der Strom der Autos und Busse und kam zum Stehen, und auch die Pferde hielten an. Ben stand auf seinem Sitz auf und versuchte zu erkennen, was in der Ferne vorging. Einen Augenblick später drang seine Stimme nach hinten zu den Borribles.

»Aufgepaßt, Freunde, ich sehe vorne einen blauen Wagen … das sind sie, klar. Durchsuchen alle Autos, haben eine Straßensperre. Bleibt unten mit den Köpfen.«

Schritt für Schritt rückte das Fuhrwerk voran, und die Borribles bissen sich auf die Lippen und warteten. Sie konnten nichts sehen und wagten es nicht, nachzuschauen, aber Ben hatte gesagt, daß ein dunkelblauer Mannschaftswagen zur Hälfte quer über die Straße geparkt war und zwei, drei Polizisten den Verkehr an ihm vorbei stadteinwärts durch eine Kontrolle filterten. Langsam schritten die Pferde dahin, geduldig auf Knibbs' Kommandos reagierend, bis sie schließlich zu den Polizisten kamen, und da stand auch Inspektor Snuffkin auf dem Gehsteig und beobachtete alles mit seinen glänzenden dunklen Augen. Sein langer Mantel streifte den Boden, seine Knöpfe funkelten, und die beiden Seiten seines rechteckigen Schnurrbarts zuckten auf und ab wie die Flügel eines sterbenden Falters. Neben ihm, stets getreu, stand Sergeant Hanks, stets dick und fett, seine Uniform immer noch mit Schichten fettiger Speisereste von Monaten bekleckert. Snuffkin machte eine Geste, und einer seiner Polizisten trat an die Seite des Fuhrwerks heran und schaute hoch in Knibbs' Gesicht.

»Fahren Sie den Wagen hier rüber, aus dem Weg«, sagte der Polizist grob, »Sie behindern den Verkehr.«

»Wär nicht der Fall, wenn ihr eure blöde Karre nicht halb über die Straße gestellt hättet«, sagte Knibbs. »Panne gehabt, wie?«

»Vorsicht, Freundchen«, sagte der Polizist, und er ließ Knibbs sein Fuhrwerk an den Gehsteig heranfahren, wo Snuffkin mit hinter dem Rücken verschränkten Händen stand.

»Und wo wollt ihr mit der Ladung hier hin?« fragte er in überlegenem und aggressivem Ton. Er stand da und ließ den Kopf gefährlich auf den Schultern kreisen.

»Wir wollen zu einer Party«, schlug Ben vor, »und wollten nicht kleinlich wirken, jeder sollte was mitbringen.«

»Keine Witze hier«, sagte Snuffkin, dann sah er noch einmal hin. Sein Gesicht wurde hart. »Nun, nun, nun«, sagte er, »der alte Tramp Ben. Mit dir hab ich mich schon abgeplagt. Hätte nicht gedacht, daß du arbeitest, Ben, ich hab immer geglaubt, du bist einer von diesen Wohlfahrtspennern, ein halbes Jahr Sozialhilfe, das andere halbe Jahr im Alkoholnebel.«

»Ich bin im Nebenberuf Bierkutscher«, sagte Ben hochnäsig und fühlte sich sicher auf seinem hohen Sitz, »das hab ich gelernt.«

»Trinkst selber mehr, als du ausfährst, nehm ich an«, sagte Hanks und zog ein Bonbon aus der Tasche, wikkelte es mit den Zähnen aus und ließ es in den Mund rutschen. Dann leckte er das Papier ab und ließ es, naß vor Speichel, zu Boden flattern.

»Ich hab gefragt, wo ihr hinfahrt«, sagte Snuffkin unnachgiebig, »und wenn ich keine vernünftige Antwort bekomme, dann bleibt ihr hier stehn, bis euer Bier sauer ist.«

Knibbs sagte: »Wir liefern in der Battersea High Street, *The Ancient Woodman*, die Church Road runter zum *Swan*, und dann die Battersea Bridge Road wieder rauf.«

»Hmmm«, machte Snuffkin, nicht überzeugt, und die Borribles hörten seine kleinen Tanzschrittchen näherrücken. Hinter ihm stampfte Sergeant Hanks, dessen Backen geräuschvoll an seinem Bonbon schlabberten. Es hörte sich an wie jemand mit einer schweren Erkältung, der den Rotz hochzieht.

Plötzlich nahm Snuffkin einem seiner Polizisten den Knüppel ab und begann, gegen alle Fässer zu schlagen, die er erreichen konnte, eines nach dem anderen. Die Furcht schlug über den Borribles zusammen, und sie hielten den Atem an. Langsam arbeitete sich Snuffkin an dem Fuhrwerk entlang – eine Seite hinunter, die Rückseite, die andere Seite nach vorn zurück. Als er fertig war, stand er auf der Straße, zwergenhaft neben den Pferden – so klein, daß er unter ihren Bäuchen hätte hindurchgehen können, ohne den Hut abzunehmen.

»Was treibt das Pferd dahinten bei euch? Gestohlen, was? Kommt mir bekannt vor.«

»Nun«, sagte Knibbs, »ein Pferd sieht ziemlich wie das andere aus.«

»Das ist das Problem«, sagte Ben mit schlauem Gesicht, »hat man eines gesehen, hat man alle gesehen«, und er nickte vor sich hin, als hätte er ein Leben lang mit diesem Problem gerungen.

»Und warum ist es so klein?« fragte der Inspektor. »Könnte so ein Fuhrwerk doch gar nicht ziehen! Was macht es also bei euch?«

»Mensch«, sagte Ben und blies empört die Backen auf, »man muß doch einem Pferd auch eine Chance geben ... er ist noch klein, sicherlich, aber er lernt, wie man größer wird, wie? Wächst noch, lernt noch. Ich meine, Sie sind doch auch auf die Abendschule gegangen, oder?«

»Werd bloß nicht frech«, sagte Snuffkin ärgerlich, und ein dunkler Schatten ging über sein Gesicht. »Wenn das Pferd nicht schwarz wäre, hätte ich geschworen, es wär dieser kleine braune Gaul, den die Borribles geklaut haben.« Während er das sagte, kam ihm eine Idee, und er ging wieder zum Ende des Fuhrwerks und betrachtete Sam eingehend. Er wischte mit beiden Händen an den Pferdebeinen hinunter, und Sam zitterte vor Angst und Widerwillen. Er hätte sich aber nicht zu fürchten brauchen: die Farbe, die Knibbs verwendet hatte, ging nicht ab unter der Hand des Polizisten, obwohl er rieb, so stark er konnte. Der Stallwächter war ein listiger alter Roßtäuscher und hatte in seiner Jugend lange bei den Zigeunern gelebt. Er wußte alles, was es über die Tarnung eines Pferdes zu wissen gab.

Enttäuscht und immer noch mißtrauisch kam Snuffkin zum Kopf des Fuhrwerks zurück und stellte sich am Schwanz des linken Zugpferds auf, der Stute, die Knibbs »Blitz« nannte.

»Jetzt hör mal zu, du Vagabund«, sagte er zu Ben, »hast du irgend etwas von diesen Kindern gehört, seit ich dich zuletzt gefragt hab? Es gibt eine Belohnung für sie, fünfhundert Pfund, mein Lieber ... denk mal, was du dir da alles zu trinken kaufen könntest.«

»Oh!« sagte Ben, die Hände faltend und zum Himmel emporschauend, »fünfhundert Pfund, solch ein Geld. Wissen Sie, ich träum von Geld, jede Nacht, Banknoten vor allem, da seh ich dann, wie ich meine Matratzen damit vollstopfe und die Kissen ... ich hab die Augen sperrangelweit offen wegen der Kinder, Inspektor, Sir, ehrlich, ich find sie noch für Sie, können Sie Ihre Stiefel drauf wetten.«

Snuffkin dachte einen Moment nach, und Sergeant Hanks steckte den Fingernagel in die Nase. Es herrschte Schweigen, und alles wartete darauf, daß der Inspektor zu einer Entscheidung kam. Der Rest des morgendlichen Verkehrs floß langsam durch die Sperre.

In diesem Moment hob Blitz mit langsamer Eleganz ihren massiven Schwanz zu einem schöngeschwungenen Bogen, und ein weiches breites Tau aus frischgeflochtenem Dung erschien, sich aus dem großen Körper zu einem schweren, dampfenden Klumpen rollend, braun, durchsetzt mit Stroh. Er klatschte feucht zu Boden und explodierte über Inspektor Snuffkins Schuhe und Hosenbeine.

Der Inspektor schrie auf und sprang abrupt zurück, wobei er den Sergeanten mit seinem scharfen Ellenbogen in den Magen stieß.

»Autsch!« brüllte Hanks, und sein Bonbon glitt ihm in den Hals und blieb dort stecken, und sein Fingernagel kratzte den Rand seines Nasenlochs, das zu bluten begann. Unfähig, auch nur ein Wort zu sprechen, taumelte er zu dem nächsten Polizisten und bat ihn – röter und röter im Gesicht – durch Gesten, fest auf seinen Rücken zu klopfen, eh ihn der Schlag träfe.

Snuffkin wurde hysterisch. Er konnte Schmutz nicht ausstehen. Er stampfte und schabte seine Schuhe an der Gehsteigkante, er schüttelte seine Hosenbeine, er schrie, und er kreischte.

»Weg mit diesen Pferden, meinen Wagen, fahrt mich heim, ich muß mich umziehen, ich brauche eine neue Uniform. Ich brauche ein Bad. Weg mit diesen Tieren, erschießt sie! Sie sind widerlich, unhygienisch, man muß ein Gesetz erlassen ... Ich laß sie zu Katzenfutter verarbeiten! Fort mit ihnen!«

Knibbs blinzelte Ben zu und gab mit den Zügeln das Zeichen. Blitz wandte ihren großen Kopf und schaute angewidert auf die zappelnde, hüpfende Gestalt von Inspektor Snuffkin, und als die Stute in den Verkehrsstrom hinaustrat, schwenkte sie noch einmal den Schwanz und furzte laut, wie ein Kanonenschlag.

Snuffkins Beine zitterten vor Wut, der vulgäre Charakter der ganzen Szene ließ es ihm schwindlig werden, und er bedeckte sein Gesicht mit den Händen. »Hanks«, stöhnte er, »Hanks, meinen Wagen, fahr mich weg, ich bring das Pferd sonst um, ich steh für nichts mehr ein.«

Knibbs hob die Peitsche, der langsame Verkehr stoppte, und das Fuhrwerk umrundete den SBE-Wagen und zog in die frei vor ihnen liegende Straße davon. Die Sperre war passiert, die Grenze überschritten. Hinten zwischen den Fässern umarmten sich die Borribles begeistert.

»Wir haben's geschafft«, sagte Chaline.

»Und noch mit Sam«, sagte Sydney, »wir sind mit Sam geflohen.«

Poch grinste und grinste. »So gut hab ich mich noch nie gefühlt«, sagte er, »teure Heimat«, und er warf den Kopf zurück und sang ein Triumphlied, nicht laut, denn er wollte außerhalb der Fässer nicht gehört werden, aber mit viel Gefühl und Dankbarkeit in der Stimme. Und seine Freunde schlossen die Augen, um sich auf den Text zu konzentrieren und auch, um ihre Freudentränen zurückzuhalten. Dies war Pochs Lied:

Hipp hipp Hurra! Wir haben gesiegt!
Sie haben uns nicht zu fassen gekriegt!
Hoch die Gläser für Knibbs auf dem Kutschersitz,
Ein Hoch für Donner! Und eines für Blitz!
Für den alten Ben nun ein ganz spezielles!
Auf jeden leern wir ein kleines Helles –
Könnt ihr auch nicht richtige Borribles sein,
Ihr seid ehrenhalber bei unsrem Verein!

Donner und Blitz klirrten wie als Antwort mit ihrem Geschirr und liefen in raschem Tempo weiter. Über die Ampeln am Ende der Plough Road ging's, an Prices Kerzenfabrik vorüber und endlich den Vicarage Crescent entlang und in das untere Ende der Battersea High Street. Erst dann hielten Knibbs und Ben das Fuhrwerk an und stellten sich, zum Erstaunen der Passanten, auf ihre Sitze, zogen voreinander den Hut und riefen ein dreifaches Hurra.

»Ben, du bist ein Gentleman«, sagte Knibbs.

»Und du bist ein Gelehrter, mein lieber Knibbsie«, sagte Ben.

Während die beiden Erwachsenen diese Komplimente austauschten, kletterten die Borribles aus ihrem Versteck hervor und setzten sich oben auf die Fässer, um sich in ihrer Freiheit umzusehen.

»Und, Ben«, sagte Sydney, »du bist ein echter Borrible.«

»Und du auch, Knibbsie«, sagte Chaline, »ein waschechter Borrible.«

»Danke«, sagte Knibbs, »ich muß sagen, ich bin mir immer wie einer vorgekommen.«

Ben schwenkte seinen Bart auf und ab. »Werdet ihr mir jetzt bloß nicht unvorsichtig«, sagte er, »ihr haut jetzt besser ab, bevor man euch entdeckt.«

»Aber sehen wir euch je wieder?« fragte Chaline, ihr Gesicht in besorgte Falten gelegt.

Knibbs lächelte. »Das glaub ich doch. Ich pfeif immer mal, wenn ich hier mit einer Ladung runterkomme, und manchmal bring ich den Ben hier mit, wenn er gerade nüchtern ist, heißt das.«

»Gut!« sagte Napoleon, eine konspirative Grimasse schneidend. »Und wenn ihr beiden je Hilfe braucht, egal was, Napoleon ist euer Mann.«

»Und wir auch«, sagten die anderen, und sie kletterten an den riesigen Rädern hinunter und standen auf dem Gehsteig in einer Gruppe beisammen, während Sydney zu Sam, dem Pferd, hinüberging, ihn losband und seinen Hals streichelte. Die Abenteurer schauten sich an, plötzlich betroffen.

»Sagt mal«, sagte Vulgo, »was machen wir mit dem?

Daran haben wir noch gar nicht gedacht, oder?«

»Ach, kein Problem«, sagte Bingo, »gibt haufenweise leere Häuser hier drunten. Wir stellen ihn erst mal so irgendwo ab und dann…« seine Stimme stockte.

»Ganz genau«, sagte Napoleon, »und dann machen wir was?«

Sydney warf ihre Haare zurück. »Macht ihr euch keine Gedanken«, sagte sie. »Ich nehm ihn mit zurück nach Neasden, sobald es geht. Ich hab schon eine spezielle Unterkunft für ihn vorbereitet.«

»Neasden!« rief Torricanyon, »du liebes Bißchen, das ist auf der anderen Seite von London.«

»Ich weiß schon, wo das ist«, sagte Sydney, »ich lebe da, abgesehn davon hab ich euch nicht um Unterstützung gebeten, oder?«

Ben rief von seinem Sitz oben auf dem Fuhrwerk herab: »He, ihr da, wenn ihr fertig seid, euch zu streiten, dann packen wir's jetzt.«

Poch winkte. »Wir sind fertig, und wir gehn jetzt auch. Macht's gut, ihr beiden, und laßt euch nicht erwischen.«

Ben lachte lauthals. »Paßt ihr mal besser auf, daß sie euch nicht erwischen«, rief er, »meine Ohren können sie nicht mehr stutzen, nur eure. Haltet scharf Ausschau nach diesem Snuffkin, und gebt mir acht auf Sam, der ist in Ordnung.«

Poch sah Chaline an und lächelte. »Keine Angst, Ben«, sagte er, »auf Snuffkin haben wir ein Auge.«

Dann sprach Knibbs zu Donner und Blitz – die großen Pferde legten sich ins Geschirr, ihre Hufe schlugen dem schwarzen Asphalt weiße Narben, und der Wagen zog die Straße hinauf, um mit seinen Lieferungen zu beginnen; die Borribles blieben allein mit Sam auf dem Gehsteig zurück.

»Auf geht's«, sagte Bingo. »Wir müssen irgendwo dieses Pferd verstecken, bevor ein Bulle uns beobachtet.«

»Hinter dem Alteisenlager war doch immer eine alte Fabrik«, sagte Poch, »da könnten wir ihn verstecken, jede Menge Platz dort.«

»Aber am Markt oben ist noch ein besserer Platz«, wandte Bingo ein, »wäre geschickter zum Mohrrübenklauen und so.«

»Ist gleich, wo wir hingehen«, sagte Stonkus, »solange wir jetzt bloß mal überhaupt gehen. Ich hab euch Typen doch nicht deshalb gerettet, damit ich mich hier wieder von den Bullen kassieren lassen kann.«

»Ganz recht«, sagte Napoleon, »und bedenkt mal, was das heißt, wenn wir am hellen Tag ein Pferd nach Neasden zu schieben versuchen. Wahnsinn. Ich dachte, wir lassen's jetzt mal ein bißchen ruhig angehen, keine Abenteuer mehr.«

»Sam kannst du nicht im Stich lassen«, protestierte Zwielicht, »er hat euch das Leben gerettet auf der Großen Rumbeljagd, ihr schuldet ihm was. Er ist so eine Art Pferdeborrible, und Borribles halten zusammen, haben wir gesagt.«

»Ein Pferdeborrible«, höhnte Napoleon, »also ich hab ja gewußt, daß die Pakis alle eine Meise haben ...«

»Nenn mich bloß nicht Paki«, gab Zwielicht zurück, »ich bin kein Pakistani, ich bin ein Bangladeshi, und ich bin wenigstens braun und nicht grün wie ein Wendel.«

Und so überquerten sie die High Street in einer unordentlichen Gruppe und gingen weiter in Richtung der verlassenen Fabrik, stritten sich unterwegs, in welchem Gebäude sich am besten ein Pferd verstecken ließ, und wie unmöglich es war, ein Pferd durch ganz London hindurchzuschmuggeln, vor allem wo Snuffkin und die SBE um die Wege waren, von den ganzen anderen Gefahren abgesehen, wie Borribleräubern und unbekannten Rumbelstämmen, die in unerforschten Parks lauern mochten.

Sydney weigerte sich, sich vom Gehsteig weg zu rühren. Sie legte die Arme um Sams Hals, und die Tränen liefen ihr über das Gesicht. »Ich hab keine Angst«, sagte sie zu Chaline, die neben ihr stehengeblieben war, »ich bring ihn den ganzen gottverdammten Weg allein heim, wartet nur ab.«

Chaline lachte, lachte wirklich herzlich. »Sei doch nicht blöd«, sagte sie, »du weißt doch, wie sie sind, ist doch nur geredet, damit was geredet ist.«

»Aber hör sie dir an, streiten sich, brüllen rum, sie können sich auf nichts einigen.«

»Aber der Borrible, der sich nicht rumstreitet, ist kein Borrible«, sagte Chaline. »Schau mal, ich war auch nicht so scharf drauf am Anfang, nach Sam zu schauen, oder? Und jetzt haben wir ihn, das ist dann was anderes. Wie Zwielicht sagt, er ist einer von uns, wir müssen uns einfach um ihn kümmern, hm? Das ist die Regel.« Sie grinste und stieß Sydney mit dem Ellenbogen an. »Außerdem, es ist nicht eilig, es ist ein langer Weg nach Neasden, Kumpel, ein sehr langer Weg.« Und ohne ein weiteres Wort nahm sie ihrer Freundin Sams Halfter aus der Hand und führte das Pferd über die Straße, den anderen nach.

Das Gebiet der Borribles in London:

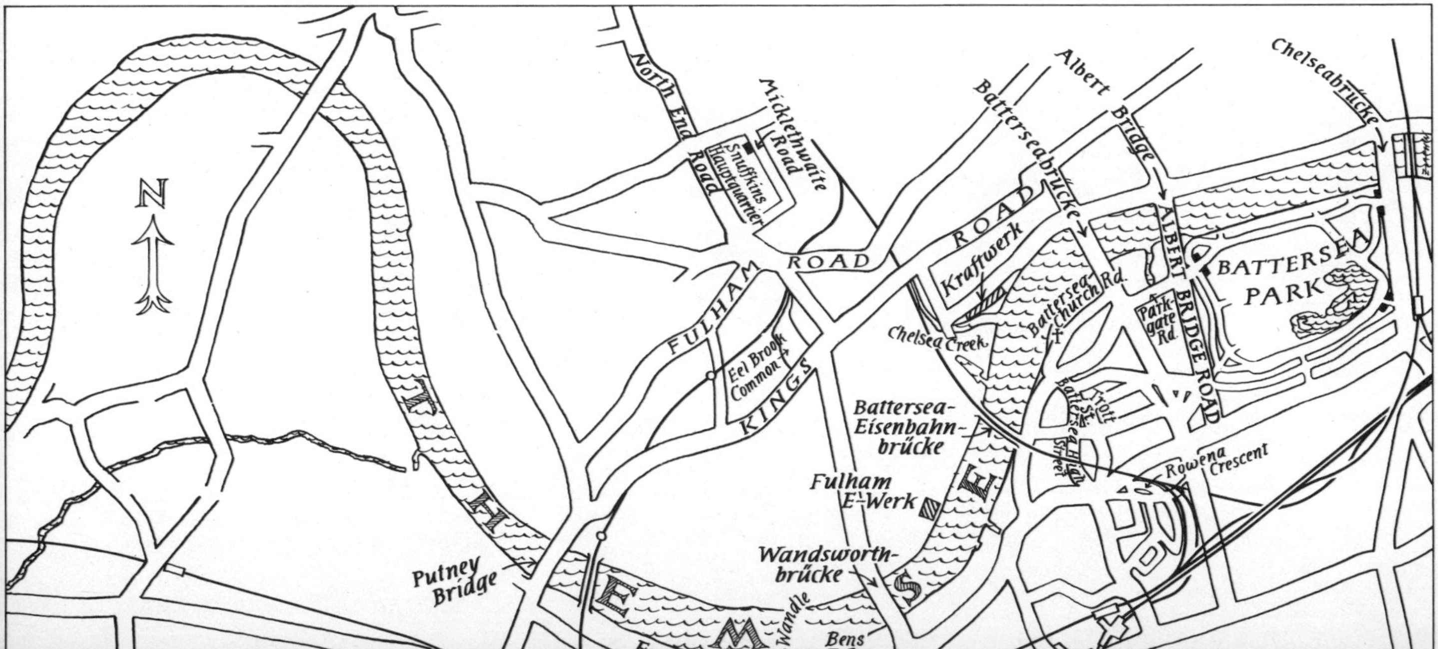

N
North End Road
Micklethwaite Road
Snuffkins Hauptquartier
FULHAM ROAD
KINGS ROAD
Eel Brook Common
Batterseabrücke
Albert Bridge
Chelseabrücke
Kraftwerk
Chelsea Creek
Battersea-Church Rd.
ALBERT BRIDGE ROAD
Park-gate Rd.
BATTERSEA PARK
Trott St.
Battersea High Street
Rowena Crescent
Battersea-Eisenbahnbrücke
Fulham E-Werk
Wandsworthbrücke
Putney Bridge
Wandle
Bens

Wandsworth
High St.
Merton Road
Mapleton Road
Longstaff
Crescent Rd.
King Georgs Park
Wandle
SOUTHFIELDS
Schule
Replingham Rd.
Brookwood Road
Elsenham St.
Engadine St.
Augustus Road
Albert Drive
Albyn Rd.
Thursley Gardens
Seymour Road
Bathgate Road
Somerset Road
PARKSIDE
RUMBELREICH
Bluegate-
Kiesgrube
(aufgelassen)
0
1/4
1/2
3/4
1 MEILEN

Terence H. White
Der König auf Camelot
Aus dem Englischen von Rüdiger Rocholl.
Band 1: 305 Seiten, kart. im Schuber, ISBN 3-608-95076-1
Band 2: 334 Seiten, kart. im Schuber, ISBN 3-608-95151-2

»Ich kann unmöglich sagen, ob man es mehr den Kindern oder mehr den Erwachsenen empfehlen soll. Es ist mehr oder weniger das, was man eine Wunscherfüllung nennt: es passieren lauter Dinge, von denen ich mir gewünscht hätte, sie wären mir als Kind passiert.« *T. H. White*

Evangeline Walton
Die vier Zweige des Mabinogi
Aus dem Amerikanischen von Jürgen Schweier.
763 Seiten, kart. im Schuber, ISBN 3-608-95148-2

Der Fabelstoff dieser phantastischen Roman-Tetralogie ist den »Mabinogion« entnommen, einem walisischen Sagenzyklus aus dem 14. Jahrhundert, der einer sehr viel älteren, keltischen Überlieferung entstammt. Der Autorin ist das Unwahrscheinliche gelungen: Ihre Nach- und Neuschöpfung wirkt auf den Leser als die authentische Fassung, als die ursprünglich-lebendige Gestalt dessen, was nur noch in Trümmern vorhanden gewesen ist.
Das Ganze: ein gigantisches, farbenreiches, hinreißendes Märchenfresko.

Mervyn Peake
Gormenghast
Aus dem Englischen von Annette Charpentier.

Erstes Buch: Der junge Titus
535 Seiten, kart. im Schuber, ISBN 3-608-95070-2

Zweites Buch: Im Schloß
550 Seiten, kart. im Schuber, ISBN 3-608-95050-8

Drittes Buch: Der letzte Lord Groan
285 Seiten, kart. im Schuber, ISBN 3-608-95051-6

»›Gormenghast‹ ist die schaurig schöne, voluminöse, aber auf keiner einzigen Seite langweilige Geschichte um den siebenundsiebzigsten Lord Groan. ... Doch der eigentliche Held ist das Schloß Gormenghast. Eine autarke, in sich ruhende, sich zerstörende und doch auch wieder erneuernde Welt, ein Labyrinth aus Türmen, Gängen, Zimmern. Gormenghast, in dem die Tradition so belastend ist wie die Bürokratie in Franz Kafkas ›Schloß‹, ist zeitlos; seine Räume stehen außerhalb unserer Vorstellung; die Menschen – eine einzige Irritation.
Gormenghast. Das hat nichts mit englischer Schauerromantik zu tun, nichts mit der Sprachgewalt eines Dickens, den morbiden Phantasien eines Matthew Lewis: Mervyn Peake ist einmalig.«
Luzerner Neueste Nachrichten

DIE HOBBIT PRESSE BEI KLETT-COTTA
EINE AUSWAHL

Amadis von Gallien
Nachwort und aus dem Spanischen von Fritz R. Fries. 2 Bände zus. 618 Seiten, kart. im Schuber
ISBN 3-12-905790-0

Peter S. Beagle
Das Volk der Lüfte
407 Seiten, illustr., Pappband
ISBN 3-608-95528-3

Peter S. Beagle
Das letzte Einhorn
270 Seiten, engl. brosch.
ISBN 3-608-95204-7

Peter S. Beagle
He! Rebeck!
375 Seiten, kart. im Schuber
ISBN 3-12-900621-4

Gustavo A. Béquer
Die grünen Augen
219 Seiten, kart. im Schuber
ISBN 3-12-900541-2

Henri Bosco
Der Esel mit der Samthose
239 Seiten, kart. im Schuber
ISBN 3-12-900591-9

Joy Chant
Roter Mond und Schwarzer Berg
354 Seiten, kart. im Schuber
ISBN 3-12-901470-5

Humphrey Carpenter
J. R. R. Tolkien. Eine Biographie
323 Seiten, 24 Tafeln, Leinen
ISBN 3-12-901460-8

Lord Dunsany
Der Schatten der Scheuermagd
248 Seiten, illustr., Pappband
ISBN 3-608-95308-6

Lord Dunsany
Die Königstochter aus Elfenland
283 Seiten, kart. im Schuber
ISBN 3-12-901880-8

Charles G. Finney
Doktor Laos großer Zirkus
174 Seiten, engl. brosch.
ISBN 3-608-95165-2

Karen Wynn Fonstad
Historischer Atlas von Mittelerde
XII, 201 Seiten, über 100 zweifarbige Karten, Pappband
ISBN 3-608-95023-0

Nikolai W. Gogol
Abende auf dem Weiler bei Dikanka
327 Seiten, kart. im Schuber
ISBN 3-12-902961-3

Robert Graves
Sieben Tage Milch und Honig
351 Seiten, kart. im Schuber
ISBN 3-608-95088-5

William Horwood
Der Stein von Duncton
607 Seiten, kart. im Schuber
ISBN 3-608-95147-4

W. H. Hudson
Das Vogelmädchen
361 Seiten, kart. im Schuber
ISBN 3-608-95456-2